LA TAROTISTA DE VERSALLES

VIDIS

HISTÓRICA

Es posible que de todo lo que despierta nuestra curiosidad, nuestro pasado, sea lo más intrigante. Porque es real aunque poco sepamos de esos hechos y de esas personas que vivieron años o siglos antes que nosotros.

Nos fascinan las películas históricas porque durante dos horas somos verdaderos testigos, vemos hasta el detalle lo que pudo ser en un auténtico viaje al pasado. *Hemos visto:* eso quiere decir VIDIS, nuestro sello de novela histórica.

Cada libro te transportará desde la Antigua Grecia a la Segunda Guerra Mundial. Descubrirás hechos, personajes, costumbres, tragedias y emociones que pudieron ser reales. Si te llegan como un relato imaginario, es porque *la Historia, para ser contada, debe ser imaginada.*

Cuando acabes la última página, sentirás que además de haber recorrido un viaje lleno de aventuras, emociones y puro entretenimiento, habrás descubierto un episodio de la Historia que no conocías y estarás feliz por haberte enriquecido.

Te damos la bienvenida a VIDIS, sabemos que ocupará un importante lugar en tu biblioteca.

¡Que lo disfrutes!

Título original: *The Tarot Reader of Versailles*
Edición original: En Reino Unido por Manilla Press,
un sello de Bonnier Books UK Limited.

Traducción: Carmen Bordeu
Corrección de estilo: Juan Manuel Santiago

Diseño de Interior: Florencia Couto
Diseño de cubierta: Pol S. Roca

© 2025 Anya Bergman

© 2025 Manilla Press, un sello de Bonnier Books UK Limited

© Garry Walton por los mapas basados en los dibujos originales de Anya Bergman

© 2026 Trini Vergara Ediciones
www.trinivergaraediciones.com

© 2026 Vidis Histórica
www.vidishistorica.com

ISBN: 978-84-19767-77-6
Depósito legal: M-25503-2025

Primera edición en España: febrero 2026
Impreso en Romanyà Valls S.A.
Impreso en España - *Printed in Spain*

LA TAROTISTA DE VERSALLES

Anya Bergman

Traducción: Carmen Bordeu

VIDIS

HISTÓRICA

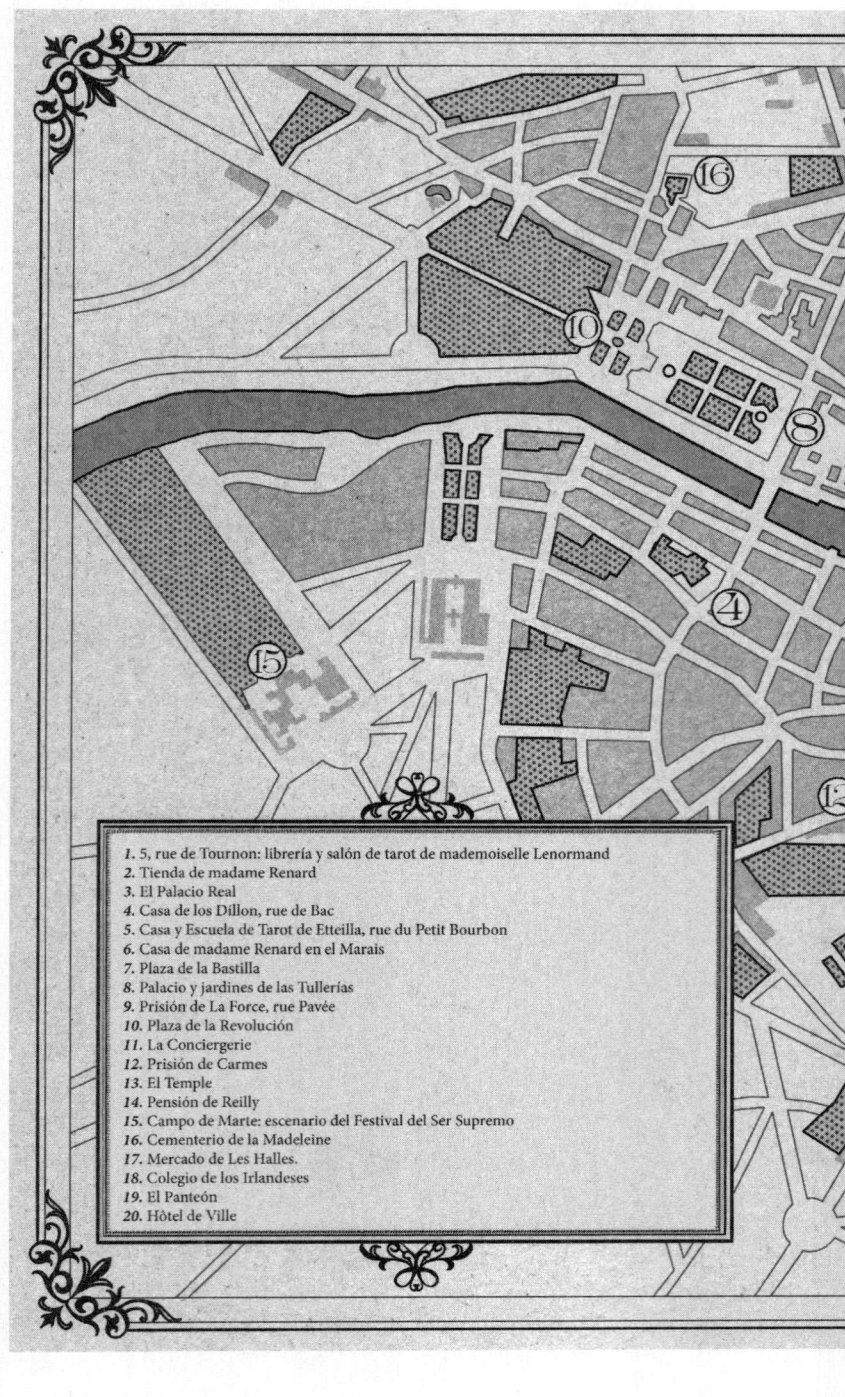

Para mi tía Joyce, con todo mi corazón

El altar de la libertad tambaleará
si está cimentado solo en sangre.
—Daniel O'Connell,
el Gran Libertador (1775-1847).

PARÍS, 1789-1794

PRIMERA PARTE

LOS DENARIOS

Procúrate el sustento

27 DE GERMINAL DEL AÑO VI
(16 DE ABRIL DE 1798)

París

NOCHE SIN LUNA Y SIN ESTRELLAS EN LA CIUDAD DE PARÍS. Los postigos están cerrados y la jornada en la librería ha terminado, pero Lenormand permanece allí, esperando. Desde su posición en lo alto de la escalera, al nivel de los estantes de libros más altos, contempla el cielo oscuro a través de la pequeña ventana circular sobre la puerta principal. Su espalda descansa contra volúmenes cubiertos de polvo mientras sorbe vino de color rubí de una copa de cristal y oye menguar el bullicio en la rue de Tournon. Llegarán en cualquier momento.

Pero esta noche es diferente. Hay luna nueva y fuera está tan oscuro como la muerte; este es el momento en que se siente más poderosa. Así como un granjero perspicaz puede percibir un cambio en el clima, Lenormand presiente que algo está a punto de suceder: lo nota en el cuerpo, como una vibración bajo la piel, un zumbido en el corazón, que le recuerdan los primeros días de la revolución, cuando la vida era un polvorín.

Termina la copa de vino, la deja en un estante para que

Giselle la recoja más tarde y baja la escalera para comenzar los preparativos.

En el apartamento situado encima de la librería, Giselle levanta un vestido de gala por sobre el vestido blanco de muselina de Lenormand. Es de color azul noche y tiene una imagen de Sejmet, la leona egipcia que escupe fuego, bordada en la pechera. La falda está decorada con soles dorados de Hathor y lunas plateadas de Isis. Una vez vestida, y después de que Giselle le haya recogido los rizos oscuros en un moño trenzado, Lenormand se coloca el turbante en la cabeza. Es una creación espectacular de crepé fucsia y plumas negras. Es su corona, pues durante la hora de la lectura, Lenormand reina y hombres y mujeres están sujetos a sus predicciones y profecías. Este ritual le permite adentrarse en su yo nigromante, lejos de la niña huérfana de Normandía y lejos de la opresión de sus días de convento. Vuelve a bajar la escalera de caracol a la librería, mientras Giselle le pisa los talones. Chasquea los dedos y, al instante, el cuervo ceniciento desciende en picado desde el estante más alto y describe círculos sobre ella.

Giselle suelta un pequeño chillido y retrocede.

—Mademoiselle, este pájaro salvaje debería estar en el bosque. Ojalá me hiciera caso y lo soltara.

—No digas tonterías, Giselle. Es útil para mantener a los ratones alejados de los libros; una tarea importante, ya que un ratón sería capaz de roer mi preciado *Libro de Thot* en una noche.

Lenormand no añade que ahora no puede dejar ir al cuervo, porque la criatura también ha sido abandonada y está lejos de su hogar. Su dueña original, mademoiselle de Luna, lo dejó a su suerte, y Lenormand se niega a castigar al cuervo por eso. Además, es un buen compañero. A Lenormand le gusta sentarse en silencio y observar su mirada cómplice. En ocasiones, se queda reflexionando durante horas sobre lo incognoscible, un privilegio del que su condición de adivina le permite gozar.

Ahora chasquea la lengua y el cuervo ceniciento se posa en su hombro; las garras se clavan en la piel debajo del vestido. A pesar de la ligera sensación de dolor, le recuerda lo que es sentir. El cuervo bate las alas y Lenormand percibe inquietud en ese movimiento.

—Ah, tú también sientes el cambio —susurra mientras desliza suavemente los estantes que ocultan la puerta escondida de su salón.

El cuervo ceniciento se eleva y vuela delante de ella hasta aterrizar en una percha detrás de la silla de Lenormand mientras Giselle aguarda a los primeros clientes en la parte delantera de la librería.

Lo que hace Lenormand es ilegal, de ahí el ardid, aunque todo el mundo sabe que lo que ocurre detrás de la puerta del número cinco de la rue de Tournon no se reduce a la venta de libros. El secretismo está hecho para los clientes, los ricos y poderosos que desean permanecer en el anonimato. Lenormand se pregunta si la policía volverá a allanar su negocio. Ocurre cada dos o tres meses y, a veces, la arrojan a una celda por un par de días, hasta que la noticia llega a oídos de la gente adecuada y la sueltan. Su lista de clientes privilegiados la mantiene en libertad, pues ¿quién se arriesgaría a que los secretos que han compartido con ella en una sesión privada quedaran expuestos? Lenormand se considera por encima de la ley, aunque la violencia desenfrenada acecha en cada esquina de la ciudad de París.

El salón es pequeño y está abarrotado de todo lo que cabría esperar de la guarida de una sibila. La habitación está cubierta de armarios llenos de tomos cabalísticos ajados —regalos de su maestro Etteilla— además de otras curiosidades: el fósil blanqueado de una serpiente antigua, el cráneo de una oveja con cuernos rizados, un erizo de mar gigante con pinchos rosados y montones de cristales de todas las formas, colores y tamaños. En el centro de la estancia, una caja de madera grande con incrustaciones de nácar descansa sobre una mesa redonda cubierta con un terciopelo color esmeralda. Esta caja alberga sus dos mazos de cartas preciados: uno, con los diseños de Etteilla; el otro, una baraja del tarot de Marsella.

Lenormand enciende las velas que rodean el recinto mientras el fuego crepita en la rejilla. El humo llena la habitación y sus ojos están alertas. Se sirve otra copa de vino de la jarra mientras oye el tintineo de la campana de la tienda y las voces más allá. Los hombres suelen venir de dos en dos o en grupo, incluso los soldados. Eso les infunde valor.

Cuando Giselle los hace pasar al salón, Lenormand los reconoce; son dos caballeros que la visitaron hace dos años: Humbert, general del ejército francés, y su amigo irlandés, a quien primero le presentaron como Schmidt pero que en realidad se llama Wolfe Tone. Ambos son belicistas y gustan de vanagloriarse. Es fácil sacarle dinero a esta clase de hombres; Lenormand extiende las palmas de sus manos y ellos las llenan de monedas. Ella deja caer el botín en una bolsa que lleva atada a la cintura y les clava una mirada visionaria.

—Buenas noches, caballeros —dice.

Ah, ya tienen miedo. Ambos desvían la mirada hacia el cuervo ceniciento en la percha. Estos hombres poderosos que luchan con espadas y músculos en el campo de batalla tiemblan y empalidecen como lirios en su salón. El destino es el enemigo invisible que nunca podrán vencer. Y ¿por qué develarles que el destino puede torcerse y revertirse? ¿Por qué revelar sus conocimientos con tanta facilidad?

—Se ha hecho realidad —declaró el irlandés, Wolfe Tone, en francés pero con un acento marcado—. Quince mil soldados en la bahía de Bantry y no desembarcamos. Podríamos haber vencido a nuestros opresores británicos; estoy seguro. Pero no, nos quedamos meciéndonos en el mar y viendo cómo se esfumaba nuestra oportunidad. —Se retuerce las manos—. Y todo porque los franceses son malos marineros.

—Vamos, amigo mío —interviene Humbert—. Fueron las tormentas las que impidieron nuestro desembarco. ¿Acaso no recuerdas que las olas nos hicieron retroceder?

—Estábamos muy cerca —se lamenta Wolfe Tone, con la voz rota.

Humbert apoya una mano en el hombro de su amigo a modo de consuelo.

—Mademoiselle Lenormand —continúa Wolfe Tone, con los nudillos blancos mientras se agarra al respaldo de la silla que tiene delante—, usted predijo el fracaso de la invasión a Irlanda hace dieciocho meses y de nuestra intentona desde la República Bátava el año pasado, pero no hicimos caso de sus consejos.

Lenormand se regodea para sus adentros; la han tildado muchas veces de mentirosa cuando a quienes vienen a verla no les gusta oír la verdad.

—Estamos aquí esta noche para que nos lea las cartas y prediga el futuro —precisa Humbert—. Los planes están en marcha y queremos saber el resultado.

Una vez más, Lenormand siente un malestar en el estómago y se le seca la boca. Toma un sorbo de vino con expresión serena y hace un gesto para que los hombres se sienten a la mesa.

—Primero deben decirme cuáles son su animal y su color favoritos —comienza.

Humbert le sonríe.

—¿Lo ha olvidado, mademoiselle? Mi animal es el león y mi color preferido es el dorado como los hilos de su vestido.

Ella guarda silencio, pues se niega a reaccionar al coqueteo, y se vuelve hacia Wolfe Tone en busca de su respuesta.

—No son los mismos de la última vez, aunque no sé qué importancia puede tener —contesta él, con tono irritado—. El caballo y el rojo.

Preguntar al consultante por un animal y un color es una técnica que le enseñó el Gran Etteilla; es una forma rápida de deducir el carácter de un cliente, aunque, por supuesto, Lenormand no se lo explica al impaciente Wolfe Tone, que, hecho un manojo de nervios, parece un semental ansioso.

En vez de eso, abre despacio la caja con nácar que tiene sobre la mesa y saca el mazo de las barajas de Etteilla envuelto en seda. Deja que la seda azul suave se deslice sobre el terciopelo del mantel y comienza a barajar. Cuando sus dedos perciben la textura y el peso familiares de las cartas, el corazón se le tranquiliza. Algunas noches, recurre a su propia intuición, con la guía de Hathor, la deidad egipcia, y de todo lo que aprendió de Etteilla, para leer las cartas; pero otras noches son diferentes. En estas ocasiones, un espíritu se hace presente para aconsejar al consultante. En líneas generales, se trata de un familiar fallecido —por lo general, un padre o una madre—, pero a veces es un amante perdido, atrapado en la añoranza de su amada. Aún más raro, puede tratarse de un niño. Acuden a ella sin que los llamen, pues los espíritus tienen voluntad propia y no se los puede invocar a la fuerza.

Las cortinas susurran, como si la ventana estuviera abierta, pero los postigos del salón están siempre cerrados. El humo de las velas se eleva en volutas hacia el techo y dibuja formas extrañas, como si alguien soplara sobre él mientras asciende en espirales.

Lenormand sigue barajando las cartas al tiempo que el espíritu la acecha con sigilo. ¿Por cuál de estos hombres viene? Ambos lucen un aspecto espléndido con sus uniformes militares. Humbert tiene el cabello grueso, negro y ondulado y los ojos oscuros, mientras que el rostro angosto y la nariz larga de Wolfe Tone realzan el aire distinguido que le conceden el cuello alto, las charreteras trenzadas y el pelo fino recogido en la nuca con una pequeña cinta negra. Ambos son mayores que ella, aunque no por mucho y, sin embargo, se los considera en la flor de la vida, mientras que ella, a sus veinticinco años, es una rareza, soltera y sin hijos. Una criatura anormal que no desea esposo ni descendencia.

El espíritu arroja su sombra sobre el movimiento de las manos y ella puede sentir su presencia tan cerca que se le pone la piel de gallina, aunque los hombres no reparan en ello. Nunca lo hacen, a pesar de que el cuervo ceniciento agita sus alas y suelta un graznido.

Lenormand habla dentro de su mente al espíritu:

"¿Para quién vienes? ¿Para Humbert o Wolfe Tone? ¿Cuál es tu mensaje?".

Pero, aunque está a su lado, el espíritu permanece en silencio, y ahora puede oler su aroma. Le resulta familiar: la fragancia intensa de las rosas de verano. El corazón le da un vuelco. Alguien a quien conocía usaba esa fragancia. Debe ser un truco; muchos espíritus pueden ser bromistas.

"Preséntate", añade para sí. "¿Para quién debo leer?"

Los dos hombres esperan sentados a que ella termine de barajar. Wolfe Tone observa las cartas que se deslizan por sus manos como si estuviera hipnotizado mientras que Humbert la mira a los ojos. Su rostro no muestra miedo ni desagrado, algo a lo que ella está acostumbrada, sino curiosidad. Qué interesante, piensa.

El espíritu sigue sin hablarle, pero Lenormand siente una presión en el dorso de la mano y se queda inmóvil. Luego junta las cartas en una pila boca abajo sobre la mesa, corta el mazo y levanta la carta superior para colocarla boca arriba. Es la sota de copas. La carta muestra a un chico de cabello rubio con calzones amarillos que sostiene una copa dorada en una mano y una daga pequeña en la otra.

—¿Esta carta es para mí? —pregunta Humbert, cuyos ojos oscuros brillan.

—Tú no eres rubio, Jean —protesta Wolfe Tone.

—Tú tampoco…

—Silencio —ordena Lenormand, porque oye un sonido en la nuca. El lamento lejano de una mujer.

"¿Para quién vienes?", vuelve a preguntar. El silencio que se hace en el salón es tan tenso que parece que el aire podría cortarse con un cuchillo.

—¿Qué significa la carta? —interrumpe Wolfe Tone.

—Significa que es un buen augurio —le comenta Humbert a su camarada.

—La sota de copas es una baraja de trabajo duro y diligencia —explica Lenormand—. Suele representar a un joven a punto de convertirse en hombre.

—¡Ah, entonces no es ninguno de los dos! Saque otra, mademoiselle —presiona Humbert.

Lenormand elige la carta siguiente y la apoya sobre la mesa. Es la reina de copas. Una reina vestida de azul con una gran copa dorada, la mirada tierna y el cuerpo inclinado en sumisión gentil.

Humbert frunce el ceño.

—¿Quién es esta reina de copas?

El chico perdido y la reina muerta. Ahora sabe con certeza a quién pertenece la fragancia de rosas. El lamento con acento austríaco aún persiste en su cabeza y la sensación de tragedia ronda a su alrededor. La reina que era madre antes que ninguna otra cosa. La reina acusada de traidora por el pueblo francés. La reina a quien se ha descrito, en el mejor de los casos, como una tonta privilegiada y consentida y, en el peor, como una mujer conspiradora y disoluta que buscaba la destrucción de Francia. No fue ninguna de esas cosas: María Antonieta, antigua clienta de Lenormand. Negada por muchos, pero no por Lenormand. ¿Por qué regresa ahora, casi cinco años después de su muerte, y nunca lo hizo antes?

El espíritu habla por fin: "Saca la carta siguiente".

Es el seis de espadas, seis espadas con empuñaduras doradas contra un cielo azul. Lenormand imagina un barco cargado de armas cruzando el mar.

—Pronto se embarcarán en un viaje —predice a los hombres—. Cruzarán las aguas con sus espadas de la verdad y la justicia, y arreglarán todo aquello que deba arreglarse.

—¡Una invasión por mar! —exclama Wolfe Tone—. Sí, sí, mi amigo Humbert, esta vez resistiremos y liberaré a Irlanda. Tendremos nuestra independencia.

"Esta carta es para ti, mademoiselle Lenormand."

Las manos de Lenormand tiemblan mientras bebe un sorbo de vino; siente la mirada brillante y maliciosa del cuervo ceniciento posarse sobre ella como si él también hubiera oído a la reina muerta.

—Hable, sibila —exige Wolfe Tone—. Saque las otras cartas y haga sus predicciones.

"Encuentra a mi hijo y tráelo de vuelta."

Casi se le cae el mazo de las manos. Lenormand siente un calor extraño en las mejillas. Nunca se altera durante una lectura.

Responde con brutalidad: "Vuestro hijo está muerto. Toda Francia lo sabe". No puede hacer nada para ayudar a la reina, ya que ella se encuentra detrás del velo sutil. "Idos."

"Sabes que no es verdad, Adelaide."

Lenormand sacude la cabeza, porque ¿cómo puede ayudar a Luis Carlos, el hijo de María Antonieta? Vivo o muerto, Francia lo considera perdido para siempre.

Pero la reina vuelve a hablar: "Uno de estos hombres te llevará hasta él".

Lenormand aprieta las cartas para serenarse. Ahora entiende por qué la reina ha contactado con ella. Siente una nostalgia profunda por ver de nuevo su querido rostro, la madre que amaba la naturaleza, y no puede evitar el sentimiento de culpa por haber sido partícipe de su caída.

Humbert la observa con atención, la cabeza ladeada.

—¿Se encuentra bien, mademoiselle? Se ha puesto pálida.

Ella asiente y saca otra baraja.

—El Traidor.

Recupera el aliento mientras estudia la carta con desagrado. La imagen es la de un clérigo hipócrita, vestido con una túnica marrón, que sostiene un farol de espaldas al sol. El traidor, que parece inofensivo, pero te traiciona si te interpones en el camino de sus creencias. En realidad, la carta no es ninguna sorpresa, porque Lenormand sospecha adónde pudieron haber llevado al pequeño Luis Carlos, aunque ya no será tan pequeño.

"Tráelo de vuelta."

¿Cómo puede negarse? La tarea será difícil, pues el seis de espadas no es un paseo agradable por el mar, pero, después de lo sucedido, se lo debe.

Saca otra baraja y la coloca sobre el terciopelo verde. El dolor le atraviesa el corazón y, mientras permanece inmóvil, el cuervo ceniciento se mueve detrás de ella como en un gesto de empatía. Esta es la carta de ellas, la Estrella, y ha salido con el lado de mademoiselle de Luna para arriba, la Noche, mientras que el Día, para Lenormand, está abajo. La carta no tiene posición invertida. De Luna fue una vez la noche del día de Lenormand, el pasado de su futuro. Juntas eran las tarotistas más poderosas de París. Pero ahora…

A Lenormand se le encoge el pecho. "Está muerta." No ha sentido la presencia de la mujer irlandesa desde el último día que la vio, hace años. Es un agujero negro en su corazón. "¿Acaso no está muerta?"

"Busca a mi hijo y devuélvele el reino de Francia."

"Esperad. Decidme, ¿está viva? ¿Mademoiselle de Luna?"

"Haz lo que te digo, Adelaide, y restitúyelo."

Es todo lo que susurra el espíritu de la reina antes de que la vela parpadee y el aire se torne tibio. María Antonieta ha regresado al éter. Lenormand se pregunta si estará con su amiga, la princesa Lamballe, en el otro lado. Piensa en tiempos pasados, cuando jugaba a las cartas con la reina y la querida Luisa Lamballe en el Palacio de las Tullerías antes de la caída de la monarquía.

Con el corazón afligido, se vuelve a concentrar en los hombres impacientes y saca dos cartas más para formar una fila de siete. A continuación, examina la tirada antes de compartir la información que le ha sido revelada.

—Deben viajar separados, no juntos, y llevar con ustedes muchos soldados —declara—. Y han de navegar de noche, a la luz de la luna.

—¿Y la carta del Traidor? —pregunta Humbert—. ¿Quién nos traicionará?

Lenormand observa a los dos hombres. En efecto, el hedor de la muerte acecha a Wolfe Tone, aunque sus ojos brillan con la visión del futuro que tanto desea. ¿Debería hablarle de su muerte dentro de unos meses? Ya ha anunciado las muertes de otros hombres en muchas ocasiones. ¿Alertará a Wolfe Tone de que su camarada Humbert lo abandonará cuando más lo necesite? Ha predicho la suerte de suficientes radicales, Robespierre, Marat y Saint-Just entre ellos, para saber que estos hombres no viven demasiado en este mundo de lealtades cambiantes. Además, María Antonieta ha encendido un fuego en su corazón ahora. Que Wolfe Tone sea feliz en su ignorancia, pues nunca eludirá su destino, aun cuando ella se lo advierta, y ella necesita llegar a Irlanda. Así como Wolfe Tone, el irlandés, será traicionado por Humbert, el francés, ella, una francesa, fue traicionada por Luna, una irlandesa. Por eso se sintió tan atemorizada antes de que llegaran los hombres. Su paz está a punto de ser alterada y, una vez más, por culpa de ella: mademoiselle de Luna. Por supuesto, ella estuvo detrás de la desaparición del verdadero rey de Francia.

El odio atenaza a Lenormand, que repara en que su deseo de venganza es mayor que su necesidad de paz.

Humbert tose y ella levanta la vista hacia él. El hombre escudriña su rostro con expresión agradable. Duda de la verdad de las cartas, porque es pragmático. No confía en ella. Es una cualidad que ella admira. Y lo que es más importante, Lenormand no ve la mano de la muerte sobre su hombro. Este es el hombre que la ayudará.

—Ataquen ahora —les dice a los dos hombres—. Hay que salvar a Irlanda.

El pecho de Wolfe Tone se hincha de satisfacción.

—Te lo dije, Humbert. Los Irlandeses Unidos se están alzando en una gran rebelión. ¿Estás conmigo?

El francés asiente, aunque se muerde el labio con aire pensativo. Lenormand se pregunta cómo hará para convencer a este hombre de que la lleve en su barco de guerra a través del océano hasta Irlanda, un país del que tanto oyó hablar de labios de su antigua compañera de adivinación, el lugar que Luna amaba por encima de cualquier persona, como demostró al final de manera tan terrible. Allí, en esa isla esmeralda, se esconde el futuro rey de Francia. Lenormand hará lo que su reina le pide y traerá al niño de vuelta a casa. Siempre ha sabido que habrá otro rey de Francia.

La convicción se adueña de ella y aprieta las manos para que no le tiemblen. Encontrará al niño y, juntos, repararán el daño causado a la reina. Pero más que eso, Lenormand descubrirá qué le sucedió a de Luna y, si aún no está muerta, se asegurará de que lo esté pronto.

DIARIO DE MI VIDA DURANTE LA REVOLUCIÓN FRANCESA

CAITLIN MOLLOY

(CAITLÍN NÍ MAOLMHUAIDH DE ROUGHTY, CONDADO DE KERRY) EDITADO POR SU HIJO

MI HISTORIA COMIENZA EN IRLANDA

1 de febrero de 1789

HOY POSEO POR PRIMERA VEZ UN DIARIO Y, ADEMÁS, PUEDO escribir en él. La página en blanco que tengo ante mí se presenta vasta e ignota como una palma sin líneas. Aun así, dejo mi huella, deslizando una pluma nueva que se siente extraña en mi mano apretada y cuya tinta va manchando la página mientras escribo a la luz del fuego en la cocina del sótano. Los demás siguen durmiendo; el ritmo de sus respiraciones me recuerda a dónde pertenezco.

Al releer estas palabras, no parezco yo, Caitlin Molloy, Caitlín Ní Maolmhuaidh, criada de cocina de Roughty House, porque, si las pronunciara en voz alta, la cadencia de mi voz delataría mis raíces en tanto el irlandés se entremezcla con el inglés en la narración. Pero sir William Oswald nos tiene prohibido escribir, leer o hablar en irlandés en su propiedad, so pena de despido. Así pues, el inglés es el idioma en el que escribo mis vicisitudes y pongo en práctica años de aprendizaje en secreto, aun cuando me siento una impostora en mi empeño. Pero mi tutor me alentó para que perseverase, me convenció de que soy una narradora nata, y así empezamos.

Hoy he visto a la Morrigan y me ha mostrado la más extraña de las visiones. El cuervo predijo este suceso poco después de que me levantara, en la oscuridad, como todos los días de invierno. Salí de la cocina calentita para ir a buscar agua al pozo. La luna brillaba en lo alto y, cuando avanzaba por el hielo y bajé la vista hacia el reflejo de la luz plateada, este cuervo ceniciento cruzó el patio en picada y emitió un graznido ruidoso. Me asusté tanto que dejé caer el cubo. Hay muchos cuervos en los árboles de Roughty House, pero este no me dejaba en paz, daba vueltas y graznaba, de modo que me apresuré a llenar el cubo y volví corriendo a la seguridad de la cocina.

Quería preguntarle a mi tía Eimile por el posible significado del cuervo, pero había mucho ruido en la cocina: Flo golpeaba ollas y sartenes en el fregadero de la antecocina, y John y Patrick pedían a gritos los tazones de chocolate caliente con yemas de huevo, migas de pan, canela, nuez moscada y azúcar para sir William y lady Oswald. Me puse a trabajar al lado de Eimile. No tenía buen aspecto: tenía las mejillas sonrojadas y la frente húmeda, y eso que habían atizado el fuego poco antes. Mi tía aparenta más años de los que tiene, aunque no podría asegurar cuántos son, pues yo llegué a su vida como un bebé huérfano.

Cuando por fin enviamos el desayuno al comedor, nos dispusimos a prepararles la comida de los criados. Los fogones ardían ahora con llamas vigorosas y mi tía se quitaba el sudor de la frente con el dorso de una mano mientras calentaba la avena y Flo fregaba el suelo de la cocina.

Cuando me volví para poner la mesa, Mary, una de las criadas internas de la casa, me hizo señas desde la puerta de la antecocina.

Como está por encima de mí en la jerarquía de los sirvientes, Mary cree que puede ordenarme hacer lo que ella quiera. De mala gana, me reuní con ella en la antecocina.

—Léeme la palma de la mano, Cait Molloy —exigió Mary, con los ojos brillantes de ilusión.

—Pídele a mi tía, es la que mejor lo hace. —Me molestó que Mary me lo pidiera.

—Claro, dice que no leerá más palmas, que sir William se lo prohibió.

—Pues entonces ¿por qué debería yo romper las reglas?

—Anda, Cait. Te he visto todas las tardes corriendo por la turbera. Ya rompes bastantes reglas de la casa.

No quería leerle la mano a Mary, porque la verdad es que tengo poco talento para eso. Mi tía Eimile ha intentado enseñarme la quiromancia. Dice que es una particularidad familiar y que debemos guardarla con el mayor secreto. Pero tampoco quería que Mary le hablase a mi tía sobre mis tardes en la turbera de Roughty.

A desgana, le tomé la mano entre las mías. Tiene la palma larga y los dedos cortos, lo que significa que está dotada de un carácter fuerte.

—Eres apasionada y trabajadora, pero también puedes ser un poco cruel.

—Sé muy bien quién soy. Quiero conocer mi futuro —replicó Mary, en consonancia con su temperamento.

Estudié las líneas de su palma. Allí estaba la línea de la vida, pero no podía recordar si la línea que la cruzaba era significativa.

—Admítelo, Cait: sabes leer la suerte tanto como un libro —se burló la criada mientras apartaba la mano.

—Sí que sé. —Volví a agarrarle las dos manos, furiosa por el insulto.

—Continúa, entonces. ¿Qué me depara el futuro? —me desafió Mary.

Me quedé mirando de nuevo las líneas en la palma de la mano de Mary, igual de desconcertada sobre su significado, pero sentí algo. La miré a los ojos y sus pupilas se agrandaron y se oscurecieron mientras yo le sostenía las manos con más fuerza aún. Y entonces vi una escena borrosa en que Mary leía un montón de páginas escritas a mano en una de las estancias de los criados. De repente, la puerta se abrió y Mary ocultó los papeles detrás de ella y se escabulló fuera del pequeño recinto. La señora Bryant estaba de pie en el pasillo, con las manos en las caderas, en pose recriminatoria, y le recordaba a Mary que las estancias solo debían utilizarse cuando los Oswald estaban de visita. Y en todo momento pude ver los papeles que asomaban del cuartito y sentir el miedo y los nervios de Mary. Había hecho algo clandestino.

—Suéltame las manos, ¿quieres? Me las estás apretando mucho. —Mary retiró las manos.

—¿Qué leías? —le susurré.

Mary frunció el ceño.

—No sé de qué me hablas.

—No lo has escondido muy bien —le advertí.

Pero Mary ya se había vuelto y se marchaba de la antecocina mientras Eimile me gritaba que me ocupara de las coles. Regresé a la cocina y tomé mi cuchillo, pero la mano me temblaba tanto que se me escurrió de entre los dedos. Lo que había visto no eran sueños ni invenciones, no, sino la revelación de un secreto que Mary no quería que yo supiera.

Recordé al cuervo ceniciento y lo que podría significar. Algo malo, sospeché.

Al atardecer, me liberé de mis obligaciones y contemplé las nubes que cubrían el cielo. Mi aliento despedía columnas de humo hacia el aire gélido. Me detuve junto al espino blanco nudoso en el borde de la turbera para rogar a las hadas por la salud de Eimile antes de persignarme. Después le recé una oración a Santa Brígida y coloqué una ramita de campanilla de invierno en la base del árbol.

"*Gabhaim molta Bríde.*"[1]*

Alcé la mano y ofrecí las puntas de los dedos a las espinas del espino blanco; los pinchazos eran un castigo por mi orgullo. Lo tenía por demás: me había llevado a ser audaz de nuevo y a escabullirme antes del caos de la cena, aunque por una buena razón. Mi secreto es más grande que el de Mary y ella estaba equivocada, porque sé leer muy bien.

De niñas, Mary y yo fuimos juntas a la escuela clandestina para aprender a leer y escribir, pero mientras que ella destacaba, yo no duré demasiado. En cuanto pude permanecer de pie sobre una caja en la cocina y revolver la sopa, me convertí en la asistente de cocina de tía Eimile. Sin embargo, hace tres años, mi suerte cambió.

Aún lo recuerdo como si fuera ayer. Me habían enviado a limpiar la biblioteca para cubrir las tareas de Mary, que se encontraba en el funeral de su madre. En todos los años que llevaba en Roughty House, nunca había estado en la biblioteca. Nada más cruzar la puerta, me quedé boquiabierta. Estanterías repletas de libros, cantidades de ellos, fila tras fila, y un gran escritorio con tapa de cuero, manojos de hojas de pergamino, un tintero y una pluma.

Solté la escoba, corrí hacia las estantes y deslicé las manos por los libros. La sensación del cuero y el papel en mis

---

1 * Frase en gaélico irlandés que significa "Alabada sea santa Brígida" (N. de la T.)

dedos era inigualable. Estaba perdida en un sueño cuando oí una tos a mis espaldas.

Dejé caer el libro que había sacado del estante y me volví para ver a un joven que se levantaba del sillón junto a la chimenea. Tenía el cabello rubio, tan pálido que parecía casi blanco, y los ojos marrones del color del río Roughty. Me pregunté si sería Toby Oswald, el hijo mayor de sir William, a quien no conocía.

Sucumbí al pánico, recogí el volumen y volví a colocarlo en la estantería, aterrorizada ante la perspectiva de que me azotaran por tocar los preciados libros de mi amo.

—No te asustes —me tranquilizó el joven, y me tendió la mano—. Tu secreto está a salvo conmigo. —Me sonrió con amabilidad y pensé que tenía el rostro más encantador que jamás había visto—. Yo también soy un sirviente —añadió.

Enmudecí, porque ¿cómo iba a ser ese joven apuesto e instruido un sirviente como yo?

—Me llamo Thomas Reilly. Soy el nuevo tutor.

—Ah —fue todo lo que pude pronunciar.

Reilly sonrió de oreja a oreja.

—La señorita sabe hablar. —Su tono era juguetón y un poco inapropiado. Sentí que me ponía colorada de vergüenza.

—Siento mucho haberlo molestado, señor —me disculpé mientras recogía la escoba, con la intención de retirarme.

—Pero ¿qué querías leer? —Reilly se acercó a la estantería y tomó el libro que yo había vuelto a colocar torpemente en el estante. Ahora estaba más cerca de mí; su proximidad me paralizaba.

Reilly abrió el libro.

—*Confesiones de san Agustín o alabanzas a Dios en diez tomos* —leyó en voz alta—. Ah, y está recién traducido al inglés del latín original. —Me miró con las cejas enarcadas—. ¿Qué opinas de las *Confesiones* de san Agustín? La verdad es que a mí me costó leerlo.

Me ruboricé. Thomas Reilly se estaba burlando de mi ignorancia.

—Toma, llévatelo; si alguien pregunta, diré que lo estoy leyendo, aunque dudo que sir William se dé cuenta —precisó, y me ofreció el libro.

Sacudí la cabeza con aire mortificado.

—No pasa nada —insistió con suavidad—. No te meterás en problemas.

Me lo puso en la mano y, al hacerlo, nuestros dedos se rozaron. Un estremecimiento recorrió todo mi cuerpo, pero mi corazón estaba rabioso.

Le arrojé el libro y salí corriendo de la habitación, no sin antes ver su cara de sorpresa.

Esperaba que aquella fuera la última vez que viera a Thomas Reilly, ya que nuestros mundos estaban en dominios separados. Él cenaba con la familia y yo pertenecía a la cocina, a los cubículos y los pasillos de la mansión.

Sin embargo, aquella noche, mientras fregaba los platos a la luz de las velas en la despensa, sentí una presencia a mis espaldas. Giré y me topé con la figura alta y delgada del joven tutor; su rostro estaba ensombrecido. Pensé en llamar a mi tía, que no estaba lejos en la cocina, dormitando con los pies apoyados en una silla después de un día de trabajo arduo. Me había advertido que nunca me quedara sola con un caballero porque, según ella, "no nos tratan con la misma consideración que a las damas de su misma clase".

—¿Por qué me tiraste el libro? —preguntó Reilly.

No respondí; el agua me goteaba de las manos.

—Te lo he traído —añadió, y dio un paso adelante. Ahora podía verle la cara. Me miraba a los ojos y me tendió el libro de la biblioteca.

—No lo quiero —solté con brusquedad antes de darle la espalda y meter las manos enrojecidas en el agua humeante. Indignada por su humillación, solo quería que se marchara.

—Siento haberte ofendido... —empezó a decir Reilly, a la defensiva.

Incapaz, como siempre, de contener mis sentimientos durante mucho tiempo, di media vuelta de nuevo.

—¿Eres tonto o qué? —le espeté—. No puedo ni entender las palabras complicadas de ese libro, ¿qué haría yo con él?

Desconcertado, Reilly dio un paso atrás.

—Pero lo tenías en la mano.

—Porque es bonito, por eso —contesté, sintiendo que me sonrojaba de nuevo.

Pero Reilly se quedó donde estaba, mirándome. Sus ojos eran de un marrón intenso que yo jamás había visto y, a la luz de las velas, su cabello brillaba como la luz de la luna.

—¿Te gustaría saber leer mejor?

—Por supuesto —contesté, exasperada por la pregunta. Me pregunté si creía que yo había elegido no aprender mucho y no estar destinada a nada mejor en la vida que ser cocinera como mi pobre tía, arrugada y envejecida antes de tiempo—. Déjame en paz —exclamé con tono cortante y me volví para seguir lavando los platos.

—Yo te enseñaré —aventuró él—. Encontrémonos mañana por la tarde en la gran roca que hay debajo del acantilado de Thunderstorm, en la turbera.

—No pienso hacerlo —repliqué y me volví nuevamente hacia él.

Pero Reilly se limitó a sonreírme, como si conociera mi profundo deseo de aprender, antes de abandonar la despensa.

Tres años y medio después, durante nuestros encuentros vespertinos en la turbera de Roughty, protegidos de la lluvia y el viento por el saliente de la gran roca, Reilly no solo me ha ayudado a mejorar mi lectura, sino también mi escritura, y me ha enseñado a hablar francés. Una vez me dijo que soy una lingüista nata. A cambio, me pidió que le enseñara irlandés. Es peligroso, pero insistió.

—Forma parte de nuestra identidad. Debemos mantenerlo vivo.

Lo oí atónita mientras me contaba que su madre era francesa y que él había nacido en París. Tiempo atrás, la familia de su padre había poseído tierras en Irlanda, pero como eran católicos, habían perdido todo durante las guerras Guillermitas. Después de la muerte de su madre, su padre había regresado a Irlanda para convertirse en zapatero, pero Reilly se había educado en el extranjero, gracias a un tío adinerado que le había pagado los estudios en el Colegio Irlandés de la rue du Cheval Vert en París. Me ha confiado muchas veces, con cierta amargura, que quiere volver a Francia, pero su padre insiste en que se gane la vida dando clases particulares a los hijos del Dominio Protestante.

Pero me estoy desviando de lo que quería escribir. Permítanme volver a esta tarde.

Envuelta en mi mantón, avancé por la turbera hacia el acantilado de Thunderstorm, nuestro punto de encuentro secreto. La turba estaba casi congelada de la noche anterior y pude bordear las partes más pantanosas con seguridad, los pies descalzos escocidos por el frío.

Reilly me esperaba debajo del dintel del acantilado de Thunderstorm y me saludó con la mano, pero al acercarme me di cuenta de que algo iba mal. Solía recibirme con una sonrisa y una pila de libros en el regazo, pero hoy su expresión era seria y no llevaba ningún libro.

—Lo siento, Cait, hoy no habrá clase —declaró mientras se ponía de pie para saludarme.

—Pero he venido hasta aquí —protesté, enfadada por haber malgastado mi valiosa hora libre.

Reilly parecía un caballo a punto de desbocarse.

—Debo prepararme, porque me voy mañana —anunció.

Enmudecí, porque sus palabras me hirieron, repentinas y filosas como el aguijón de una avispa.

—Por fin vuelvo a Francia.

—Pero ¿por qué? —acerté a preguntar.

—Sé que lo entenderás, porque hemos hablado en numerosas ocasiones de mis esperanzas en la independencia de Irlanda. Si queremos crecer, necesitamos separarnos de Inglaterra.

—Sí, por supuesto, pero ¿de qué sirve ir a Francia?

—Muchos buenos irlandeses viven en París, tratando de reclutar apoyo para nuestra causa. Y yo quiero formar parte de eso —precisó, con las mejillas enrojecidas por el entusiasmo—. No puedo quedarme aquí, enseñándole a Alexander, porque sir William es uno de nuestros opresores. Mi conciencia no puede soportarlo más.

Los ojos de Reilly brillaban de emoción y, a pesar de mi pena, no pude evitar pensar en lo apuesto de su porte. Pero ¿qué sería de mí si se marchaba?

—¿Y nuestras clases?

—Esto es más grande que nuestras lecciones; además, ya no me necesitas. Estás suficientemente instruida...

—¡Para una ayudante de cocina!

—Eres la chica más inteligente que conozco, Cait, y quiero que sigas leyendo y escribiendo. —Me entregó un bolso de cuero—. Quiero que te quedes con esto.

Miré dentro del bolso y saqué un pequeño diario encuadernado en cuero, una pluma, un frasco de tinta y un secante. Abrí el diario, pero no tenía nada escrito.

—Está en blanco.

—Porque es para que lo llenes tú, para que escribas sobre tu vida —explicó Reilly—. Echaré mucho de menos nuestras clases. De hecho, me gustaría preguntarte si puedo escribirte, contarte mis aventuras en el extranjero mientras tú registras las tuyas.

Hube de apartar la vista. ¿Qué aventuras podía tener una criada de cocina? Tenía ganas de gritarle. La envidia se retorcía en mi vientre, porque a mí también me gustaría ser un joven héroe y seguir mis convicciones. Soy tonta; Reilly está fuera de mi alcance, siempre lo ha estado.

Sacudí la cabeza, con miedo de mostrar mis sentimientos. Tomé el bolso y, sin contestarle, salí corriendo turbera arriba, lejos de Reilly y más lejos aún de Roughty House. Lo oía gritar detrás de mí, pero seguí adelante, trepando cada vez más alto, aferrándome a la tierra y a las rocas mientras las lágrimas dibujaban surcos en mis mejillas heladas. Pasé corriendo junto a un espino blanco torcido y llegué al círculo de piedras, un lugar que mi tía me ha contado que es sagrado y que nuestros antepasados utilizaban en otros tiempos con propósitos religiosos.

Seguía enfadada y caminé alrededor del círculo de piedras, soltando aullidos de ira y frustración. El frío me venció poco a poco y, por fin, me detuve. Miré colina abajo y vi a Reilly que se abría paso por la turbera hacia la casa. Me esforcé por respirar, con el pecho apretado, porque sentía que podría morirme si él se marchaba. El viento helado me empujó hacia el círculo de piedras; apoyé las palmas de las manos sobre la gran roca en el centro y supliqué que mi rabia interior se calmara.

Me crucé sobre el pecho el bolso de cuero que me había dado Reilly y me subí a la roca, presionando las plantas de los pies contra sus suaves contornos. Debajo de mí, la tierra era irregular, como si alguien hubiera cavado un hoyo y lo hubiera llenado de piedras. Oscurecía; Eimile me abroncaría por retrasarme con los preparativos de la cena. Sin embargo, al levantar la vista reparé en que no era la noche lo que se avecinaba, sino una tormenta, con nubes de color púrpura intenso como moretones. Vi al cuervo ceniciento que volaba en círculos sobre mí y me estremecí. Me bajé de la roca y me apresuré de regreso a Roughty House, inquieta por la aparición del pájaro de cabeza negra.

A medio camino de la turbera, las nubes estallaron y una lluvia helada comenzó a azotarme. Avancé a trompicones, con la ropa de lana pesada por el agua y los pies descalzos que resbalaban sobre la tierra mojada. A través de la cortina de lluvia, advertí un movimiento más adelante.

Un relámpago iluminó una figura que caminaba hacia mí bajo el aguacero, con la cabeza gacha y cubierta por una capa negra mientras los truenos retumbaban a través de la tierra. La figura levantó la cabeza y otro relámpago iluminó el rostro de una mujer. Tenía los ojos verdes como el eneldo y los labios de color rojo grosella. Marchaba a través del suelo pantanoso como si fuera la dueña de la ciénaga, con el cuervo ceniciento volando a su lado.

No era un ser humano, sino un espíritu: la reina fantasma, la Morrigan. A pesar del miedo, me sentí atraída por ella y, en lugar de continuar por el camino hacia la casa, la seguí de regreso al círculo de piedras.

De cerca, la Morrigan parecía aún más terrorífica; era casi tan alta como el espino blanco y los rizos de su cabello rojo escapaban de su mantón como serpientes vivas. De pronto parpadeaba y sus ojos eran negros como los de un cuervo, pero, cuando volvía a parpadear, brillaban verdes como una serpiente. Levantó una mano hacia el cielo y un rayo quebró la gran roca en el centro del círculo de piedras, y dejó al descubierto un abismo negro.

La Morrigan me llamó con su dedo largo y torcido.

—No, no —me negué—. No pienso bajar por ningún túnel oscuro.

"No tienes nada que temer, Caitlín Ní Maolmhuaidh."

A pesar de su aspecto intimidante, su voz era suave y alentadora. Me ganó la curiosidad y me lancé por el túnel. La oscuridad era total, pero ya no tenía miedo, porque me resultaba extrañamente familiar.

"Este es nuestro lado oscuro", me susurró la Morrigan, una

presencia invisible a mi lado. "Las tierras de sombras donde nadie desea vivir, pero donde muchos se sienten perdidos."

Un relámpago atravesó la oscuridad e iluminó frente a mí una imagen de hombres trabados en combate, con los cuerpos ensangrentados y las puntas de las espadas plateadas cubiertas de sangre. "Este es el lugar donde nace la guerra y se engendra la violencia. Porque, Caitlín, a veces debemos luchar."

La imagen desapareció en la negrura espesa y un temor espantoso me invadió.

—No quiero estar aquí —le grité a la Morrigan en la oscuridad absoluta.

Se encendió una llama y el rostro se le iluminó. La mirada cómplice de sus ojos verdes me alarmó.

Apoyó una mano pegajosa sobre mi corazón. "Debes abandonar tu tierra natal."

La oscuridad empezó a disiparse y vi un punto de luz que creció hasta convertirse en un círculo dorado, expandiéndose hasta brillar tan redondo y grande como el sol. Me protegí los ojos, casi cegada; aun así, pude distinguir la silueta pequeña y robusta de una mujer. Me esforcé por verle la cara, pero tenía la cabeza gacha. La mujer sostenía un mazo de cartas, las estaba barajando y el sonido se asemejaba al de las plumas de un pájaro agitándose al viento. Mis ojos se fijaron en sus manos pequeñas y en el anillo de rubí que brillaba en uno de sus dedos. De pronto, dejó de barajar y abrió las cartas en abanico para luego ofrecérmelas sobre una palma. Me adelanté con la intención de descubrir su identidad, pero cuando lo hice, la mujer desapareció en la luz abrasadora del sol y me arrojó una carta.

Me agaché y la levanté. Cuando la di vuelta, me encontré con una imagen extraña que no había visto en ninguno de los naipes que la tía Eimile y el señor Flanagan utilizaban cuando jugaban en la cocina hasta altas horas de la noche.

Se trataba de una mujer sentada en un trono, pero no era una reina. Un sombrero alto, dorado y adornado con flores rojas y azules cubría su cabeza y un velo blanco enmarcaba su rostro. Llevaba un vestido rojo y una capa azul, y tenía un libro sobre su regazo. En la parte inferior de la carta figuraban las palabras *La Papesse*, que se traducen como la Papisa…, aunque no existe tal persona: el Papa es, y siempre ha sido, un hombre.

"Ella es tu futuro", murmuró la Morrigan, aunque no se la veía por ninguna parte. En cambio, el cuervo ceniciento voló hacia delante, para mostrar el camino mientras el sol se desvanecía en la penumbra. "Los hombres luchan, pero tú puedes decidir sus destinos."

—¿A qué te refieres? —le pregunté a la Morrigan, pero la única respuesta que recibí fue el eco de mi propia voz. La mujer y el cuervo habían desaparecido.

Mi falda se agitó a mi alrededor cuando sentí una brisa, oí la lluvia golpeando contra la piedra arriba y olí el exterior. Eché a correr por el túnel, presa del pánico. ¿Y si nunca encontraba la salida y me perdía para siempre en el reino de los espíritus?

Por fin, salí a la lluvia, resbalé en el suelo embarrado y caí sobre las piedras.

Alguien me estaba levantando. Abrí los ojos y creí que seguía soñando; un hombre de ojos grises y mejillas sonrojadas me miraba. Me llevaba en brazos; yo tenía el mantón y la falda viejos y mojados. Me dolía mucho la cabeza y me pregunté si seguiría bajo el hechizo de la Morrigan.

Cerré los ojos y los volví a abrir. El hombre seguía mirándome con preocupación. Su aliento calentaba mi piel mojada y me acunaba con brazos fuertes. Me ruboricé. Aquello no era un sueño. Me retorcí para zafarme de esos brazos, recordando las advertencias de mi tía sobre los caballeros, porque no había duda de que este hombre, con su sombrero de copa y su capa de montar, era un caballero.

—Bájeme.

—Tranquila, muchacha. Tienes un corte en la mejilla.

Aunque era una orden, su voz no poseía el mismo tono imperioso que la de sir William. Por el rabillo del ojo, vi el naipe tirado en la turbera y traté de alcanzarlo, lo que casi nos hace caer a los dos.

—¡Por el amor de Dios! —exclamó entonces el hombre y se enderezó.

—La carta…

Giró la cabeza y su grueso cabello castaño me hizo cosquillas en la mejilla.

—Theobald, coge ese naipe, ¿quieres? —dijo.

Había otro caballero, que sostenía con una mano las riendas de dos caballos. Condujo a los animales hacia la carta y se agachó con rapidez para tomarla con la mano libre.

—Es una carta del tarot francés —precisó Theobald. Los dos caballos, uno gris y otro bayo, resoplaban nerviosos en medio de la lluvia intensa y arrojaban vaho por las fosas nasales—. ¿Por qué diablos tendría una chica irlandesa una carta del tarot francés?

Sacudí la cabeza, me costaba creer que mi visión no hubiera sido un sueño. La carta lo demostraba. Pero ¿qué era una carta del tarot?

—Por favor, señor, bájeme. Puedo ir andando…

—Tal vez sería mejor que lo hicieras, Toby —sugirió Theobald, que me miró a los ojos mientras me entregaba la carta del tarot. La guardé en la bolsa de cuero de Reilly, que todavía llevaba colgada—. La pobrecita parece aterrorizada.

—De ninguna manera —respondió Toby—. Se ha golpeado la cabeza con una de las piedras y está sangrando. —Se volvió hacia mí—. Supongo que eres una criada de Roughty House, ¿verdad?

Asentí.

—Ese es nuestro destino. —El hombre colocó uno de mis pies embarrados en el estribo del caballo gris—. Ahora, tómate de la montura e impúlsate hacia arriba. Eso es.

He pasado mucho tiempo con los caballos en Roughty House, ya que suelo escabullirme al patio de los establos para ayudar a Jack a barrer el estiércol y cepillarles los flancos hasta dejarlos relucientes como el piano de cola de la sala. Cuando los Oswald están fuera, Jack y yo nos turnamos, a veces, para montar el poni de Alexander. Pero este caballo era mucho más grande y sus movimientos impredecibles me ponían nerviosa.

Theobald montó el bayo y Toby se subió detrás de mí. Nunca había estado tan cerca de un hombre, aparte de Jack, y eso no contaba porque es como un hermano y solo tiene doce años. Hice todo lo que pude para desplazarme hacia delante, pero a duras penas cabíamos los dos en la silla. Toby hizo un chasquido y el caballo echó a andar por la turbera. No entendía por qué estos dos caballeros llevaban sus caballos por un terreno tan traicionero.

—Permítame que me presente —pronunció el hombre a mis espaldas—. Mi nombre es Tobias Oswald y él es mi amigo, Theobald Wolfe Tone.

Mi salvador no era otro que Toby, el hijo mayor de sir William. Era la primera vez que lo veía, pues lo habían enviado a la escuela en Dublín antes de que yo llegara a Roughty House cuando era bebé. Pero sabía por Eimile que había estudiado Derecho en Londres.

Llegamos al final de la turbera y aceleramos el paso. Mi cuerpo acompañaba el ritmo del caballo y, desde allí, alcanzaba a ver mucho más lejos que de pie: por todo el valle, hasta las colinas y más allá, donde se extendía el mar.

—¿Y tú quién eres? —preguntó Wolfe Tone, con un dejo de diversión en la voz mientras trotaba a nuestro lado—. Tal vez seas un espíritu, aunque la mejilla te sangra como a una chica de verdad.

Apreté la yema del dedo en la cara, la alejé y observé una gota roja. Del mismo color que los labios de la Morrigan.

—No te asustes; es un corte superficial, no te dejará cicatriz —me aseguró Toby.

—Nos preocupaba que no despertaras, porque estabas tendida en la turbera como en un sueño de lo más reparador —explicó Wolfe Tone—. Es una suerte que decidiéramos echar un vistazo al círculo de piedras; en estas condiciones, podrías haber muerto allí.

Theobald Wolfe Tone cabalgaba erguido y orgulloso en su montura. El cuervo ceniciento había regresado y describía círculos sobre él; la visión me llenaba de inquietud. Pero la presencia de Toby era reconfortante, ya que su trato era muy diferente del de su padre. De hecho, era tan poco probable que sir William me hubiera recogido de la turbera como que hubiera bailado en la cocina con los sirvientes.

—¿Cómo te llamas? —preguntó Toby.

—Caitlin Molloy. Mi tía es cocinera de sir William.

Se le aceleró la respiración, pero no me formuló más preguntas.

Llegamos a los grandes portones al borde de la turbera y, cuando Toby desmontó para abrirlos, salté de los lomos del caballo y aterricé con un golpe inestable en el suelo.

—Pero ¿qué haces? —Los ojos grises de Toby me miraban con severidad y sentí que me ruborizaba, pero me esforcé por recuperar mi dignidad.

—No debería acceder a la casa por esta entrada. A sir William no le agradaría.

Toby frunció el ceño.

—No tengas miedo; soy su hijo…

—Déjala ir, Toby —interrumpió Wolfe Tone—. La chica tiene razón. No es por donde debe entrar una criada.

—Me disculpo por la rigidez de la etiqueta en casa de mi padre. —Toby inclinó la cabeza.

Ningún hombre se había inclinado ante mí antes y, sin saber cómo reaccionar, crucé el portón abierto y me apresuré hacia el bosque que bordea la propiedad.

Al amparo de las sombras, miré de nuevo la carta del tarot. Me estremecí mientras la luna comenzaba a elevarse sobre los árboles. Imaginé su sangre plateada fluir en mis venas. Escondí la carta en mi bolsillo en vez de hacerlo en el bolso de Reilly.

Ahora, mientras escribo a la luz del fuego en la cocina mientras los demás duermen, la siento en el interior de mi vestido. La mujer de poder: la Papisa. Las palabras en francés me aceleran un poco el corazón. ¿Será la mujer de mi visión? ¿La conoceré? La Morrigan predijo que abandonaría mi tierra natal. ¿Me llevará Reilly con él a París? ¿Acaso me ama tanto como yo a él?

Esta carta es mágica, estoy segura. No quiero compartirla con nadie, ni siquiera con mi tía.

Al pensar en Eimile, mi corazón flaquea. No puedo pensar en dejarla; ella me salvó cuando yo era un bebé huérfano.

Le debo la vida.

2 de febrero de 1789

Reilly se ha marchado hoy y no me ha llevado con él.

Lo vi una última vez. Eimile se preparaba para cocinar y yo estaba atizando el fogón grande. Me dolían los ojos por la falta de sueño, me había pasado la mitad de la noche escribiendo y el resto sin poder dormir. Tan solo podía pensar en la partida de Reilly. La luz de la mañana se filtraba por la ventana alta de la cocina y se reflejaba en las trenzas doradas del cabello de Flo mientras fregaba el piso, una imagen hermosa que no alcanzaba a levantarme el ánimo.

Entonces, cuando le di la espalda al fogón, allí estaba Reilly. Una chispa de esperanza se encendió en mi interior y me pregunté si habría venido a pedirme que me fuera con él.

—¡Por Dios, señor Reilly! —exclamó Eimile—. ¿Qué hace usted levantado tan temprano?

—¿Puedo hablar con Caitlin unos minutos fuera?

Mi tía frunció el entrecejo.

—Eso no sería apropiado.

—Dejaré Roughty House esta misma mañana, señora Molloy —explicó—. Por favor, concédanos unos minutos.

Las palabras de Reilly me llenaron de pesadumbre otra vez. Flo paró de fregar el piso y, boquiabierta, levantó la vista hacia él.

—Lamento mucho oír eso —respondió Eimile, con tono más amable—. De acuerdo, pero dejen la puerta trasera abierta.

Me lavé las manos ennegrecidas en el fregadero antes de seguir a Reilly al patio. Era una mañana apacible, más templada que la anterior, y los pájaros ya estaban cantando. El sol naciente atravesaba el patio y espié a Toby Oswald y a Theobald Wolfe Tone, que se preparaban para montar sus caballos junto a los establos. Se habían quedado una sola noche en Roughty House.

—Toby y el señor Wolfe Tone me llevarán junto con ellos —dijo Reilly, siguiendo mi mirada—. Toby me dará un caballo para montar; ellos también se van a Francia.

—Pero ¿cómo vais a llegar hasta allí? —pregunté.

—Cabalgaremos hasta Derrynane House, en la península de Iveragh, y luego tomaremos un barco a Francia desde el puerto de Derrynane —precisó Reilly—. Trabajé como tutor de los sobrinos de Maurice O'Connell, quien mantiene un comercio regular con Francia. Nos dejará viajar en uno de sus barcos.

—¿Y adónde iréis una vez en Francia?

—A la casa de mis primos, los Dillon, en París. Mi tío está en el ejército francés y Wolfe Tone cree que podría influir para ayudarnos a conseguir apoyo militar.

—¿De verdad crees que Irlanda podría separarse alguna vez de Inglaterra? —susurré y me sentí como si estuviera pronunciando herejías en el patio trasero de sir William.

—Sí, lo creo. —La voz de Reilly destilaba un fervor intenso—. Es mi deber como irlandés dedicarme a esta causa.

Esperé su invitación, pero sus siguientes palabras me decepcionaron.

—Siento tener que decirte adiós, porque has sido una alumna excepcional. Más que eso, eres una amiga querida.

—Llévame contigo —solté, incapaz de contenerme.

Reilly pareció asombrado por mi petición.

—No, Caitlin. Eso sería inapropiado.

Deseé que me pidiera que me casara con él. Pero Reilly guardó silencio y se limitó a poner cara de afligido.

Furiosa, cerré los puños.

—Llévame a Francia. Quiero ayudar.

—Pero eres una chica, Cait —contestó él con suavidad—. ¿Qué podrías hacer? Además, el viaje es demasiado peligroso. ¿Y cómo se las arreglaría tu tía Eimile sin ti?

—Vete, entonces —le espeté, y di media vuelta, pero

Reilly me tomó del brazo. Al volverme, vi una lágrima brillar en sus ojos.

—No te enfades conmigo, Caitlin. Solo cumplo con mi deber. Pero no dudes de que te tengo en gran estima y que algún día volveré. —Sacó un libro del bolsillo de su abrigo—. Este es mi ejemplar de *El contrato social,* de Jean-Jacques Rousseau, que quizá recuerdes que leímos juntos. Me lo regalaron cuando estudiaba en París. Quiero que lo conserves, como muestra de mi afecto.

Tomé el libro con manos temblorosas. En el interior de la portada, Reilly había escrito:

Querida Caitlin:
En palabras de Jean-Jacques Rousseau: "La paciencia es amarga, pero su fruto es dulce".

Thomas.

Debajo de la inscripción había una dirección en París: 12, rue du Bac, París.

Reilly apoyó las manos sobre las mías y nuestros dedos se entrelazaron.

—Eres la mujer ideal para mí, pero primero tengo que abrirme camino en el mundo —añadió en un susurro—. ¿Puedes esperar? ¿Me escribirás?

Aunque había soñado con una declaración durante meses, apenas podía creerlo. Reilly es un hombre culto y yo una simple criada de cocina. Y, sin embargo, nuestras diferencias sociales desaparecían cuando lo miraba a los ojos y veía el amor que me profesaba. Sus ojos castaños se tornaron del color negro más absoluto y distinguí dos lunas diminutas y brillantes. Todo cuanto nos rodeaba se oscureció como si hubiera caído la noche y los pájaros hubieran dejado de cantar. Y entonces Reilly ya no estaba de pie en el patio de Roughty House, sino en el de un hermoso edificio de piedra amarilla con columnas delgadas. Llevaba una gran pila de libros en medio de un grupo de jóvenes. Había alegría en su rostro; era más joven y avanzaba con determinación. Esta visión pasó entre nosotros como un reflejo sobre el cristal.

Solté las manos de Reilly y parpadeé. Estábamos de vuelta en el patio de Roughty House, con el ruido de los relinchos de los caballos y los sonidos de la cocina.

—¿Qué ha pasado? —inquirió él con tono trémulo.

—No lo sé —admití, pero pensé en lo que había pasado el día anterior con Mary.

—¿Por qué estábamos en el Colegio Irlandés de París?

Sacudí la cabeza, porque no podía explicarlo.

—Recuerdo aquel día. Estaba muy feliz porque creía que iba a hacer grandes cosas en la vida.

—Nunca te había visto tan contento —murmuré.

Los ojos de Reilly resplandecían.

—Tú me has devuelto la alegría, Caitlin.

Deseé con todo mi corazón arrojarme en sus brazos, pero Toby Oswald y Theobald Wolfe Tone nos observaban desde las caballerizas al otro lado del patio.

—¿Me esperarás, Caitlin? —insistió—. Por favor, ¿puedo escribirte?

Quise negarme. ¿Por qué debería esperar? Yo también quería aventuras. Pero otra parte de mí deseaba complacerlo.

—Sí —prometí.

Reilly se inclinó hacia delante y me quitó la cofia de la cabeza. Su mano me acarició el cabello hasta los hombros y sus dedos delinearon el perfil de mi mejilla. El contacto me aceleró el corazón.

—Volveré, y cuando lo haga, viviremos en nuestra patria, libres de las restricciones del Dominio Protestante.

Su mirada ardía con convicción, pero yo no estoy tan segura de que sus esperanzas se hagan realidad. Los terratenientes ingleses están atrincherados en Irlanda, aferrados como sabuesos a las liebres en sus fauces. Nunca la soltarán.

De vuelta a la cocina, preparé el chocolate para el desayuno de sir William y lady Oswald, mezclando las yemas de huevo con el cacao derretido. La cocina calurosa parecía una mazmorra mientras yo iba y venía de un lado a otro, y John y Patrick me metían prisa para llenar sus bandejas. Un par de veces sorprendí a Eimile espiándome con curiosidad, pero mantuve la cabeza gacha y me secaba las lágrimas con los puños lo más rápido posible.

—¡Ten cuidado, niña! —me gritó Eimile—. Estás metiendo los pelos en el chocolate caliente. ¿Dónde está tu cofia?

—La he dejado fuera.

Eimile soltó un sonido de desaprobación y yo salí corriendo a buscar mi cofia. El patio estaba desierto. Imaginé el eco de los cascos de los caballos cuando los hombres habían montado para emprender el viaje hacia sus aventuras. Retorciéndome de envidia, recogí la cofia húmeda y me la puse.

¿Cómo podré vivir sin mis lecciones con Reilly debajo del acantilado de Thunderstorm? Pensar que nunca volveré a mirarlo a los ojos, a observar sus labios mientras me enseña o a sentir su cercanía mientras escribo con un palo en el lodo pantanoso me llena de desesperación. ¿Acaso la extraña visión del pasado de Reilly no indica que estamos unidos de algún modo? ¿Podré esperarlo?

Esta tarde, corrí por la turbera y las hierbas afiladas me dejaron pequeñas ronchas rojas en las piernas. Mis pies descalzos se hundían en la tierra pesada. Fui hasta el espino blanco del acantilado de Thunderstorm, con su silueta marchita como dedos nudosos. El cielo se cubrió de nubes de lluvia amenazantes, pero no regresé a Roughty House. En la penumbra de las horas previas a la cena, cuando debería haber vuelto a la cocina para ayudar a Eimile, subí hasta lo alto de la turbera, trepando por las rocas grises veteadas de blanco.

Buscaba a la reina fantasma. Necesitaba respuestas, pero la Morrigan no reapareció, aunque el cuervo ceniciento volaba sobre mi cabeza. Me acurruqué sobre el musgo en la base del espino blanco y recordé a Reilly, con los brazos apoyados en las raíces mientras leíamos juntos. Ojalá nos hubiéramos besado. Reflexioné sobre la promesa que me había hecho, su deseo de que lo esperara. ¿No debería sentirme honrada de que un hombre de la clase social de Reilly me desee? Y, sin embargo, no es así. Arranqué parte del musgo aterciopelado sobre las raíces del árbol y lo eché a un lado.

No quiero esperar, ni siquiera por Reilly. ¿Por qué deseo con todas mis fuerzas abandonar la seguridad de Roughty House? Aquí tengo el amor y la devoción de Eimile. Tengo comida en abundancia y refugio contra los elementos. Más allá de los límites de la propiedad, lo único que tengo es la promesa de un hombre que me ha pedido que no lo siga.

Pero no tienen que ver con Reilly estas ansias de partir. Una profunda necesidad dentro de mí anhela la libertad.

El cuervo ceniciento descendió en picado y se posó en una de las raíces del espino, ciñó las alas negras a su cuerpo gris y su cabeza y pecho negros refulgieron bajo los últimos rayos de sol. Ladeó la cabeza y se quedó mirándome como haciéndome una pregunta. El pájaro parpadeó; sus ojos verdes eran aterradores. Luego parpadeó de nuevo y sus ojos se tornaron negros, siniestros y desafiantes. La Morrigan había vuelto. Sentí una mezcla de miedo e incertidumbre, porque intuía que se avecinaba un cambio.

Saqué la carta del tarot del bolsillo de mi delantal y volví a mirarla. ¿Quién es la Papisa? ¿Qué tiene que ver con mi futuro?

EL LOCO

Corre un riesgo

29 de marzo de 1789
Normandía

No HABÍA PREVISTO ESTO. LENORMAND ESTÁ DE PIE ANTE la madre María Inés y la está cuestionando. La abadesa frunce el ceño, poco acostumbrada a que una de las jóvenes a su cargo la desafíe. Aunque Lenormand ha pasado los últimos once años de su vida entre los muros del convento de la Visitación de Caen, donde cada día se la anima a ser gentil y humilde, no está en su naturaleza someterse con facilidad.

—Ya no podemos ofrecerte asilo, Adelaide —repite la madre María Inés, sin mirarla a los ojos, sino al crucifijo que cuelga en la pared de piedra encalada detrás de su cabeza.

—¿Por qué, madre? —pregunta Lenormand. No entiende esta expulsión tan repentina, sobre todo ahora. La madre María Inés, que no hace mucho era solo sor María Inés, siempre ha sido su aliada.

—Estoy segura de que entiendes el motivo —responde la madre María Inés y, finalmente, la mira. La expresión de disculpa en su rostro hace más intenso el sentimiento de injusticia de Lenormand.

—Le brindé mi ayuda. Gracias a mis habilidades es usted la nueva abadesa y, por cierto, esperaba que fuera más inteligente que la anterior —replica Lenormand con un tono cargado de sarcasmo.

La expresión de la madre María Inés cambia, una máscara de indiferencia sustituye a la disculpa y a partir de ahora le habla con tono cortante.

—Tus pretensiones de tener habilidades de otro mundo son irreverentes. Tienes una edad en la que ya no pueden tolerarse como las fantasías de una niña caprichosa. Todos los días te ofrecemos la oportunidad de convertirte en una hija en la oración de Dios y, sin embargo, te niegas a someterte a las penitencias que se te piden.

—Pero fue la madre María Catalina quien me impuso las penitencias, ¿y acaso no fue ella quien cayó en desgracia? ¿Y no fue usted quien me alentó a que predijera esa desgracia y le revelase al padre Francis la avaricia de la por entonces madre superiora?

Fue Lenormand quien pronosticó los pecados de la santurrona madre María Catalina, entre ellos el robo de las donaciones al orfanato. La monja robaba el dinero que se donaba para el mantenimiento de las niñas. El espíritu de la madre de Lenormand le reveló la verdad y ella confió en sor María Inés y compartió con ella su predicción de que la nombrarían nueva abadesa en sustitución de la madre María Catalina.

Desde su llegada al convento de la Visitación de Caen, a los cinco años, el resto de las niñas sabían que Lenormand podía hablar con los espíritus, ya que solían recibir mensajes de sus padres fallecidos. Con el paso de los años, los rumores sobre su talento esotérico llegaron a oídos de las monjas y la madre María Catalina, lo que dio lugar a una serie de castigos estrictos. Obligaban a Adelaide a arrodillarse y rezar la avemaría durante horas en la capilla, debajo del gran cuadro del fundador de la orden, san Francisco de Sales, bendiciendo a su primera iniciada, santa Juana Francisca de Chantal. Lenormand llegó a conocer cada detalle del cuadro y aborrecía la cabeza inclinada y la pose servil de la monja.

Las penitencias nunca surtieron efecto, pues los espíritus seguían rondándola y no podía acallar sus susurros. La dejaban sin cenar, la encerraban a solas en una celda e incluso la azotaban con la pequeña rama de abedul que la madre María Catalina guardaba detrás de la mesa de su celda. Pero cada persecución solo servía para acrecentar la determinación de Lenormand de decir la verdad y citaba las palabras de san Francisco de Sales mientras la madre María Catalina le pegaba con saña: "¿Cuál es el espíritu especial de la Visitación? Para mí no es otro que un espíritu de profunda humildad para con Dios y de una gran gentileza para con el prójimo".

—Es indecoroso y vanidoso de tu parte alegar que soy la abadesa de este monasterio gracias a tu intervención, porque fue el mismo rey quien me eligió. —La madre María Inés junta las puntas de los dedos; sus ojos grises duros y fríos como la piedra—. Tus pretensiones predictivas van en contra de todas las leyes de la Iglesia. Agradece que tu único castigo sea la expulsión, porque, en otros tiempos, te habrían acusado de brujería.

—¿No recuerda que su propia madre me pidió que le transmitiera un mensaje? ¿Y cuánto la reconfortó eso? ¿Y que le recomendó que se mantuviera a distancia de la madre María Catalina? —replica Lenormand con frialdad.

La madre María Inés se estremece y sacude la cabeza mientras Lenormand la observa con incredulidad. La monja ha sido la única madre que ha conocido desde que ella y su hermana menor Suzettte ingresaron en el orfanato. Suzette con esa sonrisa que le marcaba los hoyuelos y esa actitud servicial, no tardó en ganarse el cariño de todo el convento. Lenormand, sin embargo, fue una niña difícil desde el principio, con su aspecto sombrío y sus modales hoscos. Las hermanas nunca han sido unidas. Toda la gente a quien ella quiere halla la muerte, y Lenormand nunca ha querido que Suzette corra la misma suerte.

Ya a los cinco años, a Lenormand le disgustaba la cantidad de horas que tenían que pasar de rodillas, rezando a Dios y a su hijo Jesús. Aunque las monjas de la Visitación honraban sobre todo a María, y la orden recibió su nombre en honor de la visita de la Virgen a Isabel, cuando esta estaba embarazada de Juan el Bautista. Lenormand nunca ha tenido muy alta opinión de María y de Isabel, porque parecen haber existido solo para honrar a los hombres. Todos los días se aconsejaban humildad y mansedumbre a Lenormand, ya que eran los mejores atributos femeninos.

Durante un tiempo, Lenormand soñó con hacerse novicia en el convento, bajo la supervisión de sor María Inés. ¿Podría ser monja sin creer en Dios? ¿Podría ahogar sus dudas aquí en el convento, cuando su cabeza estaba siempre ocupada con los susurros de los espíritus..., ¡y eran tantos!..., que clamaban por hablar con ella? Hacerles caso omiso era una tarea agotadora.

Pero ahora parece que la madre María Inés ya no desea que Lenormand forme parte de su rebaño. Quiere que se vaya, porque es peligrosa, con sus habilidades para predecir los destinos de quienes la rodean. Lenormand no tiene nada que hacer cerca de la iglesia y debe aceptar que su lugar no está dentro de la casa de Dios.

—Pero ¿y Suzette? —pregunta, pensando en su hermana.

—Tu hermana permanecerá en el convento dos años más y luego la devolveremos a tu padrastro, como tú ahora —responde la madre María Inés—. Pero estaréis separadas menos de dos años —añade, y confunde la pregunta de Lenormand con preocupación.

No es que Lenormand no se preocupe por su hermana, pero tiene la poderosa sensación de que Suzette está destinada a llevar una vida feliz, con un buen matrimonio e hijos. En cambio, cuando trata de intuir su futuro, este le resulta más efímero, cambiante y difuso, como la bruma matinal del mar que envuelve al monasterio.

—Ahora que la nieve se ha disipado un poco, tu padrastro ha organizado tu regreso a Alençon mañana por la mañana. Creo que te ha concertado un buen matrimonio. —La madre María Inés le sonríe—. Pienso que tal vez una vida ocupada con un esposo e hijos que cuidar sea lo mejor para ti, Adelaide. Aquí en el monasterio, tenías demasiado tiempo para reflexionar y eso avivaba tus fantasías alocadas. Se necesita mucha disciplina para seguir el camino espiritual.

—Pero ¿no quería usted que me convirtiera en novicia? —protesta la joven.

—Un malentendido, y eso fue antes de que mostraras tus inclinaciones más oscuras —señala la madre María Inés con énfasis—. No eres apta para la vida de convento.

La idea de casarse horroriza a Lenormand, pero no piensa suplicar y, antes de que la madre María Inés tenga la oportunidad de pedirle que se retire, se marcha de los aposentos.

Lenormand se niega a asistir a las horas de la Virgen en vísperas y mientras las otras chicas están en la capilla con las monjas, saca de abajo de su cama la caja maltrecha que perteneció a su madre. Dentro hay cuatro prendas: una capa negra con solapas anchas, un gorro de encaje blanco, una capucha de seda negra y un sombrero de paja forrado con seda rosa y adornado con cintas rosadas. Deja el sombrero de paja para Suzette y se pone el gorro de encaje blanco, seguido de la capa negra. Por último, se coloca la capucha sobre la cabeza. No hay espejos en el dormitorio de las chicas, ni en ninguna otra parte del convento, pero la sensación de la seda alrededor de su cara mientras se ata la cinta en la parte superior del pecho es agradable.

Lenormand da media vuelta con la capa negra; le queda larga y se arrastra sobre el suelo de madera; aun así, se siente diferente, más mujer de lo que nunca le han permitido ser dentro de los muros del convento.

"París. Toma el camino a París."

Cada vez que gira, el espíritu de su madre le habla. Lleva puestos la capa, el gorro y la capucha de su madre y es como si la tela retuviera un eco de ella.

"A París, hija mía, donde está tu destino."

—Pero mamá, ¿adónde voy a ir en París?

"La caja, Adelaide."

Lenormand deja de dar vueltas y se arrodilla delante de la caja. Hay algo escrito en un lado:

Tienda de madame Renard
Rue Saint-Honoré, plaza del Palacio Real, París

Un recuerdo distante acude a su mente: una mujer

pelirroja bebe una taza de leche con su madre en la cocina de la granja mientras los gatos se van moviendo entre las piernas de ambas. La mujer lleva un vestido espléndido, y sí, allí está la caja, un regalo para su madre sobre la mesa de madera desgastada.

"Julie, mi hermana. Ve a verla, hija mía."

Lenormand desplaza un dedo por la dirección en París y la retiene en su memoria. Las monjas no han dejado pasar un día sin recordarle sus limitaciones y le han enseñado a contentarse con una vida tranquila en Normandía. Pero Lenormand siempre ha sabido que está destinada a más. Su talento es especial y no puede desperdiciarlo en un remoto paraje rural. La idea de tener un esposo o hijos que cuidar le provoca escalofríos. Por supuesto, debe ir a París, pero ¿cómo llegará hasta allí?

Se incorpora, hace volar la capa a su alrededor una vez más y recuerda cuando su madre le contó con orgullo que Julie, su hermana viuda, había abierto una sombrerería en el centro de París. Había nostalgia en la voz de su madre cuando hablaba de París, y este deseo de ver la ciudad dorada de Francia ha calado hondo también en Lenormand. Se le hincha el corazón cuando el movimiento hace rozar la tela contra su cuerpo y se siente como un pájaro antes de emprender el vuelo. Un plan comienza a gestarse en su mente; no tiene tiempo que perder. Se quita la capucha, el gorro y la capa con cuidado y los guarda de nuevo en la sombrerera para mañana.

Su mirada repara en una pila de cartas atadas con una cinta negra que su padrastro le ha enviado de manera metódica, una por cada año de su estancia en el convento. Por un instante, Lenormand lamenta decepcionarlo, pero es demasiado inteligente para ser una simple esposa. Hasta el padre Francis ha reconocido que sus habilidades matemáticas son excepcionales para una chica. Si se queda en Normandía, se convertirá en la bruja de la que habla la gente, la mujer extraña que oye las voces de los muertos y predice la fortuna. El espíritu de su madre le ha dicho adónde ir.

Seguro que, en París, ciudad de miles, encontrará a otras como ella.

A la mañana siguiente, después de despedirse de una Suzette llorosa, Lenormand espera en las puertas del convento que el carruaje de su padrastro pase a recogerla. Pese a que la madre María Inés no lo aprueba, lleva puestos la capa, el gorro de encaje y la capucha de seda negra de su madre. Debajo del vestido, siente el peso reconfortante de las monedas que lleva en un pequeño saco atado a la cintura. No lo considera un robo, sino más bien el cobro de una deuda, pues ¿acaso la madre María Catalina no se apropió del dinero destinado a ella y a su hermana? Solo ha tomado lo que le corresponde del armario en la habitación de la madre María Inés, un robo bastante fácil mientras todas estaban en vísperas. Es sorprendente descubrir cuánto esconden las arcas del convento mientras las niñas se alimentan de raciones escasas.

Incluso a la tierna edad de dieciséis años, Lenormand comprende el poder del dinero. Está bastante segura de poder sobornar al cochero de su padrastro para que la lleve en dirección a París, tan lejos como sea capaz en un día, y entonces estará en camino hacia su futuro. Lenormand tiembla por las ansias; el espíritu de su madre le ha asegurado que será brillante.

DESAFÍO A SIR WILLIAM

31 de marzo de 1789

ME PREOCUPA LA TÍA EIMILE. HA SIDO UN DÍA TERRIBLE Y todo es culpa mía. Escribo esto a la luz de las velas en la cocina mientras escucho su respiración agitada. Sé que no es la forma correcta de empezar, porque Reilly siempre decía que un verdadero narrador debe empezar por el principio. Seguiré su sugerencia.

Esta mañana me desperté con el canto del gallo y la luz grisácea del amanecer que ya iluminaba la cocina. Eimile se agitó debajo de nuestras mantas y tosió. La ayudé a sentarse mientras intentaba recuperar el aliento. El humo del fuego de la cocina no ayudaba.

Todos los criados que dormimos en el suelo de la cocina nos levantamos de nuestro corto sueño; Eileen se alisó el vestido de criada y Flor puso la tetera grande al fuego para preparar una bebida caliente para el pecho de Eimile. Mikey, el mozo, se marchó por el pasillo sombrío a recoger los orinales de los Oswald. Recogí las mantas, las guardé en el arcón de la cocina y luego metí un trozo de tela de santa Brígida en el bolsillo de Eimile para la buena salud. El día parecía más luminoso de lo normal y, cuando levanté la vista hacia las ventanas altas de la cocina, vi que estaba nevando.

—¡Está nevando! —exclamé, y señalé la ventana. Eimile volvió a toser y luego hizo una mueca.

—¿Cuándo llegará la primavera? Este invierno ha sido gélido. —Eileen se estremeció mientras abandonaba el calor de la cocina para encender las chimeneas en el piso de arriba.

—Es muy bonito —comentó Flo. Se puso de puntillas para mirar por las ventanas y bailó a través del suelo de la cocina para dirigirse a la antecocina.

Yo creía lo mismo. La nieve era mágica.

La cocina quedó vacía, salvo por mi tía y yo.

—No veía una nevada así a estas alturas del año desde antes de que vinieras a vivir aquí —señaló Eimile.

Dobló los dedos fríos dentro de mis palmas tibias y, al mirarla a los ojos, vi a mi tía de joven, corriendo por los jardines de Roughty House. Un manto grueso de nieve transformaba el paisaje, las copas de los árboles estaban cubiertas de blanco y los copos se arremolinaban en círculos. Eimile se detuvo para hacer una bola de nieve antes de darse la vuelta y lanzarla detrás de ella. Se rio cuando se agachó para esquivar una bola, pero no pudo evitar otra que se estrelló contra su mantón azul. Una figura masculina con un abrigo oscuro perseguía a mi tía, pero no alcanzaba a distinguir su rostro. Lo único evidente era la felicidad de ella mientras él se acercaba. Eimile estaba enamorada.

La visión terminó con brusquedad; mi tía retiró sus manos de las mías y dio un paso atrás con expresión desconcertada.

—¿Qué has hecho? —susurró con la voz ronca y los ojos llorosos.

Sacudí la cabeza, incapaz de explicar lo que había ocurrido, pero con curiosidad por saber quién era aquel hombre.

—¿Quién era? —inquirí.

Mi tía hizo caso omiso de la pregunta.

—Esto no es quiromancia, Cait; es peligroso. Reza a nuestra santa madre María para que no vuelva a ocurrir, porque solo te traerá problemas.

Empezó a toser, sacó un pañuelo del bolsillo del delantal y se lo llevó a los labios.

—Tía...

—Sigue con tus obligaciones —concluyó, entre respiraciones ahogadas.

Fuera, en el patio helado, los dedos de los pies se me pusieron azules cuando alcé el rostro hacia el cielo. La nieve cayó sobre mis mejillas; me quité el gorro y sacudí el cabello para sentir el suave golpeteo de los copos sobre mi cabeza. Cuando crucé el hielo para recoger agua, volví a ver al cuervo, con su cabeza negra coronada de nieve. Parpadeó, ojos verdes, ojos negros, y se alejó volando. La visión me llenó de inquietud. Pensé en Reilly, que se había marchado hacía casi dos meses y que seguramente ya estaba establecido en París. No he sabido nada de él. ¿Por qué no me ha escrito como prometió? Temo que haya sufrido alguna desgracia o desastre en el viaje, y suelo rezarle a santa Brígida para que haya llegado a salvo. Le echo mucho de menos.

—¿Dónde está tu cofia, Cait? —me reprendió Eimile cuando entré en la cocina—. ¿Qué te pasa, niña? ¿Por qué tienes cara de amargada?

Salí corriendo al patio de nuevo, pero la cofia estaba empapada. La puse a secar junto al fogón mientras preparaba el chocolate espeso y pegajoso para sir William y lady Oswald.

Eimile sacudió la cabeza; ya se había quitado el malhumor y me sonrió con cariño.

—No has nacido para obedecer leyes, Cait Molloy.

Un par de horas más tarde, estábamos sentadas alrededor

de la gran mesa de la cocina, comiendo tazones de gachas de suero de leche, cuando sonó el timbre de la sala.

—¿Dónde está Eileen? —preguntó la señora Bryant.

—Ha terminado de desayunar y subido a comprobar las chimeneas —le respondió Eimile al ama de llaves inglesa—. Está muy ocupada desde que Mary se fue.

La mención del nombre de Mary generó un silencio incómodo. La despidieron la semana pasada y sospecho que tuvo algo que ver con los papeles escondidos en el cuartito de debajo de la escalera. Se marchó sin despedirse. Desde entonces, Eileen, la otra criada de la casa, no ha parado ni un minuto, ya que tiene que cumplir con las tareas de Mary, además de las propias.

—Tendrás que ir tú, entonces, Caitlin. —La señora Bryant me fulminó con la mirada—. Ponte la cofia y límpiate los pies.

Cuando entré en la sala, incliné la cabeza, porque no se nos permite mirar directamente a sir William ni a lady Oswald.

—¿Dónde está Eileen? ¿La señora Bryant no ha contratado todavía una criada nueva?

Espié a lady Oswald por debajo de mis pestañas. Era una mujer bien alimentada, mayor que mi tía, pero de complexión más robusta. Llevaba el cabello canoso recogido en un gorro de encaje con un lazo de seda rayada y un vestido de seda gris con cintas rayadas haciendo juego en las mangas. Sentado en su regazo, un pequeño spaniel marrón le lamía los dedos con entusiasmo.

—Sí, milady, pero la nueva criada viene de Dublín y supongo que la nieve la ha retrasado.

—Tiene que haber otra sirvienta más adecuada para cubrir sus funciones que una criada de cocina. —Lady Oswald se volvió hacia su esposo—. ¡Esta chica está descalza, William!

—Sí, en efecto —contestó sir William. Estaba sentado en un sillón junto a la chimenea—. Pequeña salvaje.

Me enfurecí tanto que no podía hablar, aunque quise preguntarle de dónde iba a sacar dinero para zapatos cuando el sueldo de mi tía era una miseria, y eso cuando se lo pagaban, y yo no recibía nada salvo mi manutención.

—Queremos ver a la señora Molloy —exigió lady Oswald.

Preocupada, desanduve el pasillo oscuro hacia la cocina. Los Oswald nunca querían ver a los sirvientes, ni hablar con ellos. La señora Bryant ya le había dado el menú a lady Oswald, de modo que ¿por qué querrían ver a Eimile?

Cuando regresé con mi tía, esta se detuvo ante la puerta de la sala y me indicó que volviera a la cocina.

—Pero ¿por qué sir William y lady Oswald desean hablar contigo? —pregunté, nerviosa por la posibilidad de que hubieran descubierto mis excursiones vespertinas a la turbera. La idea de que me las prohibieran me llenaba de desesperación. Incluso sin Reilly, el acantilado de Thunderstorm es un lugar muy preciado para mí; he proseguido mis clases sola.

—No tengo ni idea —respondió Eimile, pero comprendí que mentía.

Una vez que Eimile hubo llamado y entrado en la sala, comprobé que ni el señor Dove, el mayordomo, ni la señora Bryant se encontraran cerca y pegué la oreja a la puerta.

—Señora Molloy, hemos advertido que el nivel de la cocina ha bajado.

Mi tía no contestó, pero debió de quedarse atónita porque en el condado es de dominio público que los Oswald tienen la mejor cocinera.

—Esta mañana encontré un pelo en mi chocolate caliente, rojo, como el suyo, si no me equivoco.

Me sentí horriblemente culpable. Estaban regañando a mi tía por mi dejadez. Debí haberme puesto la cofia, aunque estuviera mojada. Pero, por supuesto, Eimile fue leal y se disculpó con lady Oswald.

—Esto es preocupante, en especial después de su reciente insolencia —intervino sir William—. ¡Todavía no puedo creer que me haya abordado por el tema de la criada despedida! Eso es asunto de la señora Bryant, a quien tendría que haber dirigido usted sus objeciones.

—Acudí a usted, señor, porque me pareció muy cruel despedir a Mary sin ofrecerle ninguna referencia. No tiene adónde ir, sus padres han fallecido —susurró Eimile.

—La chica debería haber considerado las consecuencias antes de romper las reglas de la casa —replicó lady Oswald.

—No eran más que unas pocas páginas escritas... —comenzó a decir Eimile.

—En irlandés, pero peor aún, las palabras en las páginas eran un poema rebelde, escrito por la viuda del proscrito O'Leary —declaró sir William—. Las hice traducir antes de arrojarlas a las llamas.

Recordé que Eimile me había contado la historia de Art O'Leary, o Art Ó Laoghaire, el héroe católico que se negó a acatar las Leyes Penales y a venderle su caballo por cinco libras a un terrateniente protestante de Macroom. Una noche lo atacaron y, cuando su esposa, Eibhlín Dubh Ní Chonaill, se enteró, montó su caballo y corrió hacia él. Mientras O'Leary agonizaba, ella entonó un lamento en irlandés.

"El lamento pasó de boca en boca y aún sigue vivo dieciséis años después. La injusticia, la violencia y su dolor nunca caerán en el olvido", me dijo Eimile en cierta ocasión.

Este fue el poema que vi en la visión de Mary y que Eimile debió de ver también. ¿Por qué Mary no lo destruyó antes de que la atraparan? Desearía haber hecho más para convencerla de que lo hiciera.

—Mary fue una criada leal durante cinco años. Se merecía algo mejor que un trato tan duro —aseveró mi tía.

—Tenga cuidado, señora Molloy, porque tiene usted una gran deuda con nosotros —replicó lady Oswald—. De hecho, ahora desearía que hubiéramos insistido en que enviaran a la bebé a un orfanato.

Yo soy la huérfana. Y habría muerto en uno de esos orfanatos espantosos de no haber sido porque mi tía Eimile me acogió cuando murieron mis padres.

—Y mírese usted, mujer, ¿dónde están su humildad y su gratitud? —El tono de sir William era cruel—. Digamos que ya no está en la flor de la vida y tiene suerte de pasar el resto de sus días bajo nuestro techo.

—Acabemos con esto —interpuso lady Oswald—. Dese por notificada del deficiente nivel de la cocina.

La indignación me venció y, sin pensarlo, abrí la puerta.

—¡El pelo en el chocolate era mío! —Tiré de un mechón rojo para liberarlo de la odiosa cofia—. Es a mí a quien deben castigar.

Lady Oswald había hecho una mueca de disgusto ante mi entrada y sir William estaba rojo de furia.

—Vuelve a la cocina, Cait —me ordenó mi tía, con la cabeza aún inclinada hacia los Oswald.

—No estoy agradecida. —Levanté la barbilla y fulminé con la mirada a nuestros amos ingleses. La ira me nublaba la razón—. No les pedí que me acogieran.

Lady Oswald se llevó las manos al pecho, como si yo la hubiera herido, y sus ojos grises refulgieron como los de su hijo Toby.

Sir William se puso de pie.

—No toleraré semejante atrevimiento bajo mi propio techo —exclamó—. Si permito que este tipo de conducta quede impune, estaré alentando una rebelión de mi propio personal.

—Es una muchacha impulsi… —aventuró Eimile.

—En eso se parece a usted, Milly Molloy —espetó él.

Pronunció el nombre de mi tía en inglés, con tono áspero—. Ambas permanecerán de pie en el patio todo el día, a ver si se les enfría la cabeza.

—Pero William, está nevando —saltó lady Oswald—. ¿No crees que se van a congelar? Además, ¿quién preparará la cena?

—En absoluto. Estas campesinas irlandesas son duras de pelar. —Sir William le hizo una mueca burlona a mi tía—. Deben aprender la lección. Visitaremos a los White y cenaremos con ellos esta noche.

Con el corazón palpitando de miedo y furia, me volví hacia mi tía, que por fin había levantado la cabeza y miraba a sir William con tanto odio que la creí capaz de tomar el atizador y actuar en consecuencia.

—¡Podéis retiraros! —bramó sir William.

La nieve ya no era encantadora. Caía y caía, y nos retenía en una prisión helada. Golpeé los pies contra el suelo, pero eran dos bloques de hielo; tenía los dedos azules y no podía parar de tiritar. Al menos Eimile llevaba un par de zapatos viejos, aunque ella también temblaba, pese a que el señor Flanagan, el mozo de cuadra, le había dado su abrigo de lana para que se lo pusiera sobre el mantón. A mi tía le costaba respirar. El señor Flanagan había intentado convencer al señor Dove de que, como sir William y lady Oswald se habían marchado a visitar a los White, nadie se daría cuenta si entrábamos en la casa. Pero el señor Dove se había mostrado inflexible: su amo le había ordenado que no nos dejara entrar hasta el anochecer.

—¿No se da usted cuenta de que morirán? —El señor Flanagan estaba fuera de sí.

—Es un asunto de la casa y no es de su incumbencia —había replicado secamente el señor Dove—. Limítese a ocuparse de los caballos.

El señor Flanagan había hecho todo lo posible: había enviado a Jack con tazones de caldo humeante, había cubierto mis pies descalzos con grasa de cerdo de la cocina y metido heno dentro de nuestra ropa. Nos había hecho caminar por el patio para mantenernos calientes y nos había hecho compañía, vestido apenas con camisa y calzones.

—Lo siento, tía —me disculpé; me castañeteaban los dientes.

Mi tía esbozó una sonrisa.

—No es culpa tuya, niña.

—Desearía no haber nacido. Te he causado muchos problemas.

—Calla. No digas esas cosas. ¿Qué sería de mi vida sin ti?

Pese al frágil estado de mi tía, podía ver el amor en sus ojos.

—Prométeme que te irás de Roughty House —añadió con voz ronca—. Que te irás lejos.

—No, tía, ¡no puedo dejarte!

—¡Prométemelo, Cait!

Asentí, con los ojos llenos de lágrimas. Mi tía intentó decir algo más, pero empezó a toser de nuevo. Apreté su mano helada mientras ella luchaba por respirar.

Por fin, la luz empezaba a disiparse y nuestro calvario terminaría pronto. El señor Flanagan y Jack habían ido a atender los caballos y Flo cruzó el patio a la carrera, con los brazos cargados de mantones.

—Las chicas y yo hemos reunido todos nuestros mantones para vosotras.

Yo tenía demasiado frío para darle las gracias a la joven de dientes rotos que oficiaba de criada de la antecocina. Flo nos cubrió con los mantones y Eimile y yo nos acurrucamos juntas. La nieve quedaba atrapada entre los pliegues de lana y se convertía en charcos blancos. Su brillo me cegaba.

Miré hacia la turbera, blanca como el azúcar y salpicada de pequeños montículos de hierba oscura. La nieve se amontonaba sobre las ramas negras del espino blanco, que se alzaban retorcidas hacia el cielo repleto de copos de nieve. Había una figura junto a él. Por un instante, me dio un vuelco el corazón, pero no era Reilly: era la Morrigan. Era casi tan alta como el árbol y vestía toda de negro, con el cabello rojo como una señal de apremio en medio del paisaje blanco. Me estaba esperando. Sentía la llamada en lo más profundo de mis entrañas, donde se acumulaba toda mi furia, junto con el hambre de venganza.

—¿Ves a la Morrigan? —le susurré a la tía Eimile.

Eimile giró la cabeza para seguir la dirección de mi brazo extendido, que temblaba de frío.

—¿Quién? —murmuró, con la voz apagada por todas las capas de lana que tenía encima.

—La reina fantasma… —empecé, pero la Morrigan ya no tenía forma humana. Se había transformado en el cuervo ceniciento y se alejaba de nosotras. La ventisca se hizo más intensa y la nieve se convirtió en remolinos blancos que nos aguijonearon la piel y adornaron nuestras pestañas, y todo desapareció.

Un rato después, cuando el cielo blanco cedió ante el crepúsculo, la señora Bryant cruzó el patio resbaladizo con paso enérgico.

—Ya pueden entrar. El señor Dove dice que el castigo ha terminado.

Temblando de frío, di un paso adelante, pero mi tía no se movió.

—¿Está él seguro, señora Bryant? —masculló Eimile—. Porque podría quedarme aquí toda la noche, pero se quedarían sin cena.

La señora Bryant se sonrojó.

—Si por mí fuera, señora Molloy, no habría permitido que usted y la muchacha recibieran un castigo tan cruel. Vamos adentro... Pronto entrarán en calor.

Entramos tambaleándonos, y Flo y Eileen nos rodearon enseguida para quitarnos los mantones y los abrigos llenos de nieve. Me sentía como un héroe que volvía de la batalla, aunque, cuando empecé a recuperar la sensibilidad, me dolía todo.

—Quítese los zapatos —le indicó la señora Bryant a Eimile—. Debemos asegurarnos de que no se hayan congelado los pies. Una vez trabajé para una familia en Escocia y era algo bastante común entre los guardabosques durante los meses de invierno.

A pesar del cuerpo dolorido y la cabeza que me latía con fuerza, me sentía triunfante. Nos habíamos enfrentado a los Oswald y habíamos sobrevivido. La señora Bryant estaba frotando a Eimile con una manta; nunca había visto al ama de llaves actuar con tanta amabilidad. Flo calentó leche mientras Eileen me frotaba los pies helados. Después de asegurarse de que no había ningún hombre cerca, la señora Bryant nos hizo quitarnos la ropa empapada y ponernos ropa seca. Incluso le dio a Eimile un par de medias de lana de ella. Poco a poco entré en calor y me alegró volver a ver las mejillas sonrosadas y los ojos brillantes de mi tía.

La señora Bryant llenó la cocina de velas, algo muy por encima del presupuesto de la casa, e instruyó a Eileen y a Flo sobre los preparativos de la cena para sir William, lady Oswald y su hijo menor, Alexander, recién llegados de su visita a los White, mientras nosotras bebíamos tazas de leche caliente con un chorrito de whisky que habían tomado del mueble bar de sir William.

—La mejor medicina —insistió la señora Bryant.

Los fuegos ardían en la cocina y, salvo el señor Dove, todos estábamos sentados cerca de ellos, envueltos en nuestras mantas. Los Oswald se habían retirado a dormir. John sacó su silbato de hojalata y el señor Flanagan llegó con su violín. Patrick y Flo se turnaron para cantar baladas antiguas, algunas de las cuales me hicieron llorar, porque la criada de la antecocina tiene una voz angelical. Y cuando John y el señor Flanagan empezaron a tocar una giga, Flo y Eileen se levantaron y bailaron mientras la señora Bryant daba golpecitos con el pie y lucía una sonrisa pensativa en el rostro. De vez en cuando nos pedía que no hiciéramos tanto ruido, pero estábamos en la cocina del sótano, lejos de los Oswald, y había motivos para celebrar. Estábamos vivas. Habíamos capeado el temporal.

Eimile le agradeció al señor Flanagan haberle prestado el abrigo y noté que la cara de él se iluminó cuando ella le habló. ¿Acaso el señor Flanagan era el hombre que aparecía en mi visión de Eimile en la nieve esta mañana? Me hizo echar de menos a Reilly. Estoy segura de que me habría apoyado.

Flo me ayudaba a mantenerme erguida mientras yo daba tumbos por la cocina, con los miembros agarrotados por el frío. Pero cuanto más me movía, más se aflojaban, y el cuidado de mis compañeros me levantaba el ánimo. A la luz resplandeciente de las velas y las llamas vacilantes de los fuegos de la cocina, la expresión de Eimile era beatífica cuando empezó a recitar en irlandés el lamento prohibido por la muerte de Art O'Leary.

Las palabras eran incendiarias y podían provocar su expulsión definitiva de Roughty House, como le había ocurrido a Mary, pero la inglesa señora Bryant escuchó con la cabeza gacha, como avergonzada. Nadie detuvo el lamento de Eimile.

1 de abril de 1789

Mi vida en Roughty House ha terminado. Escribo esto porque apenas puedo creerlo. Lo que ha sucedido esta mañana parece una pesadilla. Comencé los primeros minutos del día con un inmenso alivio por el hecho de que Eimile y yo hubiéramos sobrevivido a la durísima experiencia en el patio sin sufrir lesiones por congelación. Recuerdo que levanté la vista hacia las ventanas altas de la cocina y noté que había parado de nevar. La luz de la luna entraba en la habitación. Y allí, enmarcado por el resplandor, estaba el cuervo ceniciento; golpeaba el pico contra el cristal como si me llamara. Pero yo no tenía ningún deseo de volver a salir al frío antes de tener que ir a buscar el agua.

Me di la vuelta debajo de las mantas en el suelo de piedra de la cocina y me acerqué al cuerpo dormido de mi tía en busca de calidez. La abracé, pero su cuerpo parecía diferente: ligero y frío, como si no tuviera peso.

Me senté y le di unas palmaditas en el brazo.

—Despierta, tía.

Tiré de ella y Eimile rodó sobre la espalda. A la luz de la luna, vi que tenía los ojos abiertos y vidriosos, como si las lágrimas se hubieran congelado sobre ellos, y la boca roja de sangre.

Grité y el cuervo ceniciento levantó vuelo al otro lado de la ventana, graznando a modo de respuesta.

Mi tía Eimile ha muerto por mi culpa.

EL MAGO

Muestra tus talentos

1 de abril de 1789
París

LENORMAND HA TARDADO TRES DÍAS EN LLEGAR A LA GRAN
ciudad de París y el viaje ha consumido la mayor parte de
sus monedas. Hacinada en carruajes junto a otros viajeros,
con la aguanieve y el viento aullando afuera de las ventanas
salpicadas de barro, ha viajado dando tumbos en medio del
aire viciado y rancio por el hedor de los demás pasajeros.
Pernoctó dos noches en posadas, en las que cenó queso y

pan demasiado caros, evitando las miradas lascivas de sus compañeros de viaje en las mesas contiguas. Tras haber pasado la mayor parte de sus dieciséis años en compañía de mujeres, con la excepción del padre Francis, cualquier otra joven de convento podría haberse sentido abrumada, pero no Lenormand. Aún con el corazón acelerado por el miedo, se aseguró de mostrar el ceño fruncido y la boca curvada como si estuviera lista para morder. Por suerte, en la primera posada compartió cama con la hija del posadero, lo que le permitió pasar una noche más segura, mientras que, en la segunda, pagó por una habitación privada. Durmió con el dinero en una pequeña bolsa atada a la cintura debajo del camisón.

Ahora le duele la espalda y sus zuecos resbalan en las calles heladas. No para de tropezarse con los extremos de la capa negra de su madre, que se ha vuelto pesada por la nieve húmeda. El invierno ha sido largo y duro y ha tenido suerte de haber sobrevivido al peligroso camino de deshielo hasta París. La capucha de seda no es adecuada para este clima y cuelga floja y desaliñada alrededor de su rostro húmedo.

Durante unos minutos, la invade la duda. Hay mucha gente a su alrededor y los gritos de los vendedores generan un ruido vertiginoso. ¿Habrá cometido un error al huir de Normandía? Pero entonces, un arcoíris se eleva sobre los edificios de París y Lenormand siente la presencia tranquilizadora del espíritu de su madre. El arcoíris vibrante se proyecta sobre las copas delgadas de los árboles, en los que asoman los primeros brotes de la primavera.

Nunca ha estado en París y, sin embargo, es su hogar.

"Hogar", repite su madre.

Lenormand se relaja y percibe los complejos olores de las calles: café, desechos humanos y el sudor de distintos cuerpos, muchos de ellos, gente de todo tipo y de todo el mundo, delante y detrás de ella, empujándola hacia adelante y hacia atrás como si estuviera atrapada en una marea humana gigantesca. Empieza a distinguir los gritos de los vendedores ambulantes: "café, café, ostras en su concha, agua potable para beber, pieles de conejo, se arreglan cubos, farolas, farolas", una gloriosa cacofonía de sonidos, todos nuevos e inesperados. Su vida de reclusión en el convento se le antoja tan lejana como si fuera otra persona, otra Marie Anne Adelaide Lenormand, quien alguna vez vivió dentro de sus confines.

Ahora es mucho más que una huérfana, porque a pesar de su situación precaria, sabe que está destinada a estar en París. Sí, aquí encontrará su fortuna. El espíritu de su madre se lo ha dicho.

Lenormand camina por una plaza grande y abarrotada y alza la vista hacia la estatua del anterior rey de Francia en su pedestal. Siguiendo los pasos de los grandes y poderosos, contempla el ancho río Sena. Unos témpanos de hielo flotan sobre la superficie agitada y reflejan los tonos rojizos del sol poniente mientras una aguanieve ligera cae a su alrededor.

Pese a su malestar físico y las inclemencias del tiempo, un fuego arde en su interior. La ciudad es aún más magnífica de lo que había soñado. Aquí están los hermosos Jardines de las Tullerías y, más allá, el palacio parisino de los reyes, aunque ellos no están allí, pues toda la corte reside en Versalles. Una chica no mucho más joven que ella pasa a su lado, girando la manivela de un órgano y con una caja grande y una linterna sobre la espalda. El corazón le da un vuelco, pues debe de ser una linterna mágica; algunas de las chicas mayores que llegaron al convento le hablaron de cosas así. Ansía ver uno de los espectáculos, pero se advierte a sí misma de que ya tendrá tiempo para esas diversiones una vez que se haya establecido.

Al cruzar otra plaza frente a otro palacio, su estómago ruge de hambre y le compra una manzana asada a una vendedora callejera. Le pregunta cómo llegar al Palacio Real en la calle Saint-Honoré.

—Mira detrás de mí, estás en él. —La mujer se ríe de ella como si fuera una campesina idiota.

Lenormand no le da las gracias, molesta por la burla, y se marcha pisando fuerte con sus zuecos pesados. Ojalá tuviera un par de zapatos más finos, aunque la suciedad de las calles seguramente los destruiría.

El Palacio Real es imponente. De pie entre la marea de parisinos, contempla la vista que se extiende ante ella. Aunque los edificios en sí parecen tranquilos y majestuosos, con sus hileras de balaustradas, ventanas, columnas y arcos que enmarcan un vasto jardín con alamedas de árboles angostos, la totalidad del complejo es un hervidero de gente: vendedores, artistas, aristócratas y grupos familiares... y niños de la calle que corretean entre ellos con sus dedos ágiles. Al parecer, todo París es bienvenido aquí. Más allá de los árboles en todos los lados del jardín, el despliegue de galerías de tiendas la deja boquiabierta. En el centro del jardín, un edificio bajo de lados curvos y techo de cristal brilla en la gélida luz vespertina. Pequeños pabellones hexagonales con techos dorados y exteriores de colores salpican la terraza. Aquí venden pasteles y otras delicias que le hacen la boca agua.

El día comienza a declinar y no puede evitar la ansiedad mientras se lame lo que queda de la manzana dulce en la punta de los dedos. ¿Cómo va a encontrar la tienda de su tía entre tantas otras tiendas, salones, cafés, librerías y quioscos? Más aún, ¿y si no es bienvenida? Su tía nunca la visitó en el convento.

Lenormand posee numerosas habilidades, además de sus capacidades psíquicas. Aparte de su talento para las matemáticas, ha recibido una buena educación en el convento y habla inglés, italiano y español con fluidez. También es una experta costurera y solía meterse en líos en el convento por alterar los toscos vestidos de arpillera gris de las chicas, para regocijo de sus compañeras. Sin duda, su tía valorará todas estas aptitudes.

Respira hondo y comienza a recorrer las galerías comerciales con los escaparates altos llenos de joyas, muebles, pieles y vestidos. Estos artículos de lujo están fuera de su alcance, pero está decidida a poseerlos algún día.

Por fin, encuentra la tienda de su tía, un negocio impresionante con columnas de mármol y grandes escaparates llenos de vestidos y sombreros coronados por un friso de mármol con abanicos de piedra enormes en semicírculos ornamentales. Las palabras TIENDA DE MADAME RENARD están pintadas en la puerta. Los últimos rayos de sol se cuelan entre las nubes, y los cristales de la tienda le devuelven el reflejo de su aspecto desaliñado. Lenormand se aparta de la cara los mechones de pelo chorreante e intenta darle forma a la capucha de seda negra empapada sobre su cabeza. No quiere que su tía se ofenda por el estado de algo que ha hecho con sus propias manos. Se ciñe el abrigo mojado contra el pecho y empuja la puerta.

El interior es un espectáculo maravilloso: el negocio próspero de una mujer. No puede parecerse menos al silencio austero del convento. Lámparas encendidas en todos los rincones iluminan el espacio, que incluye tres mostradores de madera cuadrados, dos a cada lado y uno al fondo. Las paredes están cubiertas de cajones y más cajones, que Lenormand imagina llenos de toda clase de frivolidades exquisitas; entre ellos, cuelgan piezas de seda, encaje, tafetán y gasa de todos los colores del arcoíris. Detrás de los mostradores, tres jóvenes atienden a las clientas, mientras una cuarta, de espaldas, abre uno de los cajones. ¡Y qué vendedoras elegantes! Llevan vestidos de seda hermosos, como si fueran tan ricas como las mismas damas a las que atienden, que están sentadas en taburetes de terciopelo frente a los mostradores, con sus doncellas de pie detrás de ellas en actitud obediente. Lenormand está tan impresionada por la escena que no se da cuenta de que una de las vendedoras se dirige hacia ella con una mueca de disgusto.

—¡Fuera de aquí! ¡No queremos mendigos!

La muchacha empuja a Lenormand hacia la puerta y el delantal largo con bolsillos que lleva sobre su vestido de seda acompaña el movimiento con un crujido ruidoso.

—Un momento, Eloise —interviene otra voz.

Lenormand mira más allá de Eloise; la cuarta vendedora, una mujer mayor, camina hacia ella. Su atuendo es todavía más suntuoso: un vestido de seda azul con encaje alrededor del cuello que deja traslucir un pecho blanco y suave como la crema. Lleva el cabello castaño recogido en lo alto de la cabeza y decorado con plumas y pequeños adornos de pajaritos dorados. Hace una reverencia en dirección a una de las damas aristócratas que se sienta ante un mostrador y le entrega un galón de oro a la muchacha que la atiende antes de seguir acercándose a Lenormand.

—¿De dónde has sacado esa capa y la capucha? —pregunta, y ahora está tan cerca que Lenormand puede ver que tiene los ojos tan azules como la túnica de la Santa Virgen María.

"Julie, mi hermana, Julie", siente que murmura el espíritu de su madre.

—¿Madame Renard? —inquiere Lenormand.

—Sí, soy yo, pero dime, muchacha, ¿de dónde has sacado esa capa y la capucha? —repite Renard, y extiende una mano para tocarlas—. No deberías usar una capucha de santa Teresa hecha en seda con este tiempo tan espantoso; me temo que está bastante estropeada.

—Eran de mi madre, me las dejó en una caja después de morir. —Lenormand se lame los labios, un poco nerviosa ahora—. Me llamo Adelaide Lenormand y soy tu sobrina.

—¿La hija de Marie Anne? Pero si eres una niña. —La sorpresa ilumina el rostro de Renard—. ¿Cuántos años tienes?

—Dieciséis.

Su tía se aproxima un paso más y estudia su rostro con atención.

—Veo a tu madre en ti.

El corazón de Lenormand se encoge ante la mención de su madre.

—¿Qué te trae a París? ¿No vives ahora en Caen con las monjas, como quería tu padrastro? ¿Dónde está tu hermana, Suzette?

—¿Podemos hablar en privado? —susurra Lenormand, consciente de que las tres jóvenes vendedoras la miran con curiosidad, aunque las clientas no parecen tener mucho interés.

—¡Por supuesto, cariño! —exclama madame Renard—. Espérame fuera, no tardaré.

Están sentadas en uno de los numerosos cafés del Palacio Real. Después de quitarse la capa y la capucha elegantes de su madre, Lenormand es consciente de su vestido de convento adusto y de las miradas críticas del camarero.

—Tu tienda es muy refinada —comienza.

—¡Claro que es refinada! Atiendo a mucha gente de la nobleza. De hecho, solo me supera en reputación Rose Bertin, la *marchande* de moda de la reina, que también tiene su tienda, Le Grand Mogol, aquí en el Palacio Real. El duque de Orléans y sus amigos son mis clientes más asiduos.

El camarero vuelve con una cafetera, dos tazas y un plato delicado con dos pasteles pequeños coronados con sendas cerezas rojas. El estómago de Lenormand gruñe y tiene que hacer un esfuerzo por no comerse el pastel y esperar con paciencia a que su tía se sirva primero.

—Pero Adelaide, ¿qué haces en París? —pregunta madame Renard.

Lenormand no puede contarle a su tía que la han expulsado del convento, porque entonces querrá saber por qué. No puede estar segura de cómo reaccionará a su habilidad para la adivinación, sobre todo porque el vaticinio de la ruina de la madre superiora fue lo que provocó su expulsión.

—A mi edad, los días de convento han terminado —responde—. Deseaba venir a París a conocer a mi única pariente viva. —Hace una pausa. Madame Renard la observa de manera inquisitiva—. Encontré tu dirección en la caja que me dejó mi madre.

—Has hecho un largo viaje para contactar conmigo. Una carta habría bastado.

—Recuerdo que visitabas a mamá y quería conocerte.

La expresión de madame Renard se ensombrece, y suspira.

—Mi pobre hermana Marie Anne. Qué tragedia.

Las dos guardan silencio durante un momento y Lenormand se estremece de forma involuntaria. Su madre le desliza un dedo por la espalda; está aquí con ella, en un café en París.

—¿Y tu padrastro? —continúa madame Renard—. Insistió mucho en que Suzette y tú quedaran bajo su tutela en Normandía. No puedo creer que te haya permitido venir sola a París.

—No sabe que estoy aquí. —Lenormand baja la vista hacia su taza de café, temerosa de enfrentarse a la mirada de su tía.

—¿Te has escapado, Adelaide?

—Mi padrastro quiere casarme con un estúpido granjero de Normandía. —Levanta la vista y, por más que lo intenta, no puede evitar la rabia en su voz—. ¡No puedo tolerarlo!

Madame Renard esboza una sonrisa.

—¡Ahí está mi hermanita! —exclama con alegría—. Nunca entendí por qué se casó con tu padrastro; era tan diferente de tu padre como la noche del día. ¡Qué hombre más lúgubre, tu padrastro, todo el día rezando! Las tenía a todas de rodillas, mañana, tarde y noche, suplicando. Pero tu padre…, bueno, ¡eso era otra cosa!

Lenormand está pendiente de cada palabra. Si bien su madre estuvo a su lado mientras estuvo viva, tal como ahora lo está en la muerte, su padre lleva mucho tiempo ausente. Murió poco después de que naciera Suzette, y Lenormand era tan pequeña que no tiene recuerdos vivos de él. Su espíritu nunca la ha visitado.

"Jean." Percibe la añoranza en la voz del espíritu de su madre.

—Era un gran artista, el mejor vendedor de telas de Normandía. Conoció a tu madre a través de mí. ¿Sabías eso, Adelaide?

—No. —Lenormand sacude la cabeza.

—Yo trabajaba para él como costurera; tenía apenas unos años más que tú. Tu padre fue mi primer maestro y podría decirse que le debo mi negocio.

—¿Por qué nos abandonaste, entonces? —suelta Lenormand, incapaz de guardarse las palabras para sí.

Su tía se reclina en la silla como si la hubieran abofeteado.

—Por favor, te pido perdón, tía. No quise…

—No, no, es lógico que me lo preguntes. —Madame Renard levanta la mano enguantada—. Cuando murió tu madre, yo acababa de abrir la tienda y llevaba poco tiempo viuda —explica—. Tu padrastro desaprobaba mi profesión. Me pidió que no os visitara ni a ti ni a Suzette, y que tampoco os escribiera y contaminara con mi liberalismo, a menos que me casara de nuevo. —Suspira—. Como puedes ver, no me volví a casar y pensé que sería mejor dejaros en paz a ti y a tu hermana. Pero dime, niña. El camino desde Normandía a París es muy largo, y mucho más con este clima tan horroroso. Sé sincera, ¿por qué has venido?

Lenormand siente un retortijón nervioso en el estómago, pero está decidida a convencer a su tía.

—He venido a pedirte trabajo en la tienda, tía.

—Pero eres una simple campesina, Adelaide. —Madame Renard echa un vistazo al atuendo de su sobrina—. No sabes nada de moda.

Lenormand levanta la barbilla.

—No soy lo que parezco; esta es la ropa que me hacían usar en el convento. Además, tengo un muy buen nivel de instrucción y las matemáticas se me dan tan bien como a cualquier hombre.

Su tía parece divertida.

—¡Por cierto, se nota que no eres tímida!

Lenormand bebe un sorbo de la primera taza de café que ha tomado en su vida y queda encantada con el sabor y con el aroma, muy lejos de los platos desabridos que servían en el convento. La ropa se le empieza a secar y a despedir un olor rancio a convento. Se mueve incómoda en la silla, temerosa de que las demás personas en el café se den cuenta. Se avergüenza al ver que su tía arruga la nariz y se lleva a la cara un pañuelo perfumado con una fragancia de lujo.

—¿Así que eres instruida? Y se te dan bien las matemáticas —añade la tía Julie y baja el pañuelo.

Lenormand asiente.

—Sí, me han dicho que tengo un talento excepcional para los números.

Su tía le sonríe y Lenormand advierte que tiene dientes pequeños y afilados.

—Un buen ojo para las discrepancias es esencial para una buena *marchande*.

El comentario hace crecer las esperanzas de Lenormand.

—Sí… podrías lucir un aspecto presentable con la ropa adecuada, pero, para ser empleada mía, tienes que ser especial —prosigue madame Renard, y le alza la barbilla con la punta de los dedos enguantados para examinarle el cuello—. ¿Sabes cuántas jóvenes de París están desesperadas por trabajar para mí, Adelaide? Tenemos libertades de las que pocas mujeres disfrutan, ya sean de clase baja o aristócratas. —Le baja la barbilla—. Tu cuello es delgado y tu cabello es muy bonito, negro como las plumas del cuervo, tan llamativo… Sí, igual que el de Marie Anne. —Julie suspira—. Y deseo ayudarte, por el bien de mi hermana, pero debes entender lo importante que es mi trabajo.

—Lo hago —dice Lenormand—. Estoy maravillada.

Julie sonríe de nuevo y, al hacerlo, sus mejillas forman pequeños hoyuelos.

—Una clienta puede repetir un vestido de seda en varias ocasiones, tres o incluso cuatro veces, pero nunca será igual, porque nosotros lo hacemos diferente con nuestros adornos y arreglos: encajes que valen más que joyas, galones de oro que se venden por peso y no por pie, plumas, borlas, cintas y adornos de todo tipo. —Sacude la cabeza y los pajaritos dorados tintinean en su cabello.

"Adornamos los peinados con decoraciones y objetos diminutos, y usamos almohadillas y pomadas para hacerlos más y más altos, porque transformamos a las mujeres en seres fantásticos de belleza infinita. Es un trabajo duro, Adelaide. Te dolerá la espalda de estar de pie todo el día, los pies de entregar cajas a las clientas y los dedos de tanto coser. Te quedarás ronca de hablar en la tienda con los clientes. Sonreirás, halagarás, coquetearás, venderás. Siempre venderás. —Madame Renard se queda pensando, con la cabeza ladeada—. No estoy segura de que estés preparada para eso, sobre todo porque vienes directa del convento, pero necesito una buena contable.

Las mejillas de Lenormand se encienden con entusiasmo ante la posibilidad.

—Te prometo que no te fallaré.

—Hay quienes te despreciarán y asociarán tu trabajo con la imagen de una mujer de moral dudosa, pero se equivocan —precisa Julie con vehemencia—. A algunos no les gusta ver a mujeres en posiciones de independencia como Rose Bertin y yo, y por eso nos ofenden.

—A mí me pareces increíble.

Su tía se ríe y sus adornos vuelven a tintinear.

—Bueno, la adulación es sin duda un atributo útil para una vendedora, pero querida, ten en cuenta que también recibimos a hombres en nuestra tienda y es muy posible que traten de convertirte en su favorita y amante, como hizo el viejo rey Luis XV con madame du Barry. —Julie la observa con atención.

—No tendrán éxito conmigo —asevera Lenormand con convicción.

—Eso dependerá de ti —replica Julie, para sorpresa de Lenormand. Qué diferente es esta mujer de las monjas santurronas del convento.

”Puedo ofrecerte comida y alojamiento y, a cambio, puedes empezar como mi aprendiza. Con el tiempo, si demuestras tu valía, recibirás un salario.

Lenormand junta las manos.

—¿Puedo quedarme, entonces?

—Por ahora, sí —confirma su tía—. Pero lo primero es lo primero: tienes que dar la imagen adecuada. Volveremos a la tienda a recoger algunas prendas y, cuando cerremos, vendrás conmigo a mi casa en el Marais, donde te transformaremos.

Lenormand está extasiada. Es un sentimiento extraño, pues jamás lo ha experimentado en todos sus años de convento. Su madre grazna de alegría dentro de su cabeza y ella desea fervientemente compartir su presencia con su tía, pero esperará. Encontrar un hogar, por fin, después de todos estos años, es suficiente por ahora.

—Debes estar segura de que esta es la vida que deseas, Adelaide —le advierte su tía a continuación—. Una vez que vengas a trabajar conmigo, no podrás volver al convento ni con tu padrastro. Si regresas a Normandía, no te aceptarán. Te considerarán una mujer perdida.

"Hazlo, hija mía. Libérate", susurra su madre.

Lenormand se deleita con el último trozo de pastel de cereza. Nunca le ha importado lo que piensen de ella los demás, y menos aún Dios, motivo por el cual el padre Francis y la madre María Catalina la llamaban niña pecadora.

—Atisbamos en las vidas de otros y debemos guardar muchas confidencias —continúa Julie—, y creamos mundos de fantasía para que las mujeres de todas las edades puedan escapar de la aburrida realidad de la vida matrimonial. *Todas* las mujeres, Adelaide, desde la mujer del panadero que ha ahorrado durante años para comprar un pedacito de encaje para adornar su cofia hasta la reina austríaca de Francia, cuyos vestidos son mucho más que mera ropa. Son su voz, un medio para ejercer un efecto, aunque a muchos en nuestro país les indigne.

Julie Renard sacude la cabeza.

—No hay manera de complacerlos. Si se viste como una reina, es demasiado decadente, y si elige un vestido blanco sencillo, es demasiado poco para la esposa del rey. Pero las *marchandes* de moda tienen el poder de presentar a la reina de una manera que pueda ganarse el afecto de la gente. —Su voz se ha convertido en un susurro, y sus ojos brillan con pasión—. ¡Somos agentes del cambio, Adelaide!

Esta es la oportunidad de acceso al poder que Lenormand anhela y, con el poder, viene la protección. Y entonces nada podrá hacerle daño.

COMIENZA MI VIAJE

9 de abril de 1789

Voy de camino a Derrynane House, por más tiempo que me lleve. Es la primera vez que escribo en mi diario desde que falleció tía Eimile. No puedo describir su velatorio ni el funeral. No me salen las palabras, porque el dolor me tiene vacía por dentro y atormentada por la culpa. Soy responsable de su muerte. Lo único que puedo hacer es caminar. Llevo dos días haciéndolo desde que el señor Flanagan me dejó cerca del viejo cementerio de Neidín. No puedo descansar. Incluso ahora, al sentarme y estirar las piernas, debo escribir, por difícil que sea hacerlo a la intemperie, en lugar de cerrar los ojos. El señor Flanagan dio por hecho que yo había encontrado trabajo en el mercado nuevo del pueblo, pero cuando se alejó en su carro, me escondí tras una lápida para ponerme la ropa que me dio Jack. Es el único de Roughty House en quien he confiado, y me costó mucho convencerlo de que es demasiado joven para acompañarme. Me voy a Francia, siguiendo los pasos de Reilly, con la esperanza de abordar algún barco en el puerto de Derrynane. Todo lo que quiero ahora es que Irlanda se independice de gente como sir William. Espero que los irlandeses consigamos en Francia el apoyo que necesitamos para una revuelta.

La primera noche, caminé por bosques fantasmales, con los nervios de punta. A mitad de camino entre los árboles, hubo un movimiento repentino por encima de mi cabeza y, al levantar la vista, vi un fantasma blanco que chillaba. Dejé escapar un grito de terror. El sudario de muerte de Eimile se agitó en mi memoria y la culpa me abrumó de nuevo. Me pareció ver el brillo de unos ojos tras una capucha y oír la risa crepitante de la Morrigan. Cuando la criatura blanca se abalanzó hacia mí para hacer justicia, se transformó en un búho. A Eimile le encantaban los búhos; siempre me aseguraba que podían entrar en el mundo de los espíritus. Este búho era un mensajero de mi tía y, con este pensamiento, la esperanza atravesó mi desesperación como una pequeña navaja. El búho voló hacia mí y oí el susurro de sus alas al pasar antes de que desapareciera entre las copas de los árboles. En su lugar, divisé al cuervo ceniciento en una rama. Su cabeza y su plumaje negros resplandecían bajo la luna y me observaba con unos inquietantes ojos verdes.

Hice una pausa en el bosque iluminado por la luna, con las piernas doloridas de caminar todo el día.

—Vamos, pues —dije, dirigiéndome al cuervo de ojos maliciosos y brillantes al tiempo que reanudaba la marcha.

El cuervo alzó vuelo y me guio como si supiera que yo no iba a dormir en el bosque oscuro, por muy cansada que estuviera. Todavía está conmigo. Sentado sobre la roca a mi lado mientras escribo.

Al despuntar el día, la niebla cubrió las montañas y dejé los árboles atrás. Al principio, me pareció oír el silbido del viento entre las hojas tempranas de la primavera, pero cuando llegué a lo alto de una elevación de terreno irregular, me di cuenta de que era el sonido del mar; las olas rompían sobre una orilla pedregosa bastante más abajo. Me puse en marcha otra vez, con grandes zancadas y la cabeza en alto, silbando como si fuera un hombre. Ninguna de las personas con las que me he cruzado en el camino me ha descubierto. Llevo dos días caminando con los calzones de Jack. Puedo saltar sobre los arroyos y trepar colinas, cosa que con la falda me resultaba engorrosa.

A pesar de mi pena, la vista del mar me ha levantado el ánimo. Es bastante diferente de las aguas tranquilas de Neidín. Desde donde estoy sentada, alcanzo a ver a través de una bahía ancha, en cuyo lado opuesto hay otra península de tierra, con montañas afiladas por cuyos lados corre el agua, de modo que la roca negra brilla bajo la luz. Después de beber de un arroyo junto al sendero, encontré esta roca para sentarme. Puedo sentir el sabor salado del mar en los labios y los restos de la patata fría en la boca mientras escribo. Espero que el camino que estoy tomando en esta península sea menos montañoso y me proporcione más refugio, porque no sé cuánto tardaré en llegar a Derrynane. Solo me queda una patata. Pero ahora veo que ha aparecido un carro en el camino costero. Le haré señas al conductor y, si Dios quiere, me ayudará.

Es tarde. He llegado a Derrynane House. No es tan grande como Roughty House, pero es mucho más impresionante que cualquiera de las cabañas de techo de hierba de los granjeros. Escribo al abrigo de ella y a la luz de las velas, ya que ha caído la noche. Apenas hace unas horas, viajaba sentada sobre una pila de pieles en la parte trasera del carro mientras avanzábamos por el camino estrecho, a veces virando tierra adentro por suaves pendientes de pantanos lodosos. Ovejas preñadas hacían una pausa en su pastoreo, los cuernos rizados enmarcaban sus rostros apacibles. Dos liebres aparecieron más adelante en el camino, sin inmutarse por el granjero ni por mí, como si supieran que no llevábamos armas ni sabuesos. Las liebres boxearon antes de salir disparadas sobre sus poderosas patas traseras.

Al verlas, volví a recordar a Eimile. Una vez me dijo que las liebres eran símbolos de buena suerte y que como tales había que respetarlas. Nunca aprobó que sir William las cazara. Muchas veces la sorprendí susurrando a las liebres muertas antes de cocinarlas.

El cuervo ceniciento aún me acompañaba; la Morrigan seguía mi huella.

Aún no puedo determinar si es una fuerza benigna o malévola. Pero desde que la conocí, los velos de la inocencia han caído de mis ojos. Ahora veo lo oscuro que puede ser el corazón humano.

Mientras el carro traqueteaba a lo largo de la costa de Kerry, juré que algún día me vengaría de sir William Oswald y también de todos los ingleses de Irlanda. El carro tomó una curva y el mar apareció otra vez, del color de las joyas turquesas de lady Oswald. Galones de espuma blanca se deshacían sobre rocas negras y dentadas mientras las olas rugían en la orilla. Dos islas rocosas pequeñas emergían del mar y, más allá de ellas, el cielo azul se fusionaba con el océano. Parecía no tener fin. El carro empezó a rodar cuesta abajo y pasamos por delante de cabañas de piedra con pequeñas parcelas de tierra. El granjero señaló una casa de piedra grande y dijo que era Derrynane; las ventanas reflejaban la luz y parecían parpadear hacia mí. Estaba situada frente a unas dunas cubiertas de hierba que descendían hasta un arco de playa dorada, más allá de la cual había una pequeña isla con una abadía en ruinas. A lo lejos, divisé la curva de un puerto y, en él, un barco con mástiles altos. Mi cuerpo se estremeció por la ansiedad, ya que había visto imágenes de barcos en los libros de la biblioteca de sir William, pero nunca había visto uno de verdad.

Las gaviotas bailaban en el viento y la brisa marina me atravesaba de tal manera que tuve que sujetarme la gorra con la mano. El rocío del mar refrescaba mi rostro; nunca me había sentido tan despierta. Oí la voz suave de la tía Eimile que me animaba: "Súbete a la ola, niña, y sé libre".

El granjero me dejó no muy lejos de Derrynane House y me abrí paso entre la hierba pinchuda de las dunas hasta llegar a la playa. El sol me calentaba la piel pese a que solo habían transcurrido unos días desde la nevada, la nieve traicionera que había arrebatado la vida de Eimile.

Le prometí a mi tía que encontraría un nuevo hogar lejos de Roughty House y aquí estoy, ya en el límite de Irlanda. Todo parecía posible mientras observaba el mar ondulante y me llevaba la mano al pecho para tranquilizarme.

Caminé entre peñascos de roca negra como la ciénaga, brillantes y húmedos por el rocío del mar y decorados con almejas diminutas. Contemplar las olas embravecidas y el océano verde pálido me llenó de un anhelo desesperado por mi pueblo. Nuestra tierra es espléndida y pura y, sin embargo, nos ha sido despojada.

El océano salvaje y alegre entonaba un canto de liberación. No obstante, en medio de mis emociones patrióticas, pensaba en Reilly y en cómo deseaba ser su compañera de armas, que no solo me amara, sino que también me valorara. Es mucho desear.

Me senté en una roca, me arremangué los calzones y hundí los pies descalzos en la arena suave. Luego caminé hacia el océano. La luz se reflejaba a través del agua y formaba dibujos en el fondo del mar. Era tan transparente, casi más que el cristal. Levanté la vista y la curva del mundo era como Reilly me había contado. El agua fría y punzante se arremolinaba sobre mis pies al adentrarse de nuevo en el océano. Sentía un hormigueo en la piel.

Estaba tan embelesada que no oí la voz ni los silbidos hasta que un perro saltó al mar y me salpicó los calzones. Otro perro entró detrás del primero, y luego los dos saltaron a mi alrededor con entusiasmo. Aunque estaba empapada, no pude evitar reírme del despliegue de efusividad.

—¡Eh, hola! —gritó una voz.

Súbitamente nerviosa, me giré, contenta de haberme dejado la gorra puesta para taparme el cabello. Tenía delante a un chico no mucho más joven que yo, con un arma colgada de un hombro.

—¿Quién eres? ¿Qué haces en las tierras de mi tío?

—Disculpa, ¿tu tío es Maurice O'Connell? —Hablé en voz baja para no delatarme.

—Sí —respondió el muchacho—. Aunque todos lo conocen como el Cazador. Pero ¿quién eres tú y por qué lo buscas?

—Estoy buscando a Thomas Reilly, y la última vez que hablé con él me dijo que iba de camino a Derrynane House...

—¡El señor Reilly! Pues sí, fue mi primer tutor y nos visitó durante un tiempo, con el señor Oswald y el señor Wolfe Tone, pero partieron en una fragata rumbo a Normandía hace seis semanas.

Sentí una amarga decepción, porque, aunque suponía que debían haber partido para Francia, una pequeña parte de mí esperaba que Reilly se hubiera retrasado.

—¿Cómo conoces al señor Reilly? —preguntó—. ¿Cómo te llamas?

—Jack Molloy —mentí—. Trabajé en Roughty House, donde Reilly era tutor.

—Soy Daniel y es un gran placer conocerte, Jack. Siento que hayas hecho el viaje en vano, pero me aseguraré de que seques tu ropa y bebas algo antes de volver a Roughty House.

—No voy a volver —espeté, y Daniel abrió los ojos con sorpresa—. Perdóname, no quise ser tan grosero.

—No pasa nada. —El joven sonrió—. Mi tío y yo no tenemos en gran estima a sir William Oswald y, por lo que me ha contado el señor Reilly, es un viejo miserable a quien no le interesa el progreso. Pero su hijo Toby me cae bien, ¡es un gran tipo!, y también Theobald Wolfe Tone. —Suspiró—. Me habría gustado mucho irme con ellos y unirme a la Brigada Irlandesa en París, pero mi tío no me deja. —Daniel se sentó en una de las rocas, enfrascado en la conversación—. Aunque pronto asistiré al colegio en Francia y entonces…, bueno, mi tío no podrá retenerme.

—Yo quiero unirme a ellos ahora —me sinceré.

—Mi tío podría dejar que viajaras en uno de sus barcos, por un precio —aventuró Daniel y me miró de arriba abajo, estudiando mi aspecto harapiento.

—No tengo dinero. ¿Crees que podría trabajar a cambio?

—Eso tendrás que preguntárselo tú mismo a mi tío, Jack Molloy, pero creo que podría haber una oportunidad perfecta para ti. —Se levantó de la roca y silbó a los perros, que aún jugueteaban en el mar.

Seguí a Daniel por las dunas en dirección a Derrynane House. A pesar de su juventud, Daniel destilaba confianza en sí mismo mientras avanzaba por el terreno con los perros pisándole los talones. Yo estaba muy nerviosa; temía que Maurice O'Connell no me permitiera viajar en uno de sus barcos a Francia.

—¿Te sientes bien? —Daniel estaba en el umbral de la casa—. Estás temblando como si fuera pleno invierno.

—No estoy tan seguro de que deba entrar…

—¿Pero no quieres viajar en uno de los barcos de mi tío? Ojalá pudiera ir contigo —se lamentó—. Reilly y yo solíamos hablar de la independencia irlandesa. ¿No te parece una gran injusticia que los hombres católicos no podamos representar a nuestro país en el gobierno?

Asentí, y quería añadir "y las mujeres".

—Hay mucho para mejorar. También debemos librarnos de la lacra de la esclavitud —añadió mientras entrábamos en el vestíbulo. Los perros corrieron delante y él se quitó la chaqueta de caza.

Permanecí de pie en el vestíbulo, incómoda. Nunca había entrado por la puerta principal de una casa grande y me pregunté cómo podía un católico ser dueño de un lugar así.

—Te apoyo, Jack Molloy, y haré todo lo que pueda para unirme a ti y a Reilly una vez que esté en el colegio en Francia —continuó Daniel en un susurro fuerte mientras caminábamos por el pasillo—. Muchos de nuestros compatriotas se han alistado en el ejército francés. Y los franceses detestan a los ingleses. Tiene que haber una forma de conseguir su apoyo.

—¿Tu tío colaborará?

—No, se conforma con tener una vida tranquila y conservar sus bienes. La única manera de mantener esta tierra, la casa y los barcos es a través de sobornos —explicó—. Así que los magistrados locales disfrutan del vino francés y todos contentos.

Me dio una palmada alentadora en la espalda. Era imposible que no me cayera bien, con su expresión franca, ojos brillantes y su mata de pelo castaño rojizo.

Nos detuvimos ante una puerta y Daniel dio un golpecito antes de abrirla. Lo seguí y entramos en una sala pequeña con vistas a las montañas. Daniel se dejó caer en un sillón junto a la chimenea. Al otro lado, estaba sentado Maurice O'Connell, el Cazador. Tenía más o menos la misma edad que sir William Oswald, con nariz larga y la piel envejecida por la intemperie. Me estudió con los ojos entrecerrados.

—Tío, este joven es amigo del señor Reilly —me presentó Daniel—, y busca trabajo en uno de tus barcos.

El tío de Daniel frunció el ceño y se volvió hacia su sobrino.

—No puedo llevar a todos los vagabundos a Francia, Daniel.

Sentí que me ruborizaba y tuve miedo de que mis pies mugrientos ensuciaran la elegante alfombra color carmesí.

—Vamos, tío, ¿no dijiste que Seamus, el grumete, ya es demasiado grande para trepar a los mástiles? ¿No necesitas un joven para el próximo viaje a Francia? Y ¿acaso no es mejor un extraño que un lugareño, ya que te ayudará a mantener tus negocios lejos de las miradas indiscretas de los terratenientes codiciosos que quieren sacar tajada?

El miedo se me atravesó en la garganta. Aunque trepar árboles era casi innato en mí, los mástiles de un barco en un mar agitado eran otra cosa bien distinta.

—Eres muy intrigante para mi gusto, Daniel —protestó el Cazador, aunque su tono era de buen humor. Se volvió hacia mí otra vez—. ¿Sabes trepar, muchacho?

Tengo miedo del viaje que me espera. No estoy segura de que vaya a poder subir a los mástiles del barco de Maurice O'Connell. ¿Y si descubren que soy una mujer? Pero no puedo pensar en eso porque no puedo volver a Roughty House. Debo ser valiente, aunque no tenga un centavo. Todo lo que poseo es la copia de Reilly del libro de Rousseau, este diario, la carta del tarot que me dio la Morrigan, las cuentas del rosario de Eimile y mi última patata hervida, todo dentro de la bolsa que me dio Reilly.

Una vez que desembarque en Francia, debo encontrar la manera de llegar a París. Dentro del libro de Rousseau hay una dirección en París, y allí encontraré a Reilly. Pronto estaremos juntos y siento que me estalla el corazón al pensar en él al tomarme en sus brazos, y sí, esta vez, besarme en los labios.

LA PAPISA

Confía en tu propia sabiduría

17 de abril de 1789
París

Mademoiselle:

Su comportamiento ha sobrepasado los límites del decoro. Aunque estaba dispuesto a perdonar su expulsión del convento, su negativa obstinada a aceptar mi protección y guía no me ha dejado más remedio que comunicarle el cese de mis responsabilidades como su tutor.

Pese a no tener vínculo de sangre con usted ni con

su hermana Suzette, como buen católico devoto he velado por sus intereses y les he proporcionado refugio y una educación adecuada bajo el cuidado de las hermanas del convento de la Visitación en Caen. Es más, encontré un esposo respetable para usted en nuestro distrito, a quien rechazó de manera vergonzosa. También me han informado de su robo descarado del convento y del soborno que le ofreció a mi cochero para que la llevara a Lisieux. Su comportamiento no es el de una joven decente, sino el de una canalla y una desvergonzada. Enterarme de que reside en París y en casa de la hermana de su madre, que es dueña de un establecimiento de mala reputación —aunque viva en Normandía, no soy tan ingenuo, mademoiselle, como para ignorar eso—, me causa un profundo dolor.

Para salvar a su hermana de una vergüenza e infamia similares y asegurarme de que podré encontrarle un esposo adecuado llegado el momento, no debe usted volver a escribirle ni regresar a Normandía. Si aún queda algo de cristiana en usted, acceda a mi petición por el bien de su hermana.

Esta es la última carta que recibirá de mi pluma. De ahora en adelante, es usted la única responsable de sus asuntos, ya que ha rechazado mi generosidad de manera bochornosa.

Rezaré por su alma para que Dios la perdone, porque yo no puedo.

Monsieur Antoine Forage

Lenormand rompe la carta en pedacitos y los arroja por el balcón de su pequeño dormitorio en el ático. Observa cómo los fragmentos de papel giran en el aire como copos de nieve. No está triste ni tampoco enfadada, sino más bien aliviada.

Por fin, se ha librado de toda obligación con su padrastro. Lamenta lo de Suzette, pero en eso se muestra de acuerdo con su padrastro: su hermana estará mejor sin su interferencia.

En cualquier caso, no puede evitar el resentimiento. A fin de cuentas, ¿cuánta benevolencia ha demostrado Antoine Forage para con ella y con Suzette? ¿Despachar a una bebé y a una niña pequeña a un convento y orfanato donde podrían haber muerto de hambre, privándolas de toda muestra de afecto y amabilidad durante toda la infancia?

¿Es acaso eso caridad? No puede agradecerle nada a su padrastro.

La lluvia ha ensuciado la mañana y Lenormand avanza con cuidado para no resbalarse en las calles embarradas. Se abre paso entre los vendedores ambulantes mientras los carruajes pasan a toda velocidad. Ya ha hecho suficientes entregas para la tienda de su tía como para conocer la mayoría de los bulevares laberínticos de París.

Le compra un vaso de café a un hombre que lleva una cafetera grande sobre la espalda y los vasos en un arnés en la cintura. Bebe deprisa, aunque está tan caliente que le quema la lengua, antes de devolverle el vaso. Aún le queda un buen trecho que caminar y su tía espera que no se entretenga, pues debe cuadrar el libro contable a su regreso.

Recorre las calles concurridas del Marais y divisa la catedral de Notre-Dame con sus dos torres. Le emociona moverse entre la multitud de parisinos, con los gritos de los vendedores ambulantes que se elevan en el aire entre el traqueteo y los ruidos sordos de los carros, los carruajes y los cabriolés veloces. Después de años de penitencia silenciosa en el convento, el bullicio de las calles le resulta encantador.

Una neblina fina parece emanar de la gente, como un aliento vaporoso, pero es el remolino de los espíritus que se aferran a esta vida caótica, resistiéndose a moverse detrás del velo. Hay algo más también que carga el aire sobre la ciudad y la intuición de Lenormand se activa con anticipación. Hacia el este, en dirección a la rue du Faubourg Saint-Antoine, vislumbra una hilera serpenteante de gente. Hay rabia y hambre en los gritos roncos, los brazos levantados y los puños cerrados. Observa cómo la Guardia Francesa rodea al pequeño grupo de hombres y mujeres y arrastra a los manifestantes más ruidosos para subirlos en carros que luego se alejan del lugar. Un escalofrío premonitorio le recorre la espalda. La furia se está apoderando de la ciudad.

Prosigue la marcha y pasa frente al imponente Hôtel de Ville. El aire es algo más fresco en las orillas del Sena y acelera el paso, desafiando un viento gélido antes de cruzar el Pont Neuf. Se detiene en mitad del puente para contemplar las corrientes rápidas del río y observar los barcos cargados de mercancías procedentes de todos los rincones del mundo.

Al otro lado del Sena, los bulevares son más anchos y están menos abarrotados que en el Marais. Los hoteles de los privilegiados y acaudalados se alzan entre los cafés, las librerías y las iglesias. Lenormand observa las mansiones con avidez, sus fachadas serenas y los portones con arcadas que dejan entrever jardines ornamentales y estatuas de mármol, atisbos de otro tipo de vida.

Por fin, ha llegado a destino, una casa estrecha y alta situada en la rue de Petit Bourbon, frente a la parte trasera de Saint-Sulpice. Una aldaba de latón ennegrecido con forma de mano identifica su destino, tal como lo describió su tía.

La puerta se abre antes de que haya soltado la aldaba, por lo que se tambalea hacia delante y por poco choca con una dama que salía de la casa. Ambas se sobresaltan y retroceden, y mientras un criado parece preocupado por la otra mujer, esta fija sus ojos azules luminosos en Lenormand. Viste de manera exquisita, con telas suntuosas y una cofia campana verde esmeralda que enmarca su rostro y su cuello largo. La imperfección de su boca pequeña y apenas torcida realza su belleza. Es mayor que Lenormand, aunque no hay nada de matrona en su aspecto ni en los movimientos gráciles de su cuerpo.

Lenormand da un paso atrás y baja la cabeza.

—Le ruego me disculpe, madame.

La dama asiente con un gesto, pero no responde y pasa de largo con su doncella detrás. Suben a un carruaje que las está esperando y los caballos parten a trote ligero. Lenormand levanta la vista y advierte que la mujer la está mirando desde las ventanillas del carruaje. Hay una expresión curiosa en sus ojos azules, como si hubiera querido hacerle una pregunta a Lenormand. Pero, en apenas un instante, el carruaje desaparece.

—Madame Renard me ha enviado a entregar un par de guantes a monsieur Etteilla —le explica Lenormand al criado, que aún sostiene la puerta abierta.

Dentro de la casa angosta de la rue de Petit Bourbon, Lenormand deja atrás la cacofonía de París y entra en un vestíbulo circular con un suelo de mármol cubierto de estrellas y lunas. Sigue al sirviente por un pasillo y a lo largo de paredes con nichos con velas encendidas. El humo flota a su alrededor, con el mismo perfume del incienso que el sacerdote balancea de un lado a otro en la iglesia. Entra en un salón pequeño con los postigos cerrados y una mesa grande y redonda en el centro. Velas y farolas iluminan estanterías que cubren las cuatro paredes, llenas de libros antiguos. Un anciano vestido de blanco y con un turbante de seda blanca en la cabeza está sentado a la mesa.

—Ah, la muchacha de madame Renard —exclama mientras el sirviente desaparece—. ¿Has traído mis guantes?

Así que este es el Gran Etteilla del que habló su tía cuando jugaron el juego de tarot anoche. Lenormand todavía no ha conocido a un hombre que le inspire respeto y, sin embargo, se siente intrigada por este anciano caballero que tiene la osadía de quebrantar las leyes del rey con su nigromancia.

—Sí, monsieur. —Le entrega la caja.

—Sí, estos servirán.

Se sorprende al ver que no son guantes de cuero, como los que suelen usar los hombres, sino de seda de color marfil, como los que hacen para las clientas, pero mucho más grandes. Etteilla se pone los guantes y separa bien los dedos como si fueran dos alas. Abre un pequeño cofre de madera que está sobre la mesa, saca un mazo de cartas y lo sostiene en sus manos enguantadas.

—Perfectos —añade, con satisfacción.

—Se lo diré a madame Renard. —Lenormand se acerca a la puerta, deseando que él le permita retirarse. El aire en el recinto cerrado resulta opresivo, y los instintos le dicen que no están solos.

—¡Espera! —Etteilla levanta una mano y la mira por primera vez. Sus ojos son brillantes y pequeños como los de un mirlo, demasiado jóvenes para encajar en el rostro de un hombre tan viejo—. ¿Cómo te llamas?

—Adelaide Lenormand —responde ella, y observa las cartas mientras él las baraja.

—Tu madre está con nosotros, Adelaide. —Una sonrisa pícara se dibuja en su rostro.

—Lo sé —replica ella, un poco irritada porque él crea que la ha descolocado. Ahora es el turno de Etteilla de mostrarse sorprendido.

—¿Cómo es el nombre de tu madre? —pregunta, con los ojos muy abiertos.

—Marie Anne Gilbert. Está aquí a mi lado —añade ella, envalentonada—. Y también hay otros espíritus. La habitación está llena de ellos.

—Ah, por eso siento tanto peso sobre mí y debo limpiar mis cartas de adivinación. Para eso son los guantes de seda.

—Hace una pausa y la estudia con curiosidad—. Dime, muchacha, ¿tu madre te habla?

—Sí. —Lo ha confesado, aunque se prometió a sí misma que nunca le contaría a nadie su secreto. Podrían arrojarla a la cárcel por alegar tener esa habilidad o encerrarla por loca, pero su madre la está alentando.

"Dile algo. Háblale de tus talentos."

—Los espíritus me informan sobre ciertos acontecimientos —precisa.

Etteilla suelta una carcajada.

—He dedicado mi vida entera al arte de la adivinación y, sin embargo, sin mi conocimiento del tarot y el *Libro de Thot*, me cuesta predecir con precisión. Lleva mucho trabajo invocar a los espíritus, es peligroso hacer semejante afirmación.

Lenormand tiene ganas de decirle que se equivoca. Ella siempre ha oído lo que los espíritus deben decirle y nunca se ha equivocado en sus predicciones. Incluso ahora, puede oír sus susurros. El espíritu del padre de Etteilla desea que su hijo sepa que le queda poco tiempo. Pero Lenormand permanece callada, apretándose las manos para tranquilizarse. Su franqueza suele ser confundida con grosería y no desea ofender al anciano, pues intuye que le será útil.

—Disculpe, monsieur. Debo volver a la tienda de madame Renard.

—Ah, pero ahora debo ponerte a prueba, mademoiselle. —Etteilla saca una carta de tarot de la baraja y la examina. Levanta la vista y frunce el ceño—. Parece que tienes razón. Ven a sentarte conmigo, pequeña. Me interesa saber más sobre tus habilidades.

Lenormand se acerca con cautela. Algo se agita en su interior, una mezcla de ansiedad y expectativa. La sala está colmada, los espíritus fluyen alrededor de ella como si estuviera vadeando un río agitado, pero entonces ve la carta que él ha sacado. Es de una baraja de tarot diferente de la de su tía. La carta tiene la imagen de una mujer desnuda que camina por la naturaleza, rodeada de círculos negros en espiral. En la parte superior de la carta está escrita la palabra *Ténacité*. Curiosa por saber qué significa, Lenormande toma asiento frente a Etteilla.

—Esta carta es diferente de las que usamos para el juego del tarot —señala.

—Yo mismo he creado e impreso este mazo, Adelaide.

—¿Y qué significa esta carta? —pregunta ella, mientras señala la baraja sobre la mesa.

Él le sonríe y ella ve bondad en sus ojos.

—Habla de ti...; significa que, en efecto, eres vidente.

Lenormand se ruboriza a pesar de su determinación de permanecer distante.

—¿Cuál es tu color favorito, Adelaide?

Ella cierra los ojos un instante y ve los ojos azules de la mujer misteriosa en la puerta de la casa de Etteilla. ¿Eran azules los ojos de su madre? Lenormand era tan joven cuando murió que no puede estar segura.

—El azul, como el cielo de primera hora de la mañana.

—¿Y tu animal favorito?

—El gato —contesta, y piensa en el gato negro del convento, al que añora más que a su hermana.

Etteilla baraja las cartas, las pone sobre la mesa y le pide que corte y rote el mazo. Luego lo recoge, saca tres cartas y las coloca a un lado. A continuación, le pide que corte el mazo otra vez antes de abrir las cartas boca abajo sobre la mesa.

—Elige cinco cartas —dice.

Lenormand elige las cinco cartas, se las entrega y él las dispone boca arriba en forma de arco debajo de las tres primeras.

Etteilla frunce el ceño antes de levantar la carta central en la fila de tres. Es de color azul pálido, con una serie de círculos: rojo, verde, amarillo y azul pálido. En el centro de los círculos hay unas nubes negras y ondulantes bordeadas de verde que se abren para revelar un abismo rojo, al parecer el portal a otro mundo. La palabra *Etteilla* está escrita en la parte superior de la carta, a los costados están las palabras *Le Chaos* y, en la parte inferior, *Le Questionnant*.

—Esta carta nos representa a mí y a ti, a Etteilla y al consultante. Es la génesis, la creación.

Ahora levanta la carta a la derecha, que muestra un sol abrasador con una estrella en el centro. Debajo del sol, dos niños se encuentran en un monumento de piedra. Al ver la imagen, Lenormand cree reconocerla. Si ella es uno de los niños, ¿quién es su gemelo?

—Esta carta te representa a ti. *Éclaircissement. Feu.* Iluminación. Fuego. —Etteilla la escruta con intensidad—. No he sabido de ninguna mujer que la recibiera.

Pero Lenormand no es como otras mujeres. Y se lo mostrará.

Etteilla recoge la tercera carta a la izquierda. La luna brilla bajo nubes pesadas y, debajo, una figura se acurruca de costado entre dos pilares de piedra mientras un perro ladra.

—*Propos. Eau.* El agua fluye, el cambio se acerca y no puedes detenerlo.

—¿Qué cambio? —pregunta ella, inquieta.

Etteilla se vuelve hacia las cinco cartas desplegadas en forma de arco debajo de las tres. Lenormand observa la tirada y, a pesar de que las cartas son tan diferentes de las del tarot de Marsella de su tía, los significados comienzan a emerger de las imágenes.

—El seis de oros se refiere al día de hoy, y habla de una situación confusa —explica Etteilla.

Aunque los espíritus hablan con claridad sobre los caminos de vida de los demás, ella ha seguido la guía de su madre con los ojos cerrados, sin saber exactamente adónde la llevará. Pero en la tirada de tarot que ha hecho Etteilla, el patrón de vida de Lenormand aparece enmarañado.

Atraída por la imagen de un joven de pelo corto y dorado que lleva un bastón en la mano, Lenormand toca la tercera carta, *Bon Étranger*.

—¿Y esta qué significa?

—Es la sota de bastos; pronto llegará un joven desconocido, pidiendo trabajo.

—¿No me representa a mí? —Lenormand piensa en su llegada reciente a París y en su nuevo empleo en la tienda de madame Renard.

—No, esa es la carta de arriba, *La Luna* —aclara Etteilla.

"De Luna", susurra su madre, y Lenormand siente un escalofrío de premonición.

—¿Y la segunda carta es el pasado? —pregunta ahora, y toca el diez de oros—. ¿Acaso indica mi dificultad para liberarme de él?

—Sí, mademoiselle. ¿Has leído antes el tarot?

—He jugado al tarot con mi tía, pero nunca había visto estas barajas. —Lenormand recoge las dos últimas cartas—. Nueve de copas y diez de bastos.

—Lo que apoya y lo que se opone —explica Etteilla—. ¿Qué crees que significan?

Lenormand se queda mirando las cartas, con el pecho apretado por el pánico. Aunque las ventanas están cerradas y el fuego arde en la chimenea, se estremece de nuevo. Oye un coro de espíritus que se eleva a su alrededor.

—Prosperidad, pero luego conspiraciones, deslealtad.

Se lleva las manos a la cabeza, pues los espíritus se han unido en un coro sibilante: "París, donde amasas tu fortuna. París, donde te enamoras. París, donde te traicionan. París, donde ruedan las cabezas".

—Estás temblando, Adelaide. ¿Qué te sucede? —Etteilla parece preocupado.

—Me están hablando todos juntos a la vez —susurra—. Es demasiado.

Los espíritus que la rodean están alterados y sus súplicas angustiadas han silenciado la voz de su madre. Hay demasiadas almas en París que no están en paz. Es como si la ciudad descansara sobre terreno inestable. Las viejas formas se están desmoronando, pero lo que surja será como un látigo que azote a todos. La ciudad sangrará.

—Se avecina un cambio en París, un nuevo comienzo, al principio lleno de esperanza, como un ruiseñor en pleno vuelo —predice—. Pero el pájaro cambia. Ya no canta. Se convierte en un presagio de fatalidad y muerte. —Se estremece al ver la imagen de un cuervo negro con las alas ensangrentadas que abre el pico y chilla.

Ahora, los espíritus se agrupan alrededor de ambos en el salón; su madre está de vuelta entre ellos.

—Me dicen que debe usted marcharse de París, monsieur —continúa.

"Pero en el caos, hija mía, encontrarás tu fortuna", le asegura su madre.

—Imposible —declara él.

¿Debería decirle que morirá en los próximos dos años y medio si se queda en París? Lenormand se refrena y repite su predicción.

—Habrá una revolución, y pronto…

—¡Eso no es difícil de adivinar! —exclama Etteilla—. Hay manifestaciones todos los días.

—Será peor de lo que jamás pueda imaginar —insiste ella—. Y correrá sangre después de la revolución. Miles de personas morirán.

Etteilla contiene el aliento.

—Yo también vi esto en el tarot. —Se queda pensativo—. Esta tirada habla de riqueza y de fama, Adelaide, pero no a través del matrimonio. Es de lo más inusual.

Lenormand se muerde los labios para contener las palabras. Las imágenes del tarot son un lenguaje que le gustaría aprender. Las cartas podrían convertirse en su refugio. Desea pedirle a Etteilla que le enseñe el tarot, lo desea con todo su ser, pero supone que le dirá que no.

Sin embargo, el anciano la sorprende.

—¿Quieres que te enseñe a leer las cartas del tarot?

—Pero ¿enseña usted a mujeres?

—Claro que sí. He enseñado a muchas doncellas a leer las cartas de sus amas.

—No puedo pagarle.

—No hay necesidad de dinero entre nosotros —asegura Etteilla—. A cambio, podría solicitar tu ayuda en algunas lecturas y ceremonias. Tienes un talento excepcional.

Lenormand siente una punzada de orgullo.

"Sí, excepcional, hija mía", la elogia su madre.

—Debes guardar la mayor discreción sobre nuestras actividades —añade él—, porque, como sabes, París es un hervidero de chismes y debemos tener cuidado.

De regreso a la tienda de madame Renard, Lenormand camina con paso decidido por las calles transitadas. El Gran Etteilla le ha dicho que es excepcional; siempre lo ha sabido, por supuesto, pero es la primera vez en la vida que alguien celebra su diferencia. En el convento, las demás chicas solían apartarla y algunas, incluso Suzette, le tenían miedo. Las monjas, por su parte, se resentían de su habilidad para saber cosas más allá de lo visible. Intentaban sofocarla.

Dobla la esquina para tomar la rue de Tournon y se da cuenta de que va en la dirección contraria. Aun así, se toma un momento y prosigue por la calle hacia el Palacio de Luxemburgo, admirando los elegantes edificios a ambos lados.

"Aquí."

La voz de su madre la obliga a detenerse. Se encuentra

delante de una puerta azul con el número cinco pintado en la pared encima. Junto a la puerta hay una ventana ancha con el postigo cerrado.

"Este es tu lugar."

Lenormand frunce el ceño. ¿Qué quiere decir su madre?

—¿Quién vive en esta casa? —le pregunta a una muchacha que vende castañas en la acera.

—Era una librería, pero el dueño murió —contesta la joven.

Lenormand le compra un cartucho de castañas y observa la puerta azul del número cinco de la rue de Tournon mientras muerde la primera castaña. Esta será su librería y aquí instalará su salón de tarot. Cómo sucederá, no tiene ni idea, pero está segura.

"Sí", coincide su madre.

El tarot le dará riqueza y poder y, lo que es más importante, la protegerá de la tormenta que se avecina en París. Pero mientras piensa en su riqueza y gloria futuras, recuerda otras barajas de la lectura de hoy: la carta siniestra de la luna con la figura acurrucada debajo, el perro que ladraba y el joven desconocido que aparecerá en su vida.

Los espíritus han predicho que se enamoraría, pero eso es lo último que desea.

LA EMPERATRIZ

Riega las semillas

4 de mayo de 1789
París

LENORMAND APRENDE A LEER EL TAROT CON RAPIDEZ. Con el permiso de su tía, en cuanto la tienda cierra por la tardecita, cruza París hasta la Escuela de Tarot de Etteilla. Allí, se adentra cada vez más en el misterioso mundo de lo oculto. Él la anima a intuir el significado de las cartas mientras le enseña las diferentes tiradas de su repertorio. La guía en las formas de percibir la disposición de cada cliente, cómo asegurarse de evitar cualquier conflicto. En ocasiones, le lee historias sobre las deidades del Antiguo Egipto, donde se origina el tarot, extraídas del *Libro de Thot* egipcio. Los espíritus se presentan casi todas las noches y Lenormand abre su corazón y su mente, y comparte sus mensajes con su mentor. Etteilla siempre insiste en que regrese a casa de madame Renard en un cabriolé, sin importar lo que cueste.

—Es demasiado peligroso que una joven ande sola de noche por París, sobre todo desde los disturbios en Faubourg Saint-Antoine. —Le da una palmadita en la mano.

En el trayecto de vuelta, Lenormand imagina que Etteilla es su padre. Él no sería como su padrastro y la casaría. El Gran Etteilla nunca se adueñaría de la vida de una mujer como parecen hacer los demás hombres, ya sean los vendedores ambulantes casados con las vendedoras de ostras de las calles del Marais o los impresores de Saint-Germain-des-Prés o los nobles que mantienen a sus esposas y amantes en sus jaulas doradas de la rue du Bac. En sus sueños, Etteilla le daría el dinero para abrir su propio salón de tarot en el número cinco de la rue de Tournon y le enviaría clientes.

Pero siempre, al llegar a la casa de madame Renard, el aire frío de la noche la despierta y sus sueños se desvanecen al recordar las advertencias de los espíritus. La vida de Etteilla está por terminar. Todavía no se lo ha dicho, aunque presiente que la afición al láudano de su mentor no acabará bien.

Nueve días después de los disturbios en la fábrica de Réveillon, con la ciudad aún alborotada, madame Renard recibe una carta de Etteilla mientras beben el café de la mañana.

—Adelaide, el Gran Etteilla ha solicitado mi permiso para que viajes a Versalles en la próxima luna llena —anuncia madame Renard, y las demás aprendices sueltan gritos de excitación—. Viajarás con la señora Elliott, una de nuestras clientas, que es amiga de la reina.

—Pero ¿para qué voy a ir a Versalles? —pregunta Lenormand, sorprendida.

—Para conocer a la reina, por supuesto. Según tu mentor, se requiere de tus habilidades. —Madame Renard bate las palmas—. ¡Qué honor, Adelaide! Debemos elegirte un vestido ya mismo. ¡Necesito que estés más espléndida que nunca!

Cinco días más tarde, Lenormand luce un vestido de color azul oscuro, con corpiño escotado y falda con tajo sobre una enagua blanca. Ya no queda rastro alguno del convento en ella. Los zuecos de niña huérfana son cosa del pasado. Baja la vista hacia sus pies, que parecen diminutos en los zapatos de seda color marfil. Se hincha de orgullo y da un golpecito al bolso de terciopelo sobre su regazo, donde lleva la baraja de tarot de Marsella que le ha regalado madame Renard.

Aunque el viaje en carruaje es largo e incómodo en tanto se alejan de la ciudad y avanzan a los saltos por la campiña francesa, la euforia de Lenormand no decae. Va sentada junto a Lucy, la doncella de la señora Elliott, y la señora Elliott ocupa el asiento frente a ella. Algunas de las damas a las que visitan suelen usar joyas ostentosas, pero la señora Elliott solo lleva un par de pendientes de oro pequeños, cuatro pulseras de perlas blancas y una cinta negra fina que resalta su cuello largo. Una capa roja con capucha le da un aire de sencillez sofisticada. No hay altivez en la dama escocesa, quien le confía a Lenormand su preocupación por la condesa de Buffon, usurpadora de su posición como amante favorita del duque de Orléans. Lenormand sospecha que lo que la señora Elliott teme perder en verdad no es tanto su afecto como la seguridad de la pensión que recibe del duque. A pesar de la riqueza y posición de su compañera de viaje, Lenormand no la envidia.

En cuanto divisa la magnífica amplitud del Palacio de

Versalles, queda fascinada. Durante las noches en el dormitorio del convento, ella y las demás chicas solían inventar historias sobre el palacio mágico donde vivían los reyes y reinas de Francia. Cortesanos refinados y con trajes lujosos comían torres de azúcar, y las reinas se encontraban con sus amantes secretos en los pasillos laberínticos.

Lo que ve ahora confirma esas fantasías; el palacio se alza resplandeciente detrás de unos portones dorados que brillan grandiosos bajo el sol de primavera. Más allá de ellos, cientos de ventanas reflejan las nubes en el cielo.

Mientras el carruaje cruza los portones dorados y se acerca al palacio, Lenormand observa a los cortesanos que se agolpan en el patio interior. Al ver a quién pertenece el carruaje, algunos se inclinan ante la señora Elliott, mientras que otros la miran abiertamente y con gesto desdeñoso hacia la amante escocesa del problemático duque de Orléans.

—Vaya hipócritas —comenta la señora Elliott—. He oído a estos nobles decir cosas muy desagradables sobre el rey y la reina a sus espaldas.

Espíritus malignos se arremolinan alrededor de los cortesanos, las personas más privilegiadas de toda Francia. Sus gritos de advertencia llenan la cabeza de Lenormand, que se tapa los oídos con las manos.

—¿Qué te pasa, Adelaide? —pregunta ahora la señora Elliott, con el ceño fruncido.

Lenormand baja las manos.

—Un leve dolor de cabeza, madame.

El carruaje rodea el costado del palacio y recorre una avenida bordeada de árboles con exuberantes follajes de primavera. El ruido de los espíritus de los cortesanos se desvanece mientras Lenormand mira por la ventana del carruaje a su izquierda. Se desplazan a lo largo de jardines ornamentales, todos con un espacio circular y una fuente central, pero de distintas formas; cuadrados, espirales y abanicos de césped verde. Le decepciona ver que el agua no mana de las fuentes, pero la señora Elliott le explica que eso solo ocurre cuando pasa el rey.

Estanques de agua tranquila, esculturas e hileras de plantas y flores salpican los jardines de diseño intrincado. El aire fragante llena el carruaje y la vista de las aguas serenas de un gran canal que se pierde en el ancho cielo azul alivia la opresión que sintió Lenormand al cruzar el patio.

Después de cruzar más portones, el carruaje se detiene por fin frente a un edificio clásico y elegante, con el techo plano rodeado por una balaustrada y la fachada dividida por cuatro pilares y flanqueada por dos pabellones circulares.

—Hemos llegado —anuncia la señora Elliott—. El Pequeño Trianón. Es un gran honor haber sido invitadas a compartir el círculo íntimo de María Antonieta. Comportaos como corresponde.

Al salir del carruaje, Lenormand ve a dos mujeres que emergen de los jardines, tomadas del brazo. Ambas llevan vestidos de muselina blanca, con sendos lazos atados a la cintura, uno dorado y otro azul. Sus cabellos no están empolvados y ostentan grandes sombreros de paja con cintas azules y plumas grises. La dama con el lazo dorado lleva una cesta plana con flores rosadas colgada del codo de su brazo libre, mientras que la otra mujer lleva una jarra de leche. Un niño y una niña pequeños, de unos cuatro años, corren delante de ellas, con tres perritos que brincan a sus pies. Junto a las mujeres caminan dos niñas más grandes, con las manos llenas de flores, y tan parecidas que podrían ser gemelas.

—¡Vuestra Majestad! —exclama la señora Elliott al ver al grupo.

¿Es posible que esta mujer de aspecto discreto y rodeada de niños risueños sea la reina de Francia? ¿Dónde están sus galas, su séquito?

Pero cuando los niños y los perros pasan corriendo, la señora Elliott hace una reverencia y la reina suelta el brazo de su acompañante para tomar la mano de la señora Elliott y ayudarla a incorporarse.

—No quiero estas formalidades en mi casa, querida Grace —dice María Antonieta—. Me alegro mucho de que haya venido. Temía que el rey no lo permitiera, pero está distraído con la asamblea de los Estados Generales. ¿No puede convencer al duque de que admita que se equivocó?

—Ojalá pudiera, pero ya no gozo de la confianza del duque. —La señora Elliott se sonroja incómoda al reparar en la acompañante de la reina.

—Ah, sí, la espantosa Agnès de Buffon, qué manera de rebajarse —comenta María Antonieta y le entrega la cesta de flores a una criada—. Pero señora Elliott, no hablemos más de política ni de rivales. En el Pequeño Trianón solo hay lugar para la paz. ¿No es así, querida Luisa?

Se dirige a la mujer que está a su lado, quien, después de entregar la jarra de leche a la criada, se quita el sombrero y deja al descubierto unos rizos plateados y negros de cabello lustroso. Lenormand la reconoce: es la dama que vio salir de la casa de Etteilla la primera vez que estuvo allí.

—Es un honor verla de nuevo, princesa Lamballe —saluda la señora Elliott y baja la mirada, aún ruborizada.

—Tiene usted suerte de que mi cuñada, la duquesa de Orléans, no esté conmigo —replica la princesa Lamballe con voz fría.

—Luisa, querida, la señora Elliott ya nos ha informado de que ha roto su relación con el duque de Orléans —interviene María Antonieta—. Vamos, seamos amigas de nuevo. Necesito a mis seres más queridos conmigo cuando el rey tiene la cabeza en otra parte.

—Discúlpeme, señora Elliott. No volveré a tocar el tema —asegura la princesa Lamballe.

Lenormand observa a la princesa, la mujer más odiada de Francia después de la reina. Ha visto los pasquines salpicados de barro en las calles del Marais y no ha podido evitar mirar las obscenas representaciones de la reina austríaca y su amiga italiana entrelazadas como amantes lesbianas. María Antonieta enlaza ahora los dedos de ambas y la princesa Lamballe se vuelve hacia su reina con devoción. Que los caricaturistas de París profanen de semejante modo esta amistad es en verdad indignante.

La reina y la princesa Lamballe entran en el Pequeño Trianón, seguidas de la señora Elliott, mientras que Lenormand y Lucy van en la retaguardia con las cajas y los bolsos.

—¿Ha traído a la pequeña sibila con usted, tal como le pidió Etteilla? —le pregunta María Antonieta a la señora Elliott.

—Sí, es ella. —La señora Elliott señala a Lenormand. Las mujeres la miran y Lenormand baja la vista.

La reina se dirige a ella:

—Etteilla ha hablado muy bien de usted.

Lenormand levanta la mirada. No es como la imaginaba, ni distante ni formal. Al contrario, parece bastante frágil, con el ceño fruncido por la ansiedad.

—Lo que hagamos esta noche debe mantenerse en la más estricta confidencialidad. ¿Promete no decirle ni una palabra al duque, Grace? —María Antonieta se vuelve hacia la señora Elliott.

—Sí, lo prometo —asegura la señora Elliott.

María Antonieta suspira.

—Es mi última esperanza para mi hijo.

—¿Cómo se encuentra el delfín, Vuestra Majestad?

—Está débil y parece que ninguno de los médicos del rey es capaz de curarlo. —Los ojos de la reina se enrojecen—. Le pusieron un corsé de metal para intentar enderezarlo y lloró de dolor, mi pobre niño. No sirvió de nada. —María

Antonieta sacude la cabeza—. ¿Conocéis a alguna mujer más digna de lástima que yo?

Pero la reina no espera una respuesta mientras se desliza por las baldosas verdes y blancas de la sala de recepción, con la princesa Lamballe a su lado y los niños y los perros corriendo delante de ellas. Se detiene al pie de la ancha escalera.

—Esta noche, el Gran Etteilla utilizará la antigua magia de los egipcios para ayudar a mi hijo —anuncia.

Lenormand siente otra oleada de euforia, porque ella forma parte de la magia. La reina de Francia necesita de su talento y sus habilidades. Es increíble que una pobre huérfana se encuentre en una posición tan honorable. Ay, si la madre María Inés pudiera verla ahora. Lenormand ha logrado un estatus social que la monja nunca podrá alcanzar, y tan solo unos pocos meses después de su expulsión del convento.

Bajo la luna llena, el Pequeño Trianón se cubre de sombras y susurros antiguos, más antiguos que el propio edificio. Lenormand camina detrás de su maestro como en un sueño. El Gran Etteilla lleva una túnica negra larga y un turbante rojo; Lenormand va enfundada en la capa de su madre. Aunque es medianoche, no está cansada. Su corazón late con fuerza, porque compartirá secretos con la reina de Francia.

Etteilla abre una puerta oculta y bajan una escalera hacia un sótano espacioso, de techo bajo y con ventanas en forma de media luna empotradas en las paredes gruesas. La luz de la luna inunda el recinto, que está completamente vacío, salvo por una mesa larga. El fuego crepita en una chimenea ancha y las velas parpadean en los braseros en la pared. Sobre la mesa hay una espada, una vela alta encendida, un cáliz con agua, un cuenco con sal y otro cuenco con un incienso humeante que despide un extraña fragancia dulce y amaderada.

—Esta noche haremos un ritual mágico, Adelaide —le

informa Etteilla—. Estás aquí para completar el círculo y utilizar tus poderes para asistir.

Lenormand asiente con el corazón acelerado por la emoción en tanto percibe que los espíritus comienzan a agitarse en el sótano del Pequeño Trianón.

Etteilla abre un cofre en la esquina de la habitación, saca una capa de plumas y la coloca en los brazos de Lenormand. De pronto, el sótano se ilumina con la luz proveniente de la escalera. La reina, la princesa Lamballe y la señora Elliott hacen la entrada: llevan enaguas de seda color marfil y túnicas doradas vaporosas, el cabello sin empolvar y el rostro sin maquillaje. Están solas, sin ninguna criada. La princesa Lamballe sostiene la mano de la reina, quien tiembla ligeramente, y la señora Elliott las sigue detrás, con los ojos muy abiertos por la curiosidad. Etteilla se inclina ante la reina y Lenormand hace una reverencia torpe, con la capa de plumas aún en sus brazos.

—Doy la bienvenida a nuestra reina y sus hermanas a los misterios de Isis —anuncia Etteilla a la temblorosa María Antonieta—. Esta noche, os convertiréis en una iniciada de Isis, la diosa egipcia del renacimiento y, como su encarnación, tocaréis los cielos con vuestros deseos más profundos.

Etteilla saca un tocado dorado del cofre y lo coloca sobre la cabeza de María Antonieta mientras Lenormand le acomoda la capa de plumas sobre los hombros, percibiendo el aroma a rosas de la piel de la reina.

A continuación, forman un círculo alrededor de María Antonieta, ahora vestida como la diosa egipcia Isis. En función del elemento astrológico de cada uno de los presentes, Etteilla reparte los talismanes que están sobre la mesa. Como Géminis, regida por el aire, Lenormand lleva el incienso, cuyo humo forma espirales en la habitación. La señora Elliott, la fogosa Aries, sostiene la vela alta encendida. La princesa Lamballe, la terrenal Virgo, porta el cuenco de sal, mientras que Etteilla, nacido bajo el signo de agua de Piscis, toma el cáliz con agua. La reina, regida por el signo de Escorpio, también de agua, sostiene la espada.

La luz de la luna se filtra por las ventanas, pero el oscuro cielo nocturno comienza a aclararse y a adquirir un tono malva.

—¡Buscad y hallaréis! —exclama Etteilla—. Isis, dadora de vida, diosa de la magia, la maternidad, la muerte, la sanación y el renacimiento, te invocamos para que protejas a tu iniciada en nuestro rito.

Lenormand esparce el incienso hacia la reina y María Antonieta levanta la espada, que refleja el primer rayo de luz del amanecer que se cuela por las ventanas.

—Suplicamos a Isis, que resucitó a su esposo de entre los muertos y concibió con él a su hijo, que lance nuestro hechizo entre la puesta de la luna y la salida del sol del nuevo día —entona Etteilla.

—Diosa de la vida y de la muerte —invoca María Antonieta—, te suplico que permitas que el delfín Luis José mejore. Déjalo vivir.

La reina desliza la punta de la espada a través de la palma de su mano y Lenormand oye el grito ahogado de la señora Elliott.

—Mi sangre por su sangre. Moriré por él y por Francia —añade María Antonieta.

—Como todos nosotros —interpone Etteilla.

—Viviré y moriré por vos, Vuestra Majestad, mi Antonia —exclama la princesa Lamballe.

—Juro proteger el reino de Francia con toda lealtad —pronuncia la señora Elliott con voz trémula.

La reina vuelve su atención a Lenormand y esta resiste el impulso de apartar la mirada o inclinar la cabeza, porque María Antonieta ya no es una reina. Es la encarnación de Isis del Antiguo Egipto, donde nació el tarot. Un aura brilla a su alrededor, y atrae el resplandor del amanecer al sótano lúgubre.

El corazón de Lenormand se agita. Necesita ser amada por María Antonieta, tal como la reina ama a todos sus hijos, tanto a los que ha dado a luz como a los que ha acogido como propios. Lenormand ansía su aprobación y le jurará lealtad. Más allá de toda razón, más allá de sus propias creencias, su destino está ligado a la reina de Francia.

—El propósito de mi vida es velar por la seguridad y la santidad del linaje real de Francia —declara a continuación.

—Tráeme las cartas, Adelaide —le pide Etteilla.

Lenormand obedece; las pupilas de su maestro son como orificios oscuros y enormes, su aliento tiene un olor dulzón y nauseabundo y hay algo salvaje en su comportamiento. Se arrodilla ante la reina y baraja el mazo mientras la sangre de la mano de María Antonieta sigue goteando sobre el suelo de piedra. Es inconcebible que dejen sangrar a la reina, pero ni la señora Elliott ni la princesa Lamballe se mueven. Etteilla saca tres cartas del mazo y las coloca en el suelo frente a la reina.

Garçon Blond. Mortalité. Misère.

María Antonieta suelta un grito y deja caer la espada al suelo. Conoce lo suficiente las cartas para comprender su significado. El Niño Rubio. La Muerte. La Prisión.

Isis no responderá a la petición de la reina. El delfín morirá. Pero ¿qué hay de *La Misère, La Prison*, la casa de los rayos? La imagen de la fortaleza en llamas con las torres derrumbándose llena a Lenormand de un presentimiento terrible.

Etteilla se gira hacia ella.

—¿Hay espíritus presentes?

El humo del incienso de Lenormand se arremolina con ferocidad, las velas en los braseros lanzan llamas blancas y la vela de la señora Elliott brilla con tonos naranjas y rojos.

Los espíritus han entrado en el sótano; Lenormand no sabe cuántos son. Algunos permanecen en las sombras, alejados y vigilantes, pero otros se entremezclan entre las cuatro mujeres y Etteilla. Un bebé llama a su mamá, un anciano ríe y una mujer autoritaria le susurra a la reina: "Hija pecadora, desiste". Pero solo Lenormand puede oírlos. Los espíritus le provocan escalofríos de frío y calor en todo el cuerpo. Inhala el incienso; las barreras físicas en la habitación se desvanecen y Lenormand traspasa el velo.

La reina de Francia la mira con ojos llorosos, las lágrimas corren por su rostro y se mezclan con su sangre, que cae sobre el suelo.

—Un bebé llora, y está llamando a su mamá —murmura Lenormand.

—¡Sophie! —exclama María Antonieta—. Pequeña mía. Estoy aquí, mi amor.

—Viene otro espíritu…, vuestra madre. Dice que debemos detenernos.

—Como siempre, la emperatriz María Teresa diciéndome lo que tengo que hacer —protesta María Antonieta iracunda—. Pero estás muerta, madre, y ya no voy a obedecer tus órdenes.

La presencia gélida de la madre de la reina se disipa y el llanto del bebé cesa. El calor sube por el cuerpo de Lenormand. Cierra los ojos y siente cómo su alma se desplaza y el tiempo se escurre a través de ella como la arena en un reloj de vidrio.

Ya no están en el sótano del Pequeño Trianón, sino en un templo del Antiguo Egipto. Las paredes están cubiertas de símbolos jeroglíficos como los que Etteilla le ha mostrado en sus libros. No sabe qué significan; se siente incompleta, como si le faltara una parte de sí misma. Deambula por el templo en busca de respuestas, pero está vacío, salvo por un fuego que arde en el centro. Cuando su mirada se posa en las llamas, ve un pájaro plateado con alas negras manchadas de sangre roja, cabeza negra y ojos verdes como una serpiente. Abre el pico y grazna, y los sonidos disonantes forman palabras.

Lenormand abre los ojos, ansiosa por alejarse del cuervo aterrador. Pero el mensaje es claro.

—La muerte se cierne sobre el delfín —le comunica a la reina.

—¡No! —grita María Antonieta, angustiada.

Lenormand siente la presencia de otro espíritu, el anciano. Ya no se ríe y la exhorta a que sea su intermediaria.

—Hay otro espíritu aquí. Dice que debéis permitirlo, porque el sufrimiento de vuestro hijo en esta vida no tiene fin.

—¿Quién habla? —pregunta la reina.

—Le agradece que lo cuidarais cuando murió de viruela, os llama "la pequeña delfina". Dice que vendrá por su bisnieto y que el niño no tendrá miedo.

—¡El rey Luis XV! —exclama María Antonieta.

—Dice que es una bendición.

—¿Cómo puede ser una bendición la muerte de un niño inocente? —inquiere la reina con congoja.

—Por lo que vendrá después. —Lenormand recoge la carta *Misère* del tarot de Etteilla—. Pasará al mundo espiritual al amparo del amor de su madre. En el momento de su muerte, no estará solo.

"Como lo estarás tú, mi pequeña delfina."

Lenormand no transmite las últimas palabras del rey Luis XV a María Antonieta. Un sonido extraño resuena en el interior de la chimenea, por sobre el fuego, que ha quedado reducido a cenizas. Se oye un chillido y, a continuación, una pequeña criatura de alas oscuras emerge, aleteando, en el sótano. La señora Elliott grita y deja caer la vela al suelo, que se apaga, y Etteilla se acerca a la reina para protegerla. Todos los espíritus desaparecen, dejando motas de polvo girando en la luz del amanecer.

—Es un murciélago. —La princesa Lamballe mantiene la calma—. Un símbolo de Isis. ¿No es una buena señal, Etteilla?

Pero él se ha quedado mudo, observando al pequeño animal alado que revolotea alrededor de la habitación. Lenormand cree que el Gran Etteilla piensa lo mismo que ella: el murciélago significa que la muerte acecha a uno de ellos.

EL EMPERADOR

La abundancia es tuya

10 de mayo de 1789
Versalles

LENORMAND APENAS HA DORMIDO CUANDO EL GRAZNIDO de un cuervo la despierta. Se levanta de la cama y sigue el sonido del pájaro. Se acerca a la ventana y ve una escena sorprendente. La reina está abajo, en la terraza, dándole de comer un bollo de leche a un cuervo negro mientras sus hijos juegan a su alrededor.

La princesa real María Teresa, llamada así en honor a su

abuela, está sentada en un cojín junto a su hermana adoptiva, Ernestina, mientras adornan a los perros con cintas y Jean, el hijo senegalés adoptivo de María Antonieta, los dibuja. El pequeño Luis Carlos y su hermana adoptiva, Zoe, galopan sobre ponis imaginarios. No hay rastros de Luis José, el delfín enfermo.

Más allá de la terraza donde juegan los niños, se extiende un gran jardín atravesado por un río, con árboles cargados de flores primaverales y un templo blanco pequeño. La luz ambarina de la mañana proyecta un matiz suave sobre la idílica escena. Lenormand entrecierra los ojos para estudiar al cuervo negro, pero no es el mismo que apareció en su visión. El otro tenía el cuerpo gris y la cabeza, las alas y la cola negras. Este cuervo picotea con delicadeza las migas del bollo de pan que le ofrecen, tan domesticado como los perros de la reina.

Lenormand abandona las dependencias de servicio y, como llevada por un impulso, se encamina hacia una zona boscosa con senderos de piedra serpenteantes. Se abre paso entre los árboles, siguiendo uno de los senderos, que se ensancha hasta llegar a un lago pequeño; en la orilla opuesta, hay otro templo rodeado de ocho esfinges de piedra. Trepa una roca enorme e irregular y cruza un pequeño puente hacia el templo. Prueba una de las puertas y esta se abre. Se quita los zapatos embarrados y entra.

La luz que se filtra a través de los árboles que rodean el templo y el lago inunda el espacio. No debería estar aquí y es muy probable que la señora Elliott se pregunte dónde se ha metido, pero Lenormand no es la sirvienta de nadie y nunca lo será.

Se deja caer despacio sobre el suelo de mármol frío, con la falda extendida a su alrededor, y saca del bolso su baraja de tarot. Cierra los ojos, sostiene las cartas en la palma de la mano izquierda y luego coloca la derecha sobre ellas. Después del drama de la noche anterior, las cartas la tranquilizan.

Una brisa ligera le acaricia las mejillas y, cuando abre los ojos, ve a la princesa Lamballe. La pequeña cinta azul alrededor de su vestido blanco es del mismo color de sus ojos y la luz resalta los mechones plateados en sus rizos grises. En otro tiempo, la princesa debió tener el pelo tan oscuro como ella. Lenormand le echa unos cuarenta años, aunque su piel es tan suave y tersa como la de un bebé.

—Te he seguido —revela la princesa Lamballe y, para sorpresa de Lenormand, se sienta también en el suelo de mármol. Su aroma es tan dulce como el de las flores de primavera en el exterior y Lenormand de pronto teme oler a sudor por el trabajo de la noche anterior.

—Perdóneme, princesa. No debí entrar sin permiso.

—Ah, no te he seguido por eso. Llámame Luisa —responde—. ¿Cómo te llaman tus amigos?

—Adelaide.

—Etteilla me ha hablado de tus habilidades —señala Luisa—. Esta mañana le pedí que me hiciera una lectura, pero me dijo que debía acudir a ti.

—Pero el Gran Etteilla es más competente leyendo el tarot —replica Lenormand.

—Puede que así sea, Adelaide, pero no tiene tu don para escuchar a los espíritus de los muertos.

—No puedo invocarlos. A veces aparecen y a veces no.

Las nubes tiñen el cielo de gris y atenúan la luz en el interior del pequeño templo. Lenormand siente el peso del tarot en sus manos y una necesidad apremiante de no leer las cartas de Luisa Lamballe. Los espíritus la atraviesan con susurros; no uno, sino varios. Están sobresaltados y le piden a Luisa Lamballe que preste atención a sus advertencias. Lenormand reconoce el idioma como italiano gracias a sus conocimientos de latín, pero no entiende lo que dicen.

—¿Oyes algo? —Luisa la escruta con atención.

—Sí, hay espíritus, pero hablan en italiano. *Non cercare il futuro. Esso arrecherà dolore.*

La princesa palidece.

—¿Qué significa? —pregunta Lenormand.

—No quieras saber el futuro. Te traerá dolor.

—No deberíamos leer su tarot esta mañana, princesa. —Lenormand se dispone a levantarse del suelo.

—¡No! —Luisa se estira y le toca la mano derecha, debajo de la cual se encuentran las cartas de tarot. Tiene los dedos helados y temblorosos—. Te pagaré bien. —Retira la mano y se quita un anillo de rubí del dedo índice de la mano derecha. Se lo ofrece a Lenormand.

—¡No puedo aceptar su anillo, princesa! —protesta Lenormand, que resiste la tentación de aceptar la joya de brillo cristalino.

—No significa nada para mí —confiesa Luisa—. Tengo demasiado. Toda mi vida, desde el día en que enviudé siendo muy joven, me he esforzado por asegurar que puedo vivir como una mujer independiente. Y ahora, tengo más riquezas que las que una mujer debería poseer. Este anillo es apenas una muestra de mis posesiones.

Lenormand apoya las cartas en su regazo y toma el anillo con delicadeza. Lo desliza en el dedo medio de su mano izquierda; le queda perfecto. El rubí rojo intenso resplandece bajo la luz de la mañana y se siente poderosa por haber recibido un objeto tan preciado de una princesa.

—Ya. Te queda muy bien. Las cartas, por favor.

Lenormand vuelve a tomar el mazo y comienza a barajarlo. Los espíritus italianos ya no susurran, aunque puede sentir cómo enrarecen el aire y crean una neblina alrededor de la princesa.

—¿Cuál es su animal favorito? —pregunta.

—El cisne —responde Luisa sin vacilar.

—¿Y su color favorito?

—El blanco de sus plumas.

La princesa desea ser pura y llena de gracia como el cisne, pero también desea amor, una compañía para toda la vida.

—Piense en una pregunta que querría que le respondieran. Es mejor pensar en el asunto de manera general y no tanto en términos de sí o no —aconseja Lenormand mientras termina de barajar y coloca el mazo sobre el suelo de mármol.

Le indica a la princesa que lo corte y lo rote. Luego despliega la tirada de la Estrella de Nut.

—¿Me ama? ¿Más que a él? —murmura Lamballe con urgencia.

Lenormand levanta la vista de las cartas y reconoce el ansia en los ojos de Luisa Lamballe. Se está volviendo costumbre observar ese anhelo en el corazón humano cada vez que lee las cartas del tarot. Cuando devuelve la atención a la tirada en forma de estrella, se le encoge el corazón. Los espíritus, como siempre, estaban en lo cierto. No son buenas cartas. ¿Cómo atenuar el golpe?

La reina de copas ocupa el lugar central de la tirada. Lenormand deduce que debe ser María Antonieta. Pero junto a ella, está el caballero de copas.

—¿Se refiere usted a la reina? —susurra—. ¿Y al rey?

—A Antonia, por supuesto, pero no al rey. Me refiero a Von Fersen.

Lenormand ha oído los rumores en París. El rival amoroso de la princesa Lamballe nunca ha sido el rey de Francia. No es ningún secreto que Luis XVI es más devoto de la caza que de su esposa. Los nobles que visitan la tienda de su tía están escandalizados con el noble sueco Axel von Fersen y sus visitas privadas al Pequeño Trianón.

—Él está en las cartas —confirma—. Y sí, veo amor entre ellos.

La princesa Lamballe parece destrozada.

—Ah, entonces es un sueño, porque mi deseo más profundo es ser la única dueña de su corazón.

—Ella también la ama. —Lenormand recoge el seis de copas—. Pero no es un amor que traerá alegría.

—Por supuesto que no, pero sentir, amar y ser amada… ¿Acaso no vale la pena el sacrificio, Adelaide?

Lenormand quiere responder que no, que el amor no vale la pena, porque conlleva la pérdida. A los ojos de la tarotista, el amor es una tortura.

En lugar de eso, recoge el ocho de copas.

—Su amor por la reina la pondrá en peligro.

Las voces persistentes han regresado y, aunque siguen hablando en italiano, Lenormand experimenta un conocimiento repentino. Una urgencia y un miedo profundos fluyen hacia ella.

—Debe usted abandonar Francia. Los espíritus lo exigen.

—Iré pronto a Suiza por cuestiones de salud —contesta Lamballe—. Pero ¿quién habla? ¿Quién te dice esto?

—No lo sé, oigo a muchos espíritus, pero creo que son sus antepasados en Italia. Le aconsejan que abandone Francia y no vuelva nunca más.

Las lágrimas brillan en los ojos de Luisa Lamballe.

—Hace mucho tiempo que no voy a Turín, y sí, echo de menos Italia, pero Francia es mi hogar ahora y volveré. Tengo mis obligaciones con la reina. Soy superintendente del palacio…

—¡Debe irse! —exclama Lenormand y se lleva la mano a la boca. Tiembla por la conmoción. El presentimiento le da náuseas, porque sabe con certeza que si la princesa Lamballe se queda en Francia, sufrirá una suerte trágica.

—No —insiste la princesa—. Pronuncié estas palabras anoche y las repetiré ahora: viviré y moriré con mi reina. —Se cruza de brazos sobre el regazo.

Lenormand levanta la última carta: es La Templanza.

—Será usted su compañera más leal a lo largo de todas las tribulaciones que le esperan. Solo usted. Ella sabrá lo grande que es su amor.

La expresión de Luisa se relaja bajo la luz del sol que atraviesa las nubes y baña de dorado su tez pálida.

—Muchas gracias, Adelaide. —Le sonríe—. Eso es todo lo que necesito oír.

Se pone de pie, una mujer delgada y frágil, pero cuando Lenormand alza la vista hacia ella, percibe la fortaleza que sube por su espalda como una enredadera tenaz y la integridad que late en su corazón.

—Tengo una propuesta para ti, Adelaide —añade mientras la tarotista se levanta y se sacude el polvo de la falda—. Estás desperdiciando tu talento como aprendiz de una *marchande* de moda. Dime, ¿te gustaría abrir tu propio negocio? Me gustaría mucho invertir en ti.

Lenormand se queda boquiabierta.

—Bueno, ¿qué me dices, Adelaide? ¿Conoces alguna propiedad adecuada?

—Sí, princesa. He visto un local en la rue de Tournon. —Lenormand se recompone—. Mi plan es abrir una librería que oculte un salón de tarot detrás.

—Una idea maravillosa.

—Pero ¿por qué desea usted invertir en mí? Apenas nos conocemos.

—Poca gente me cae bien, Adelaide. Detesto las intrigas y los chismes de la corte de Versalles. Deseo llevar una vida tranquila, dedicarme a mis deberes para con la reina y vivir para nuestros momentos juntas en la naturaleza. —La princesa se alisa el cabello—. He estado enferma durante muchos años y he descubierto que mi espíritu y mi corazón pueden sanar mi cuerpo. Tú dices la verdad, no tratas de complacer. ¿No es ese un noble empeño, Adelaide?

Cuando Luisa Lamballe se aleja, Lenormand se queda en el templo, dándole vueltas al anillo de rubí del dedo corazón, atónita por lo que ha sucedido entre ellas. Admira la independencia de la princesa Lamballe y ambiciona su riqueza. Esta mujer es ahora su mecenas. ¡Cuánto mejor que sea así, en vez de un hombre!

Y, sin embargo, el encuentro la ha dejado inquieta. ¿Cómo es posible que una mujer tan sofisticada haya sido tan ingenua como para enamorarse de la reina? ¿Cómo puede no ser consciente de que los estamentos privilegiados de Francia se vienen abajo? La princesa Lamballe es una figurita de porcelana en el reino de cristal de Versalles. La harán añicos; lo harán añicos todo. Lenormand no tiene ninguna duda.

LLEGO A PARÍS

7 de junio de 1789

No escribo en este diario desde hace casi dos meses.
Una vez a bordo, como miembro de la tripulación del
Cazador, no tuve ni tiempo ni privacidad para escribir.
Después de abandonar el barco en Le Havre-de-Grâce,
recorrí la campiña francesa hasta llegar a París, agradecida
por la amabilidad de los desconocidos. Cuanto más pobres
eran, más generosos me parecían y, a cambio de leerles las
manos, recibí comida y refugio. No tenía tiempo para escribir en mi diario, así que lo guardé en la bolsa de cuero, bien
protegido de las inclemencias del tiempo.

Los campesinos franceses me recordaban a los de Kerry
y, en mis lecturas de manos, me esforzaba por darles la
mayor cantidad de buenas noticias. Mi habilidad para predecir es limitada, pero, cuando les sostenía las manos, las
historias personales se desplegaban como si fueran ilustraciones. Al terminar el día, me costaba conciliar el sueño, ya
que mi cabeza bullía con imágenes de momentos decisivos:
nacimientos, muertes, matrimonios, desengaños amorosos,
ganancias, pérdidas, traiciones. Y, en definitiva, la llave de
la felicidad era casi la misma para todos, tanto para nobles

bien vestidos y con los bolsillos llenos como para vagabundos descalzos como yo. El amor, siempre, sin excepción.

En esos momentos, la sensación de pérdida era más intensa, pues echaba mucho de menos el cariño de la tía Eimile. Eso reforzaba mi determinación de llegar a París y hallar a Reilly; creía que era la única persona que podía amarme.

Hoy, por fin, llegué a destino. Me detuve en un bulevar arbolado y contemplé los imponentes edificios con sus aires de riqueza y privilegio. Sujetaba con manos temblorosas *El contrato social* de Rousseau, después de haber comprobado varias veces la dirección que figuraba en él: número 12 de la rue du Bac. Pero ahora que estaba tan cerca de volver a ver a Reilly, me invadía la indecisión. Mis pies descalzos estaban negros por la suciedad de las calles de París y, después de semanas de viaje, estaba segura de que me veía como una zaparrastrosa. Mi aspecto repulsivo podía ahuyentar a Reilly.

Pero se estaba haciendo tarde y no podía seguir esperando en la puerta del número 12 de la rue du Bac; los transeúntes me lanzaban miradas curiosas. Empujé las puertas y me dirigí hacia el gran edificio de la mansión. No había esperado que la familia de Reilly fuera tan rica. Ignoraba qué entrada debía usar, pero me recordé que ya no era una criada y me acerqué a la puerta principal; llamé con fuerza antes de cambiar de opinión y salir corriendo.

Me abrió un lacayo malhumorado, que me miró de arriba abajo antes de cerrarme la puerta en las narices. Respiré hondo y volví a llamar. El mismo sirviente abrió la puerta.

—No damos limosna, así que desaparece —espetó en francés e hizo un gesto con la mano para que me marchara.

—No busco limosna, sino a una persona —respondí, y metí el pie descalzo en la puerta a pesar del miedo de que la cerrara de un golpe—. Soy amiga del señor Thomas Reilly y creo que tal vez viva aquí. Con sus primos, ¿podría ser?

El lacayo se quedó atónito, pero no cerró la puerta.

—¿Y quién eres tú, chico?

—Me llamo Caitlin Molloy y no soy un chico.

El sirviente se mostró aún más sorprendido.

—Tengo órdenes de no permitir que ningún mendigo se acerque a nuestra puerta —insistió—. No me creo tu historia. Vete ya.

Pero antes de que pudiera cerrar la puerta de nuevo, oí que alguien gritaba mi nombre y una figura apareció corriendo por el vestíbulo, empujó al lacayo y abrió la puerta de par en par.

—¡Caitlin! ¿Eres tú? Casi no te reconozco.

Estaba tan sorprendida que pensé que me desmayaría. Allí estaba Thomas Reilly, tan espléndido como la última vez que lo había visto en Irlanda. Toda la valentía y la determinación que me habían traído a París se esfumaron en un segundo y se me llenaron los ojos de lágrimas. Quería dejarme caer en sus brazos y solo mi aspecto mugriento me impidió hacerlo.

—Dios mío, Caitlin, ¿qué ha ocurrido? ¿Por qué estás aquí? —Reilly me tomó las manos temblorosas y me empujó al interior mientras el sirviente retrocedía, espantado.

Mis sollozos de alivio descontrolados no me permitían hablar.

—¿Cómo has llegado aquí? ¿Qué te ha pasado? ¿El bravucón de sir William te ha echado de la casa? ¿Y tu tía Eimile?

Eran muchas preguntas, y todas a la vez, pero lo único que acerté a responder fue:

—Murió.

—Oh, no, pobre Caitlin —se lamentó, con expresión preocupada. Sin soltar mis manos sucias, se volvió hacia el lacayo, que había sido testigo de nuestra conversación en inglés y estaba claramente sorprendido de que el caballero irlandés Reilly conociera a una desvalida como yo.

—Victoire, por favor, pídele a Henriette que ayude a mi amiga. Ha viajado desde Irlanda y su estado es bastante penoso. —Se volvió hacia mí y añadió: —Anda, Cait, dame tu abrigo y tu gorra. ¡Casi no te reconozco con esta ropa! Tu cabello, oh, tu precioso cabello rojo. —Al ver mi cabeza rapada, soltó un grito ahogado, como si se le hubiera partido el corazón—. ¡Debes decirme quién te ha hecho esto! ¿Y cómo es posible que te hayan echado de Roughty House sin ningún sitio adónde ir? Le escribiré a Toby y le contaré lo mal que se ha portado su padre...

—Sir William no me echó —contesté entre sollozos—. Y yo misma me corté el pelo.

El desconcierto ensombreció el rostro de Reilly.

—¿Qué quieres decir, querida Caitlin?

—Me escapé.

Reilly abrió mucho los ojos.

—Pero ¿por qué?

—Para estar contigo, para ayudar...

—Te prometí que volvería, Caitlin. —Había frialdad en su voz.

—No podía quedarme, no después de lo que le pasó a mi tía. —Lloraba de nuevo.

—Perdóname, estás abrumada —se disculpó en un tono más suave—. Ella es Henriette. Es la doncella de mi prima Alice y te cuidará. Henriette, esta es Caitlin Molloy. Está vestida como un chico pero en realidad era una criada como tú. Ha sido muy valiente y ha venido sola desde Irlanda a París. Por favor, llévala arriba y ayúdala a bañarse.

Una joven pequeña, de cabello rubio y con un vestido impecable me tomó de las manos.

—Venga por favor conmigo, mademoiselle —me urgió con amabilidad.

—Cuando haya terminado de bañarse, ¿podrías prestarle un vestido y traerla a la sala para que conozca a mis primos?

—Sí, señor Thomas.

—Hablaremos más tarde, querida Caitlin. Por favor, no llores, estás a salvo ahora y yo te cuidaré.

Era la primera vez que me bañaba y la novedad me secó las lágrimas. Permanecí acostada en la bañera de cobre con bordes altos, rodeada de vapor y con la sensación de estar cocinándome. El agua se tiñó de negro enseguida por la suciedad acumulada durante el viaje. Henriette me echó un jarro de agua tibia sobre la cabeza para lavarme el pelo y cerré los ojos mientras dejaba que el agua se llevara todos los miedos de las últimas semanas.

Después de secarme frente al fuego, Henriette me entregó un vestido de sirvienta gris claro para que me lo pusiera y trató de peinarme el cabello, que me había cortado la noche anterior a unirme a la tripulación del Cazador.

—No tardará mucho en volver a crecer —me aseguró.

Para cuando Henriette me llevó abajo para presentarme al primo de Reilly, ya estaba más tranquila. Había alcanzado mi objetivo y lo peor había pasado.

La sala era más pequeña que la de Roughty House, pero más lujosa, con paredes revestidas de seda estampada con imágenes de flores y aves exóticas y muebles dorados tapizados con una tela con dibujos de la piña que a sir William le gustaba tanto tener en su mesa de comedor en Irlanda. El piano de la esquina de la habitación brillaba bajo la luz de los candelabros y varias sillas llenaban el espacio a los costados de la chimenea encendida. Las cortinas de terciopelo de color dorado oscuro estaban corridas, pero los últimos rayos de sol de principios de verano asomaban por debajo de ellas.

Reilly estaba sentado en una de las sillas, con un libro en el regazo; a su lado, había una joven de edad similar, con un vestido de seda azul precioso. Una mujer mayor, que se parecía a la joven, ocupaba la silla al otro lado de la chimenea. A sus pies, el perro más pequeño que yo había visto nunca empezó a ladrar nada más verme.

—Horatio, Horatio, cálmate —lo reprendió entonces la señora mayor.

—Tienes mucho mejor aspecto, Caitlin, aunque confieso que la falta de tus rizos rojos me apena mucho —dijo Reilly cuando entré.

Me llevé la mano a la cabeza. Me resultaba extraño no llevar la gorra y sentía un agradable frescor en el cuello.

—Permíteme presentarte a mi prima, mademoiselle Alice Dillon, y a su madre, madame Caroline Dillon. Mi tío está de viaje en este momento.

—Eres más que bienvenida —expresó madame Dillon. Levantó a Horatio y lo colocó en su regazo.

—Por supuesto —ratificó Alice—. Por favor, siéntate. —Indicó una silla libre al otro lado de ella y Reilly.

Me adelanté con torpeza; los zapatos que me había dado Henriette me hacían sentir como si tuviera los pies fijados a un tornillo de banco.

—Reilly me ha hablado de tu intrépido viaje de Irlanda a París vestida de muchacho. —Alice batió las palmas con deleite—. Qué aventurera eres.

—También nos ha contado lo relativo al maltrato que sufrió tu tía Eimile en casa de sir William Oswald —intervino madame Dillon—. Me alegro de que nos marcháramos de Irlanda hace tantos años; no soporto el poder del Dominio Protestante sobre los que profesamos la fe católica.

Ante la mención de Eimile, me sentí al borde de las lágrimas. Tragué saliva y me estrujé las manos temblorosas sobre el regazo.

—Podemos hablar de tu tía más tarde —sugirió Reilly, al ser consciente de mi pesar—. Aunque es una sorpresa completa, estás en París y no te abandonaremos.

—Por supuesto que no —convino Alice con entusiasmo.

—Querida mía, queremos ofrecerte refugio aquí, en el número 12 de la rue du Bac, como criada. Henriette necesita más ayuda y has llegado en el momento perfecto —explicó madame Dillon con una sonrisa benevolente mientras acariciaba a Horatio en la falda.

Me volví hacia Reilly, que me sonreía con expresión radiante.

—Te dije que cuidaría de ti. ¿No es una buena solución, Cait? Y como criada de la casa, no de la cocina. Aquí, en la rue du Bac, los sirvientes tienen sus propias habitaciones en la planta superior. No permitiré que vuelvas a dormir en el suelo de la cocina del sótano.

Enmudecí. Todos esperaban de mí un derroche de gratitud, pero no me sentía agradecida. Miré a Reilly a los ojos y, aunque sonreía, comprendí que mi presencia lo incomodaba.

Se me cayó el alma a los pies. Reilly no me quería. Había venido hasta aquí para estar con él y él deseaba librarse de mí. Quería que volviera a trabajar como sirvienta y que viviera encerrada en la casa de sus primos compasivos. Me aferré a los brazos de la silla para contener la ira.

—¿Caitlin? ¿No te parece una buena solución? —Reilly frunció el ceño, impaciente por mi respuesta—. ¿Qué opinas de la generosa oferta de mi tía? —Ya no podía seguir mirándolo a la cara: la franqueza en su expresión acentuaba mi enfado. Me había hecho promesas, me había dicho que era la chica perfecta para él, y ahora era como si nada de eso hubiera existido. Yo era una carga, una chica irlandesa estúpida que debía vivir de la caridad ajena una vez más.

La señora Dillon seguía sonriéndome y supe de manera instintiva que esa señora sería un ama buena y amable, ¡pero no quiero un ama!

—Muchas gracias, es usted muy amable —respondí, con los dientes apretados.

—Me alegro mucho —exclamó Alice—. Porque quiero que me cuentes todo sobre tus viajes vestida de muchacho y de cómo demonios conseguiste llegar hasta aquí.

—Ah, deja que la pobre chica se acomode, Alice —la regañó madame Dillon, y tocó la campana.

Unos minutos después, Henriette volvió a entrar en la sala y recibió la orden de llevarme a la cocina y darme algo de cenar.

Me levanté de la silla con rigidez. Esa sería la última vez que se me permitiría sentarme en compañía de los Dillon, ya que ahora era su sirvienta. Reilly me había rebajado, cuando yo había creído que quería enaltecerme. Estaba tan furiosa y concentrada en no demostrarlo que al principio no lo oí.

—Caitlin, ¿me oyes?

Me volví en la puerta, reacia a mirarlo a los ojos.

—Me alegro mucho de que estés en París, he echado de menos tu compañía —remarcó—. Siempre has sido mi mejor alumna. Vaya, si hasta es más culta que tú, Alice —bromeó.

Lo miré a los ojos y él se estremeció un instante antes de darse la vuelta para continuar su conversación con Alice. Me dolía tanto el corazón que apenas podía respirar y abandoné la sala con paso pesado.

No puedo dormir. Escucho el ritmo de la respiración de Henriette mientras las lágrimas resbalan por mis mejillas. Estoy herida y el dolor en mi pecho se extiende por todo mi cuerpo.

Todas las penurias de las últimas semanas han sido en vano. Mentir a buenas personas como el señor Flanagan y Daniel O'Connell y su tío el Cazador para poder llegar a Francia y toda la lectura de manos que he hecho en el camino a París, convencida de que controlaba mi destino… Todo ha sido una pérdida de tiempo. Tanto orgullo por poder conseguir comida y refugio gracias a mis habilidades y talento. Y, sin embargo, aquí estoy, otra vez una criada, de vuelta donde empecé en Irlanda.

La brisa ligera de verano agita las cortinas y, a través de la ventana abierta, alcanzo a ver al cuervo ceniciento posado en el alféizar. Me mira sin parpadear y sus ojos negros se vuelven verdes y luego negros de nuevo. En ellos está la Morrigan, que describe giros en las montañas de mi tierra natal, con los brazos extendidos y la cabellera roja al viento. Girando y girando, completamente libre. Si abriera la ventana de par en par y me asomara, solo podría respirar el aire denso y sofocante de la ciudad. No puedo respirar en París y, oh, cómo desearía estar en los bosques de Kerry, bebiendo en los arroyos de montaña transparentes y bailando en la arena pura de la playa de Derrynane. El dormitorio no está tan alto como el mástil principal de la fragata del Cazador, al que me subía todos los días durante el viaje a Francia.

Pero y si huyo, ¿podré sobrevivir? He visto mucha miseria en mi recorrido por las calles de París. Soy afortunada de tener techo y comida.

Ahora escribo para buscar consejo en mí misma. Mi corazón se está rompiendo en mil pedazos, porque amo a Reilly y creía que él me amaba. ¿Cómo puedo soportar ser su criada y ver la manera en que me da la espalda?

Desde que llegué a esta casa, no he oído ningún comentario sobre su misión por una Irlanda independiente. He asumido grandes riesgos para formar parte del nuevo comienzo de nuestra nación y no pienso quedarme escondida como una criada en una mansión de la rue du Bac. ¡No volveré a ser la criada de nadie nunca más!

El cuervo del alféizar inclina la cabeza hacia mí, como si pudiera leerme el pensamiento. Ya lo he decidido. Usaré mi ingenio y leeré las manos. Donde hay pobreza, hay desesperación, y eso lleva a que muchos quieran conocer su futuro. Me escabulliré por la ventana y seguiré al cuervo adondequiera que me lleve. Dejaré atrás los zapatos incómodos y la copia de *El contrato social* de Rousseau que me dio Reilly.

No quiero volver a verlo nunca más.

EL PAPA

Desafía a la autoridad

13 de junio de 1789
París

Lenormand se estremece mientras recorre la nave central de la catedral de Saint-Denis. Nunca ha encontrado consuelo entre las paredes de una iglesia, pero ha venido a presentar sus respetos. Lleva una capa negra larga que le cae de los hombros, al igual que muchas de las otras damas en el lugar. Avanzan en silencio, con aire sombrío; algunas mujeres se enjugan el rostro con pañuelos de encaje negro.

Están fingiendo; a casi ninguno de los presentes le importaba el niño que yace en el ataúd. La mayoría ha venido por sentido del deber o por la curiosidad de ver el cadáver del delfín en la capilla ardiente.

Es un giro cruel del destino que la etiqueta impida al rey y a la reina estar junto al cuerpo de su hijo fallecido. Hace apenas tres días, Lenormand estaba en la corte de Versalles en compañía de la princesa Lamballe, quien regresó de su viaje a Suiza para consolar a la reina. Lenormand observó a los cortesanos presentar sus respetos al rey y a la reina y se sorprendió por la manifestación abierta de dolor de María Antonieta, con los ojos irritados por el llanto y las lágrimas que corrían por sus mejillas. Los cortesanos susurraban su desaprobación ante lo que consideraban un despliegue inapropiado de emoción; era repugnante.

Un año antes, habría sido difícil imaginar que Lenormand sería testigo de esas escenas en el Palacio de Versalles, pero su vida ha cambiado en forma drástica gracias al mecenazgo de la princesa Lamballe. Su reputación ha crecido, y todas las noches recibe a un cliente nuevo en la librería de la rue de Tournon. Luisa está tan empeñada en que Lenormand sea su tarotista personal que le ha costeado dos vestidos nuevos, además de una capa y un turbante, adornados con las guarniciones más vistosas de la tienda de su tía.

Mientras que el espacio de la librería se ha dejado tal como estaba, el salón detrás de la puerta oculta ha sido transformado, todo por cuenta de Luisa. En su interior, se han dispuesto una mesa redonda con mantel de terciopelo y cuatro sillas de terciopelo con respaldo plegable y una estantería con puertas de cristal. Los estantes albergan la colección de manuscritos y libros de astrología y alquimia de Luisa, algunos de los cuales datan de hace cientos de años. Están escritos en varios idiomas diferentes: latín, inglés, italiano y alemán, así como árabe y hebreo. Sobre la estantería hay un gran globo terráqueo y, por encima de él, cuelgan dos retratos, uno de Luis XVI y otro de María Antonieta. Luisa también ha aportado su colección privada de artefactos ocultos: cálices de diferentes tamaños, un anillo de piedra de sapo, una esfera de cristal de piedra lunar negra, estatuas de Isis, cuernos de Hathor, un pequeño caldero, barajas antiguas de tarot italiano y un cráneo blanqueado. Después de los robos recientes en otras tiendas de la zona, Lenormand le ha pedido a Luisa un perro guardián.

—Temo que roben algunos de sus tesoros —admitió a su benefactora.

—¿De veras lo crees? —respondió Luisa, y Lenormand se sorprendió de la inocencia de esta princesa tan viajada.

—¿No ha oído hablar de las protestas y los ataques a las panaderías? ¿Recuerda los disturbios de abril? Algunos vendedores tienen miedo de sacar sus productos a la calle por temor a los robos.

—Pero ¿quién se tomaría la molestia por una librería? Los libros no se pueden comer.

Lenormand se abstuvo de contestar que, si alguien se enterara de que la librería, en la que había un salón de tarot, era propiedad de la princesa Lamballe, superintendente del palacio de la reina y su confidente más íntima, Lenormand se convertiría en un blanco fácil. ¿Acaso la princesa no sabía cuánto odiaban los parisinos a la reina? ¿Nunca había visto ni oído hablar de los panfletos crueles sobre María Antonieta, la perra austríaca, y su amante italiana, Lamballe?

—Las personas son buenas por naturaleza —añadió Luisa—. Pero, por supuesto, puedes tener un perro si deseas compañía.

Lenormand no está de acuerdo. Con arreglo a su experiencia, las personas son egoístas por naturaleza y el egoísmo entraña crueldad y violencia.

Lejos de enfadarse porque su sobrina ha abandonado su formación como *marchande* de modas, madame Renard siente curiosidad por la nueva profesión de Lenormand e incluso exigió ser su primera clienta oficial.

—Qué buena decisión que has tomado, Adelaide —exclamó, con las manos extendidas sobre el paño de terciopelo mientras la observaba barajar las cartas.

La lectura de manos de su tía predijo que se iría de Francia en menos de un año.

—Pero eso no es posible, Adelaide —protestó Julie Renard—. Tengo muchísimo trabajo en la tienda. No puedo tomarme ni un día de descanso, y mucho menos viajar. Y, además, ¿adónde iría?

Pero las cartas eran claras: seis de espadas, ocho de bastos.

—No sé a dónde irás, pero ese viaje será necesario para alejarte de una ansiedad profunda y te traerá más oportunidades.

Julie Renard sacudió la cabeza con incredulidad.

—Creo que estás equivocada, ¡pero ya veremos!

Lenormand ha llegado por fin al principio de la fila y el ataúd está ante ella. Da un paso adelante e inclina la cabeza, con las manos juntas en señal de súplica, aunque no le está rezando a Dios. Le está susurrando algo a Isis, rogándole que conceda una vida eterna llena de gozo al delfín fallecido. Al contemplar el rostro embalsamado y ceroso de Luis José y su pequeño cuerpo envuelto en tela plateada, cuesta creer que tuviera siete años cuando murió. Parece mucho más joven. Su rostro es una máscara serena y Lenormand sabe que su espíritu se ha ido hace tiempo, asistido, más allá del velo de la muerte, por su bisabuelo, el rey Luis XV.

En el exterior de la catedral, los nobles se alejan en carruajes privados mientras el resto de la concurrencia se dispersa por las calles bulliciosas. El camino de regreso a la rue de Tournon es largo, de más de dos horas, y Lenormand alquila un cabriolé cerca de la catedral. Nada más refugiarse debajo de la capota, empieza a llover. Ha sido un verano frío y húmedo y la ciudad ha recibido el flujo diario de más y más campesinos hambrientos a las ya abarrotadas calles de París. Ha habido más ataques a las panaderías desde que el precio del pan subió de nueve a catorce céntimos. Esto excede la capacidad de pago de la mayoría de los parisinos, aunque Lenormand todavía puede permitirse comprarlo. Es extraño ver cómo incluso los vendedores ambulantes luchan por sobrevivir mientras ella prospera. Su salón se ha convertido en un lugar muy solicitado por los iracundos y los temerosos, nobles, por supuesto, porque ¿quién más podría costeárselo?

El carruaje se abre paso por las calles sucias y atiborradas que desprenden un olor fétido a desechos humanos y pobreza. Sin embargo, Lenormand no desea estar en ningún otro lugar que no sea París. Mira por la ventana y ve a un joven demacrado que corre por la calle, con una hogaza de pan apretada contra el pecho. Lo persiguen dos miembros de la Guardia Francesa. Sin embargo, en lugar de atrapar al ladrón, los soldados son a su vez atacados por un grupo de hombres furiosos y harapientos. Por suerte, el carruaje gira para tomar por un bulevar más ancho y le evita presenciar el desenlace del altercado.

De pronto, se siente vulnerable con su indumentaria lujosa y desea no haber viajado tan ostentosamente para ver el cuerpo del delfín. Podría haberse puesto su ropa vieja, más modesta, y haber pasado desapercibida por las calles. Pero ahora, mientras el carruaje atraviesa la isla de la Cité, donde viven algunas de las personas más pobres, percibe las miradas hostiles sobre ella. El resentimiento crece día a día en la ciudad y no se atreve a volver a mirar por la ventana por temor a que alguien le arroje algo.

La presencia tranquilizadora del espíritu de su madre se materializa a su lado en el carruaje.

—Hay algo en el aire —aventura Lenormand en voz alta.

"Ten cuidado", le susurra su madre.

Por fin, se baja en la rue de Tournon. La lluvia ha amainado y se ha convertido en una llovizna fina; el sol se asoma entre las nubes y su brillo le levanta el ánimo. Mientras busca las llaves de la tienda, oye a Gilbert, su perro guardián, que ladra como un poseído.

Levanta la vista y ve dos figuras al otro lado de la calle. Una es una muchacha desaliñada con un abrigo de hombre sucio y los pies descalzos y mugrientos. Su cabello corto y mojado es de un color rojo sorprendente y refulge como el fuego bajo el sol. Lenormand supone que se trata de una campesina pobre de tantas, pero hay algo en ella que le resulta familiar y no puede determinar por qué. La otra figura es uno de sus clientes habituales, el caballero De Fayard, con su capa negra y su sombrero de tres picos que brilla bajo la llovizna húmeda. La joven le sostiene las manos mientras estudia sus palmas. Lenormand se indigna; ¡cómo se atreve a leer las manos fuera de su tienda!

Mientras se apresura a cruzar la calle, los oye hablar.

—Dime algo, muchacha. Te he pagado para eso —le espeta el caballero De Fayard a la desconocida.

—Sus sospechas son ciertas, monsieur, su esposa lo ha engañado —afirma la joven en un francés entrecortado—. El año pasado, cuando usted estaba de viaje, su primo se acostó con ella.

—Pero ¿y el bebé? ¿Es mío?

—Eso no se lo puedo decir.

Lenormand grita:

—Caballero De Fayard, ¿esta vagabunda lo está molestando? —Hace caso omiso de la sensación inquietante que

146

le provoca la mirada de la muchacha mientras se acerca a ellos.

—Mademoiselle Lenormand, ¿por qué no me ha dicho nada de esta traición? —le recrimina el caballero De Fayard—. ¿Por qué no me informó de las infidelidades de mi esposa?

Lenormand recuerda haber insinuado esa posibilidad la última vez que el hombre la visitó, pero el caballero no había prestado atención a sus advertencias. Además, su talento reside en leer el futuro y no en indagar en el pasado de sus clientes.

—Por favor, entremos y le leeré las cartas. Le aseguro que puedo responder a su pregunta sobre la paternidad del niño. Pero no aquí, en la calle, con esta embaucadora.

—Lo que ella dice es verdad. Siempre lo he sabido, pero nunca he querido admitirlo.

—Lamento mucho sus problemas, monsieur —interviene la joven, con un acento extraño. Algo en su voz hace que Lenormand se vuelva hacia ella contra su voluntad. La muchacha no le quita ojo y, de nuevo, la tarotista tiene la sensación de que ya se han visto antes.

El sol emerge por completo de detrás de las nubes y su luz se derrama con más fuerza sobre la cabellera roja de la chica, que se ve forzada a entrecerrar los ojos. Un cuervo ceniciento grande desciende en picado desde el cielo y grazna con estrépito. Lenormand suelta un grito de temor, recordando su visión aterradora en el Pequeño Trianón.

—No le hará daño —le asegura la joven—. Me ha seguido todo el camino y aún no me ha tocado.

Ambas mujeres se observan con atención.

La muchacha tiene los ojos más verdes que Lenormand haya visto jamás, más profundos e intensos que las esmeraldas que adornan el cuello de la princesa Lamballe. Debería prohibirle que ande dando vueltas frente a su puerta. Tiene como norma no ayudar a los mendigos; de lo contrario, se pasarían el día frente a la tienda. Pero esta chica puede ver el pasado. O eso dice el caballero De Fayard.

El cuervo se aleja volando; el cielo se oscurece y empieza a llover otra vez, ahora a cántaros. Lenormand abre la puerta deprisa, le indica a Gilbert que se quede quieto e invita al caballero De Fayard a pasar para hacerle la lectura.

El noble se dirige hacia la estantería que oculta el salón secreto y Lenormand se gira a mirar en el umbral de la puerta. La joven no le ha quitado los ojos de encima. Una emoción extraña la embarga. Por una vez, no sabe qué hacer.

"Abre la puerta", la insta su madre.

Un deseo inesperado y feroz la acomete; una urgencia imperiosa de deslizar los dedos por la abundante cabellera roja.

Le hace una señal.

—Entra.

La muchacha parece indecisa, recoge una bolsa de cuero y retrocede; su figura comienza a desdibujarse detrás de la cortina de lluvia.

—Morirás ahí fuera. Entra, hazme caso —insiste Lenormand, con el corazón acelerado por la imprudencia. Esta joven podría ser una ladrona o algo peor, pero ya es demasiado tarde, porque la chica da un paso adelante. La lluvia le corre por la cara y, por un momento, Lenormand imagina que está llorando. La tristeza se refleja en el cuerpo de la desconocida, en su piel pálida como la luna y cubierta de una constelación de pecas.

Lenormand le tiende la mano. La chica la acepta y sus ojos se posan en el anillo de rubí que le regaló la princesa Lamballe. Luego levanta la vista, con una expresión extraña en el rostro.

—Eres tú —susurra en inglés.

—Sí —responde Lenormand, aunque no sabe por qué.

Le aprieta la mano y la hace pasar a la librería.

SEGUNDA PARTE

LAS COPAS

En alta mar

26 DE TERMIDOR DEL AÑO VI
(13 DE AGOSTO DE 1798)

A bordo del Concorde,
frente a la costa oeste de Irlanda

HUMBERT SE APARTA DE ELLA Y LENORMAND RESPIRA DE nuevo. Llevan una semana en el mar y, cada noche, ella le ha entregado su cuerpo. Es el trato que acordaron en un principio. Dos semanas después de la lectura de tarot de Humbert y Wolfe Tone, Lenormand siguió al general francés a su cafetería habitual, donde lo observó mojar su panecillo en una taza de café humeante. Entró con paso grácil, enfundada en su vestido más atractivo, y se sentó frente a él. Humbert se sorprendió al verla, pero recuperó la compostura enseguida y esbozó una sonrisa traviesa.

—Tiene usted un aspecto muy diferente, mademoiselle Lenormand. Me ha costado reconocerla. ¿Qué la trae por Le Procope? No la había visto aquí antes.

—Usted me trae por aquí, general Humbert —respondió ella, con mirada insinuante.

El general la observó con extrañeza.

—Cuénteme más.

Lenormand le pidió que la llevara con él en una de sus

fragatas a Irlanda, pero antes de que pudiera terminar la frase, el hombre se echó a reír.

—¡Esa es una propuesta descabellada, mademoiselle! Es usted una mujer y un barco de guerra no es lugar para una mujer.

—Me disfrazaré de hombre.

—No creo que pueda usted pasar por un hombre. Es demasiado pequeña y…, eh… —vaciló y movió las manos alrededor de su pecho—…, demasiado femenina —concluyó con una sonrisa pícara.

Lenormand frunció el ceño con desaliento. El general tenía razón, por supuesto. Caterina de Luna, con su estatura y sus caderas estrechas, nunca había tenido problemas para hacerse pasar por un hombre; de hecho, así era como había llegado a Francia, pero Lenormand no tenía la complexión adecuada.

—Entonces escóndame en su camarote.

Humbert enarcó las cejas.

—¿Y por qué haría eso?

Ella ladeó la cabeza y esbozó una sonrisa tímida.

—Encontraré la forma de recompensarlo.

Lenormand cree que ha cumplido con su palabra y, en realidad, no le disgustan las atenciones de Humbert ni la sensación de su cuerpo sobre el suyo, aunque sus labios son más ásperos de lo que le gustaría y su necesidad de dominar en la cama puede resultar frustrante. Parece que Humbert es un general tanto en el campo de batalla como en la intimidad.

Ahora, sin embargo, es gentil —siempre lo es después de hacer el amor— y la rodea con el brazo para que ella descanse la cabeza sobre él. Con la otra mano, traza el contorno de sus pechos y dibuja círculos con los dedos alrededor de los pezones. Es muy agradable y Lenormand se siente tan relajada como un gato descansando al sol.

—¿Cuántos días faltan para llegar a Irlanda?

—Me lo preguntas todas las noches. Es difícil de saber, porque hemos tomado una ruta más larga para evitar que los ingleses nos detecten. Pero, según mis cálculos, estaremos allí en unos diez días —responde Humbert.

Lenormand siente un nudo en el estómago. Nunca ha salido de Francia, nunca pensó que lo haría. Pero tiene una misión y su lealtad a María Antonieta trasciende los límites de la muerte. Se le ocurre que si Humbert, un héroe de la Revolución francesa, supiera que ella va de camino a Irlanda para traer de vuelta al rey de Francia, podría muy bien degollarla mientras duerme.

Durante el encuentro en la cafetería, el general le preguntó por qué quería pasar por la incomodidad de viajar a Irlanda en una fragata llena de soldados.

—Para saldar una cuenta —replicó ella, y no era mentira.

En los cinco años transcurridos desde la última vez que vio a Caterina de Luna, su ira no ha disminuido. Caterina la abandonó y la engañó. Era una traidora que le robó a Francia su legado más preciado y Lenormand, la tarotista de Versalles que podía predecir el futuro de todos, ¡no lo vio venir! Fue humillante y escandaloso. Caterina se había acercado a ella como nadie y, sin embargo, Lenormand nunca pudo predecir su futuro.

—He estado pensando —dice ahora Humbert—. Creo que deberías quedarte aquí, en el barco, cuando lleguemos a tierra.

—Pero ¿por qué debería hacerlo?

—Porque será peligroso. Los ingleses podrían tener tropas preparadas para atacarnos en la playa.

—Me escabulliré —dice ella con confianza.

Humbert sacude la cabeza.

—¿Por qué no te quedas aquí, Adelaide? Me he acostumbrado a ti.

—No he venido hasta aquí para aguardar en tu cama a que los hombres terminen de jugar a la guerra —declara ella.

—Querida, esto está lejos de ser un juego. Los Irlandeses Unidos se están rebelando contra sus opresores ingleses y yo, como francés y republicano, me siento orgulloso de traer a más de mil soldados franceses para contribuir a la insurrección. Es una buena causa, ¿no?

—Suenas como el pesado de tu amigo Wolfe Tone.

—No hables mal de mi compañero de armas —le advierte Humbert.

Lenormand se encoge de hombros. Una parte de ella desea contarle que abandonará a Wolfe Tone, igual que Caterina la abandonó a ella, pero se contiene, aunque no puede evitar revelar:

—Tone morirá.

Humbert gira la cabeza hacia ella.

—¿Qué estás diciendo? ¿Has visto lo que va a pasar?

—No temas, mi amor, no morirás con él, pero esta rebelión está condenada al fracaso, Humbert.

—¿Por qué no me lo dijiste antes de partir?

—Porque necesito llegar a Irlanda —confiesa ella sin rodeos.

—No te creo. Estás jugando conmigo.

—Puede ser —contesta ella, y rueda sobre él. Se inclina y lo besa en los labios para acallarlo. Percibe su deseo y sabe que, en este momento antes del coito, es capaz de convencerlo de que le conceda cualquier cosa.

—Déjame un bote de remos y un remero —añade en un susurro—. Me escabulliré después de que todos hayan desembarcado.

Baja la mano para acariciarle el pene y él responde con un gemido.

—¿Sí?

Humbert asiente.

—Me tienes hechizado, nena —murmura.

Quizá sea así, piensa Lenormand, y la idea de tener ese poder sobre un hombre le resulta placentera. La mayoría de ellos la miran con recelo o disgusto, porque es tarotista, pero Humbert, el general francés, marcado por las batallas y cansado del mundo, la ve de otra manera. Para él, es una ninfa, y por eso le atrae tanto. ¿Amor? No, su corazón ha tenido dueña y jamás volverá a compartirlo, ni con un hombre ni con una mujer.

Cuando Humbert la penetra y ella se mueve sobre él, impulsándose con más y más fuerza, la imagen de Caterina vuelve a su mente. Se pregunta cómo la matará y qué le dirá antes de hacerlo.

Quiere que Caterina le suplique perdón antes de acabar con ella. Recién entonces, el corazón de Lenormand hallará la paz.

ME CONVIERTO EN UNA TAROTISTA EN PARÍS

14 de junio de 1789

ESCRIBO ESTO EN MI HABITACIÓN. NUNCA HABÍA TENIDO una habitación propia. Es difícil asimilar un cambio tan grande en mi suerte. Me costó creerlo cuando anoche mademoiselle Lenormand me ofreció un lugar donde quedarme.

Cuando aparecí esta mañana, mademoiselle ya estaba sentada a la mesa en la sala, arriba de la librería. Yo apenas había dormido y Gilbert, el perro, había insistido en lamerme la cara hasta despertarme.

—¡Bueno, aquí estás, Gilbert! —exclamó mademoiselle Lenormand en francés y bebió un sorbo de un pequeño cuenco de porcelana mientras el perro entraba trotando en la habitación detrás de mí—. Parece que le has caído bien, porque no suele simpatizar con la gente.

Me sentí incómoda, consciente de lo sucia que estaba otra vez, en especial mis pies descalzos. Todavía llevaba puesto el vestido gris de Henriette de la casa de los Dillon, pero después de dos noches en las calles de París, estaba tan sucio como el abrigo de Jack.

—Siéntate, por favor —me invitó mademoiselle Lenormand, al parecer indiferente a mi aspecto.

Tomé asiento frente a ella, donde había un pequeño cuenco, y eché un vistazo a la cesta de pan. Tenía hambre, había comido apenas unos bocados desde mi última comida en la cocina de los Dillon.

Lenormand me sirvió café de una cafetera de plata con una mano y, con la otra, añadió leche caliente de una jarra.

—¿Cuál es tu lengua materna? —me preguntó en francés.

—Hablo inglés, pero mi lengua materna es el irlandés.

—Eres irlandesa, eso explica el cabello rojo y la piel pálida —señaló en un inglés perfecto.

Tomé un sorbo de café y estuve a punto de escupirlo; era muy amargo.

Lenormand se rio.

—¡Mira la cara que has puesto! Pero te terminará encantando, te lo prometo.

Bebí otro sorbo y la observé mojar un panecillo en su cuenco. Me pareció extraño que no tuviera una criada que la atendiera. Yo estaba desesperada por comer, pero no quería parecer grosera.

—Sírvete —me instó, como divertida—. Llevo poco tiempo viviendo aquí. Tengo una benefactora que ha invertido en mi negocio, pero carezco de dinero para una criada. Así que, por ahora, tendremos que servirnos por nosotras mismas.

Mientras comíamos, me pregunté quién mantendría a esta joven pequeña y de cabello oscuro, cejas pobladas y mirada penetrante, que estaba sentada frente a mí.

Después de devorar un panecillo, empecé a estudiar el entorno.

La sala era sencilla. Debajo de la mesa en la que estábamos sentadas, una alfombra estampada cubría parte del piso de madera y había un aparador de roble con tres puertas y dos cajones delgados con molduras acanaladas decorativas. Un gato anaranjado grande dormía acurrucado en uno de los sillones a ambos lados de la chimenea apagada. Dirigí la atención al único cuadro en la pared: un grabado con figuras del Antiguo Egipto similar a imágenes que había visto en los libros de la biblioteca de Roughty House.

—Es el cosmos egipcio —explicó mademoiselle Lenormand, siguiendo mi mirada—, con el dios del sol, Ra, y el dios de la luna, Khonsu. El halcón simboliza a ambos, pero el sol está sobre su cabeza y la media luna a sus pies. Fue un regalo de mi mecenas.

Mis ojos se desviaron a dos leones debajo de Ra y Khonsu, espalda con espalda y frente a dos diosas con cuernos idénticas.

—¿Quiénes son las figuras de abajo? —pregunté.

—Las dos caras de Hathor: la feroz Sejmet, la leona, y la gentil Hathor. Así como Ra, el sol, y Khonsu, la luna, guardan una estrecha relación, también la tienen Sejmet y Hathor.

Mademoiselle Lenormand me lanzó una mirada intensa.

—Sé poco sobre los antiguos egipcios, salvo que tenían muchos dioses y diosas —admití.

—Lo más importante que hay que recordar es que los egipcios creían en Heka, la personificación de la magia, la fuerza que impulsa la creación y la vida.

—No es tan diferente de nuestros dioses y diosas irlandeses, entonces.

Mademoiselle Lenormand me evaluó con la mirada.

—Me gustaría saber más, en particular sobre lo que hacías anoche fuera de mi librería. ¿Cómo pudiste ver el pasado del caballero De Fayard sin usar las cartas de tarot? ¿Le leías la palma de la mano?

Me puse tensa, recelosa de la joven mujer francesa que hablaba como si fuera una vieja bruja sabia.

—Me lo inventé todo. Tenías razón; soy una embaucadora.

—Mientes. —Mademoiselle Lenormand frunció los labios. Ladeó la cabeza, como si estuviera escuchando algo, pero la ventana estaba cerrada y los ruidos de la calle llegaban amortiguados.

—No era mi intención robarte un cliente; no tenía ni idea de que la librería era otra cosa.

Me había quedado atónita la noche anterior cuando mademoiselle Lenormand había corrido una estantería para revelar su guarida. La mujer me había hecho señas para que entrase detrás del caballero De Fayard y me sentara en un rincón mientras le leía las cartas de tarot.

Nunca había visto un lugar así, pero lo que más me sorprendió fue que su baraja es del mismo estilo que la carta que me dio la Morrigan. Creo que la diosa cuervo me ha traído hasta la puerta de mademoiselle Lenormand.

La lectura de tarot me había fascinado, ver cómo Lenormand barajaba y cortaba las cartas, las desplegaba en diferentes tiradas y las interpretaba con precisión. La verdad de sus revelaciones hizo llorar al caballero De Fayard, pero no sentí lástima por él, pues mientras estaba allí sentada, tuve más visiones de su pasado, sin siquiera necesidad de tomarle las manos. Había sido un esposo cruel y merecía que lo engañasen. Ojalá su esposa huyese de su ira.

—Contigo anoche en el salón, mis poderes eran más fuertes —confesó entonces mademoiselle Lenormand—. Mi maestro, Etteilla, me enseñó a leer las cartas de tarot y creo que es un medio de adivinación que cualquier persona ilustrada puede aprender. Siempre he pensado que mi capacidad única para predecir el futuro proviene de mis guías espirituales. Pero anoche fue diferente...

—¿Hay fantasmas en esta casa? —pregunté mientras un escalofrío me recorría la espalda.

Lenormand se rio.

—Supongo que sí, pero no viven aquí; me siguen adonde quiera que yo vaya.

—¿Todo el tiempo?

—Sí. Es agotador. —Mademoiselle Lenormand suspiró—. Pero anoche no me hablaron y, a pesar de eso, pude predecir con claridad solo con las cartas. De hecho, los espíritus han estado callados desde que tú cruzaste la puerta de la librería. ¿Sentiste algo cuando estabas en el salón conmigo?

Sacudí la cabeza, sin saber si la mujer era buena o mala.

—Mientes de nuevo. ¿No confías en mí lo suficiente para decir la verdad? Estoy infringiendo la ley tanto como tú.

La verdad era que estaba asustada, porque había reconocido a mademoiselle Lenormand como la mujer en el sol de mi visión en la turbera de Roughty el día de Santa Brígida. La Morrigan me ha llevado hasta ella, pero no por una buena razón. La reina fantasma busca la violencia y la muerte; se alimenta de los egos destrozados de los hombres.

—Creo que nos conocimos hace mucho tiempo —continuó mademoiselle Lenormand y señaló el grabado egipcio—. El sol y la luna, las dos caras de Hathor —susurró.

Sus ojos me atraparon y escudriñaron mi rostro; toda la materia física desapareció: la silla, la mesa, el café, el pan. Mi cuerpo era liviano como una pluma y la mirada de mademoiselle me mantenía en al aire. En la profundidad de sus ojos percibí un sol dorado sostenido por una luna creciente; hacía calor, había arena bajo mis pies y el aire olía a especias extrañas. De repente, sentí un ardor en el muslo. Bajé la mirada y vi los bordes de la carta de tarot que asomaba por mi bolsillo.

Saqué La Papisa y la apoyé con fuerza sobre la mesa para romper el peculiar hechizo que se había creado entre nosotras.

Lenormand extendió la mano y la recogió.

—¿De dónde sacaste esta carta de tarot?

—Me la dieron.

—La Papisa. —Mademoiselle Lenormand sacó un mazo de cartas de su bolsillo y las extendió sobre la mesa. Movió las manos por encima de las cartas y frunció el ceño—. Qué curioso. Mi carta de La Papisa ha desaparecido y la tuya también es del tarot de Marsella.

—¿Qué significa la carta? —pregunté.

—La Papisa es la mujer sabia, la suma sacerdotisa o bruja.

Lenormand le dio la vuelta a la carta y yo quedé hipnotizada por sus manos, pequeñas como las de una niña, aunque había sabiduría en sus ojos. Su cabello negro era tan sedoso como las plumas del cuervo ceniciento y, a pesar de su baja estatura, su presencia llenaba la habitación.

—Mis poderes también se acrecentaron anoche —admití, como si la mirada intensa de mademoiselle Lenormand me hubiera arrancado las palabras—. Pude ver visiones del pasado del caballero de Fayard sin tener que tomarle las manos.

—¿Es una forma de quiromancia? —inquirió Lenormand con entusiasmo—. ¿Puedes enseñarme?

—No. No sé qué es ni por qué me pasa. Me dijeron que era una maldición y que debía rezarle a la Virgen María para librarme de ella —confesé, recordando la advertencia de la tía Eimile.

—Tonterías. No sucumbas al alarmismo supersticioso de la fe católica —me previno con los ojos brillantes. Se mordió el labio, como pensativa—. Te propondré algo. Quédate aquí conmigo.

—¡No seré tu criada! —exclamé. No había huido de los Dillon para convertirme en la sirvienta de otra persona.

—No te sugiero eso, aunque no es una profesión de la que haya que avergonzarse. —Su expresión era severa—. Quiero que trabajemos juntas. Te enseñaré el tarot y tú me ayudarás a descubrir los secretos de mis clientes.

Me quedé boquiabierta.

—No me conoces. Ni siquiera sabes cómo me llamo.

—Pero sí nos conocemos; ya lo hemos aclarado —replicó Lenormand, como si compartir una vida pasada en el Antiguo Egipto fuera algo habitual—. Dime, ¿cómo te llamas? —añadió mientras recogía las cartas de tarot—. Puedes llamarme Adelaide.

—Caitlin Molloy. —Extendí la mano para tomar la carta de La Papisa antes de entregársela a Adelaide. Era evidente que le pertenecía, aunque sigo sin comprender qué clase de magia oscura la había hecho llegar a mis manos.

—Caitlin Molloy no es el nombre adecuado para una sibila parisina. —Adelaide se volvió hacia el grabado egipcio de la pared—. ¿Qué te parece Caterina de Luna? Tú eres la luna, que desentierra secretos en las sombras, y yo soy el sol, que ilumina el camino a seguir. Sí, me gusta —concluyó con satisfacción, antes de añadir—: Juntas seremos las tarotistas más poderosas de todo París. Pronto nos llenaremos los bolsillos con más monedas de las que jamás hayas visto, muchacha irlandesa.

Debería haber rechazado la oferta con educación. No estoy en París para convertirme en una adivina ambiciosa, sino para luchar por una causa en la que creo fervientemente.

Sin embargo, la primera noche que dormí en las calles de París, pensé que moriría de frío. Por la mañana, fui testigo de cómo un niño hambriento fallecía en brazos de su madre. ¿Cómo puedo trabajar por la independencia de Irlanda si muero de hambre o de frío en las calles de Francia? Además, Adelaide Lenormand tiene su propia casa y, por lo que puedo ver, vive sola, aparte del perro y el gato. La rareza de esto, lo improbable que sería en mi país, me fascina. Si logro ser como ella, ¿será posible que algún día los irlandeses se tomen en serio mi misión para con Irlanda? Esto es lo que me digo a mí misma ahora.

—Y bien, ¿qué respondes? —preguntó Adelaide mientras tamborileaba los dedos con impaciencia sobre la mesa.

Antes de que tuviera tiempo de responder, se oyó un golpe fuerte en la ventana. Adelaide se levantó de un salto y gritó, perdiendo por completo la compostura. Gilbert ladró y el gato se abalanzó hacia la ventana.

El cuervo ceniciento estaba en el alféizar exterior y golpeaba el cristal con el pico.

—Qué pájaro más desagradable —espetó Adelaide.

—No es un simple pájaro —precisé. Me levanté y caminé hacia el cuervo que aleteaba—. Él me ha traído hasta aquí.

—¿Estás diciendo que este cuervo vino volando desde Irlanda hasta París?

—Así es —aseguré con audacia y abrí la ventana. El cuervo entró volando en la habitación y el gato saltó en vano para intentar atraparlo—. Es parte de mí.

—Bastet lo matará —aventuró Adelaide, con expresión de disgusto.

—Es demasiado listo para tu gato —repliqué mientras la Morrigan se posaba sobre el grabado egipcio, con las garras aferradas al marco.

Bastet se sentó sobre sus cuartos traseros y observó al cuervo en silencio y concentrado; Gilbert paró de ladrar.

—¿Esto significa que te quedarás? —El tono de Adelaide era contrariado.

Levanté la vista hacia la Morrigan, cuyos ojos brillaban verdes y negros. El cuervo es lo único que me queda de Irlanda y no quiero perder nada más. Mademoiselle Lenormand me ofrece un futuro desconocido en Francia. Y también la quiero a ella.

—Sí —respondí.

LAS DOS CARAS DE HATHOR

16 de junio de 1789

Esta tarde, Adelaide me enseñó mi primera tirada de tarot, que voy a registrar en estas páginas para poder practicar en mi tiempo libre. Quienquiera que herede este diario también podrá aprender de él. Ni Adelaide ni yo reclamamos derechos de autor; eres libre de aprender y compartirlo como desees. Parece que vuelvo a ser una estudiante, solo que esta vez mi tutora desea que sea su igual.

La lectura de la diosa Hathor es muy poderosa y, sobre todo, si se realiza en la noche de luna llena. Dado que Hathor es la diosa de la soberanía y la protectora de la realeza, lleva sobre su cabeza el disco solar, que proporciona refugio y transporte al hijo del rey sol. Si no estás seguro de si necesitas encontrar refugio o avanzar hacia nuevos horizontes, te recomiendo que consultes la tirada de Hathor.

Elegir realizar esta lectura bajo la luz de la luna llena conecta con la sabiduría felina de lo desconocido y es el contrapunto al sol. En momentos claves de nuestras vidas, hay ocasiones en las que es necesario elegir entre la dulzura y la ferocidad. El cuidado maternal de la diosa vaca Hathor puede manifestarse también como la furia de Sejmet, la diosa leona, capaz de destruir a toda la humanidad. Ten cuidado si invocas su guía en esta lectura y prepárate para las consecuencias si escoges a Sejmet.

Hathor y Sejmet son parte una de la otra, pero no como dos hermanas, ni como madre e hija. Una está contenida dentro de la otra, y la más dominante, en un momento determinado, es la que prevalece. A Hathor le encanta bailar con su cinturón de conchas, que repiquetean al ritmo sensual de sus caderas. Si buscas rodearte de la belleza de la música y los placeres sensuales, invócala. Sejmet prefiere beber cuencos de cerveza dorada, lo que la envalentona para buscar venganza, si deseas hacer justicia, invoca su corazón salvaje que late dentro del tuyo. ¡Pero ten cuidado!

Te contaré una historia sobre Hathor y Sejmet que Adelaide me leyó del preciado *Libro de Thot* de su maestro Etteilla. Viajaremos al Antiguo Egipto, cuando Isis se vio obligada a esconder a su hijo Horus en los papiros del río Nilo. Su esposo, Osiris, había muerto a manos de su hermano Seth, que deseaba apoderarse del trono del gran reino de Egipto. Ahora Seth buscaba a su hijo, Horus, para deshacerse también del sucesor.

Seth era un dios infame y astuto y, por más que Hathor, bajo su apariencia de vaca con cuernos, utilizó todo su poder para proteger al niño Horus, no pudo evitar que Seth y sus seguidores lo encontraran. El malvado tío vertió un frasco de veneno de serpiente en los ojos del niño para cegarlo. Mientras el bebé gritaba de dolor y Seth se aprestaba a hundirle un cuchillo en el pecho, Hathor, la diosa vaca con cuernos, se apareció furiosa y se dividió en dos. De su pecho emergió la feroz Sejmet, la leona salvaje que escupía fuego y cazaba a la luz de la luna en los desiertos de Egipto.

En cuanto Seth vio a Sejmet, huyó aterrorizado y, mientras escapaba, ella mató a sus seguidores, dejando un sendero de sangre hasta el palacio. Mientras tanto, Hathor tomó al niño que lloraba y le devolvió la vista besándole los párpados con sus labios humedecidos en leche de gacela.

Hay otras historias de la gentil Hathor y la feroz Sejmet, la diosa de dos caras. Hathor mira hacia el futuro y los vivos, mientras que Sejmet solo ve el pasado que pertenece a los muertos. Así como el sol y la luna están unidos para la eternidad, así lo están también Hathor y Sejmet. Hathor está tan empeñada en proteger a los faraones de Egipto y su soberanía que sofocará cualquier insurgencia convocando a Sejmet con su temperamento violento y sus ansias de destruir a la humanidad. En esos momentos, los campos se teñirán de sangre humana. Pero a veces, Sejmet rompe su lazo con Hathor y se vuelve más grande que aquello de lo que forma parte. Si los reyes del sol abusan de sus súbditos, por más divinos que sean, ella dirigirá su violencia en otra dirección. Recuerda que Sejmet busca hacer justicia y, por lo tanto, ha creado lagos de sangre divina dentro de los muros del palacio, a pesar de las protestas de Hathor. Así que, querido lector, ten cuidado al interpretar las cartas de esta tirada y con lo que hagas después. Puede ser peligroso y, una vez hecho, tal vez no haya marcha atrás.

Empieza pidiendo al consultante que piense en el asunto que le preocupa.

¿Duda entre una solución gentil o una represalia feroz?

Asegúrale que, al hacer esta lectura, obtendrá su respuesta.

Separa los arcanos mayores y los arcanos menores de tu mazo de tarot.

Baraja los arcanos mayores ocho veces.

Entrégaselos al consultante, quien debe cortar las cartas tres veces, girando cada vez la mitad de las cartas.

Una vez que te haya devuelto las cartas, ábrelas en abanico y pide al consultante que elija ocho cartas.

Colócalas en el orden que muestra mi dibujo: cuatro cartas para representar los cuatro puntos del disco solar y dos cartas, una para cada lado de los cuernos.

Ahora toma los arcanos menores y sigue el mismo procedimiento, de modo que queden dos cartas asignadas a cada posición.

Interpreta primero las cuatro cartas que representan el disco solar. Se centran en el presente del consultante.

El norte es el número uno y representa al consultante.

El este es el número dos y representa cualquier cosa o persona que lo esté obstaculizando.

El sur es el número tres y señala sueños y deseos íntimos.

El oeste es el número cuatro y muestra qué o quién puede asistirlo.

El cuerno izquierdo es el camino de Sejmet:

La carta cinco es el pasado, que afecta el presente.

La carta seis es el consejo de Sejmet sobre qué hacer.

El cuerno derecho es el camino de Hathor:

La carta siete es el futuro predicho.

La carta ocho es el consejo de Hathor sobre qué hacer para alcanzar este futuro.

El consultante elegirá con qué aspecto de las dos caras de Hathor se alinea.

Adelaide me ha advertido que me prepare para emociones fuertes y que no me deje intimidar para darle al consultante una respuesta que lo complazca. Es nuestro deber como intermediarias de estas diosas de Egipto continuar su linaje de sabiduría y hablar con la verdad.

LOS ENAMORADOS

Escucha a tu corazón

9 de julio de 1789
París

PAZ. ESTO ES LO QUE CATERINA LE TRAE A LENORMAND. Desde que la chica irlandesa cruzó su umbral, los espíritus se han aquietado. Al principio, Lenormand se alarmó, ya que había contado con la intervención de ellos durante la lectura de tarot del caballero De Fayard. Sin embargo, con el apaciguamiento de los espíritus, su poder se intensificó. Ni bien dispuso las cartas, los significados brotaron de sus labios sin necesidad de reflexión ni análisis. Pudo ver patrones que no había percibido antes y cómo las cartas se mezclaban unas con otras para producir interpretaciones más detalladas. Sin la intervención de los espíritus y sus charlas y susurros constantes, podía escucharse a sí misma.

Todas las lecturas que ha hecho desde entonces han sido iguales y esta nueva sensación de poder la tiene eufórica.

El espíritu de su madre también se ha ido. La echa de menos, pero al mismo tiempo, siente una ligereza nueva: la carga de su culpa se ha aliviado. Desea que su madre descanse junto a su padre, dondequiera que él esté en el más allá.

Durante las semanas siguientes, Lenormand enseña a Caterina a interpretar las cartas de tarot y le lee el breve volumen de Etteilla sobre cartomancia en francés. La muchacha irlandesa aprende rápido. Desde la noche en que llegó, ha presenciado todas las sesiones de Lenormand, observando y escuchando.

Un día, visitan la tienda de su tía y Lenormand encarga dos vestidos para Caterina, además de una capa como la suya, bordada con símbolos jeroglíficos. Esa noche, Caterina se sienta a la mesa con ella, toma las manos de los consultantes y les revela sus secretos.

El rumor sobre las dos jóvenes adivinas, expertas en cartomancia y quiromancia, se extiende por todo París. Cada noche, reciben un flujo constante de visitantes en la librería de la rue de Tournon. Lenormand amplía sus habilidades leyendo más escritos de Etteilla sobre astrología y visitándolo para aprender oniromancia, la interpretación de los sueños. Lejos de sentirse amenazado por la prosperidad del negocio de su pupila, Etteilla se enorgullece de su éxito.

Cuando Lenormand lleva a Caterina a casa de su maestro y los presenta, el mago bate las palmas con alegría.

—Nos volvemos a encontrar —le dice a Caterina, con una reverencia profunda.

Caterina parece confundida.

—No lo creo.

—Nos conocimos hace tres mil años, en Egipto, donde practicábamos los misterios del *Libro de Thot* —explica él.

Caterina está desconcertada. En otro tiempo, Lenormand también se habría burlado de la creencia de Etteilla en las vidas pasadas, pero ahora su explicación aclara el vínculo que Caterina siente con este desconocido.

—Te dije que vendría. —Etteilla asiente con la cabeza hacia Lenormand—. El tarot nunca miente. —Se vuelve hacia su mesa, cubierta de papeles y gráficos, y comienza a revolverlos—. Dime, Caterina, ¿cuándo es tu cumpleaños? Veamos cómo se alinea tu zodiaco con el de Adelaide.

—Mi tía me dijo que yo nací el 27 de mayo de 1772 —responde.

—¡Cumplimos años el mismo día! —exclama Lenormand.

Caterina se gira hacia ella con asombro y el entendimiento fluye entre las dos jóvenes mujeres. Son como gemelas: aunque nacieron de madres diferentes, en reinos diferentes, ambas respiraron por primera vez el mismo día. Se han encontrado.

Etteilla las observa, con la cabeza ladeada.

—Es una circunstancia inusual e interesante —comenta—. Podría ser un buen augurio, pero también…, bueno, como con dos hermanas…, podría haber rivalidad, desavenencias…

—Es un buen augurio, querido Etteilla —asegura Lenormand, embargada por emociones nuevas y sin poder apartar la mirada de los fascinantes ojos verdes de Caterina.

Lenormand está en la sala, respondiendo la correspondencia, cuando Caterina regresa del mercado de Les Halles. No quería que fuera, ya que hay mucho malestar en las calles, pero Caterina insistió en que necesitaban verduras frescas.

—Comes como un pajarito. Quiero cocinarte algo.

Lenormand accedió y Caterina se llevó a Gilbert con ella para que la protegiera. El cuervo también la acompañó; Lenormand imaginó que el pájaro podría ser un atacante más violento que el perro.

Ahora, observa a Caterina, que toma asiento frente a ella y coloca un paquete sobre la mesa.

—He comprado un conejo y esta noche haré un pastel —anuncia. Abre el paquete y saca dos pequeñas tartas de almendras—. Lo haré como lo hacía mi tía Eimile.

Caterina ha hablado un poco de su tía, cuya muerte la impulsó a viajar a Francia. Lenormand también ha deducido que la joven irlandesa vino a París en busca de un hombre, pero que él la rechazó. Y que por eso terminó en la calle. Cada vez que piensa en este hombre, Lenormand siente ganas de hacerle mucho daño por lo que le hizo a Caterina.

Toma una de las tartas y le da un mordisco.

—Esto es delicioso y merece acompañarse con un poco de vino —comenta, y se lame el azúcar de los dedos antes de tomar una jarra de vino tinto del aparador y servir dos copas.

—Tengo experiencia en preparar conejo, aunque no es una de mis ocupaciones favoritas. —Caterina bebe un trago de vino—. Pero primero voy a leer algo. —Saca un folleto de su bolsillo.

—¿De dónde has sacado esa basura? —Hace tiempo que Lenormand dejó de leer los libelos sensacionalistas de París obsesionados en difamar a María Antonieta y en exponer su supuesta ninfomanía.

—Estaba tirado en la calle en Les Halles —contesta Caterina, antes de empezar a leer en voz alta—. "La perra austríaca y el juguete sexual real." ¿Qué es un juguete sexual? ¿Se refieren a la reina? Oh, Dios mío, mira la ilustración. —Gira el panfleto para mostrarle una imagen de su mecenas y la reina desnudas en la cama. La reina está encima de la princesa y le acaricia el pecho con una mano; Luisa tiene una mano entre los muslos de la reina.

—Tíralo, Caterina —la urge Lenormand con una mueca de desagrado—. Son chismes malintencionados.

—¡No sabía que existían juguetes sexuales! —declara Caterina con los ojos muy abiertos—. Aunque sí sabía que las mujeres se acostaban juntas en la época clásica.

Lenormand se pone de pie y le arrebata el libelo de las manos. Lo rompe en pedazos y lo tira a la chimenea vacía.

—No había terminado de leerlo —protesta Caterina.

—Es una calumnia despreciable. —La idea de que escritores de baja calaña denigren a su mecenas y a la reina le resulta aborrecible. ¿Y si empiezan a escribir sobre la propia Lenormand? No desea afecte su negocio floreciente.

Ahora no puede quitarse de la cabeza la imagen de las dos mujeres desnudas fornicando, lo que le produce una sensación de calor incómoda.

—En la biblioteca donde crecí había libros eróticos con imágenes y un día los miré —confiesa Caterina, sonrojándose—. Después me sentí tan sucia que recé diez avemarías.

—El sexo en sí no tiene nada de malo, Caterina —explica Lenormand. Quiere mirarla a los ojos, pero no se atreve—. Pero la intención de estos panfletos no es el erotismo, sino presentar a la reina como una depredadora sexual. Quieren mostrar que el rey es un hombre débil y que María Antonieta es responsable de los problemas financieros del país, todo lo cual es falso.

—Pero he oído decir a las mujeres del mercado que la reina ha vaciado las arcas de Francia para darse una vida de lujos. Me contaron de un collar de diamantes. Y que la reina se esconde en Versalles y gasta miles de francos en banquetes mientras los niños se mueren de hambre en las calles de París —replica Caterina—. ¡Lo he visto con mis propios ojos!

—No es culpa de María Antonieta que la gente se muera de hambre. El rey y la reina han intentado gravar a la nobleza, pero se niegan a pagar.

—¿Cómo puedes ser tan ingenua? —estalla Caterina—. Por supuesto que les conviene mantener al pueblo sometido. No quieren compartir el gobierno del país, lo que quieren es seguir imponiendo su voluntad sobre nosotros.

—No entiendes Francia. —Lenormand intenta contener su irritación, pues considera que las opiniones de Caterina son fruto de su ignorancia.

—Entiendo la opresión, porque he vivido toda mi vida bajo el dominio británico en Irlanda —declara Caterina y se pone de pie frente a Lenormand. Una luz feroz brilla en sus ojos y se ha puesto muy pálida.

—No es lo mismo —argumenta Lenormand—. Los ingleses son colonizadores de Irlanda, pero Francia no es una colonia y la familia real es francesa.

—Pero la monarquía francesa ha colonizado otros lugares y oprimido a otros pueblos, los ha convertido en esclavos...

—¿Eres republicana, como los norteamericanos de la guerra de la Independencia? Porque si esa es tu convicción, tendré que pedirte que te marches de mi casa —espeta Lenormand con furia.

Caterina parece dolida.

—¿No podemos tener unas opiniones discrepantes?

—No, no cuando mi mecenas es la princesa Lamballe —replica Lenormand y toma una de las cartas sobre la mesa con mano temblorosa—. Me ha escrito esta misma mañana y nos ha enviado dinero para comida y ropa y para sostener nuestro negocio mientras ella se va al campo a cuidar de su suegro enfermo.

—¿Tu benefactora es la princesa Lamballe? —pregunta Caterina, casi sin aliento—. Supuse que era un hombre.

Lenormand está alterada y hace un esfuerzo por

tranquilizarse. No está de acuerdo con nada de lo que Caterina ha expresado sobre la monarquía. Si de verdad tiene esas opiniones, no puede permitirle que se quede. Sin embargo, la idea de que Caterina se vaya la llena de angustia. Apenas ha pasado un mes, pero ya no puede imaginar su vida sin ella.

—¿Eres republicana? —insiste.

Caterina se queda mirándola y Lenormand intenta deducir qué está pensando. Aunque le ha tirado las cartas varias veces, no ha podido adivinar su futuro. Es la única persona a la que no puede leerle el tarot.

Siente una necesidad apremiante de tocarla, de fundirla con ella para que Caterina comparta su pensamiento.

—No, por supuesto que no. —Caterina afloja la tensión entre ellas—. Solo repetía los rumores sobre la reina que he oído en el mercado. Pero la odia tanta gente… ¿No crees que hay algo de verdad en lo que dicen estos libelos?

—Podrás decidirlo por ti misma. —Lenormand toma la segunda carta que recibió esta mañana, con el sello roto y las iniciales MA grabadas en el sobre—. La reina nos ha invitado a Versalles. Quiere que le leamos las cartas del tarot.

VISITO VERSALLES

CREO QUE NO HAY NINGÚN EDIFICIO EN TODA IRLANDA como el Palacio de Versalles, con sus portones dorados y su abrumadora amplitud, las hileras de ventanas y los cientos de cortesanos elegantes que pululan de un lado a otro. Me repugna ver tanta opulencia cuando los niños se están muriendo en las calles de París.

Llegamos el sábado por la tarde, después de seis incómodas horas en carruaje. El camino estaba embarrado y lleno de baches debido a las copiosas lluvias fuera de temporada. A pesar de estar afuera, la princesa Lamballe ha organizado el alojamiento en sus aposentos de Versalles. Nuestra habitación suele pertenecer a una de sus damas de compañía, que ha viajado con ella a la casa de campo de su suegro, y tenemos vista a los jardines del palacio. Son tan grandes como el palacio mismo, ordenados según diseños diferentes, con estatuas y fuentes. Se extienden hasta el horizonte, donde alcanzo a ver un canal azul ancho y salpicado de botes. Cientos de cortesanos deambulan por todas partes.

—¿Alguna vez has visto un paisaje más espléndido? —me preguntó Adelaide esa primera noche.

Pensé en la vista del océano embravecido y la bruma que se arremolinaba sobre las montañas de Kerry y creí que era muy superior, pero no contradije a Adelaide, pues saltaba a la vista que estaba muy contenta de estar en Versalles y de gozar del favor de la reina.

Esperamos dos días para nuestra audiencia privada y Adelaide se puso más ansiosa.

—Tenemos que volver a París. No me gusta dejar la librería tanto tiempo —se lamentó—. ¿Y qué pasará con los animales?

—¿No se supone que Giselle, la criada de tu tía, irá a darles de comer a Gilbert y a Bastet? —inquirí—. Y la Morrigan está allí para vigilarlo todo.

Adelaide resopló.

—Tú y tu cuervo mágico.

Por fin, esta mañana, madame de Tourzel, una de las amigas más íntimas de la reina y también institutriz de los niños, nos cursó la invitación a la audiencia. Nos dirigimos a los aposentos reales y, una vez allí, subimos una escalera de mármol antes de atravesar tres salones cargados de ornamentos elaborados y mobiliario lujoso. Las pinturas colgaban de las paredes y adornaban los frisos e incluso los techos. En cada habitación por la que pasábamos, los cortesanos nos escrutaban y susurraban en francés. "Es la tarotista Lenormand y la sibila irlandesa, han venido a ver a la reina." Estos cortesanos son despreciables y viven a costa de los pobres que trabajan la tierra de sus propiedades. Son iguales que sir William Oswald: personas sin valor, frívolas, de vidas ociosas, que buscan el favor del rey y, sin embargo, no dudarían en apuñalarlo por la espalda a la primera oportunidad. ¿No estaría mejor el mundo sin gente así? Por fin, llegamos a destino y nos hicieron pasar a los aposentos reales. Me sorprendió que fuéramos a encontrarnos con la reina en una habitación tan íntima, pero luego me di cuenta de que en realidad no era tan privada: un grupo de cortesanos que se alineaban delante de una balaustrada dorada baja nos observaron con curiosidad.

Al otro lado, la reina se sentaba en su tocador, asistida por dos damas de compañía. Debo admitir que me emocionaba estar en la misma habitación que la reina de Francia. La alcoba era como una caja dorada: el brocado dorado predominaba en toda la estancia, desde las paredes hasta la ropa de cama. La balaustrada daba la sensación de que los que estábamos fuera éramos espectadores de una función, como si la reina actuase para nosotros.

María Antonieta se miró en el espejo sobre el tocador. Tenía la barbilla levantada y detecté una mirada desafiante en sus ojos azules. ¿Qué podía presentarle un desafío a ella? Su cabello rubio no estaba empolvado y caía con sus rizos naturales, adornados con rosas rosas. Cuando se puso de pie, advertí que no llevaba corsé sino un vestido blanco sencillo.

—Mademoiselle Lenormand, por aquí, por favor. —La reina nos hizo una señal con la mano.

Ambas nos sobresaltamos, pues no éramos conscientes de que nos había visto.

Pasamos al otro lado de la balaustrada mientras una de las damas de compañía empujaba una puerta oculta a la izquierda de la gran cama real. La reina cruzó la puerta junto con su comitiva de damas de compañía y nosotras las seguimos a lo largo de un pasillo estrecho hasta llegar a una habitación pequeña.

En el interior, paneles de madera blancos y dorados tapaban las ventanas y nos protegían de las miradas indiscretas de la corte. A pesar de tener muebles más sencillos que el resto de las salas de estado del palacio, el pequeño salón era opulento. Las paredes estaban decoradas con grabados de motivos antiguos, como esfinges y palmeras, y una importante araña de luces colgaba del techo; dos grandes espejos, uno en un nicho sobre un sofá de terciopelo verde y otro encima de la chimenea, reflejaban y realzaban el esplendor del recinto.

Un arpa adornaba uno de los lados de la chimenea y una pequeña mesa rectangular ocupaba el centro del salón. Sobre ella, había una caja lacada con forma de gato y, a su alrededor, cuatro sillas doradas tapizadas en terciopelo verde.

María Antonieta tomó asiento en la mesa, y otra dama, que llevaba un vestido voluminoso de seda rosada, entró en la sala acompañada de un pequeño séquito de perros carlinos. Pasaron trotando junto a nosotras mientras remoloneábamos en la puerta con las damas de compañía.

—¡Gabrielle! Has traído a mis bebés —exclamó María Antonieta, encantada de ver a su amiga, que se sentó a su lado—. ¿Has usado la puerta privada?

—Sí, claro, Vuestra Majestad. No quiero que los demás cortesanos se pongan celosos —respondió la mujer, jactándose ante las damas de compañía.

—Por favor, mademoiselle Lenormand, tome asiento, y la sibila irlandesa también, ¿cómo se llamaba?

Adelaide habló por mí.

—Mademoiselle Caterina de Luna, Vuestra Majestad.

Hice una reverencia torpe, irritada por tener que ser tan complaciente.

—Ah, nada de reverencias en mis aposentos privados, por favor —soltó María Antonieta—. Madame de Tourzel, Pauline, Gabrielle, por favor, quedaos. El resto se puede ir. —Describió un gesto con las manos y las damas de compañía abandonaron el salón.

Me senté en una de las sillas y, cuando alcé la vista, advertí una pintura de una piña sobre la puerta. Una vez más, me acordé del miserable sir William. Qué furioso se pondría ese viejo desgraciado si supiera que yo me encontraba en una audiencia privada con la reina de Francia.

—Me agradaría presentaros a la duquesa de Polignac —continuó la reina—. Gabrielle me hace compañía mientras nuestra querida amiga, la princesa Lamballe, está fuera, en el campo.

Al oír el nombre de la princesa Lamballe, el rostro de la duquesa de Polignac se frunció en una mueca de disgusto, pero la reina no se detuvo y nos presentó a las dos damas de compañía sentadas en el sofá verde: madame de Tourzel, la institutriz del delfín, a quien ya conocíamos, y su hija, Pauline.

María Antonieta se volvió hacia Adelaide.

—La princesa Lamballe me ha contado que ha abierto usted un salón de lectura de tarot en París y que mademoiselle de Luna es una experta quiromántica.

Sentí una punzada de enfado. ¿Por qué la reina no se dirigía a mí directamente? Quizá pensaba que no hablaba francés.

Entraron tres sirvientes y se tomaron su tiempo para servirnos copas de vino clarete.

—Necesito consejo, mademoiselle Lenormand, y también seguridad —añadió María Antonieta—. Se ha urdido una conspiración contra la monarquía; hombres ambiciosos se han sublevado: el primo del rey, el duque de Orléans, y el destituido Necker. Tengo entendido que esto ha generado un gran malestar y violencia en la capital.

Deseé con todas mis fuerzas corregir a la reina. La violencia que yo había visto en las calles de París la había provocado el ejército real al cargar contra grupos pacíficos que protestaban por el precio del pan.

—El rey está sofocando los disturbios. —La reina dio un sorbo a su copa de vino—. Estas últimas semanas difíciles acabarán pronto, pero necesito que me lo reasegure, mademoiselle Lenormand. Necesito estar tranquila, por el bien del rey y del nuevo delfín.

En el rostro de la reina, pude ver las distintas etapas de su vida: la niñita abrazada a un perro que rompía a llorar cuando se lo arrebataban de los brazos; la niña esposa que lloraba a solas en la alcoba real. Había risas también: mientras conducía trineos a toda velocidad por la nieve, bailaba en los salones, montaba a caballo por los bosques, se tomaba de la mano de algún ser querido, contemplaba el amanecer. Percibí su admiración por la majestuosidad de la naturaleza. Pero, por encima de todo, vi a la madre en María Antonieta. El anhelo de quedarse embarazada, los niños abandonados que ha recogido como mascotas, la angustia de dar a luz delante de todos los cortesanos, la pérdida de una niña pequeña y luego la de su hijo mayor…, la sombra que esto ha proyectado en lo más profundo de su ser, a pesar del talante alegre de hoy.

Todas estas experiencias la hacían parecer más humana a mis ojos, pero debo resistirme a verla así. La reina de Francia es una déspota que camina sobre los huesos rotos de los pobres.

María Antonieta me tendió las manos con las palmas hacia arriba y se las tomé con vacilación. Tenía la piel más suave que jamás hubiera tocado. Me quedé mirando las líneas en sus palmas y tuve una visión. La reina iba en su carruaje con madame de Tourzel por una calle de París y la gente se apiñaba en las aceras a su paso para abuchearla e insultarla. Algunos lanzaban panfletos baratos hacia el carruaje y uno de ellos entró por la ventana abierta y cayó a sus pies.

L'Autrichienne en Goguettes, ou L'Orgie Royale.

Vi cómo la reina se estremecía al recogerlo y se lo daba a madame de Tourzel.

—Tíralo.

Levantó la barbilla; la actitud de María Antonieta era de desdén. La reina no quería mostrar al pueblo lo herida que se sentía y eso hacía que la odiaran aún más.

Los parisinos en las calles le gritaban que había engañado al rey y que lo había debilitado al tener sexo con su hermano, el conde de Artois; que era una ninfómana lesbiana que se acostaba con la princesa Lamballe y con la lasciva duquesa de Polignac. María Antonieta era un monstruo que se comía el dinero de Francia y devoraba al pueblo francés.

La reina gritó y apartó las manos. Cuando levanté la vista, noté sus mejillas sonrojadas y sus ojos atormentados.

—¿Cómo te atreves? —exclamó.

—Disculpadme —me apresuré a responder, al ver la mirada preocupada de Adelaide—. No puedo controlar los momentos de vuestro pasado que surgen cuando nos tocamos, pero son importantes. La visión contenía un mensaje.

La expresión de la reina se calmó un poco mientras bebía un sorbo de clarete con mano trémula.

—Este recuerdo es una advertencia —continué—. Para recordarle lo peligroso que es París.

—Soy muy consciente de los peligros de París. El rey no me ha permitido viajar allí durante un tiempo por este motivo —replicó con altivez—. Me encerraré en el Pequeño Trianón hasta que el pueblo vuelva a amarme. Volveré a oírlos gritar: "¡Viva la reina!", ¿no es así, madame Lenormand?

—Así es —convino Adelaide, pero parecía inquieta.

María Antonieta tomó la mano de la duquesa de Polignac.

—Qué juegos tan tontos jugamos, mi querida. —Sonrió, pero había miedo en sus ojos.

—¿Qué habéis visto? —preguntó la duquesa de Polignac, con aire intranquilo.

Pero María Antonieta sacudió la cabeza; una de sus rosas rosadas cayó en su regazo.

—Nada importante. —Se llevó la rosa a la nariz para olerla—. Mademoiselle Lenormand, mi fortuna, por favor. Espero que contenga información más útil que la lectura de manos de mademoiselle de Luna.

Me mordí la lengua con fastidio. No había pedido viajar hasta Versalles y esperar dos días a que la reina se dignara a recibirnos para terminar experimentando una visión tan brutal. Mi aversión hacia María Antonieta se intensificó.

—Pensad en el asunto que os preocupa. —Adelaide separó los arcanos mayores de los arcanos menores. Tomó las cartas de los arcanos mayores y las barajó ocho veces antes de desplegarlas en un abanico frente a la reina y pedirle que escogiera ocho cartas.

Observé cómo Adelaide las disponía en una de sus tiradas. A continuación, repitió el procedimiento con los arcanos menores.

—Esta tirada de tarot se llama Las dos caras de Hathor —explicó—. El disco solar ocupa el centro, con un cuerno a ambos lados: ¿qué vais a elegir, a la gentil Hathor a la derecha o a la feroz Sejmet a la izquierda?

La reina hizo una pausa. Comenzó a mover una mano hacia la izquierda, pero luego cambió de opinión y tocó el cuerno de Hathor.

—Deseo la paz —murmuró.

Antes de que Lenormand comenzara con su interpretación, supe lo que el tarot le estaba diciendo a la reina. Las cartas hablaban de peligro, aislamiento, de una amiga que la abandonaría; el camino de Hathor aconsejaba huir.

Adelaide terminó de compartir todo esto y se reclinó con las manos cruzadas y los ojos clavados en las cartas, como si no se atreviera a mirar a la reina. El silencio revelaba el descontento de María Antonieta.

—Sus cartas no me gustan, madame Lenormand —declaró por fin—. Habla usted de una amiga querida que me abandonará, pero la duquesa de Polignac y la princesa Lamballe me son fieles. ¿No es así, querida? —Se volvió hacia la duquesa de Polignac.

—Yo nunca os abandonaría, Vuestra Majestad. —La

duquesa de Polignac hizo una pausa para crear un efecto dramático—. Pero la princesa Lamballe está ausente, ¿verdad? Como superintendente del palacio real, ¿no debería estar a vuestro lado?

Noté que Adelaide se tensaba ante la crítica a su benefactora, pero guardó silencio.

—Su suegro está enfermo, Gabrielle, y se ha ido al campo a cuidarlo. No quise pedirle que regrese, ya que todo está en orden. —María Antonieta se detuvo—. Y, sin embargo, su lectura no predice lo mismo, mademoiselle. —Se volvió con frialdad hacia Adelaide—. Eso no presagia un buen augurio, ¿verdad?

—Me habéis pedido la verdad y os la he dado —se defendió Adelaide con valentía—. Pero solo será el futuro si os quedáis en Francia. Si os marcharais...

—¡No puedo irme de Francia! —interrumpió María Antonieta—. No puedo abandonar al rey; es impensable. Los disturbios en París no son más que una revuelta. Las tropas del rey los sofocarán con rapidez.

—No es una revuelta, es una revolución —le musitó Adelaide.

María Antonieta sacudió la cabeza y la miró con pena.

—Dice usted cosas peligrosas y tiene suerte de que no la haga castigar. —Se giró hacia su amiga—. ¿Quieres que te lean las cartas, Gabrielle?

La duquesa de Polignac soltó una risita burlona.

—No, Vuestra Majestad. No me interesan estas embaucadoras que nos ha impuesto la princesa Lamballe.

Me indigné y decidí que despreciaba todavía más a la duquesa de Polignac que a la reina.

—¿Vamos fuera, Vuestra Majestad? He oído que las tropas del rey han llegado a Versalles, hombres leales a la corona que sofocarán cualquier insurrección. —La duquesa de Polignac me fulminó con la mirada.

—Por cierto, me ha fallado usted, madeimoselle Lenormand. —María Antonieta se puso de pie y recogió a uno de los perros al salir.

Cómo detesto a esta reina privilegiada que se cree por encima de la rueda de la fortuna a la que todos los seres humanos están sujetos, ya sean ricos o pobres. Le dimos la verdad, le advertimos, pero rechazó nuestra sabiduría.

Después de que la reina y su acólita Polignac abandonaron la sala, Pauline, la hija de madame de Tourzel, nos mostró la salida: bajamos y subimos pequeñas escaleras y atravesamos otra puerta secreta que daba al palacio principal.

Ingresamos en una galería amplia llena de espejos. La luz entraba a raudales por los grandes ventanales y, aunque era pleno día, las velas ardían en los candelabros enormes. La sala estaba repleta de cortesanos y, de nuevo, susurraron a nuestro paso. El olor a cera quemada se mezclaba con el hedor de los cuerpos humanos y, al parecer, de excrementos de perro; divisé a un pequeño galgo que hacía sus necesidades en un rincón de la sala. Las paredes eran de mármol y, sobre ellas, en el techo abovedado, una pintura impresionante ilustraba una batalla celestial.

A pesar del olor nauseabundo, los espejos creaban un emporio de lujo resplandeciente. Podía verme a mí misma y a Adelaide reflejadas docenas de veces. Éramos una pareja extraña: ella con su vestido azul, baja y robusta, y de cabello oscuro; y yo, alta y delgada, vestida de verde. El movimiento de mi falda me recordaba los campos verdes de Kerry, mecidos por el viento. Mi corazón se encogió con una nostalgia repentina y urgente por mi tierra y la tía Eimile. Deseaba estar caminando por los bosques de Irlanda, a través de una catedral de árboles, robles y castaños de Indias, cuya magnitud y altura, edad y belleza superaban a Versalles. Mientras avanzábamos por la galería, mis ojos se cruzaron con los de Adelaide en los espejos y me pregunté si estaría adivinando a través de ellos, ya que sabía que Etteilla le había enseñado este arte antiguo. Su expresión denotaba un anhelo que yo nunca había visto antes y me hizo apartar la mirada.

La risa de un niño quebró la atmósfera sofocante y me volteé: un niño pequeño corría entre la gente y un sirviente le pisaba los talones, tratando de seguirle el paso.

—¡Paulie! —gritó, y corrió hacia Pauline de Tourzel.

El niño aterrizó en los brazos de la joven, que lo levantó y rio con él.

—¡Qué alegría veros, mi pequeño! —Pauline de Tourzel le dio un beso en la mejilla.

Con el pequeño Luis Carlos, el nuevo delfín, acomodado en la cadera, Pauline nos condujo a los jardines de Versalles. Me sentí aliviada de estar de nuevo al aire libre y lejos de la opresión del palacio.

Pauline de Tourzel dejó al niño en el suelo y lo tomó de la mano mientras los cuatro nos adentrábamos en los jardines. El pequeño me miró con los ojos entornados y le sonreí.

—¿Sabe usted si el futuro del delfín Luis Carlos es prometedor? —preguntó Pauline de Tourzel a Adelaide.

—No leo el tarot a los niños —replicó ella con frialdad—. Todo lo que puedo decir es que habrá mucha agitación en Francia y que toda la familia real haría mal en quedarse.

—Ah —exclamó Pauline, con aire preocupado—. Pues entonces no abandonaré al delfín. Yo también me iré.

Caminamos entre dos grandes estanques, bajamos unos escalones y entramos en una pequeña arboleda. Me quité la peluca, que me picaba, y sacudí el cabello. Ya me había crecido hasta la parte inferior de la nuca.

—Esta es la Arboleda del delfín —comentó Pauline a continuación—. ¿No es mágica?

Las cuidadas formaciones de árboles conducían a una fuente central donde unos pocos rayos de sol de verano se reflejaban en el agua. Era sin duda un espacio tranquilo, pero no me gusta cómo la naturaleza ha sido domesticada y moldeada en estos jardines para complacer al ojo humano.

Luis Carlos me tiró de la falda; bajé la mirada hacia su rostro levantado y tomé su mano pequeña entre las mías.

—Le cae usted bien —dijo Pauline.

Giré la palma del niño hacia arriba y vi su deseo de ser amado, perdido como estaba en la sombra de la muerte de su hermano. Había un recuerdo de su hermana mayor, la princesa real, dándole órdenes, y otro de él jugando con su hermana adoptiva, Zoe, a quien es obvio que quiere mucho. Tuve una visión de él despertándose por la noche, llorando, con las sábanas mojadas. Para mi sorpresa, no fue ni una criada ni su institutriz, madame de Tourzel, ni siquiera su querida Paulie, quien respondió a su llamada: la reina misma se apresuró a entrar en su dormitorio y lo acunó en sus brazos.

Dejé que la mano del niño se deslizara de la mía. No quería ver más; era demasiado perturbador. Pero cuando me volví hacia su rostro dulce, los rizos rubios y las mejillas regordetas, me sentí dominada por el terror. Deseé levantarlo en mis brazos y llevarlo lejos del Palacio de Versalles.

EL CARRO

Muévete rápido

14 de julio de 1789
De Versalles a París

LENORMAND ESTÁ IRRITADA, PERO NO CON LA REINA DE Francia, ya que en la noche de los Misterios de Isis le juró lealtad y no romperá ese juramento aun cuando la reina rechace sus predicciones. Entiende que María Antonieta está asustada y niega lo que su corazón sabe que es cierto. Es comprensible, pero también es frustrante que no escuche a Lenormand, incluso cuando esta le contó lo que está sucediendo en París. La revolución es inminente.

No, está enfadada con la víbora, la duquesa de Polignac. Lenormand no cree que la princesa Lamballe vaya a abandonar a la reina, pero Polignac intentó poner a la reina en contra de su mecenas. Por supuesto, la duquesa no quiso que le leyeran las cartas, porque Lenormand habría expuesto su hipocresía. Es ella quien huirá y abandonará a la reina, en menos de una semana, según predice Lenormand.

Han salido temprano en la mañana y están en camino de regreso a París. El traqueteo del carruaje le produce mareos y la ansiedad que ha ido en aumento durante todo el tiempo que han estado en Versalles todavía la atormenta.

El viaje parece más largo que las seis horas que tardaron a la ida y tiene hambre.

—¿Cómo te sientes? —pregunta Caterina.

—Un poco cansada. Nos levantamos muy temprano.

Caterina asiente.

—Ojalá no hubiéramos venido.

—¿No te sientes honrada de haber estado en compañía privada de la reina de Francia? —inquiere Lenormand—. ¿No te alegra haber visto un espectáculo como el Palacio de Versalles? Y los jardines, ¿no son hermosos?

Caterina se encoge de hombros.

—He visto más belleza en mi tierra natal.

—Ah, sí, esa joya única llamada Irlanda. No hay nada que se le compare, ¿verdad? —la provoca Lenormand.

—Me ha caído bien el delfín; él es un niño encantador —señala Caterina y añade—: Pero me preocupa.

Lenormand ha intentado no prestar atención al niño, aunque le parece extraño que lo hayan dejado en compañía de Pauline de Tourzel, sin ningún otro sirviente o cortesano.

Caterina se inclina adelante.

—¿Sabes qué será de él, Adelaide?

—No estoy segura; es muy joven —responde Lenormand, con una pizca de inquietud—. Su futuro es todavía incierto.

En las primeras horas de la tarde, llegan a las afueras de París. A lo lejos, el fuego ilumina el cielo. El carruaje se detiene y el cochero se baja.

—Deberíamos dar media vuelta, mademoiselles —sugiere con nerviosismo.

—No, de ninguna manera. Debo volver a casa. —La falta de valentía del hombre exaspera a Lenormand—. Estaremos bien si nos ceñimos a las avenidas principales. Los manifestantes no están interesados en nosotras.

No van armadas y no representan amenaza alguna, de modo que se les permite atravesar las barreras y entrar en la ciudad, pero pronto se hace evidente que Lenormand ha subestimado el alcance de la revuelta.

Todo lo que ha intuido durante los últimos seis meses, todo lo que ha visto en las numerosas lecturas de tarot que ha compartido, se está haciendo realidad. Piensa en su tía Renard y teme por ella y por las demás chicas de la tienda.

Caterina mira por la ventana del carruaje. Las calles están abarrotadas de gente que grita y protesta de forma enérgica. Se voltea con excitación en el rostro.

—¡El pueblo se ha levantado!

En ese momento, el carruaje se detiene con brusquedad. Lenormand mira por la ventana: el cochero está huyendo.

—¡Vuelva aquí de inmediato! —grita, pero el sinvergüenza dobla la esquina y desaparece.

Estudia la calle, oscurecida por la lluvia, y trata de deducir dónde están. La ciudad es un caos. Alcanza a ver el río Sena, con sus corrientes turbulentas iluminadas por la luz de los incendios, y un puente en penumbra. Su forma le resulta familiar. ¿Es el Pont Neuf? Su corazón se acelera, aún están lejos de casa.

—¡Adelaide, mira! —Caterina señala por la ventana. Ya no parece excitada y su voz tiembla de miedo.

Espantada, Lenormand ve a una turba de gente que se dirige hacia el carruaje: hombres y mujeres con antorchas que convierten sus rostros en máscaras grotescas y alumbran sus armas: cuchillos, garrotes y picas. Lo más horroroso son las cabezas clavadas en las puntas de las picas, con los ojos y la boca abiertos por el terror y la sangre que gotea sobre las cabezas de sus verdugos.

—¿Eso son...? ¿Son...? —titubea Caterina.

—Sal por mi lado. Ven, rápido.

Lenormand abre la puerta y arrastra a Caterina fuera con ella. Maldice la flor de lis que adorna el exterior del carruaje y las faldas engorrosas de sus vestidos. Se mueven con demasiada lentitud y, para cuando llegan al empedrado, el carruaje ya está rodeado. La multitud avanza hacia ellas.

—¡Dejadnos en paz! ¡Somos mujeres comunes! —grita Lenormand.

—¿Y por qué una mujer común estaría en un carruaje que pertenece a la perra austríaca? —le espeta un hombre, mientras blande un cuchillo manchado de sangre.

—Somos sirvientas —aduce Caterina—. Nuestra señora se ha marchado. Nos dejaron....

—No les creemos ni una palabra —sisea un hombre y agita su pica hacia ella—. ¡Mirad como van vestidas! Dadnos vuestro dinero o enarbolaremos vuestras cabezas en una de estas, preciosa.

—¡Aléjate de ella! —ruge Lenormand cuando el hombre intenta tomar a Caterina del brazo—. ¡Dejadnos pasar!

El hombre se gira y le da un manotazo en el pecho. Lenormand tropieza hacia atrás.

—¿Quién eres, entonces?

—Me llamo mademoiselle Lenormand.

—¡Es la tarotista! —exclama alguien— ¡La bruja que vive en la rue de Tournon!

—Así que eres la que engaña a la gente honrada contándole

un montón de mentiras para quitarle el dinero que tanto le ha costado ganar, ¿eh? Y, además, se ve que te diviertes con la perra austríaca.

—¡Cortémosle la cabeza! —grita alguien y otro añade—: Matemos a la tarotista de Versalles. —La muchedumbre avanza hacia ellas de nuevo.

Lenormand ya no está asustada. El desdén es como un muro helado a su alrededor. ¡Cómo se atreve esta gentuza a juzgarla! Ha visto su propio futuro y sabe que su fin no está aquí.

Cuando intenta apartar al hombre para que las deje pasar, ve al cuervo ceniciento de Caterina que se abalanza sobre ellos, graznando ruidosamente. El cuerpo de Lenormand se pone rígido de indignación.

—¡He dicho que nos dejéis pasar! —masculla.

Pero el hombre la empuja a su vez y la hace perder el equilibrio. Al caer, sus últimos pensamientos son sobre Caterina. No ha visto el futuro de la chica irlandesa. ¿Terminará aquí?

LA CAÍDA DE LA BASTILLA

14 de julio de 1789

Hoy ha caído la Bastilla y asesinaron al alcaide de la prisión, y también a Jacques de Flesselles, preboste de los mercaderes. Exhibieron sus cabezas en picas. Y hoy, a Adelaide y a mí nos atacó una multitud impulsada por el hambre y las injusticias a la locura y la violencia. Yo he sobrevivido, pero no sé si Adelaide vivirá más allá de esta noche.

Escribo con mano temblorosa mientras les rezo a todos mis santos, Brígida y la Virgen María, y le ruego a la Morrigan que utilice su magia para sanarla, aun cuando yo tenga que vender mi alma al diablo para salvarle la vida.

Cierro los ojos y la escena horripilante vuelve a mi mente.

Adelaide empujó con valentía a un hombre de la turba y exigió que nos dejaran pasar, pero la oleada de gente que llenaba el bulevar y rodeaba el carruaje clamaba por la cabeza de la tarotista. Los caballos estaban aterrorizados, relinchaban y se encabritaban, pero entonces vi al cuervo ceniciento que volaba en círculos en lo alto y emitía graznidos intensos.

Al volverme, vi que Adelaide se desplomaba sobre los adoquines y se golpeaba la cabeza contra el costado del carruaje. Me agaché sobre su cuerpo tendido, abrumada por el miedo y la emoción. Mientras le sostenía la cabeza entre mis brazos, un pequeño hilo de sangre le corrió por la mejilla, pero sus ojos parpadeaban. Estaba viva y mi corazón se llenó de alivio, aunque fue efímero, ya que seguíamos en grave peligro.

La muchedumbre coreaba y avanzaba hacia nosotras con sus picas, cuchillos, garrotes y martillos. Una de las cabezas de sus víctimas se balanceó sobre mí y la luna recién salida le dio un aspecto fantasmal. Gotas de sangre salpicaron mis mejillas. Era como si los parisinos enfurecidos se hubieran convertido en una bestia gigante y sedienta de sangre. El cuervo se abalanzaba y graznaba, y picoteaba las cabezas de la gente. Miré al pájaro a los ojos y me llené de su furia. Abrí la boca y solté un chillido. La turba vaciló, desarmada por mi grito, y entonces la Morrigan se alzó al otro lado del cuerpo caído de Adelaide. Su cabello rojo era tan oscuro que parecía sangre seca y sus ojos eran carbones ardientes de venganza. Empuñaba una lanza larga, que blandió hacia el gentío a modo de advertencia.

Aproveché la oportunidad y arrastré a Adelaide de vuelta al interior del carruaje mientras la Morrigan hacía retroceder a la gente con su lanza con la punta envenenada. Me arranqué la falda, salí del carruaje y me subí a uno de los caballos en ropa interior. El caballo movió los ojos y se encabritó, pero recordé que Eimile me había contado que la Morrigan entraba en batalla montada en un caballo. Le apoyé la mano en el cuello, canalicé la convicción de la Morrigan y el caballo se calmó, igual que su compañero.

Los alenté a ir hacia delante y echamos a andar con lentitud. Cosa sorprendente, la multitud, que había dejado de ser una bestia gigante para volver a ser un grupo de personas, retrocedió y se dividió a ambos lados.

—¡Dejadlas! ¡Son apenas unas niñas! —gritó una mujer.

Mientras avanzábamos traqueteando por la calle, miré de reojo, pero la Morrigan se había vuelto a convertir en el cuervo ceniciento y volaba detrás de mí. Para mi alivio, la gente había perdido interés en nosotras y se había desplazado a otra calle.

Cruzamos los bulevares a toda velocidad, sin mucha idea de adónde íbamos. Notre-Dame se alzaba a lo lejos a mi izquierda, así que sabía que teníamos que cruzar el río. Los edificios ardían mientras recorríamos las calles desiertas. Tenía la cara pegajosa por el sudor, las lágrimas y la sangre.

Recordé lo que Reilly me dijo una vez: "Siempre habrá víctimas en una insurrección, pero estas muertes violentas son por el bien supremo de las masas". ¿Habría valido la pena que hubiéramos muerto por la liberación de Francia? Reilly tal vez crea que la única forma de liberar a la querida Irlanda sea mediante una rebelión, pero a mí me parece algo horrible y aterrador.

Podía oír cómo el cuerpo de Adelaide se sacudía dentro del carruaje y me aterrorizaba la idea de que sus heridas pudieran empeorar. Por fin reconocí una calle, pero reparé, consternada, en que volvíamos hacia la barrera con sus antorchas, y nos alejábamos de la rue de Tournon. Los caballos volvían a Versalles.

Doblamos una esquina y nos topamos con una barricada que atravesaba la calle, encabezada por más gente con antorchas, aunque no vi ninguna cabeza clavada en una pica. Un hombre a caballo reparó en nuestro carruaje y cabalgó hacia nosotras. Blandía un arma, pero, al acercarse, algo en la amplitud de sus hombros me resultó familiar. Alcancé a ver su rostro a la luz del crepúsculo y él debió de reconocerme al mismo tiempo, porque se detuvo de golpe, sorprendido, y bajó el arma. Sujeté los caballos. Reilly. El hombre al que había adorado por encima de todos los demás, y allí estaba, cuando más lo necesitaba.

Toda mi furia por su rechazo se desvaneció y experimenté un alivio enorme.

—¡Caitlin! ¿Qué haces aquí? —Se quedó mirándome, sin entender.

—Necesito tu ayuda, Reilly, nos han atacado.

—¿Por qué vas montada en el caballo? Y ese es un carruaje... ¡real! ¿Quién hay allí dentro?

No presté atención a sus preguntas.

—Necesito llegar a la rue de Tournon, ¿sabes hacia dónde queda?

—Sí, pero ¿qué te ha pasado? Tienes la cara manchada de...

—Sangre, sí... La cabeza de un pobre desgraciado clavada en una pica me ha salpicado.

—Las cosas se han descontrolado un poco —admitió Reilly—. El pueblo se está sublevando contra el poder absoluto de la monarquía y todo este derramamiento de sangre es culpa del rey, porque no ha querido escuchar...

—Llevo a una mujer herida en el carruaje. Tenemos que llegar a casa —lo interrumpí, porque no tenía tiempo para sus razonamientos políticos.

—Eres asombrosa, Caitlin, de verdad. —Me observó con admiración y, a pesar de las terribles circunstancias, me sentí complacida.

—Por supuesto, te ayudaré —añadió. Se bajó del caballo, le dio una palmada y el animal volvió trotando a la barricada. Luego Reilly montó el segundo caballo del carruaje y se colocó a mi lado. Sus muslos poderosos apretaron los flancos del animal y cabalgamos uno junto al otro mientras él nos guiaba por las calles oscuras. En un momento dado, se estiró y me tomó de la mano.

—Lo siento mucho, Caitlin —gritó y entrelazó sus dedos con los míos. Mi cuerpo entero se estremeció.

Durante todas estas semanas que he pasado con Adelaide,

creí que me había liberado de mi amor por Reilly, pero al cabalgar juntos y tomados de la mano, el sentimiento resurgió en mí con fuerza. Volví a ser la criada de cocina enamorada que soñaba con estar al lado del hombre que amaba cuando liberáramos Irlanda. Pero este sueño hecho añicos tiene un matiz diferente ahora, porque he cambiado.

Solté la mano de Reilly y el cuervo ceniciento voló sobre mí, con su silueta inquietante a la luz de la luna. La Morrigan me estaba llamando.

"Eres una mensajera de la guerra, la violencia y la muerte, y *él* es tu destino".

Intenté hacer oídos sordos a sus palabras, porque me llenaban de miedo.

Por fin, llegamos a la rue de Tournon y Reilly me ayudó a acarrear a Adelaide dentro de la librería y a subirla a su cama, antes de marcharse deprisa.

—Vivirá —prometió—. Pero debo irme; hay una rebelión en la ciudad y me necesitan.

Partió antes de que pudiera decirle nada más, aunque mis pensamientos estaban ocupados con Adelaide. Le limpié la herida en la cabeza. Tenía un pequeño hematoma y lo vendé con tiras de muselina que arranqué de una enagua vieja. Gilbert se movió con inquietud alrededor de su dueña y lanzó gemidos angustiados antes de acomodarse al pie de la cama; Bastet se acurrucó a su lado.

Ahora estoy sentada junto a ella sobre las mantas, escribiendo en mi diario mientras la vigilo. Afuera llueve a cántaros y la ciudad se ha calmado. Adelaide duerme en calma, con la frente relajada, sin el habitual ceño fruncido.

Reilly.

Juré que no quería volver a verlo nunca más, pero esta noche me ha mirado de una forma diferente. He sentido como si me viera de verdad. Y mi cuerpo sigue temblando por la atracción que siento por él. Deseo que me toque.

Está mal. Reprimo los pensamientos sobre él y los sueños en los que me besa, y junto las palmas de las manos para elevar otra plegaria para que Adelaide sobreviva a esta prueba terrible.

Ella se mueve y gimotea entre sueños; le acaricio la frente. Me sorprende la ternura que me despierta. No dejaré que muera.

LA JUSTICIA

Encuentra el equilibrio

16 de julio de 1789
París

CUANDO LENORMAND DESPIERTA, CATERINA ESTÁ ACOStada sobre las mantas, dormida. Le late la cabeza y cuando alza la mano hacia ella, se toca un vendaje.

Caterina abre los ojos y se incorpora con una sonrisa.

—Estás despierta, gracias a Dios —dice.

—¿Cómo escapamos de la turba? —pregunta Lenormand mientras resurgen los recuerdos horribles.

—Se marcharon. —Caterina le acaricia el cabello.

—¡Pero querían matarme! —Lenormand intuye que Caterina no le está contando todo, pero la muchacha irlandesa evita mirarla.

—Lo importante es que estamos a salvo y tú estás bien.

—Tenía que impedir que te hicieran daño —susurra Lenormand.

Caterina le toma las manos. Lenormand sabe que debería apartarlas, ya que hay un secreto en su pasado que no quiere que nadie sepa, pero no puede, porque ha mirado a los ojos verdes brillantes de Caterina. Están llenos de lágrimas y eso la asusta.

—Pensé que te morías —confiesa Caterina con la voz quebrada.

Lenormand siente el calor de las manos de Caterina que aprietan las suyas. La mirada penetrante de la irlandesa la hipnotiza y, de pronto, emerge una visión del pasado. Está en el pequeño cementerio del pueblo donde nació, en Normandía. Llueve de manera copiosa y hay un cuervo negro posado en un tejo.

—No. —Intenta alejar las manos. No quiere volver a ese recuerdo. Pero las manos de Caterina la sujetan con firmeza y la visión se expande.

Está sentada en una lápida, conversando con la persona fallecida. Se trata de la anciana madame Choutier, que disfruta de la buena compañía y extraña mucho a sus nietos. La mujer le está cantando a Lenormand la canción *Estrellita, ¿dónde estás?* y, en ese momento, su madre llega al cementerio. Está en un avanzado estado de gestación y carga a Suzette en la espalda.

—Te buscaba, Adelaide. ¿Por qué te has ido tan lejos? Llueve mucho y estás empapada.

—He venido a hablar con madame Choutier —responde Lenormand.

Su madre frunce el ceño.

—Madame Choutier se ha ido al cielo.

—Pero oigo su voz, mamá.

Su madre la toma de la mano y la ayuda a levantarse de la lápida.

—No le cuentes esto a nadie. Es algo malo.

La reacción de su madre sorprende mucho a Lenormand.

—¿Pero acaso no oyes cómo hablan los muertos? —pregunta—. Hay mucho ruido aquí, en el cementerio.

—Deja de decir tonterías, Adelaide. Es pecaminoso.

Pero ella comprende que su madre también sabe que los espíritus hablan.

La escena de la visión se traslada a la cocina de la granja de su padrastro. Su madre les ha quitado a Lenormand y a Suzette la ropa mojada y las ha envuelto en mantas. Suzette está sentada en el regazo de Lenormand, junto al fuego. Su madre prepara la cena, cocinando verduras a fuego lento en un caldero sobre el fuego, todavía con la ropa mojada. El vapor en la cocina calentita las ayuda a secarse y el aire está impregnado del aroma de la ropa mojada y las hierbas.

El tiempo de la visión cambia y Lenormand está sentada fuera de la habitación de su madre y su padrastro, acunando a Suzette en sus brazos. Después de acostar a Suzette, se acerca con sigilo a la puerta del dormitorio y espía por las rendijas. Se estremece al ver la sangre, ríos rojos oscuros sobre las sábanas, oye los gritos de su madre, huele el sudor, el de su madre y el de su padrastro, todo eso combinado en una escena de horror angustiante. A continuación, un silencio trágico después de que el bebé nace muerto. Su madre gime, antes de que el silencio de la muerte la consuma también a ella, y su padrastro llora.

Lenormand aparta las manos con violencia y trata de desterrar el recuerdo, pero es tarde. Se siente destrozada. Se ha esforzado por contener sus sentimientos todos estos años, pero ahora está llorando, abrumada por la culpa.

—Fue culpa mía —se lamenta—. Maté a mi madre.

—No, no —replica Caterina y la abraza—. Eras una niña. Nada de eso es culpa tuya.

—Pero si no hubiera ido a buscarme bajo la lluvia, no habría contraído fiebre y el bebé no habría nacido antes de tiempo. Maté a mi madre y también al bebé.

—No debes culparte. Tú mejor que nadie sabes que cuando el destino se alinea de forma adversa pueden ocurrir tragedias que son imposibles de evitar.

—La muerte de mi madre es una carga que debo soportar. No puedes entenderlo, Caterina.

—Te aseguro que sí lo entiendo —replica Caterina en un murmullo.

Lenormand se enjuga las lágrimas y estudia la expresión solemne de la muchacha irlandesa. Oye cómo le habla de su tía Eimile y de cómo murió después de haberse visto obligada a permanecer de pie en la nieve durante todo un día.

—Pero tú no eres responsable, Caterina, fuiste una víctima igual que ella. El culpable es ese malvado sir William.

—La castigaron por mis acciones y mis palabras —protesta Caterina con pesar.

Lenormand se inclina hacia delante y le seca las lágrimas.

—No soporto verte triste —susurra, con un anhelo profundo.

Caterina está temblando; tiene la cara y los ojos enrojecidos, pero Lenormand piensa que esta pelirroja irlandesa valiente que vive bajo su techo es un hermoso sueño.

Aparta las mantas.

—Ven, entra; tienes frío.

Lenormand la abraza debajo de las mantas y le parece lo más natural del mundo. Percibe el contorno del cuerpo de Caterina a través de los camisones ligeros de muselina; los pechos pequeños presionados contra los suyos, endureciendo sus pezones, y las piernas largas y fuertes enredadas con las suyas. Le viene a la mente la imagen pornográfica de María Antonieta y la princesa Lamballe en el panfleto y se imagina a Caterina y a ella desnudas y entrelazadas: le acariciaría los pechos y su amada deslizaría una mano entre sus piernas y sus dedos le provocarían una espiral de placer. Lenormand dejaría que los dedos de Caterina llegaran aún más lejos. Sería una unión delicada y elegante, para nada bestial ni depravada como la pintaban los pasquines.

—Mi querida El —murmura Caterina.

Nunca la ha llamado de esta manera, y a Lenormand le gusta. Caterina ha buceado en su nombre, Adelaide, y ha extraído de él su esencia. El.

Lenormand la rodea con los brazos y ahora sus rostros están tan cerca que puede contar las pecas en la nariz de Caterina, sentir los latidos de su corazón, experimentar la suavidad de su piel y la entrega de sus brazos. Jamás ha gozado de este sentimiento de pertenencia, la sensación de ser una dentro de otra persona. Quiere besarla en los labios, pero no se atreve. Nunca se ha sentido tan vulnerable, no desde el día en que perdió a su madre.

Caterina se acurruca contra ella, le da un beso en la frente y el deseo estalla en el cuerpo de Lenormand, pero se contiene, porque no podría soportar el rechazo.

Cierra los ojos y respira al mismo ritmo que Caterina, hasta que por fin se sume en sueños íntimos.

Se despierta en mitad de la noche y se siente incómoda al ver a Caterina dormida a su lado. Deja la cama y da unos pasos vacilantes antes de sentarse en el pequeño sillón junto a la ventana. Abre un poco los postigos; el cielo está aclarando y el sol no tardará en salir.

Se quita la venda de la cabeza y palpa con cuidado el chichón. Debió ser el golpe en la cabeza lo que la llevó a actuar de forma tan precipitada anoche, cuando invitó a Caterina a meterse bajo las mantas. Caterina la besó en la frente, pero, por suerte, eso fue todo. El cuerpo de Lenormand ansiaba ir más allá, pero tiene miedo, no del acto en sí, ya que se ha acostado antes con chicas, en el convento. Todas lo hacían, al igual que las monjas con el padre Francis: pecados no confesados al amparo de la oscuridad. Pero esas uniones eran por puro placer, no por amor.

Lenormand teme volverse más cercana a Caterina que a cualquier otra persona en toda su vida. Ha compartido su secreto más oscuro con ella y el de Caterina es muy similar. Además, Caterina ha potenciado sus habilidades como tarotista y desterrado a los espíritus inquietantes que solían atormentarla día y noche. A veces echa de menos al espíritu de su madre, pero su partida también ha sido un alivio. Cuando ella y Caterina leen juntas el tarot, la sensación es embriagadora. Las habilidades de Lenormand se vuelven más intensas, y las predicciones que brotan de sus labios, más ciertas que nunca.

Esto es lo que le da miedo: el poder que Caterina le aporta y la dependencia que eso podría generarle. A los cinco años, cuando murió su madre, Lenormand juró que nunca volvería a amar tanto a otra persona. Ha sido capaz de mantener su promesa hasta ahora.

Se levanta del sillón y abre del todo los postigos para dejar entrar el amanecer. La luz del sol se refleja en el cabello rojo de Caterina, que resplandece alrededor de su rostro dormido sobre la almohada blanca. Lenormand se obliga a apartar la mirada y se dispone a asearse, aunque es muy temprano. Todavía le duele un poco la cabeza, pero, por lo demás, se siente fuerte y vigorosa.

Abajo, en la librería, toma su taza de café matutino mientras observa las filas de libros intactos, pues ¿quién tiene dinero para comprar libros cuando no puede permitirse una hogaza de pan? Con Gilbert dormido a sus pies y Bastet acurrucado sobre la mesada, examina con detenimiento el libro contable. Utiliza un código secreto para las lecturas de tarot a fin de registrar todos los gastos e ingresos; su tía Renard le enseñó que una buena contabilidad es la base de un negocio próspero.

Un golpe fuerte a la puerta la sobresalta y despierta a Gilbert, que empieza a ladrar ruidosamente. Lenormand mira por la mirilla y se sorprende al ver al Gran Etteilla en su puerta, envuelto en una capa.

—Mi querida Adelaide, me alegra ver que te encuentras bien, a pesar del alboroto que ha sacudido la ciudad estos últimos días —declara Etteilla al entrar en la librería.

—Me alegro de verlo, señor, ¿cómo está su familia?

—Todos bien, gracias —responde Etteilla—. Pero mi visita no es solo social.

Lenormand lo lleva arriba, al salón. Le sirve una taza de café mientras él se sienta a la mesa.

—¿Desea consultar las cartas?

—No, querida mía. No hay tiempo que perder. —Bebe un sorbo de café antes de proseguir—. Anoche recibí una carta cifrada de la reina. La mayoría de los nobles, incluida su amiga la duquesa de Polignac, la han abandonado, tal como habías predicho. La reina requiere tu compañía y tu consejo, Adelaide, porque está muy sola en Versalles y muy asustada.

—Pero ¿por qué no me ha escrito directamente a mí?

—La reina y yo nos escribimos en clave —explica Etteilla—. Ella temía que la carta fuera interceptada y no deseaba exponerte a ningún peligro. Pero sabe que yo soy leal a la corona y estoy dispuesto a correr esos riesgos.

—¿Cuánto tiempo desea que permanezca en Versalles? No puedo abandonar el salón del tarot...

—Tu compañera, mademoiselle de Luna, puede quedarse aquí y ocuparse del salón. Tengo entendido que es una tarotista competente.

Lenormand se pone de pie y se acerca a la ventana. La calle está tranquila esta mañana y cuesta imaginar los acontecimientos dramáticos de hace unos días. Se estremece al recordar las cabezas clavadas en las picas y se pregunta quiénes serían esos pobres hombres. Piensa en Caterina, dormida en su cama arriba, y se da cuenta de que le da más miedo lo que podría ocurrir dentro de estas paredes que la violencia en las calles.

—¿Cuándo debo partir?

—Hoy mismo. Un cabriolé te llevará más allá de las murallas de la ciudad, donde te esperará un carruaje. —Etteilla se pone de pie y abre los brazos para abrazarla—. Que Dios te bendiga, querida. Estoy orgulloso de tu valentía y tu lealtad.

Pero Lenormand es una cobarde. Rara vez se enfrenta a lo desconocido y su corazón volverá a rehuirle ahora, aunque eso signifique poner su cuerpo en peligro.

SOY LA SIBILA IRLANDESA

1 de agosto de 1789

HE QUEDADO A CARGO DEL SALÓN DE TAROT MIENTRAS EL permanece en Versalles con María Antonieta. Lleva fuera más de dos semanas y todavía no entiendo por qué me ha dejado. Nos comunicamos a través de cartas; temerosas de que los espías las lean, utilizamos los significados y los números de las cartas del tarot para transmitir nuestros mensajes. Me he enterado de la gran melancolía de la reina y el rey y de hasta qué punto se han aislado. La duquesa de Polignac y otras amigas de María Antonieta la han abandonado, y la princesa Lamballe no puede ir a Versalles porque se quedó cuidando a su suegro enfermo en el campo. La reina está sola, salvo por madame de Tourzel, Pauline y El.

En mis cartas, le pregunto a El qué significo para ella y por qué se marchó sin despedirse, pero la tarotista de Versalles no responde a mis preguntas. En vez de eso, escribe sobre cómo intenta guiar a la reina.

Todos los días elige el ocho de copas. Todos los días le digo que huya a un lugar seguro. Pero el rey no quiere saber nada y ella se niega a dejarlo.

Le respondo a El y le advierto del odio que ha crecido hacia la reina en la ciudad de París. Día tras día, los libelos se ensañan más. Todo es culpa de la perra austríaca, que desea que el pueblo pase hambre y conspira a favor de la contrarrevolución. Quiere muertos a los patriotas y ver su sangre derramada en el río Sena.

Le he rogado a El que regrese a París, porque se han hecho llamamientos para marchar sobre Versalles y temo por su seguridad. Pero se limitó a responderme que le ha hecho una promesa a la reina. Quiero preguntarle sobre la noche en que me sostuvo en sus brazos mientras sus lágrimas caían sobre mi cabello y mis mejillas. Quiero escribir sobre la ternura que compartimos y sobre la confusión que eso me ha generado. Pero El ha desaparecido y, con el paso de los días, su rechazo cala más y más profundo en mí.

Mis cartas se han vuelto más superficiales a medida que crece mi resentimiento. Le cuento a El las noticias sobre los disturbios en toda Francia, con campesinos que destruyen castillos porque los terratenientes están acaparando los granos. Se rumorea que el rey conspira con fuerzas extranjeras para aplastarnos. No le describo lo que he visto en las calles: madres sollozando sobre los cuerpos enflaquecidos de sus hijos. Me llena de ira, pero no comparto con ella estas emociones, porque El me priva de las suyas. En vez de ello, la insto a que regrese, porque no doy abasto para atender a la cantidad de clientes que visitan cada noche el número cinco de la rue de Tournon.

Pero El se niega. "Debo permanecer con la reina", insiste.

El clima de miedo que prevalece se extiende al salón de tarot. Mi clientela está compuesta de los monárquicos de la vieja guardia y los nuevos revolucionarios: nobles patriotas, abogados y hombres adinerados que se vanaglorian de su ascenso en la escalera del poder. Les prevengo que su tiempo será breve y que los pecados que cometen los acosarán, pero se burlan de mí y me llaman embaucadora. A los pocos monárquicos que quedan en la ciudad les aconsejo que huyan de inmediato.

Sé que no volveré a verlos.

4 de agosto de 1789

Esta mañana, me topé con Reilly en el mercado de Les Halles. Estaba de pie detrás de mí —no sé cuánto tiempo estuvo allí—, pero, cuando me giré, se tocó el sombrero y esbozó una sonrisa de oreja a oreja. Mi corazón dio un vuelco al ver su hermoso rostro, pero también me enfadé. No había sabido nada de él desde la noche de la toma de la Bastilla, cuando me ayudó a salvarle la vida a El. Nunca le he revelado a ella el papel que él desempeñó en su rescate; no sé por qué.

—¿Me estás siguiendo, Thomas Reilly? —pregunté con tono gélido, porque a pesar de su ayuda la noche de la Bastilla, todavía le guardaba rencor por haber querido convertirme en la criada de su prima. Además, era poco probable que estuviera comprando pescado en Les Halles, un ámbito de pescaderas y sirvientes.

—Pues sí, eso es lo que hago —reconoció sin ningún atisbo de vergüenza—. Quiero saber cómo está la tarotista Lenormand.

—Está completamente restablecida. —Hice una pausa, sin querer decirle que El vivía ahora en Versalles—. Te agradezco tu ayuda.

—Te las arreglaste muy bien sola —señaló él. Dio un paso hacia mí y pude oler su fragancia a madera. Me recordó todas las horas que habíamos compartido en la turbera de Roughty. Se inclinó y susurró—: Te he subestimado, Caitlin.

Todo el mundo en París me llama ahora Caterina y oír mi nombre irlandés me hizo añorar mi patria.

—Verte a caballo, dominando la calle... Vaya, fue todo un espectáculo. Eres muy fuerte.

Sentí una punzada de satisfacción; Reilly me había juzgado mal en Irlanda cuando me dijo que solo era una niña y que no estaba preparada para ayudar en la insurrección irlandesa. Pensar en Irlanda me recordó mi misión y comprendí hasta qué punto me había apartado de ella a causa de mi trabajo en el salón de tarot y los acontecimientos de la revolución.

Aunque no perdono con facilidad, mi sed de conocimiento es grande y decidí volver a confiar en Reilly. Además, no podía evitar coquetear con él; tenía un aspecto espléndido con sus calzones cortos y botas altas y una escarapela roja, azul y blanca prendida en el pecho.

—¿Cuándo volverás a Irlanda? —le pregunté—. ¿Los revolucionarios franceses van a ayudar a los irlandeses?

—Todavía es pronto, pero lo harán. Toby Oswald, Theobald Wolfe Tone y yo estamos trabajando duro para asegurarnos de que así sea. Pero primero debemos ganarnos el respeto de esta nación, mostrarles nuestro patriotismo francés y nuestra virtud.

—¿Y cuánto tiempo llevará eso?

Desde que Él me abandonó por Versalles, siento más nostalgia que nunca por mi tierra natal. La imagen de la Morrigan recorrió mi mente. Estoy convencida de que mis visiones de ella son una llamada para que regrese a Irlanda y luche por nuestra libertad, así como han hecho los franceses por la de ellos.

—Ten paciencia, muchacha. Hay mucho que hacer aquí en París para ayudar a nuestra causa. Necesitamos forjar alianzas y reunir tropas que nos apoyen, miles, porque nuestra rebelión no puede fracasar.

Asentí con la cabeza, porque sabía que tenía razón, y

me alegró oírlo reafirmar su compromiso con la independencia de Irlanda, algo que yo le había cuestionado en casa de los Dillon.

Reilly me ofreció su brazo.

—¿Damos un paseo?

Fui consciente de los tres arenques apestosos que llevaba en mi cesta.

—Debería volver a la librería —respondí.

—Pero ¿no eres ahora tu propia ama, Caitlin? Entiendo por qué huiste de la casa de los Dillon y lo siento de verdad.

—Me quitó la cesta del codo y no tuve más remedio que tomarlo del brazo, sorprendida por la disculpa.

Ya no éramos profesor y alumna, ni amo y criada, y caminar como iguales por las calles hacia el Palacio Real me dio mucha felicidad. Reilly volvió a hablar de su admiración por mi valentía la noche del asalto a la Bastilla y de cuánto se asombró al verme avanzar hacia la barricada en el caballo.

—Parecías una diosa celta —comentó. Compró una rosa amarilla a un vendedor ambulante y me la regaló.

Me pinché el dedo con la espina y me salió sangre, pero no grité. Era un dolor que merecía la pena.

11 de agosto de 1789

Todas las mañanas de esta última semana, he paseado con Reilly por los Jardines de las Tullerías. Nuestra intimidad ha crecido tan rápido que su compañía me deja sin aliento y apabullada. Apenas he tenido tiempo de examinar los sentimientos en mi corazón. No creo que a Él le gustaría la forma en que él habla de la familia real, llamándolos explotadores que se deleitan con festines mientras el pueblo francés se muere de hambre.

La noticia de que se han abolido todos los privilegios feudales en Francia para restaurar la calma en las provincias lo ha entusiasmado mucho.

—Ahora todos los ciudadanos pagarán impuestos, incluidos la nobleza y el clero.

Su forma de hablar me recordó que había nacido en Francia, pero yo quería saber cómo estos cambios podrían ayudarnos.

—Debemos esperar a que los hombres con quienes hemos trabado amistad se incorporen a la Asamblea Nacional y asuman el gobierno de la nación francesa. Cuanto antes lo hagan, antes tendremos nuestras tropas —explicó Reilly. Luego me habló de su admiración profunda por un abogado llamado Robespierre, que había hecho campaña a favor de la abolición de la pena de muerte—. Es la personificación misma de la virtud —declaró con pasión.

Cuando le pregunté si podía acompañarlo a uno de los cafés donde estos hombres debatían el rumbo de la nueva nación, se rio a carcajadas como si yo estuviera bromeando.

—Hablo en serio, Reilly.

Dejó de reír y me acarició la mejilla con su mano enguantada. La intimidad repentina del gesto me provocó un escalofrío y me ruboricé.

—Perdóname, Caitlin. Sabes lo mucho que admiro tu inteligencia y, por supuesto, puedes venir conmigo a los cafés, pero nos reunimos a la hora en que tú atiendes en el salón de tarot —precisó.

Una vez más, me sorprendí de la doble personalidad que habita mi vida. Por un lado, está mi yo real, Caitlin, con mi pasión por liberar Irlanda; esta es la persona que soy con Reilly. Pero, por otro lado, soy Caterina de Luna, quiromántica y tarotista. Hay poder en este mundo y me pregunto si soy tan explotadora como la reina cuando acepto dinero de los desesperados. ¿Cómo los ayuda conocer su futuro cuando no puedo cambiarlo? En cuanto El regrese de Versalles, le comunicaré que ya no quiero seguir con nuestro negocio de adivinación. Me consagraré en cuerpo y alma a la esperanza de una Irlanda liberada.

—No seguiré leyendo las cartas mucho más tiempo, pero por ahora estoy obligada a cuidar de la librería, el perro y el gato —contesté.

—¿Dónde está mademoiselle Lenormand? —inquirió él con expresión curiosa—. ¿Ha ido a Versalles a ver a la reina?

—No, está en Normandía, a petición de la familia —repliqué. Todavía no sé por qué le mentí a Reilly.

—No creo que debas renunciar a tu trabajo con mademoiselle Lenormand —sugirió con aire pensativo—. En tu profesión, se comparten muchos secretos. Tu relación con la tarotista de Versalles te da acceso a información útil para nuestra causa.

Sus palabras no me gustaron; El me ha inculcado siempre la importancia de no divulgar nunca las confidencias de los clientes.

—No actuaré como una espía.

—No, por supuesto que no. Eres demasiado íntegra para eso —aseveró Reilly—. Pero tal vez, con el tiempo, tu trabajo podría servir para obtener información sobre quiénes podrían ayudar más a nuestro país.

Guardé silencio, porque no veía en qué medida revelar los secretos de hombres y mujeres franceses podía contribuir a nuestros esfuerzos por alcanzar la independencia de Irlanda.

Reilly notó mi inquietud; se acercó a un vendedor ambulante y le compró un pastel extraño para que lo comiéramos. Debió de salirle muy caro, aunque los precios del pan han bajado un poco y, con los días tan bonitos que tenemos este mes, la cosecha de trigo promete ser buena. Me alegrará ver cómo se alivia el sufrimiento de los más pobres de la ciudad.

Callejeamos hacia el Sena, y Reilly estaba tan cerca de mí que podía sentir el roce de sus piernas contra mi falda. Mi cuerpo deseaba apoyarse en él, como un árbol que se inclina ante el viento, pero la razón me advertía que tuviera cuidado.

Nos sentamos en un banco de los Jardines de las Tullerías y compartimos el dulce que había comprado, que estaba relleno de una pasta de almendras deliciosa.

—¿Quién nos iba a decir hace un año que tú y yo estaríamos sentados en los Jardines de las Tullerías en París? —señaló. Se inclinó hacia delante y apartó con suavidad las migas de pastel en mi regazo.

Observé su rostro mientras hablaba e imaginé la sensación de sus labios sobre los míos, el contacto de su piel contra mi mejilla.

—¿En qué estás pensando, Caitlin?

Sentí que me ruborizaba. En Irlanda, Reilly me había confiado sus sentimientos y me había pedido que lo esperara; sin embargo, no había vuelto a tocar el tema ni una vez desde que habíamos reanudado la relación.

—Estaba pensando en que parece un sueño —admití.

—Tú eres un sueño, querida mía. Cada vez que te miro, veo a Irlanda y mi deseo más profundo para los dos. —Me tomó la mano. La pasión ardía en sus ojos y las lágrimas afloraron a los míos.

Me he vuelto a enamorar de él.

28 de agosto de 1789

Francia sigue cambiando a nuestro alrededor. Lenormand no ha vuelto a casa aún.

Reilly estaba muy exaltado hoy cuando me comunicó la noticia de que la Asamblea Nacional ha promulgado una Declaración de los Derechos del Hombre.

—Es una inspiración para los irlandeses. Un día, todos los hombres, católicos y protestantes, serán iguales en nuestro país —manifestó con entusiasmo.

Los panfletos ya están en las calles y Reilly compró uno a un vendedor ambulante para leérmelo mientras paseábamos por los Jardines de las Tullerías.

—Oye esto, Caitlin: "La finalidad de toda asociación política es la protección de los derechos naturales e imprescriptibles del hombre. Estos derechos son la libertad, la propiedad, la seguridad y la resistencia a la opresión".

—¿Quiere decir que tenemos derecho a sublevarnos si el gobierno de nuestro país nos oprime?

—¡Sí! —exclamó, mientras agitaba el panfleto. Parecía muy apuesto, con su cabello rubio que brillaba como un halo bajo el sol y el rostro radiante de alegría.

Su entusiasmo era contagioso, y dejé que me hiciera girar bajo el sol, feliz de llevar mi falda blanca nueva y la chaqueta rayada con los colores revolucionarios que él me había regalado.

Hoy ha hecho calor y, por primera vez desde mi llegada, París me ha parecido un poco menos sombría, aunque los precios del pan vuelven a subir.

Reilly siguió leyendo.

—Prohíbe la censura y protege la propiedad de todos los hombres —concluyó, después de terminar de leer el último artículo de la declaración.

Esperé a que mencionara los derechos de las mujeres o de

la población esclava de las colonias francesas, pero el documento no los incluía.

—¿Para quiénes son estos derechos? ¿Son para ti, Reilly?

—Sí, claro, porque mi madre era francesa y yo nací en Francia antes de mudarnos a Irlanda. Por lo tanto, soy francés y también irlandés. Y, como tengo más de veinticinco años, soy, por definición, un ciudadano activo.

—Pero ¿y los sirvientes? ¿O los pobres? ¿Qué pasa con las mujeres y los esclavos?

Reilly frunció el entrecejo.

—No puedes esperar cambios tan drásticos tan pronto, pero llegarán, estoy seguro. —Me levantó en sus brazos, tomándome por sorpresa—. Alégrate, porque esta declaración marca el comienzo de una nueva era en Europa.

Me miró con tanta ternura y cariño, con tanta devoción, que estuve segura de que me amaba tanto como yo a él. Nos hemos visto tres veces por semana durante el último mes y, con cada paseo matinal por los Jardines de las Tullerías, la intimidad ha ido en aumento.

—Nunca estuviste destinada a ser una simple criada de cocina, Caitlin —añadió—. Desde nuestra primera lección, quedé impresionado con tu inteligencia y tu capacidad para aprender. —El comentario me molestó un poco, ya que dejaba entrever que yo era mejor que las chicas como Flo o incluso mi tía Eimile. No creo que sea así. Pero él me abrazaba con fuerza y yo estaba extasiada con su cercanía y la ternura de sus labios al rozar los míos… ¡a plena luz del día! Al parecer, hay un nuevo orden en París que nos permite hacer, decir y ser lo que queramos.

Reilly me tomó de la mano y me miró a los ojos.

—¿Quieres conocer la pensión donde vivo? Me gustaría devolverte el libro de Rousseau que dejaste en casa de los Dillon.

Asentí, muy consciente de lo que eso significaba.

Entramos a trompicones en su dormitorio, jadeantes después de haber corrido por los Jardines de las Tullerías, el Pont Neuf y el barrio de los Cordeleros. No me atreví a disminuir el paso, por temor a cambiar de opinión.

Pero una vez en la habitación, no hubo necesidad de palabras. Nos comunicamos con la mirada. Me quité la chaqueta revolucionaria, dejé caer la falda al suelo y me saqué la camisa mientras observaba a Reilly desnudarse frente a mí. Había visto suficientes ilustraciones en los libros de la biblioteca de Roughty y en los pasquines franceses como para saber cómo era un hombre desnudo, pero, cuando Reilly se plantó ante mí, su desnudez me quitó el aliento.

Sin ropa, tenía las piernas cubiertas de vello oscuro, a pesar de su cabeza rubia, y no podía apartar la mirada de lo que había entre ellas. Quería alargar la mano y tocarlo, aunque, al mismo tiempo, pensar en tenerlo dentro de mí me daba un poco de miedo.

Reilly se acercó, me acarició los pechos con las palmas de las manos y me besó los pezones. Sentí una debilidad entre las piernas. Me levantó, me tumbó con gentileza sobre la cama y se tendió encima.

—¿Me dolerá? —susurré.

—Un poco, pero, con el tiempo, te encantará.

La sugerencia de un futuro conmigo fue suficiente para que me rindiera. He fantaseado muchas veces con nuestra unión y, aunque imaginaba que nos casaríamos antes, en París, nuestro matrimonio no parece importante en comparación con los acontecimientos dramáticos que se desarrollan a nuestro alrededor. El rey puede enviar tropas para reprimir al pueblo en cualquier momento y hoy podría ser nuestro último día.

Y así, me entregué a mi amado Reilly, el único hombre al que he amado, y sentí el desgarro cuando me penetró. Ya no soy inocente. Reilly lloró mientras pronunciaba mi nombre y me cubría el rostro de besos después de gritar y empujar por última vez. Mi pecho se llenó de amor, pese al dolor que sentía en mi interior y lo pegajosos que tenía los muslos.

Se quedó dormido en mis brazos, con nuestros cuerpos entrelazados, y me sorprendí pensando en El. Algo me dice que es mejor que no le escriba sobre Reilly, ni sobre lo que siento por él. Sin embargo, después de hacer el amor con Reilly, recordé la última vez que estuve con El, cuando dormimos juntas en su cama. No pude evitar comparar la sensación de suavidad de El con la firmeza de los brazos musculosos de Reilly.

16 de septiembre de 1789

El precio del pan ha subido de nuevo. Aunque la cosecha ha sido buena, los molinos no tienen capacidad para producir la harina necesaria para aliviar el hambre. Soy testigo de la desesperación creciente de los padres de París por alimentar a sus hijos. Doy todo lo que puedo; la mayor parte de lo que gano en el salón de tarot lo destino a la gente pobre que pide limosna. ¡Pero son tantos!

A El no le va a gustar que esté donando nuestras ganancias, pero no soporto ver el sufrimiento. Me genera aún más aversión hacia el rey y la reina, que llevan una vida de lujo en Versalles: el rey glotón obsesionado por cazar cuanta criatura pueda devorar y la reina que juega a ser campesina, arrojando pan a los patos mientras la gente muere en las calles de la ciudad. Sé que esto es cierto por las cartas de El, que me escribe sobre la vida ociosa que llevan en el Pequeño Trianón, sin imaginar lo repugnante que me resulta. Si El no me hubiera salvado del mismo destino de todos los vagabundos de París, quizá la habría odiado como los parisinos detestan a María Antonieta, pero, a pesar de su egoísmo, a pesar de no haberla visto en dos meses, la sigo queriendo.

Hoy he leído el periódico nuevo, *L'Ami du Peuple*, y está lleno de virulencia, sobre todo hacia la reina. Su editor, un hombre llamado Marat, convoca a una revolución radical a través de la violencia. Le he vuelto a escribir a El para advertirle y pedirle que regrese a París. ¿Y si voy a buscarla a Versalles? Dudo que quiera volver conmigo, por lo que serían seis horas de viaje en vano.

Además, estoy distraída, y soy consciente de que mi resentimiento con El alimenta mi devoción por Reilly. Hemos pasado muchas horas juntos en su habitación modesta, compartiendo nuestros cuerpos y pasiones y, después, nuestras visiones de Irlanda. Mi corazón está con Reilly y con todo aquello en lo que creemos.

Y, sin embargo, cada vez que me escabullo del número 5 de la rue de Tournon, el cuervo ceniciento se posa en el techo y me grazna. No me sigue por las laberínticas calles de París hasta la pensión de mi amante, pero siento sus ojos escrutadores en mi espalda, testigos de mi destino.

LAS MUJERES MARCHAN
A VERSALLES

6 de octubre de 1789

HA ESTALLADO OTRA REVUELTA Y, AUNQUE A VECES ASUSTA, creo que es por el bien último de Francia. Además, me he reencontrado con Él.

Ayer me despertaron el sonido de un tambor y el toque a rebato de una campana. Salté de la cama, temerosa de que se hubieran desatado más disturbios en la ciudad y que yo, siendo una mujer sola, no pudiera defender la librería en caso de ataque. Pero cuando me acerqué a la ventana, vi un espectáculo increíble.

Un grupo considerable de mujeres, en su mayoría del mercado, incluidas muchas pescaderas de Les Halles, marchaban por la calle bajo la lluvia torrencial. Adornadas con escarapelas, blandían cuchillos, garrotes y picas, y coreaban consignas para pedir pan. No me daban miedo, a pesar de que iban armadas, porque yo había sido como ellas, una sirvienta pobre en la Irlanda rural. Aunque les servía los alimentos más lujosos a los Oswald, mi estómago solía estar vacío.

Me apresuré a arreglarme, y me puse una falda roja y la chaqueta revolucionaria para que nadie dudara de que apoyaba la protesta.

En la calle, la multitud crecía a medida que los hombres se sumaban a las mujeres. Me abrí paso entre la gente y le pregunté a una de las pescaderas adónde se dirigían.

—Vamos a Versalles a buscar a nuestro padre, el rey —respondió—. Él nos dará pan. —Se volvió hacia mí y me tomó de la mano, con los ojos enrojecidos por el llanto—. Mi hijo mayor murió anoche; necesito comida para mis otros hijos.

Mi corazón se compadeció de esa pobre mujer y de tantas otras como ella que llevaban sobre sus hombros el peso de la muerte de sus hijos.

—La reina celebró un banquete para los oficiales y se acostó con todos ellos mientras se atiborraban de manjares y pisoteaban la escarapela revolucionaria —clamó otra mujer furiosa mientras levantaba una pica—. Haré una escarapela con sus intestinos y me comeré su hígado y su corazón.

Aquellas palabras me estremecieron y, aunque mi furia hacia la insensible reina de Francia, que dejaba morir de hambre a los niños en las calles de su país, se hizo más intensa, también temí por el bienestar de Él. Por mucho que deteste a la reina, después de haberla conocido y, conociendo a Él, dudaba de la veracidad de esas afirmaciones. Sin embargo, guardé silencio, ya que todos los manifestantes parecían convencidos de que la reina era una bestia sexual y una explotadora, dispuesta a darse un festín con los niños muertos de Francia mientras se follaba a cuanto hombre y mujer se cruzara en su camino.

En tanto la turba serpenteante se incrementaba, reparé en una figura familiar a caballo. Nuestras miradas se cruzaron y Reilly me saludó con la mano. Me abrí paso hasta el otro lado de la calle y él se estiró hacia abajo, me subió y me acomodó delante de él en el caballo.

—¿No es increíble, Caitlin? ¿No te impresiona que sean las mujeres de la ciudad quienes marchan sobre Versalles para obligar al rey y a la Asamblea Nacional a regresar a París?

A medida que cruzábamos París y la multitud crecía, el tono sombrío de la marcha se aplacó y, pese a la lluvia, adquirió el carácter de un carnaval. Canciones nacionalistas y gritos de "¡Viva la nación!" brotaban de entre la muchedumbre. Más adelante, vi a una mujer a caballo, vestida con un traje de montar rojo, calzones cortos y una gran pluma gris en el sombrero. Llevaba pistolas enfundadas y una espada envainada a un costado.

Era una visión deslumbrante y deseé poder vestir un traje de montar rojo y brillante sobre mi propia cabalgadura y empuñar armas que supiera usar contra los británicos en Irlanda. Cuántas veces he fantaseado con atravesar a sir William Oswald con mi espada, si fuera un hombre. Pero quizá no necesite ser un hombre para hacer algo así.

Las mujeres avanzaban bajo la lluvia y entre el barro, algunas montadas en cañones, todas ellas impulsadas por la furia y la desesperación. Aunque caminamos durante horas, nadie dio marcha atrás. En el trayecto, nos topamos con tropas de Flandes, que Reilly temió que pudieran detener la procesión, pero, en cambio, se unieron a nuestras filas. Nos llegó la noticia de que la Guardia Nacional había salido de París en apoyo a la marcha y que miles de personas se reunirían frente al Palacio de Versalles en cuestión de horas. Una vez más, pensé en Él y temí por su seguridad, ya que la ira de estas mujeres no había menguado.

Por fin, calados hasta los huesos, llegamos a Versalles; las mujeres se precipitaron sobre la sesión de la Asamblea Nacional, para exigir pan y refugio. Aunque quería bajarme del caballo y ver qué estaba pasando dentro, Reilly no me lo permitió. Tenía miedo de que el rey ordenara a sus tropas sofocar la protesta.

En su lugar, nos refugiamos en una posada, mojados, pero al calor del fuego, y saciamos el hambre con estofado. No había camas disponibles, así que nos acurrucamos en un rincón, escuchando el clamor dentro y fuera. La mayoría de los manifestantes acamparon fuera, en la plaza de Armas. Me quedé dormida en los brazos de Reilly, envuelta en una sensación de seguridad absoluta.

Cuando desperté, la posada estaba vacía y yo estaba sola, con el abrigo mojado de Reilly sobre los hombros. Alcanzaba a oír los tambores en el exterior. Me puse de pie a duras penas y le pregunté al posadero exhausto qué sucedía.

—Están asaltando el palacio —respondió con los ojos muy abiertos por el miedo.

Corrí por la plaza de Armas y pasé junto a las cenizas de un fuego y lo que quedaba del cadáver de un caballo, que había sido asado en él. Un tropel atravesaba las puertas abiertas del patio de la capilla y busqué a Reilly entre la multitud, pero era imposible encontrarlo entre tantas personas. No me gustaba que me hubiera dejado sola, pero también temía más que nunca por El.

Oí a la turba clamar por la sangre de la reina y vi cómo apuñalaban con picas a un oficial y lo arrastraban al patio. Recordaba el camino a los aposentos reales de nuestra visita en julio y me abrí paso a codazos entre el tumulto. Las puertas de la alcoba real estaban abiertas y, cuando entré corriendo, temí toparme con el cuerpo mutilado de la reina, pero, en cambio, me encontré con una muchedumbre enardecida que arrancaba los cortinajes de la cama y destrozaba las sábanas de seda con sus cuchillos. María Antonieta debía de haber escapado, y me alegró creerlo, porque, por mucho que la despreciara, no deseaba que cayera en manos de la turba. Los camaradas simpáticos con los que había entonado cánticos el día anterior se habían convertido en monstruos que aullaban y bramaban con rostros desprovistos de humanidad y miradas enajenadas por el dolor y el alcohol.

Avancé junto a la pared de la habitación, tanteando con una mano la puerta secreta que daba al pasadizo oculto de la reina y, cuando estuve segura de que nadie me miraba, me deslicé por ella. La oscuridad era total, salvo por un resplandor tenue que provenía de un extremo del pasillo; al seguirlo, divisé la silueta de una mujer, en camisón y descalza, que aporreaba una puerta y pedía que le abrieran. Para mi sorpresa, me di cuenta de que era la reina.

Por la forma en que yo iba vestida, parecería que la estaba persiguiendo, así que retrocedí. Al fin y al cabo, una vez que se abriera la puerta, los oficiales del rey podrían abalanzarse sobre mí.

Me volví y me encaminé en la dirección contraria; bajé y subí las escaleras que Él y yo habíamos tomado cuando visitamos el lugar en julio.

Mientras corría, otra figura apareció delante de mí: alta, pelirroja, con un mantón negro y una lanza en la mano. Me asusté, pensando que podía ser una de las mujeres del mercado, resuelta a encontrar un cortesano a quien matar, pero cuando se volvió para mirarme, vi sus ojos brillantes y verdes, y luego negros, su nariz afilada y la boca cruel. La Morrigan estaba conmigo de nuevo, atizando mi cuerpo, mi aliento y mi sangre con el deseo de violencia.

"Podrías haber matado a la reina."

Apreté los dientes, a modo de negativa. No estaba allí para matar, sino para salvarle la vida a mi amiga.

"Aún puedes hacerlo. Da media vuelta, saca el cuchillo del bolsillo y córtale el cuello. ¡Serás una heroína de la revolución!"

Vacilé en el pasillo oscuro y llevé una mano al interior del bolsillo de mi chaqueta. Para mi sorpresa, descubrí un cuchillo allí. Pensé en Reilly y en qué querría él que hiciera. Pero ¿de qué le serviría a Irlanda que yo matara a la reina de Francia? ¿Acaso los revolucionarios franceses tendrían tal deuda conmigo que podríamos utilizar sus tropas para organizar una invasión?

De pie allí, desorientada, oí pasos a mis espaldas. Me volví y vi la llama titilante de una vela. Al acercarse, me di cuenta de que no se trataba de la reina, sino del rostro aterrorizado de El. Soltó un grito al verme y el estupor se reflejó en sus facciones.

Solté el cuchillo en el bolsillo y corrí hacia ella.

—¡Estás a salvo, gracias a Dios! —exclamé.

—¿Qué haces aquí? —preguntó.

—He venido a buscarte; temía por ti.

—Estoy bien, pero temo por el rey y la reina.

—Este lugar no es seguro; debemos irnos ya mismo.

La vela proyectaba luces y sombras en el pasillo angosto.

Volví a rogarle a El que viniera conmigo y me tomó de la mano a regañadientes.

Por suerte, la Morrigan había desaparecido y nos apresuramos hasta llegar a una puerta. Salimos a un vestíbulo con piso de mármol; no había señales de la multitud, aunque se alcanzaban a oír los gritos a lo lejos. Permanecimos tomadas de la mano y, cuando la vela se apagó, la luz de la mañana se filtró por los postigos cerrados. Avanzamos con cautela en dirección al ruido. Me alegró ver que El no iba vestida como una cortesana, sino que llevaba su capa negra, que ocultaba cualquier elemento lujoso.

Salimos al patio interno del palacio, que estaba colmado de parisinos. El rey apareció en el balcón y se hizo un silencio general. Junto a él se erguía la gallarda figura del general Lafayette, a quien Reilly admiraba mucho y me había señalado el día anterior. Se oyeron gritos de "¡Viva el rey!" mientras Lafayette nos explicaba que el rey pondría fin a la escasez de pan. El rey no dijo ni una palabra mientras todos gritaban "¡A París! ¡A París!". Tuve que contenerme para no unirme al vocerío, porque no sabía cómo reaccionaría El.

Entonces se elevó el cántico: "¡La reina al balcón!", y El me apretó la mano con fuerza. Sentí cómo la tensión recorría su cuerpo. Estaba segura de que la gente destrozaría a María Antonieta, tan profundo era su odio hacia ella, y me sorprendió cuando la reina apareció, pálida y aterrorizada, con sus hijos apiñados alrededor de la falda.

"¡Los niños no!", gritó alguien, y María Antonieta alejó a sus hijos con ternura. Hizo una reverencia profunda y cruzó las manos sobre el pecho, con el rostro sereno y sin lágrimas. Lafayette le tomó la mano y se la besó. La fortaleza de la reina me impresionó, como supongo que debió impresionar a la turba, ya que resonó un grito de "¡Viva la reina!", tal como había predicho El.

—Le rogué que se marchara de Versalles —me susurró—. Le he leído las cartas durante todo el verano y el mensaje ha sido siempre el mismo: huye.

—¿Por qué no lo hizo, entonces? —pregunté. Ver a El ahora con tanta claridad, a la luz de la mañana, me hizo comprender lo mucho que había echado de menos su compañía todas estas semanas. Quería compartir con ella la noticia de que estaba enamorada, pero ese no era el momento.

—Insistía en que no abandonaría al rey, que su lugar estaba a su lado. Le pidió que escaparan juntos, hasta ayer todavía había una posibilidad, pero anoche, cuando él accedió por fin, ya era demasiado tarde y los detuvieron. —Suspiró—. Ahora son prisioneros.

La reina desapareció dentro de la habitación y pudimos ver su silueta temblorosa mientras se aferraba a sus hijos y lloraba.

El echó una ojeada a mi chaqueta revolucionaria, como si la viera por primera vez.

—Por Dios, Caterina, ¿qué demonios llevas puesto?

—Es la nueva moda. Han cambiado muchas cosas en París desde que te fuiste —respondí, y saqué la escarapela que le había traído del bolsillo de mi falda y se la prendí en la capa negra.

El frunció la boca con mueca de desagrado, pero no se la quitó.

Mientras seguíamos al gentío fuera del patio, vi por fin a Reilly. Cruzamos las miradas y él amagó a acercarse, pero sacudí la cabeza y apoyé la mano sobre el hombro de El.

Quiero mantener a Reilly en secreto durante un tiempo más. Me alegro de que, aunque yo pueda ver el pasado de El, ella no pueda ver el mío.

EL ERMITAÑO

Retírate

16 de febrero de 1790
París

EL PRIMER INVIERNO DE LA REVOLUCIÓN HA QUEDADO
atrás y Lenormand sigue viendo hambre en las calles de
París mientras su carruaje se dirige hacia el lúgubre Palacio
de las Tullerías. ¿De qué sirvió todo el derramamiento de
sangre?

Mira a Caterina, sentada frente a ella y vestida con su capa
de adivina con bordados de jeroglíficos dorados que brillan
en la oscuridad. Tiene el rostro oculto en las sombras, pero

Lenormand imagina su descontento. Cada vez que las llaman al salón de la princesa Lamballe, Caterina no quiere ir.

—Luisa es nuestra benefactora y le debemos lealtad —le recuerda Lenormand.

—Nos estamos exponiendo demasiado en los salones; es peligroso que se nos asocie con los monárquicos y los contrarrevolucionarios.

Lenormand sabe que Caterina tiene razón. Las cartas le han revelado el peligro y la oscuridad que se avecinan, pero ha jurado lealtad a la reina y a Luisa, y no puede abandonarlas.

Esta noche, tienen una importante tarea que cumplir. Es martes por la noche y la princesa Lamballe ha organizado la partida de cartas semanal de María Antonieta en el *Pavillon de Flore*, en el salón contiguo a los aposentos de la reina en el Palacio de las Tullerías. Pero Lenormand y Caterina no están allí para jugar, sino para leerles las cartas a los presentes. La princesa está obsesionada con los espías de la Asamblea Constituyente y ha contratado a Lenormand y a Caterina para que la ayuden a detectarlos. Caterina es particularmente valiosa por su capacidad para ver los secretos de aquellos a quienes les lee las manos, por lo que puede revelarle a Luisa quiénes albergan malos deseos hacia la reina. Lenormand posee la habilidad de ver las circunstancias actuales de sus consultantes y predecir cómo podrían actuar en el futuro.

Cada vez que se requiere de sus servicios en uno de los salones de Luisa, descubren más traidores, a quienes se excluye con discreción de los círculos íntimos de la reina.

Desde su reencuentro con Caterina, los poderes de Lenormand se han incrementado. Hay magia en sus dedos y nunca ha sido más feliz, a pesar del peligro que las rodea. Esto se debe a que Caterina es una presencia constante en su vida. Lenormand se ha rendido a sus sentimientos, aunque los ha mantenido en secreto. Caterina le ha salvado la vida dos veces y Lenormand está convencida de que eso es una señal de compatibilidad entre ellas. Aquella terrible madrugada del 6 de octubre, cuando Caterina apareció en el pasadizo secreto de Versalles, Lenormand creyó por un momento que se trataba de una visión, ya que había estado soñando con la muchacha irlandesa durante todo el verano. Pero Caterina la llamó y los espíritus acosadores de Versalles se disolvieron. Lenormand sintió que el peso de su deber como tarotista de la reina se aliviaba al instante y una sensación de ligereza le recorrió el cuerpo cuando Caterina la tomó de la mano.

Han pasado poco más de cuatro meses desde la noche espeluznante en que obligaron a la familia real a regresar a París, precedida por las cabezas de sus oficiales clavadas en picas, con las reservas de harina de Versalles en carros y una turba despreciable de mujeres que coreaba: "Aquí van el panadero, la esposa del panadero y su hijo". Cabía esperar semejante barbarie de los hombres de clases bajas de París, pero no de las mujeres.

Qué aterrorizada debió de sentirse la reina, pues no cabía duda de que habían caído prisioneros. Era demasiado tarde para huir, como Lenormand le había aconsejado en numerosas ocasiones. María Antonieta quería irse, pero el rey se había mostrado indeciso. Luis XVI recelaba de Lenormand y consideraba que sus prácticas adivinatorias eran incompatibles con su fe en Dios.

Pero Lenormand nunca ha sido enemiga de la Iglesia. Ha quedado bien demostrado en los últimos tiempos que es la nación, en forma de la Asamblea Constituyente y su obsesión con la razón, la que conlleva una amenaza seria para la Iglesia. Hace unos días, leyó en uno de los periódicos que Caterina recogió en la calle que se venderían todos los monasterios y los conventos y se expulsaría a sus moradores. No pudo evitar sentir cierta satisfacción por el destino de la madre María Inés, que la había tratado de manera tan injusta, aunque le preocupaban su hermana Suzette y las otras chicas. Su padrastro acogería a su hermana, con seguridad, pero no tenía forma de averiguarlo, porque después de la última misiva que él le había enviado, Lenormand suponía que no contestaría más cartas de ella.

Esta noche, le está leyendo las cartas del tarot al conde de Mirabeau. Le resulta un hombre repugnante, con la mirada clavada en sus pechos todo el tiempo.

—¿Qué predicciones tiene para mí esta noche, mi bella adivina, favorita de la princesa Lamballe? —Le guiña un ojo—. Cómo me gustaría que fuera usted mi favorita.

Ella hace caso omiso de las insinuaciones y coloca las cartas sobre la mesa. María Antonieta aparece como la reina de copas, seguida del seis de oros y el siete de espadas. La reina estará tan desesperada que le pagará a Mirabeau para que recabe información sobre la Asamblea Constituyente. Lenormand no dice nada de esto, pues hay más gente que escucha y mira, pero más tarde lo revelará a Luisa.

—¿Quién es la reina de copas? —inquiere él—. ¿Es usted, querida? ¿Puedo esperar algo más que una lectura de cartas?

Lenormand reprime el fastidio que le provoca la sugerencia; la siguiente carta que coloca es La Muerte cruzada por el cuatro de espadas.

—Padecerá una breve enfermedad en poco tiempo —anuncia con frialdad,

—Pero ¿me recuperaré?

—No: morirá. —Habla con franqueza, en contra de todo lo que Etteilla le ha enseñado sobre cómo tratar a los clientes; el conde de Mirabeau la ha insultado toda la noche y no puede evitar ser cruel.

Mirabeau suelta una carcajada y, poniéndose de pie, vuelve las cartas sobre la mesa.

—Esto es una tontería, y además ilícito —declara, y se

inclina sobre Lenormand de tal manera que su aliento la hace retroceder—. ¿Sabe que podría hacer que la arrestaran por estas actividades? La protección de la reina ya no vale nada.

—Cálmese, conde —interviene Luisa y lo toma del brazo—. No puedo tolerar conflictos en mi salón. Estamos aquí para cenar y divertirnos. Mademoiselle Lenormand no ha querido ofenderlo —añade, con una mirada de advertencia a la otra mujer.

—Perdóneme, señor. Me he equivocado; la muerte llegará dentro de muchos años y tendrá usted una carrera larga y próspera —miente Lenormand.

Luisa se lleva a Mirabeau, ya apaciguado. Mientras el conde abandona el salón, la reina, que está jugando a las cartas con madame Isabel y madame de Tourzel, se da la vuelta y lo observa con evidente desdén.

Desde los acontecimientos de octubre, el cabello de María Antonieta se ha vuelto blanco como la nieve y la reina ha adquirido un gesto crispado en la boca sobre el que nadie habla. Lenormand se pregunta cómo podría Mirabeau ayudar a la reina, ya que, aunque es un noble, está comprometido con la revolución, igual que el traicionero duque de Orléans, cuya ausencia de los lujosos salones de Luisa el invierno pasado ha sido notoria.

Caterina se mueve en la silla junto a ella mientras termina de leer las manos de madame Campan, una de las damas de compañía de la reina.

—¿Y bien? —susurra Lenormand, una vez que madame Campan ha dejado la mesa.

—Totalmente leal a la reina —responde Caterina también en un susurro—. Me alegro. No me gusta espiar.

—Esto no es espiar; estamos ayudando a la princesa, ¡y nadie está obligado a que le lean las cartas!

La mesa está rodeada de hombres y mujeres ávidos de

consejo, la mayoría de ellos indecisos, ya que los que tenían algo de astucia han huido hace tiempo para convertirse en exiliados en Inglaterra, Bélgica o los Países Bajos. A Lenormand no le gusta leerles las cartas, porque casi todos comparten el mismo final brutal.

Delphine de Custine se sienta para otra lectura de cartas, descontenta con la que Lenormand le hizo la semana pasada. Mientras baraja las cartas, Lenormand advierte que Caterina se pone tensa en la silla. Un desconocido cruza el salón, aunque el joven parece conocer a Luisa, porque inclina su cabeza hacia ella antes de acercarse a la reina, arrodillarse y besarle la mano. Al girarse, sus ojos se posan en la mesa de la lectura de cartas y Lenormand nota que palidece en forma visible. También percibe que Caterina se encoge bajo su capa y baja la cabeza, aunque en ese momento no tiene ningún cliente.

—¿Caitlin Molloy? ¿Eres tú? —pregunta el hombre en inglés mientras se acerca a ellas. Tiene un rostro agradable, ojos grises y suaves y cabello abundante y rizado, atado con una cinta en la nuca.

Caterina levanta la vista de mala gana.

—Me llamo Caterina de Luna —contesta en francés.

El hombre parece confundido.

—Pero juraría que eres tú, Caitlin. Thomas me dijo que habías venido a París, pero no tenía ni idea de qué había sido de ti.

—Señor, por favor, siéntese y preséntese —interviene Lenormand en voz baja mientras Delphine mira con interés al recién llegado. No sería bueno para el negocio que los clientes supieran que Caterina fue en tiempos una criada irlandesa llamada Caitlin.

—Soy Toby Oswald, y por un momento pensé que esta joven había sido sirvienta en nuestra casa en Irlanda. Pero me temo que esa chica murió hace tiempo en las calles de París.

—No murió —musita Caterina en inglés.

Lenormand comienza la lectura de Delphine para distraerla, pero permanece atenta a los susurros que intercambian Toby Oswald y Caterina.

—¿Quiere que le lea la mano, señor? —pregunta Caterina con tono vacilante.

—Me temo que no me interesa la quiromancia, Caitlin. Y puedes llamarme Toby.

—Por favor, llámeme Caterina en este salón, y deme las manos, o de lo contrario los demás se preguntarán de qué estamos hablando.

Por el rabillo del ojo, Lenormand ve que Toby Oswald le tiende una mano a Caterina, con la palma hacia arriba, para que se la lea.

—Cuando Thomas me contó que andabas vagando por la ciudad, te busqué, pero habías desaparecido. Luego viajé a Suiza para ayudar a mi madre, que estaba enferma, y allí conocí a la princesa Lamballe.

Lenormand observa al joven irlandés y cree que está diciendo la verdad.

—¿Qué haces leyendo las manos en el Palacio de las Tullerías? —pregunta a continuación.

—Siempre he tenido este talento; me lo enseñó mi tía.

Ante la mención de la tía de Caterina, el joven suspira.

—Esa tragedia no habría tenido lugar de haber estado yo ahí. La crueldad de mi padre me espanta y me avergüenza. —Toby Oswald retira la mano y se reclina en la silla—. ¿Cenarías conmigo más tarde? Podemos discutir cómo podría ayudarte. Me gustaría hablar contigo.

—Debo rechazar la invitación, pues tengo un compromiso.

Lenormand sabe que Caterina le miente, pero no sabe por qué.

—Ah, qué pena; mañana me voy a Norteamérica con Thomas. Le diré que te he visto y que estás bien.

—¡Norteamérica! —exclama Caterina.

—Sí, pero no te aburriré con lo que estamos haciendo. Me alegra ver que estás bien y progresando, aunque sea en circunstancias sorprendentes. —Se vuelve hacia Lenormand con suspicacia, pero ella levanta la barbilla.

No permitirá que nadie juzgue su negocio.

En el carruaje de vuelta a casa, Caterina no es la de siempre. La mayoría de los martes entretiene a Lenormand con algunos de los chismes más picantes sobre las indiscreciones sexuales de sus clientes. Aunque Lenormand le ha inculcado la importancia de no divulgar nada de lo que les cuentan, eso no significa que no puedan compartir información entre ellas. Cuando trabajan juntas, son como una sola persona.

Pero ahora, Lenormand percibe la tristeza de Caterina, y eso las separa.

—¿Quién es Thomas? —inquiere mientras el carruaje avanza traqueteante por los adoquines.

—¿Por qué lo preguntas? —Caterina la mira desde el asiento de enfrente, y Lenormand se sorprende al ver lágrimas en sus ojos.

—Es obvio que la conversación de esta noche con el joven irlandés Toby Oswald te dejó angustiada. ¿Has descubierto que es un espía?

—Es demasiado honorable como para ser un espía —replica Caterina con voz apagada.

—Pero ¿quién es Thomas? —insiste Lenormand—. ¿Por qué reaccionaste así cuando te enteraste de su partida a Norteamérica?

—Se llama Thomas Reilly y era el tutor de Roughty House.

—¿Es el hombre al que seguiste a París?

Caterina asiente con la cabeza.

—Me rompió el corazón. —Hunde el rostro entre las manos enguantadas.

Sin dudarlo, Lenormand se desplaza al otro lado del carruaje para abrazarla. Su querida amiga llora desconsolada; es desconcertante ver tanta congoja en ella, ya que ha pasado casi un año desde que ese hombre la abandonó.

—No estés triste, mi amor —susurra y le besa las mejillas húmedas.

Caterina se gira hacia ella y se miran a los ojos. El corazón de Lenormand se expande de amor por la joven irlandesa. Caterina se inclina hacia delante y la besa en los labios; esta es la señal que Lenormand esperaba desde el otoño pasado. Le devuelve el beso y ambas se quitan las capas y se abrazan con más fuerza.

Caterina se reclina en el asiento y Lenormand desliza una mano enguantada debajo del vestido y recorre su pierna con un dedo suave. Los ojos de Caterina se abren de par en par y su respiración se ralentiza mientras Lenormand la acaricia con delicadeza. Quiere hacer esto desde hace meses, pero tenía miedo por varias razones: miedo a perder su independencia y miedo a que la rechazasen, pues no estaba segura de los sentimientos de Caterina.

Pero ya no tiene dudas. Caterina jadea y su cuerpo se contrae de placer. Lenormand sabe que no la dejaría tocarla de este modo si no la amara también.

ROMPO MI SILENCIO

7 de junio de 1791

HACE MÁS DE UN AÑO QUE NO ESCRIBO EN ESTE DIARIO. A la mañana siguiente de enterarme de la partida de Reilly a Norteamérica, corrí hasta la pensión, pero ya se había ido. No entré en la habitación porque mi agonía era demasiado grande y verla vacía me rompió el corazón.

Regresé al número 5 de la rue de Tournon y, en un rincón de la librería, escribí páginas y páginas sobre mis sentimientos por Reilly: mi amor, mi sufrimiento, mi ira. Estaba segura de que se había ido a Norteamérica a conseguir apoyo para los rebeldes irlandeses, pero me destrozaba el corazón que no me lo hubiera dicho ni se hubiera despedido de mí. Y que no le hubiera contado de nuestra relación a Toby Oswald. Estaba claro que yo no era lo bastante importante para él. De lo contrario, me habría llevado con él como su esposa.

Después de escribir durante horas, partí la pluma por la mitad. Luego rompí las páginas y las arrojé al fuego.

Cuando subí a prepararme para las lecturas de tarot de la noche, Él me llamó desde la sala.

Ya estaba vestida con su túnica y turbante de profetisa, y

los rizos de cabello negro azabache le enmarcaban el rostro. Me pareció que se veía muy bonita, aunque tenía el ceño fruncido.

—¿Dónde has estado todo el día? —quiso saber.

—Abajo, en la librería —respondí.

—Antes de eso…, ¿adónde fuiste esta mañana?

Me quedé callada.

—¿Te encontraste con Thomas Reilly? —Había un ligero temblor en su voz.

—Ya se ha marchado a Norteamérica —espeté.

—¿Por qué te importa tanto? —preguntó, con la cabeza ladeada—. Te abandonó hace un año. ¿Lo has vuelto a ver?

—No —mentí—. No sé por qué fui a buscarlo; fue una tontería.

—¿Lo de anoche no significó nada para ti? —Su voz era trémula; por primera vez, vi a El bajar la guardia—. Lo que hicimos… —Se interrumpió.

No supe cómo responder, porque no podía ponerle nombre a lo que había ocurrido entre nosotras. Aunque los pasquines calificaban esas cosas de libertinas, nuestro encuentro en el carruaje me había parecido puro y natural.

—Lamento si lo que hice te ofendió —añadió con rigidez.

—No, por favor, soy yo quien debe disculparse. —Me acerqué deprisa y me arrodillé junto a su silla.

El apoyó una mano sobre mi cabeza y levanté la vista. Sus ojos brillaban con lágrimas, como dos zafiros oscuros.

—Te quiero mucho, Caterina —declaró—, y no suelo querer a nadie.

Tomé sus manos y las apreté contra mi corazón.

—Yo también te quiero —contesté y, a pesar de mi confusión emocional, sabía que era verdad.

Apoyé la cabeza en su regazo y ella me acarició el cabello.

—Muy bien —pronunció con tono tierno—. Tú y yo somos una, entonces.

Desde entonces, no nos hemos separado casi nunca y no he tenido ganas de escribir. Cada vez que tomo mi diario, me recuerda a Reilly y su desamor. Además, no sé cómo ordenar mis pensamientos y sentimientos. Temo que, si los plasmo en papel, tenga que enfrentarme a mi engaño. La realidad es que El me ama, pero no estoy tan segura de corresponderle con igual intensidad. He aceptado nuestra vida juntas, por ahora, pero no he renunciado a mis sueños sobre Irlanda. No puedo compartir eso con ella, y El es incapaz de leer mi futuro. Soy la única persona que la confunde.

Visitamos juntas el salón de la princesa Lamballe, leemos las manos y el tarot y le decimos en quién puede confiar, aunque, en los últimos meses, el rey y la reina han aceptado sus roles nuevos como monarcas constitucionales y pareciera que todos los contrarrevolucionarios han abandonado París.

Mientras tanto, cada vez tenemos más clientes y las monedas se apilan. Al otro lado de nuestra puerta, la ciudad está en huelga y los disturbios continúan, ya que los precios de todos los productos, incluido el pan, siguen subiendo. Pero todo parece diferente; hombres y mujeres, luciendo con orgullo sus escarapelas, llenan las cafeterías y se muestran los periódicos unos a otros para discutir los cambios que traerá la Asamblea Constituyente.

No puedo negar que lo encuentro apasionante.

LA ESTRELLA DE NUT

13 de junio de 1791

Ya que he retomado la costumbre de escribir en mi diario, continuaré registrando las tiradas de tarot que me enseñó El.

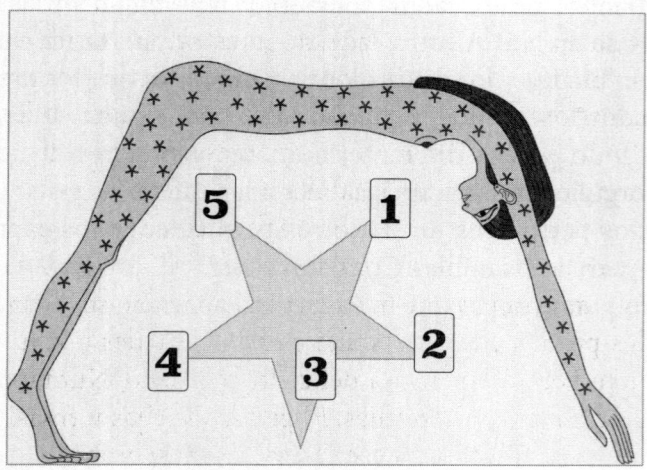

Cuando el caos reina en tu vida y buscas protección, es hora de tomar tu mazo de tarot y leer la Estrella de Nut. Nut es la diosa del cielo, hija de la diosa de la humedad, Tefnut, y del dios del aire, Shu. El dios de la tierra, Geb, es su hermano y, según la mitología egipcia, también su esposo. Conforme al mito, Nut devoró a los primeros niños estrella que concibió, pero luego aprendió a controlar su hambre y dio a luz a estrellas que devinieron algunos de los dioses y diosas más poderosos de Egipto: Isis, Osiris, Seth y Neftis.

Nut se arquea sobre su hermano, la tierra, con los dedos de las manos y los pies plantados con firmeza en las cuatro direcciones: norte, sur, este y oeste. Su protección llega a todos los rincones. Ella separa el cielo de la tierra y protege al orden del cosmos de las fuerzas del caos que se ciernen sobre la tierra. Su risa suena como un trueno y sus lágrimas caen como lluvia.

Por las noches, la luna y las estrellas adornan a Nut y, durante el día, el sol resplandece a lo largo de su cuerpo. Al anochecer, Nut se traga al dios sol y lo vuelve a dar a luz al amanecer.

El sicómoro es una manifestación de la conexión de Nut con la tierra y el cielo, y la diosa está muy presente en las raíces del árbol, que se hunden en el suelo que pisamos. Si encuentras un sicómoro debajo del cual sentarte a leer tu Estrella de Nut, tu lectura será aún más precisa y auspiciosa si la realizas bajo un cielo estrellado.

Sin embargo, ten cuidado cuando busques la sabiduría de Nut, pues en su esfuerzo por mantenerte a salvo puede que termine devorándote. Como cualquier madre sobreprotectora, es probable que te oculte ciertas verdades por tu propio bien. Pero como diosa del cielo nocturno, Nut también te anima a mirar las estrellas. Elige una de ellas y envíale tus deseos. Con su brillo, Nut te traerá paz y esperanza.

Para la Estrella de Nut, recomiendo utilizar la baraja del tarot de Marsella (o una inspirada en él) en lugar del mazo del tarot de Etteilla, ya que nuestra diosa del cielo prefiere las interpretaciones más suaves.

Toma los arcanos mayores y menores y barájalos bien.

Para esta lectura, asegúrate de mantener todas las cartas en la misma dirección, ya que no leeremos las cartas invertidas.

Una vez que hayas terminado de barajar, corta el mazo en tres partes y vuelve a unirlo en el orden que te dicte tu intuición.

Despliega las cartas en forma de estrella, como se muestra en la ilustración de arriba.

Empieza con la primera carta en la parte superior de la estrella y luego pasa a cada punta en el sentido de las agujas del reloj hasta que hayas colocado cinco cartas.

La primera carta es lo que deseas o lo que esperas que suceda.

La segunda carta son los primeros pasos que Nut te aconseja dar para hacer realidad tu sueño. La tercera carta sugiere obstáculos que pueden bloquear tu camino. La carta en esta posición suele ser un poco confusa, ya que representa la fuente del caos en tu vida y es posible que tengas que tirar otra para obtener mayor claridad.

La cuarta carta te aconseja cómo protegerte y de qué formas perseverar.

La quinta carta representa el resultado de tu consulta.

Si buscas ahondar en la información, la lectura de la Estrella de Nut te permite tirar cartas adicionales y colocarlas sobre las originales, aunque puede llegar un momento en el que la diosa decida que ya sabes lo suficiente y debes confiar en su sabiduría. En este caso, es posible que dejes caer el mazo o que algunas cartas al azar se te escapen de las manos. Presta atención a estas señales y desiste de seguir leyendo la tirada, aceptando lo que Nut desea que sepas y lo que no.

LA TRAICIÓN DEL REY

19 de junio de 1791

ESTA MAÑANA, EL ANUNCIÓ QUE HA RECIBIDO DOCUMEN-tos legales de la princesa Lamballe.

—Luisa ha puesto la propiedad a mi nombre y me ha dejado una donación en su testamento. Nunca tendré que irme de la rue de Tournon —explicó, pero, en lugar de parecer contenta, tenía el ceño fruncido.

—¡Qué buena noticia! —comenté, y rompí a aplaudir—. ¿Por qué no estás contenta?

El levantó la vista hacia mí.

—Temo, como lo he hecho durante meses, que la reina y ella estén a punto de cometer una gran imprudencia.

—¿Te refieres a que huirán? —susurré, aunque no había nadie más en la habitación salvo nosotras dos y los animales.

El asintió.

—Desde que se les prohibió celebrar la Pascua en Saint-Cloud, la reina se siente atrapada. Está desesperada por irse y el presumido de Axel von Fersen la ha convencido de que es posible.

—Pero ¿no le has dicho durante todo este tiempo que debe huir?

—Eso fue hace más de dieciocho meses. Ahora es demasiado tarde. Si los atrapan, será la ruina de la familia.

—¿Y si logran escapar? ¿Y traer tropas para invadir Francia? —Pensar en la traición del rey a su pueblo me indignaba. ¿Sería capaz de hacernos matar a todos a manos de extranjeros para recuperar su derecho divino a la corona?

—Eso no sucederá —sentenció El—. Me lo han dicho las cartas.

25 de junio de 1791

Los hechos de este día deben quedar registrados. Por supuesto, la predicción de El se cumplió, y hay más. Me encuentro sumida en una gran confusión.

Estos son los detalles de la traición del rey, hasta donde sé.

A última hora del lunes por la noche, el rey, la reina, madame de Tourzel, su hija Pauline, el delfín Luis Carlos y su hermana, María Teresa, huyeron del Palacio de las Tullerías bajo identidades falsas y abandonaron París en un carruaje berlinés negro y amarillo. El plan fue orquestado por la reina y su amante Axel von Fersen. Pero la familia real fue descubierta y detenida en la ciudad de Varennes, a solo cincuenta kilómetros de la frontera. Hoy, después de cinco días de viaje, han regresado a París. La Guardia Nacional ha tenido que rodear el carruaje para protegerlos de los campesinos furibundos a lo largo de los caminos y de las turbas revolucionarias en las ciudades.

El no podía soportar la idea de asistir al espectáculo, pero yo quería ver con mis propios ojos lo que podría suceder. Miles de personas se agolparon para presenciar la vergüenza de la familia real; las calles estaban abarrotadas y la gente subía a los techos y los árboles para seguir la procesión.

Todo París se siente traicionado por el rey, que quiso abandonarlo en favor de las tropas extranjeras. Todo el mundo culpa a la influencia que María Antonieta ejerce sobre él.

La multitud que colmaba los jardines y la plaza del Carrusel exudaba hostilidad. Me subí la falda y trepé a un edificio de techo bajo con vistas a la entrada del palacio. En lugar de clamar por la sangre de la reina, como había ocurrido durante la marcha de las mujeres en 1789, la muchedumbre observó al vistoso carruaje negro y amarillo traquetear bajo el calor y el polvo en el más completo silencio.

En el camino al Palacio de las Tullerías, me había cruzado con pintadas en las paredes:

Quien aplauda al rey será azotado;
quien lo insulte morirá ahorcado.

Nadie habló cuando el carruaje se detuvo frente a las Tullerías, aunque ningún hombre se quitó el sombrero. Imperaba un silencio acusador y alcancé a ver a María Antonieta a través de la ventana del carruaje. La reina escondía el rostro entre los rizos dorados de Luis Carlos mientras el niño se aferraba a su madre con miedo. Era difícil no sentir compasión por ella, pero entonces recordé a las madres en las calles de París, con sus hijos moribundos en brazos, y todo porque ella había vaciado las arcas del Estado para satisfacer sus placeres personales. Aun así, no era culpa del niño. Siempre estoy del lado de los niños.

El rey descendió primero y subió los escalones del palacio con paso tambaleante: nadie pronunció ni una palabra ni hizo ningún movimiento. Pero cuando María Antonieta salió, con Luis Carlos en brazos, tres hombres lograron escurrirse entre las filas de la Guardia Nacional y la insultaron. Un oficial se apresuró a arrebatarle el niño de los brazos y otro la levantó y la cargó hacia el palacio. Pero ella se retorcía en sus brazos, llamando a Luis Carlos, aterrorizada de que se lo hubieran llevado para matarlo. Como si fuéramos a hacerle daño a un niño.

Los demás miembros de la comitiva real abandonaron el carruaje; madame de Tourzel y Pauline, cubiertas de polvo y llorosas, condujeron a la princesa real por los escalones y al interior del palacio. Me pregunté dónde estaría la princesa Lamballe, si habría escapado de Francia por sus propios medios.

El gentío comenzó a dispersarse y el silencio se rompió. Todos cuantos me rodeaban hablaban de la República, y la idea era excitante. Si Francia seguía el ejemplo de Norteamérica y destronaba a su monarquía, una de las más antiguas y grandiosas de toda Europa, eso podría ayudar a que nuestra pequeña Irlanda se ganara su propia república.

Crucé el Pont Neuf y caminé hacia la rue de Tournon; en el camino, me detuve a tomar un vaso de limonada. El sol me daba en los ojos cuando me acerqué a nuestra calle, pero advertí la figura de un hombre en la esquina. Alto y delgado, llevaba un sombrero en la cabeza, y cuando se lo quitó, su cabello rubio brilló como un faro. Me llamó por mi nombre irlandés: Caitlin.

Reilly ha vuelto.

No se lo he dicho a El.

TERCERA PARTE

LOS BASTOS

Avivar el fuego

5 DE FRUCTIDOR DEL AÑO VI
(22 DE AGOSTO DE 1798)

Killala, Mayo, Irlanda

LA LLUVIA LLEGA DESDE EL MAR Y EMPAPA A LENORMAND mientras se apresura por el camino rural, con el cuervo ceniciento que vuela delante de ella. Confía en que el pájaro la guiará hacia Caterina. Recuerda el nombre de la propiedad, Roughty, y del condado, Kerry, pero no está segura de si Caterina estará allí. Lo único que sabe es que necesita alejarse de los combates lo antes posible.

Las escenas desagradables y brutales que presenció cuando desembarcaron en la playa persisten en su mente. Humbert no tenía un hombre adicional ni un bote de remos para ella, por lo que tuvo que disfrazarse y remar con Humbert y sus hombres hasta la playa. Para ocultar su género, se vio obligada a usar el mismo uniforme que los soldados franceses. Su baja estatura la convertía en una figura extraña en el pequeño bote atiborrado que se balanceaba en el agua y algunos de los hombres la miraban con curiosidad. Sin embargo, pronto se vieron enfrascados en el asunto en cuestión: la invasión de Irlanda y enfrentarse a las primeras fuerzas antagonistas con las que se encontraron.

Lenormand se quedó con Humbert junto a los botes de remos, que estaban enterrados en la arena, mientras el resto de los soldados se trenzaban en combate con la pequeña milicia local. No fue una batalla propiamente dicha, ya que las fuerzas leales a los ingleses cayeron con facilidad bajo los cuchillos de los franceses y los Irlandeses Unidos, quienes luego emprendieron la marcha hacia una ciudad llamada Killala. Los irlandeses locales se unieron a ellos a medida que avanzaban.

En las afueras de la ciudad, Lenormand se despidió de Humbert.

—Pero no es seguro que estés sola, siendo francesa —protestó él.

—Creo que estaré más segura como mujer que como hombre —replicó ella, todavía muy afectada por la violencia que había vivido.

Humbert levantó la vista hacia el cuervo ceniciento que volaba en círculos en lo alto.

—No me cabe duda de que eres una bruja, Adelaide —afirmó. Le levantó la barbilla y la besó en los labios—. Pero de las mejores: sabia y valiente.

Aquellas palabras la incomodaron, a pesar de que habían sido amantes durante más de quince días. Estaba acostumbrada a las burlas de los hombres, no a los elogios. Humbert se apartó el abrigo; llevaba dos fundas cruzadas sobre el pecho, con una pistola en cada una. Se quitó una de las fundas con la pistola adentro.

—Ábrete el abrigo. —Le colocó la funda con la pistola en el cuerpo—. No puedo dejarte desarmada. Recuerda lo que te enseñé, Adelaide. Solo tienes una oportunidad antes de tener que recargar.

Ella metió la mano en el bolsillo de su chaqueta y la cerró alrededor de la empuñadura del cuchillo que había traído para hacer lo que debía hacer, pero una pistola era mejor.

—Tal vez no volvamos a vernos. —Humbert suspiró—. Puede que caiga en combate. ¿Me echarás de menos, aunque sea un poco?

—Ya te lo he dicho, Humbert, no morirás en Irlanda —aseveró ella—. Tendrás una vida larga y próspera.

—Esperemos que tengas razón —respondió él—. Adiós, entonces, hasta que nos volvamos a encontrar. —Se despidió con un gesto de la mano, corrió para alcanzar a su grupo de hombres y se abrió paso entre ellos para poder guiarlos al interior de la pequeña ciudad aterrorizada.

Lenormand se escondió en el cementerio; escuchaba los gritos y gemidos de los hombres que luchaban y el sonido de los disparos. Detrás de las lápidas, se quitó el arma y la funda y luego el uniforme y se soltó la falda, que llevaba recogida debajo de la chaqueta y dentro de los pantalones. Se volvió a acomodar la funda y el arma debajo de la chaqueta y se cubrió con la vieja capa de seda de su madre. Por último, sacó una cofia negra de un saco que llevaba en la espalda, se la colocó en la cabeza y se alisó el cabello. Luego se giró a mirar, caminó en dirección opuesta a los soldados franceses y dio un rodeo alrededor de la ciudad, siguiendo todo el tiempo al cuervo negro y gris.

El océano se estrellaba contra la tierra y esculpía acantilados como si se estuviera carcomiendo la isla. Le recordó a Normandía, las pocas veces que la habían llevado al mar cuando era muy pequeña, antes de que murieran sus padres, y cómo la había llenado de alegría ver las olas blancas romper en la orilla.

Le sorprendió sentir tanta nostalgia por el lugar donde había vivido su infancia, porque no echaba de menos París.

Caterina no mentía al describir la tierra como verde, porque todo cuanto la rodea es verde, con todas las tonalidades de los ojos de Caterina. Ha parado de llover y Lenormand descansa sobre una gran roca que mira al mar. Abre el saco y extrae galletas marineras, bacalao salado y una botella de vino.

Una vez saciado su apetito, se incorpora con los pies doloridos, contempla el cielo gris y siente las gotas de lluvia en el rostro. El camino vira tierra adentro y, pronto, el mar se convierte en una franja azul lejana en el horizonte. Humbert le dijo que el condado de Kerry está muy lejos de Mayo, donde desembarcaron, pero está preparada para dormir al aire libre. Tiene provisiones suficientes para aguantar bastante tiempo. Además, ha esperado casi cinco años para enfrentarse a su enemigo. Una semana de caminata no es nada comparada con el dolor que Caterina le ha infligido.

Sin embargo, oye el ruido de cascos de caballos. Se vuelve y ve un carruaje que se acerca a toda velocidad. Se hace a un lado y se está preguntando si debería hacerle señas para que se detenga cuando el cochero sujeta los caballos y estos se detienen con una sacudida a su lado. A pesar de la cofia, la humedad y el viento le han alborotado el cabello. Espera tener un aspecto respetable.

—No debería andar fuera, señora. Hay soldados franceses por todas partes —le grita el cochero.

Su acento le recuerda la forma de hablar de Caterina y, por un momento, la desconcierta.

—Creo que por ahora estoy bastante segura —responde, en su mejor inglés.

El conductor entrecierra los ojos y la observa con recelo.

—¿De dónde es usted?

—Bueno, soy francesa —contesta—, pero, por supuesto, no tengo nada que ver con ningún ejército. —Desliza las manos por su cuerpo—. Soy institutriz; mi señor ha fallecido y voy de camino a mi nuevo empleo. Estoy buscando el condado de Kerry.

—Pero ¿por qué viaja sola? —pregunta el hombre—. ¿Y a pie?

—Tenía compañía. El sirviente de mi amo me guiaba, pero el sinvergüenza se escapó para unirse a los rebeldes.

—Deje de interrogar a la pobre y hágala subir. —El rostro de una mujer aparece en la ventana del carruaje—. Debemos continuar el viaje.

—De acuerdo —accede el cochero con tono grosero—. Podemos llevarla hasta Galway, pero a partir de ahí tendrá que buscar otro medio de transporte.

La mujer abre la puerta del carruaje y la invita a subir. Dentro hay cinco mujeres apiñadas y Lenormand se apretuja en la esquina opuesta a la mujer que ha hablado.

—¿Cómo se llama? —le pregunta, con una sonrisa amable.

—Adelaide Lenormand. —No hay necesidad de mentir, y evita hacerlo siempre que puede.

—Soy Susan Philips y estas son mi madre, su prima y mis hermanas —dice—. Nuestro padre nos ha enviado a un lugar seguro, pero él se ha quedado para luchar contra los rebeldes. —Hay un nudo en su voz, y su madre se lleva un pañuelo a la cara.

—Espero que no sea más que una refriega y que puedan volver pronto a casa.

Las damas están muy alteradas y lloran y se lamentan en tanto el coche avanza a los tumbos por los caminos. Una de las hermanas pequeñas de Susan no para de preguntarle si los rebeldes franceses las matarán y Susan le asegura que no harían daño a mujeres y niñas. Lenormand se siente tentada de contradecirla. Durante el Reinado del Terror, nadie estaba a salvo, ni siquiera los bebés. Es posible que algunos de estos soldados franceses hayan formado parte en su momento del mecanismo del Terror y se hayan vuelto insensibles a semejante atrocidades.

Se traga el nudo que tiene en la garganta, tratando de olvidar los días siniestros de su ruina financiera. Le ha llevado años reconstruir su negocio y nunca volverá a ser la misma después de las cosas que ha visto. Se ha endurecido, de modo que no siente ni mucha empatía por estas mujeres asustadas ni mucha ira hacia los hombres que provocan las guerras que tanto las atemorizan. El destino de Irlanda le importa poco. ¿Valdrá la pena que esta nación alcance la soberanía y se libere del dominio inglés si eso implica derramamiento de sangre y una masacre?

Wolfe Tone no escuchó sus advertencias la primera vez que le leyó las cartas y Lenormand no se molestó en repetírselas la segunda vez. Viven en un mundo en el que los que tienen dinero y privilegios llegan a lo más alto; es tan sencillo como eso. No cambiará, quizá nunca, y en cuanto a ella y las de su clase, cree que tendrán que esperar mucho tiempo para poder participar en los juegos de poder que juegan los hombres. Las creencias de Caterina eran ingenuas y, en última instancia, peligrosas. Todo lo que han atravesado por la República francesa ha sido inútil; Lenormand no solo ha predicho la transformación de Napoleón Bonaparte en emperador y su caída, sino que también ha visto la vuelta de la monarquía a Francia.

Después de todo, esta es la razón por la que está aquí. Para llevar a Luis Carlos de vuelta a Francia, como le pidió su madre.

Se despierta sobresaltada y abre los ojos a la oscuridad. Por un momento, cree que está en el bote con Humbert y busca su cuerpo tibio, pero su mano roza otra mano fría y entonces recuerda dónde está.

—Llegamos a Galway —dice Susan—. A la casa de mi tío.

Lenormand tiene todo el cuerpo dolorido. Se apresura a salir del carruaje después de las otras mujeres. Alguien sostiene un farol; la oscuridad densa del campo las rodea, aunque se alcanza a oír de nuevo el mar.

—Por favor, quédese con nosotras, señorita Lenormand.

—Deseo llegar a Kerry lo antes posible —explica ella.

—¿A qué ciudad? ¿En qué parte de Kerry vive su empleador nuevo? —inquiere Susan—. ¿En Tralee o en Killarney, tal vez?

—La casa se llama Roughty —precisa—. Creo que está cerca de una ciudad llamada Neidín.

—Sea donde sea, está muy lejos de aquí. Por favor, quédese con nosotras esta noche hasta que encuentre un medio de transporte que la lleve hasta allí.

Todas los demás han entrado en la casa y Susan sostiene la puerta abierta, dejando que la luz del farol se derrame en el patio. Es una casa de piedra grande y sólida, con muchas ventanas, y, en el interior, las paredes están cubiertas de pinturas al óleo. Calidez y lujo: un respiro bienvenido. Pero Lenormand desespera por cumplir la misión para la reina.

Siente a María Antonieta a su lado; le aprieta la mano, le tira del cabello y la anima a seguir adelante. "Isa."

Lenormand oye el batir de alas y levanta la vista hacia el cuervo, que describe círculos sobre ella como si fuera su presa. La ha acompañado todo este tiempo, pero tal vez no se pueda confiar en el cuervo, al igual que no se podía confiar en su dueña.

¿Encontrará alguna vez a Caterina y al delfín perdido de Francia o habrá errado el camino?

LA CAÍDA DE LA MONARQUÍA

10 de agosto de 1792

HA PASADO MÁS DE OTRO AÑO DESDE LA ÚLTIMA VEZ QUE escribí en este diario. Mis palabras no han tenido ningún valor durante este último año y cada vez que abría mi diario y mojaba la pluma en la tinta, no podía escribir. Las gotas de tinta salpicaban la página y la culpa me atormentaba; las lágrimas mojaban el papel con sombras acuosas. Las justificaciones de mis actos sonaban falsas en mi corazón y, sin embargo, no podía frenar mi doblez.

Pero ahora he sido testigo de la caída de la monarquía; es mi deber dejar testimonio de eso. Mi corazón está destrozado, pero he levantado la cabeza y me he mirado a los ojos. Este relato es mi mejor intento de explicación.

Ayer, 9 de agosto del año 1792, acompañé a El al Palacio de las Tullerías. No tenía ganas de ir, pero me habían dicho que era mi deber hacerlo. Después de las manifestaciones de junio, las Tullerías no parecía un lugar seguro. El 20 de junio, los manifestantes se habían reunido en los jardines y habían irrumpido por las puertas para confrontar al rey por su veto de dos decretos de la Asamblea Legislativa que apuntaban a proteger a la ciudad de acciones contrarrevolucionarias. He oído muchos relatos sobre lo cerca que estuvo la familia real ese día de ser masacrada por la multitud enfurecida. La idea de que ahora íbamos a entrar en el mismo edificio menos de dos meses después era desconcertante.

Los rumores sobre la contrarrevolución y la invasión extranjera se han extendido por las calles de París por semanas y se han intensificado más después de la publicación de un manifiesto firmado por el duque de Brunswick que amenazaba con la destrucción total de París si todos sus habitantes no se sometían de inmediato al rey y anunciaba la intención del duque de marchar sobre París con sus tropas. Lejos de intimidar al pueblo, el manifiesto no hizo más que avivar la situación y todo el mundo anda con cien ojos para detectar a los traidores realistas entre nosotros.

Por eso he temido tanto por la vida de El. He intentado una y otra vez hacerle comprender que la única forma de que Francia prospere es acabando con la monarquía. Pero, salvo llevar el gorro frigio rojo de los patriotas, como hacemos todos, El no ha adoptado ninguna de las otras modas o creencias de la revolución. Se la reconoce como mademoiselle Lenormand, la tarotista de Versalles, que lee las cartas a la reina de Francia. La gente la escupe todos los días.

Avanzamos por las calles concurridas de París, Lenormand un paso delante de mí con su chaqueta de seda azul a la cintura y su falda con abertura y enagua. Yo la seguía, vestida con un traje de montar verde oscuro más cómodo y sombrero. Lenormand odia que me ponga ropa de hombre, pero algunas mujeres se visten así últimamente. Soy una admiradora de la audaz Théroigne de Méricourt y de su atuendo de amazona, además de partidaria de su lucha en favor del derecho de las mujeres a portar armas y de la creación de un batallón femenino para proteger la ciudad de París. Si los hombres en el poder la escucharan, no dudaría en alistarme.

El miedo ha sido palpable en las calles de París y los rumores de una invasión extranjera inminente se han acrecentado todavía más desde que la Asamblea declaró que Francia se encuentra en peligro de ser atacada. Todo el mundo cree que el rey se ha confabulado con los déspotas extranjeros.

Advertí a El que sería cuestión de tiempo antes de que el rey y la reina fueran destronados por completo si no ponían fin a sus intrigas, pero nunca me ha escuchado. Su lealtad a la reina y a la princesa Lamballe es conmovedora, pero me pregunto por qué. Lenormand no es una aristócrata; quedó huérfana y creció en la pobreza, igual que yo. Es cierto que la princesa Lamballe invirtió en el salón de tarot, pero El ha sido autosuficiente durante más de un año. No le encuentro sentido a su devoción.

Llegamos a los Jardines de las Tullerías y los cruzamos. Era mediodía y unas nubes blancas pequeñas se desplazaban por el cielo azul. Los jardines no se habían recuperado del pisoteo ocasionado por la manifestación de junio, pero las flores en los canteros todavía impregnaban el aire de una fragancia dulce que ayudaba a olvidar el hedor de la ciudad.

Dimos la vuelta al palacio para entrar por la plaza del Carrousel y dos miembros de la Guardia Nacional, con sus uniformes rojos y azules, nos acompañaron al salón de la princesa Lamballe. El me había contado que la reina le había advertido a Luisa Lamballe de que no era seguro para ella volver a Francia, pero la princesa había regresado por deber y, sospecho, por devoción a su amada Antonia.

El Palacio de las Tullerías es un edificio oscuro y lúgubre, muy alejado de la opulencia del resplandeciente Versalles. Pero parecía aún más sombrío de lo habitual y, mientras atravesábamos las habitaciones discretas y vacías de los aposentos de María Antonieta en la planta baja, comprendimos que muchos de los aristócratas se habían marchado.

—La reina ha dejado sus aposentos y se ha mudado a una habitación entre el rey y su hijo —susurró El.

Entramos en el salón de la princesa Lamballe y esta se levantó de su asiento y se fundió en un abrazo con El.

—Te dije que te marcharas de Francia de nuevo, Luisa —la regañó El con la voz cargada de emoción—. Estarás a salvo en Bélgica.

—No puedo dejar a Vuestra Majestad cuando está tan sola —respondió la princesa Lamballe.

Cuando tomamos asiento en la mesa de juego de la princesa Lamballe, la puerta se abrió y María Antonieta entró en el recinto, con dos carlinos pequeños a sus pies. La princesa Lamballe y El se pusieron de pie y, aunque a regañadientes, las imité. La reina austríaca me generaba una antipatía enorme; toda Francia se encuentra en peligro por culpa de María Antonieta. Ella es quien ruega a su sobrino, el emperador austríaco, que invada el país y utiliza a su amante sueco como mensajero.

Reparé en el abrecartas de la princesa Lamballe que estaba sobre el escritorio y, de pronto, se me ocurrió que podría clavarlo en el corazón de la traidora en este mismo instante y acabar con los problemas de Francia. Me convertiría en una mártir de la revolución. Pero no estaba allí para eso.

Como me explicó Reilly, mi rol era más valioso. Yo era los ojos y los oídos de los revolucionarios y debía escuchar y recopilar información para luego reportarla. De esta manera, ganaba influencia con las nuevas fuerzas gobernantes de Francia y, en última instancia, podría obtener su ayuda para la insurrección en Irlanda que tanto anhelaba.

—Gracias por venir, mademoiselle Lenormand —dijo la reina mientras se sentaba a la mesa y los perritos se acomodaban a sus pies—. Necesito mucho su consejo.

Cada vez que veo a la reina de Francia, más avejentada la noto. Su cabello ha encanecido por completo, aunque ni siquiera ha cumplido cuarenta años. Ayer, tenía las ojeras más pronunciadas, la piel pálida como el papel, los ojos azules apagados y el vestido le colgaba de los hombros huesudos.

—Es un honor poder ayudaros —respondió El, y yo suspiré para mis adentros.

¿Por qué El quiere tanto a María Antonieta? Me irrita que la reina rara vez acuse recibo de mi presencia o me permita leerle las cartas. ¿Acaso percibe mis verdaderos sentimientos hacia ella? Siempre me he cuidado mucho de mantenerlos ocultos.

El comenzó con el ritual de leer el tarot: sacó su mazo y barajó las cartas. Ya no necesita preguntarle a la reina cuáles son su color y animal favoritos, ya que le ha leído las cartas muchas veces.

—¿A qué diosa egipcia os gustaría invocar en la lectura?

—¿Por qué no escuchamos a Nut, protectora del mundo entero y de su estrella perdida? Hoy necesito un poco de esperanza.

En cuanto Lenormand dio vuelta las cartas, me quedó claro que la lectura no era buena. En el centro de la tirada en forma de estrella se encontraba La Torre Alcanzada por un Rayo. Nadie habló durante un instante.

—¿Qué significa esto, mademoiselle Lenormand? —aventuró la reina con voz trémula.

El nunca ha sido tímida con la verdad que revelan las cartas, ni siquiera cuando se dirige a la reina de Francia. Me encanta su franqueza, aunque algunos la encuentran agresiva.

—Creo que volverán a asaltar el palacio. —Hizo una pausa y respiró hondo—. Y esta vez caerá.

—¡No! —exclamó María Antonieta, y se llevó las manos al pecho—. Pero ¿qué hay de las tropas de Brunswick? ¿Vendrán a rescatarnos? ¿Perderá Francia la guerra y será invadida?

Apreté los puños al oír la traición de sus palabras. María Antonieta odiaba tanto las nuevas libertades que deseaba la aniquilación de su propio pueblo.

Lenormand examinó las cartas y tomó el cinco de bastos, el siete de espadas y El Carro.

—Vendrán algunas tropas, pero no desde muy lejos y no serán muchas. El palacio caerá de todos modos. ¡Y Francia ganará la guerra!

—¡Quiero esperanza, madeimoselle, no esto! —gritó la reina, con lágrimas en los ojos.

—No puedo controlar lo que predice el tarot —explicó El con gentileza—. Lo sabéis bien, Vuestra Majestad.

María Antonieta sollozó y tuve que recordarme cuánto sufrimiento le había causado al pobre pueblo de París para no sentir lástima por ella. Pero era una traidora, que hablaba abiertamente de querer que Francia perdiera la guerra. Aunque, por otro lado, lo único que intentaba era proteger a su familia. ¿Acaso no estaba desesperada y asustada?

Ahora señaló dos cartas con manos temblorosas: la reina de oros y la carta de La Muerte.

—¿Qué significan estas cartas? ¿Es mi muerte?

—Estas cartas se refieren a lo que está sucediendo ahora y lo que ocurrirá en el futuro inmediato —indicó Lenormand y se volvió hacia la princesa Lamballe—. La reina de oros eres tú, Luisa Lamballe.

María Antonieta volvió a gritar, pero la princesa Lamballe guardó silencio. Tenía los ojos brillantes por las lágrimas y asintió despacio con la cabeza.

—Ya me lo advertiste antes, querida Adelaide. —Se volvió hacia la reina—. Cuando volví a París, sabía que estaba corriendo un riesgo. No lloréis, querida amiga.

—Las cartas mienten. —María Antonieta se levantó y las barrió de la mesa. La tirada se desarmó y las cartas cayeron al suelo.

Mientras El y yo nos apurábamos a recogerlas, la princesa Lamballe tomó las manos de María Antonieta.

—Calmaos, mi reina. Adelaide ya ha predicho cuál podría ser mi destino si me quedo a vuestro lado, pero debéis saber que vivo y muero por vos, Vuestra Majestad. Mi corazón es vuestro, solo vuestro.

—No soy digna —musitó María Antonieta, temblando, y dejó que la princesa Lamballe la abrazara.

Intenté reprimir la compasión; el amor entre estas dos mujeres era evidente.

Me sentí avergonzada por mi flaqueza. Soy una agente de la revolución; estas mujeres privilegiadas no deberían importarme, y menos aún la princesa Lamballe, la mujer más rica y privilegiada de toda Francia después de María Antonieta. Pero lo cierto es que el espionaje que he llevado a cabo en sus salones desde que ella regresó a París en noviembre pasado ha contribuido a sellar su suerte.

—¿Es certero el destino de la princesa Lamballe? —murmuré a El.

El asintió con lágrimas en los ojos. Me sorprendió, porque nunca la había visto alterada por una lectura de tarot.

—Vámonos —la insté.

—Sí, creo que la caída se producirá muy pronto —añadió El mientras envolvía las cartas en un paño de seda negra.

En ese momento, el rey de Francia entró en el salón.

Hicimos una reverencia, pero el rey estaba agitado y no pareció importarle la formalidad.

—Antonia, el asalto al palacio es inminente. Debemos refugiarnos todos en mis aposentos —anunció.

Sentí una mezcla extraña de excitación y miedo en el estómago. Por fin, la caída de la monarquía, pero me encontraba en el lugar equivocado. Quería estar con el pueblo francés afuera, pero aquí, estaba entre los privilegiados. ¡Me tildarían de traidora!

Salimos deprisa del salón, detrás del rey, otros cortesanos y sirvientes. Jalé del brazo de El.

—Vámonos ahora —sugerí—, antes de que sea demasiado tarde.

—No voy a abandonar a la reina —protestó El—. Vete, si quieres, pero yo no la dejaré en este momento de necesidad.

—Pero tiene mucha gente a su alrededor; ni siquiera se dará cuenta…

—No voy a abandonarla, Caterina.

El se volvió y siguió al séquito real por el largo pasillo. Me acerqué a la ventana y divisé las casacas rojas de la Guardia Suiza, los soldados más leales al rey, aunque en comparación con la Guardia Nacional, cuya lealtad estaba dividida, eran mucho menos numerosos. No tenía ninguna duda, sobre todo después de la lectura de tarot de El, de que el palacio caería.

Debí marcharme, porque mi deber era con los revolucionarios, pero al contemplar la figura pequeña y robusta de El que se alejaba por el pasillo, supe que no podía abandonarla.

LA RUEDA DE LA FORTUNA

Todo cambia

10 de agosto de 1792
Palacio de las Tullerías

SE OYEN REDOBLES LEJANOS Y, A CONTINUACIÓN, SUENA LA campana de una de las torres de la iglesia. Todos los que estaban sentados se ponen de pie y se dirigen hacia las ventanas de la alcoba real. Se escucha otro tañido, y otro, y luego tres más. El grupo comienza a recitar los nombres de los santos de las iglesias, pero Lenormand no se suma. Ella y Caterina permanecen en silencio, tomadas de la mano y con los ojos clavados en la noche oscura. Cada repique de campana es una sentencia de muerte para la monarquía y Lenormand cree que ningún santo podrá salvarla.

—Cierren las puertas que dan a la terraza —ordena el rey. Aunque levanta la barbilla e intenta mantener la compostura, se le nota el miedo en los ojos. Nunca ha estado preparado para ser rey, eso estuvo claro desde el principio; sin embargo, Lenormand no puede evitar sentir compasión por él. Jamás quiso ser rey y prefería salir a cazar antes que gobernar Francia, pero nació para eso. Y pese al caos y la disrupción que implicaba la revolución, la monarquía constitucional parecía una buena solución. Todos los países necesitan una familia real a la que admirar, símbolos de su orgullo nacional. Pero este rey Luis XVI ha traicionado la confianza de su pueblo muchas veces y ella sabe, en lo más profundo de su ser, que su fin está cerca.

Arrastrará consigo a mujeres buenas. Su querida Luisa. Las lágrimas le nublan la vista al recordar la reina de oros y la carta de La Muerte en la lectura de María Antonieta.

Las campanas de las iglesias de París siguen repicando, aunque el grupo ha dejado de rezar a los santos.

El recién elegido alcalde de París, Pétion, se dispone a marcharse. Llegó poco antes del redoble de tambores para asegurarle al rey que la familia real no sufriría ningún daño durante la insurrección. Pero ¿cómo puede hacer esas promesas? Dos cortesanos, uno armado con una espada antigua y otro con un rifle, le bloquean el paso.

—Deberíamos de retenerlo como rehén, Su Majestad —aventura el que lleva la espada.

Pero el rey sacude la cabeza.

—No, dejadlo ir, enfurecería todavía más al pueblo. —Su voz débil es aguda y apenas audible por encima del tañido de las campanas.

Lenormand observa cómo Pétion sale de los aposentos

del rey, donde esta noche se han congregado muchos nobles. La noticia del levantamiento inminente debe haberse extendido con rapidez y han acudido en tropel a defender la monarquía. Pero ¿son suficientes? ¿Están bien armados? La mayoría son ancianos que empuñan espadas y rifles viejos; algunos llevan palas, y un cortesano tembloroso y ridículo sostiene unas pinzas de chimenea en la mano. Bueno, al menos tiene algún tipo de arma. Ella no tiene nada con que protegerse, ni tampoco las demás mujeres. Casi todas están de pie, pero muchas están sentadas en sillas o en el suelo.

Una figura vestida con el uniforme escarlata de la Guardia Suiza se abre paso entre el grupo de monárquicos. El soldado entra en los aposentos reales y cierra la puerta. Se inclina ante el rey antes de dirigirse a él y a todos.

—Vuestra Majestad, la revuelta se ha propagado a todos los suburbios. La gente se está armando. Esperamos un ataque en la mañana.

—Dios mío, protégenos —exclama María Antonieta, que se abanica, sentada en un taburete junto a la hermana del rey, madame Isabel. Luisa, de pie detrás de la reina, le apoya una mano en el hombro.

En paralelo al ruido de las campanas, el pequeño delfín Luis Carlos corre por la habitación, perseguido por su hermana mayor, la princesa real, y su hermana adoptiva, Ernestina. A su otra hermana adoptiva, Zoe, la enviaron a un colegio religioso por razones de seguridad cuando la familia real abandonó Versalles, pero Ernestina sigue con ellos. Los gritos de los niños ponen los nervios de punta a Lenormand, pero nadie se mueve para detenerlos, ni siquiera madame de Tourzel, la institutriz agotada, ni su hija, Pauline, ambas horrorizadas.

Las campanas dejan de sonar y los niños interrumpen su juego, acallados por la sorpresa. Un silencio sepulcral los envuelve.

La princesa real y Ernestina se acurrucan juntas en un rincón y el pequeño Luis Carlos se queda mirando a los presentes con los ojos muy abiertos. Aunque está rodeado de gente, parece perdido en medio de un bosque. Lenormand no lee las cartas del tarot a los niños y no quiere pensar en el futuro del delfín.

De repente, el rey se deja caer sobre la cama y se queda tendido de espaldas, completamente vestido. El ayuda de cámara acompaña al resto de la familia real y al pequeño grupo de cortesanos a la habitación contigua. Dos sirvientes juntan unas sillas con otras para que la reina y madame Isabel se acuesten. El miedo crece en la habitación; Lenormand lo percibe. El aire está cargado de espíritus que se arremolinan en torno a las siluetas aterrorizadas. Lenormand se lleva la mano a la cabeza. Le duele la vieja herida y se siente mareada.

—¿Te encuentras bien? —Caterina está a su lado—. Ven, siéntate. —La lleva al único taburete vacío en la otra punta de la habitación.

—Gracias —susurra Lenormand, y se pierde en los ojos siempre verdes de su compañera. Es la persona a quien más quiere en el mundo y, sin embargo, sigue siendo un misterio para ella. ¿Qué habría hecho sin su compañía durante estos últimos tres años? Ni siquiera estaría viva si Caterina no la hubiera salvado la noche de la toma de la Bastilla. Todavía le parece un milagro que haya podido llevarlas de regreso a la casa sanas y salvas sin ayuda de nadie.

Lenormand conoce el futuro de todos los que la consultan, pero no puede determinar el de Caterina. A pesar de la intimidad que comparten, la mujer más cercana a ella permanece siendo un enigma. Lenormand imagina que Caterina la ama también. De hecho, podría haberse marchado hace horas pero, a pesar del peligro, decidió quedarse en el Palacio de las Tullerías por ella.

La mira mientras recorre la abarrotada habitación. Es de origen humilde, como ella, y, sin embargo, camina tan erguida como la reina de Francia. Regresa con una pequeña copa de vino reconfortante.

—¿Quieres que te afloje la chaqueta? —le pregunta en voz baja.

—¡De ninguna manera, no delante de la reina! —salta Lenormand alarmada.

—Tranquila, querida, no hay por qué alterarse. —Caterina le guiña un ojo y sus labios esbozan una sonrisa ancha. Lenormand desearía poder besarla.

Se oye el llanto débil de un niño en el centro de la habitación y Lenormand advierte que el pequeño Luis Carlos está lloriqueando. Su institutriz y Pauline de Tourzel lo rodean y tratan de calmarlo, pero el pequeño no quiere saber nada.

—¡Quiero ir fuera! —grita y patea el suelo.

María Antonieta se vuelve hacia su hijo con expresión pálida y derrotada.

—Vamos, Luis Carlos —interviene madame Tourzel—. Ya deberíais estar durmiendo. Os prepararemos una camita en un rincón de la habitación.

Pauline sostiene dos cojines en alto.

—Hagamos un escondite debajo de la mesa —sugiere.

Pero el niño está irritable y arma aún más alboroto. Lenormand se alegra de no ser madre; no tiene ningún deseo de lidiar con niños y bebés llorones.

Para su sorpresa, Caterina se une al pequeño grupo alrededor del delfín.

—¿Queréis que os cuente un cuento? —propone al niño.

Luis Carlos deja de llorar y la mira con ojos llorosos.

—¿Cómo te llamas? —inquiere a su vez.

—Caterina de Luna —responde ella.

—¡Tienes nombre de luna! —exclama el delfín con alegría, sin rastros de lágrimas.

—Sí, soy una criatura nocturna, como todos los que estamos aquí, ¡y vosotros también! —Caterina sonríe y su belleza vuelve a cautivar a Lenormand: sus ojos tan grandes y verdes y los labios gruesos. Pero lo más llamativo es su cabello, del rojo más intenso que jamás haya visto en una mujer—. ¿Os gustaría que os cuente un cuento? —repite.

El niño asiente con la cabeza y Caterina lo lleva al escondite que Pauline le ha preparado. Bajo la mirada atenta de madame de Tourzel, Luis, Caterina y Pauline se apiñan debajo de la mesa. Lenormand siente una punzada de celos al ver a Pauline tan cerca de Caterina. Tienen alrededor de la misma edad y Pauline es bonita, por cierto, con sus rizos rubios y sus ojos color avellana. Caterina le canta una canción de cuna al delfín y aunque Lenormand no alcanza a oír la letra desde donde está sentada, imagina que debe ser una de las canciones en irlandés que Caterina le suele cantar cuando yacen juntas algunas noches.

Sea cual sea, surte efecto, porque el pequeño se queda dormido poco después. Mientras algunos duermen —la reina de forma intermitente mientras Luisa le canta, Caterina acurrucada junto a Luis, con Pauline al otro lado—, Lenormand permanece despierta toda la noche hasta las primeras luces del alba, cuando madame Isabel despierta a María Antonieta para que contemple el amanecer.

—El cielo es del color de la sangre —comenta la reina en un susurro.

Lenormand se levanta y se acerca a una de las ventanas mientras los demás se desperezan de su sueño interrumpido. María Antonieta tiene razón; es un amanecer impresionante: el cielo está teñido de rojo sangre y un tono naranja vibrante asoma por detrás de los edificios de París. El rey entra en el salón y los que siguen en el suelo se incorporan a duras penas. Luis XVI tiene el pelo sin empolvar y pegado a la cabeza, y el terror se dibuja en su rostro.

—¿Los veis? —grita.

Lenormand aparta la vista del cielo del amanecer y la dirige hacia el paisaje urbano. Más allá de los confines de los jardines del palacio, más allá del Sena plateado y serpenteante y del Pont Neuf, distingue una horda de gente que se desplaza por las calles entre los edificios densos de los suburbios, incrementándose en número a medida que avanza.

Parece un gran leviatán que se abalanza hacia ellos; las puntas afiladas de miles de picas brillan bajo la suave luz de la aurora.

LA TOMA DE LAS TULLERÍAS

10 de agosto de 1792, continuación

ME DESPERTÉ CON LOS LATIDOS DEL CORAZÓN DEL NIÑO contra los míos. El pequeño Luis Carlos dormía en mis brazos, pero los demás se habían levantado y el aire estaba cargado de pánico. Me alejé con cuidado del niño dormido y salí gateando de debajo de la mesa. El estaba de pie junto a la ventana, al lado de la princesa Lamballe y detrás de la reina y su cuñada, madame Isabel. La luz rosada y dorada del amanecer se derramaba sobre las mujeres y las bañaba con una tonalidad etérea. Pero las expresiones en sus rostros no eran precisamente tranquilas; las cuatro miraban por la ventana con pavor.

Crucé la habitación para reunirme con El, que me tomó de la mano sin decir nada, y luego me volví para ver la causa de semejante espanto. Gente. De todo tipo, hombres y mujeres, viejos y jóvenes, niños y adultos, y todos ellos armados con picas, cuchillos, algunos con pistolas, garrotes, navajas o palos, cualquier cosa que tuvieran a mano. Estaban alineados en filas, listos para entrar en combate, con varios cañones delante de ellos que esperaban la señal para abrir fuego.

—Monsieur Roederer, ¿qué debemos hacer? —gritó María Antonieta con voz temblorosa, mientras se volvía hacia el prefecto de la Comuna.

El hombre se encontraba de pie entre el rey y la reina y, aunque estaba ruborizado, respondió con presteza y sin perder la compostura.

—Majestades, la familia real debe buscar refugio de inmediato en la Asamblea Nacional. Es el único lugar donde estaréis a salvo.

—Monsieur, debemos resistir, pues contamos con nuestras propias fuerzas para protegernos. Ahora es el momento de averiguar si el rey y la Constitución prevalecerán sobre los rebeldes —replicó María Antonieta, ahora con voz firme, aunque con las mejillas enrojecidas.

La mirada de Roederer se posó en mí y el prefecto frunció el ceño. Contuve la respiración, con temor a que me reconociera como una colaboradora del Club de los Jacobinos. Aunque él mismo era un revolucionario, no aprobaba las ideas más radicales de sus miembros. Bajé la mirada y cambié de posición para ocultarme detrás de la princesa Lamballe. Cuando volví a levantar la vista, el prefecto había vuelto a centrar su atención en el rey.

—Debo insistir, Vuestra Majestad —enfatizó en dirección a Luis XVI—. No puedo garantizar vuestra seguridad si no venís conmigo a la Asamblea ahora mismo.

Pero el rey se volvió hacia la reina en busca de consejo.

—¿No deberías bajar y animar a nuestras tropas, Luis? —sugirió ella—. Estos hombres leales están dispuestos a sacrificar sus vidas por lo que es justo.

El rey asintió mientras miraba hacia su esposa y pasó junto a Roederer, que seguía protestando y suplicándole a la pareja real que buscara refugio.

Unos minutos más tarde, se oyó un tumulto en el patio exterior y todos los presentes en la habitación se acercaron más a la ventana. Los guardias suizos, con sus casacas rojas, vitoreaban al rey, pero los miembros de la Guardia Nacional, ataviados con casacas azules, lo abucheaban. No me sorprendió. Reilly llevaba semanas diciéndome que sería fácil derrocar la monarquía, habida cuenta de que la lealtad de sus tropas estaba dividida. Y ahí lo tenía ante mis ojos.

Vi cómo un guardia fornido y con una barba negra tupida comenzaba a gritarle al rey; otro artillero alto a su lado se le unió y, pronto, varios artilleros gritaban a voz en cuello. Las palabras resonaban y se intensificaban a medida que se multiplicaban las voces: "¡Abajo el rey! ¡Abajo el veto!". María Antonieta soltó un grito ahogado y se llevó las manos a la cara; las lágrimas corrían por sus mejillas.

Un instante más tarde, Luis XVI reapareció y se sentó en una silla, con las mejillas encendidas y la mirada clavada en el suelo. Nadie habló; el terror había enmudecido a todos los allí presentes, pues ¿cómo podían librar una batalla contra una turba que crecía con cada minuto si las propias tropas del rey estaban tan divididas?

—Todo París asaltará pronto el palacio y no podréis derrotarlos —presionó Roederer, con el rostro bañado en sudor—. No perdáis tiempo, Su Majestad, os lo ruego; dadme permiso para llevaros a un lugar seguro.

—No, Luis —protestó la reina—. Debemos luchar, porque, aun cuando no lo hagamos, ¡ya estamos condenados!

Pero el rey sacudió la cabeza con lentitud y se puso de pie.

—Debemos irnos —concedió a Roederer.

María Antonieta enrojeció, pero, a pesar de su rostro y el pecho encendidos, guardó silencio. Llamó a Luis Carlos, que ya estaba despierto y observaba la escena con Pauline de Tourzel desde debajo de la mesa. El niño cruzó la habitación a la carrera para reunirse con su madre y le tomó la mano.

A pesar de mi aversión por la reina, sentí una punzada en el corazón al ver al delfín con su madre. Noté que la princesa

Lamballe le apretaba la mano a El antes de colocarse al lado de María Antonieta, y madame Isabel reunió en sus brazos a la pequeña princesa real, María Teresa, y a su hermana adoptiva, Ernestina, que sollozaban de miedo.

—Ernestina debería quedarse aquí con madame de Soucy —le dijo el rey a su esposa.

—Pero es mi hija y tiene que estar con nosotros —se lamentó María Antonieta con angustia.

—Estará más segura con madame de Soucy —insistió él.

La reina separó a las hermanas con renuencia.

—Es mejor para ti que te quedes con Renée Suzanne —le explicó a la desconcertada Ernestina—. No eres de sangre real, no te harán daño.

—Pero mamá, ¡quiero ir con mi hermana! —gritó la niña.

—Volveremos a estar juntas pronto —prometió María Antonieta con voz trémula, aunque la duda se reflejaba en sus ojos.

—Tengo miedo —susurró Ernestina.

—Sé valiente, porque no estás sola. Renée Suzanne no se separará de ti, ni tampoco mademoiselle Lenormand.

Las dos niñas lloraban desesperadas, pero el pequeño Luis Carlos no tenía miedo. Me sonrió, como si lo que ocurría fuera una gran aventura.

—¿Puede venir Caterina? —preguntó a su madre.

—¿Quién es Caterina? —inquirió María Antonieta. Sonaba tensa. Luis Carlos me señaló.

—¡Mi amiga!

La reina se giró hacia mí con expresión fría. Me pregunté una vez más si habría conocido desde el principio la verdad de mis sentimientos hacia la monarquía, pero sacudió la cabeza despacio.

—No —respondió en un susurro—. Solo iremos nosotros, los ministros y algunos de nuestros nobles más cercanos, la princesa Lamballe y tu institutriz, Madame de Tourzel.

El séquito real se marchó, al igual que todos los hombres que quedaban en la habitación, que se aprestaban a luchar. Yo no estaba tan segura de que el hecho de que no tuviéramos sangre real nos mantuviera a salvo, y todavía me parece una crueldad que el rey y la reina no hayan llevado con ellos a su hija adoptiva Ernestina.

Así, el pequeño grupo de mujeres, entre las que se contaban algunas damas de compañía de la reina; Ernestina; Renée Suzanne de Soucy, segunda institutriz; Pauline de Tourzel, y algunas sirvientas, nos quedamos mirando por la ventana cómo la familia real atravesaba los jardines entre el palacio y la Salle du Manège. La triste fila de la realeza derrotada seguía a Roederer y a un oficial de la Guardia Suiza mientras el gentío los abucheaba desde el otro lado de los jardines.

Debería haberme alegrado, pero no podía quitar los ojos de encima del pequeño delfín, que parecía ajeno a la enormidad de lo que estaba ocurriendo y pateaba la hojarasca, levantando hojas secas en el aire a su paso.

Deseé poder llevármelo de allí, hacerle olvidar quién era.

LA FUERZA

Demuestra tu fuerza

10 de agosto de 1792
Palacio de las Tullerías

LA BATALLA SE LIBRA CON FURIA AL OTRO LADO DE LAS puertas, pero Lenormand mantiene la calma. Este no será su fin, lo sabe con certeza.

Desde que la familia real abandonó los aposentos del rey, los hombres de la Guardia Suiza han colmado el palacio y se han apostado en todas las ventanas. Las mujeres han retrocedido, demasiado asustadas para observar mientras oyen el bramido de los insurgentes que irrumpen en el patio al grito de "¡Rendíos a la nación!". Pero la Guardia Suiza no tiene intención de deponer las armas y Lenormand decide que el pequeño grupo de mujeres aterrorizadas acabará mal si permanece donde los hombres resistirán hasta la muerte.

—Vamos, salgamos de aquí —urge a las demás.

Caterina es la única que no parece tan asustada. Levanta la barbilla y se dirige a Lenormand.

—Creo que es un poco tarde para abandonar el palacio ahora.

—Sí, por supuesto, iremos a los aposentos de la reina, todas las mujeres, tanto damas como sirvientas —precisa—. No atacarán a mujeres desarmadas.

—¡Eso espero! —exclama Caterina—. No es a nosotras a quienes buscan.

Después de convencer a uno de los sirvientes, Pierre, para que las acompañe y las proteja, Lenormand toma la delantera, seguida por la princesa de Tarente, madame Campan, madame de Ginestous, Caterina, Pauline de Tourzel y Renée Suzanne de Soucy, que lleva de la mano a Ernestina, además de todas las sirvientas. Mientras atraviesan las habitaciones a toda prisa, Lenormand urge a todas las criadas desconcertadas para que se sumen a ellas.

—Si estamos todas juntas, habrá testigos y los rebeldes no se atreverán a hacernos daño —explica a Caterina.

Ahora bien, es cierto que Lenormand desearía haber escuchado a Caterina y haberse marchado la noche anterior, cuando podrían haber vuelto a casa sin ningún problema. No suele involucrarse en política ni en hechos de gran dramatismo. Desde la noche en que las mujeres del mercado obligaron a la familia real a abandonar Versalles, hace casi tres años, ha logrado evitar situaciones desagradables, a pesar de leer el tarot tanto a revolucionarios como a realistas. Aún no encuentra una explicación razonable de por qué sintió la necesidad de quedarse con María Antonieta y la princesa Lamballe anoche. Hoy, detesta la carga que supone el tarot y su capacidad para ver la muerte inminente de su querida amiga Luisa, así como su incapacidad para impedirla. ¿Qué sentido tiene ver el futuro si no puede cambiarlo? Pero tal vez pueda; sí, tal vez pueda...

Pierre y dos criadas se apostan en la puerta, a pesar de las protestas de Caterina, que cree que deberían entrar.

—Da igual que estén dentro o fuera —arguye Lenormand—. Son sirvientes, no nobles. No les harán nada.

—Ya no estoy tan segura —replica Caterina, con cierto nerviosismo—. ¿No sientes la sed de sangre de la turba?

En ese instante, oyen un gran alboroto y el estruendo de unos disparos. Lenormand empuja a Caterina al interior de la habitación, cierra la puerta con llave y la aprieta en su mano. Las mujeres se miran sin poder articular palabra. Ernestina ha escondido el rostro en la falda de Renée Suzanne de Soucy mientras madame Campan se abanica.

—¿Qué será de nosotras? —susurra.

—Dame la llave —interviene Caterina—. Iré a ver qué sucede. No se meterán conmigo.

—¿Cómo lo sabes? —pregunta Lenormand—. Nos detestan, Caterina, nos escupen cuando caminamos por la calle.

—No —responde Caterina—. Solo tú eres la tarotista de Versalles.

¿Qué le dice Caterina?

—Somos lo mismo. —Lenormand le toma la mano y la acerca a ella—. El sol y la luna, dos caras de una misma...

Unos gritos al otro lado de la puerta la interrumpen y las mujeres se agrupan espantadas cuando alguien derriba la puerta. En el umbral de los aposentos de la reina, un pequeño grupo de hombres ensangrentados las mira con gesto despectivo. Hay también mujeres entre ellos, con las manos tan rojas como las de sus compañeros.

El odio que emana de ellos la hace retroceder, como si la golpeara una fuerza física. Los ojos de la horda no son humanos, sino bestiales, y Lenormand tiembla a pesar del calor de su piel y el sudor que se hace más intenso bajo su chaqueta.

Detrás de la pequeña banda de rebeldes, vislumbra el cuerpo destrozado y ensangrentado de Pierre. Las dos chicas están ilesas, abrazadas y sollozando mientras observan la escena.

—¡Traidoras! —grita una mujer y blande un garrote ensangrentado en el aire.

Pero antes de que tenga oportunidad de dejarlo caer, un hombre alto, sin peluca y con el cabello tan rubio que parece blanco, le apoya una mano en el pecho para detenerla y Lenormand aprovecha el momento: una ventana de oportunidad fugaz antes de que se vean involucradas en un enfrentamiento.

—Monsieur. —Suelta a Caterina y se aleja del grupo de mujeres asustadas, aunque Caterina le agarra la mano para frenarla—. Por favor, monsieur —repite.

El hombre levanta la vista, pero no la mira; sus ojos ardientes se posan más allá de ella. Lenormand se voltea y advierte que Caterina lo está mirando directamente, con el pecho y las mejillas sonrosadas y los ojos verdes cargados de significado. ¿Acaso lo conoce?

No hay tiempo para preguntárselo.

—Monsieur, le ruego que deje que yo y estas mujeres nos marchemos sanas y salvas —insiste—. Hemos sido abandonadas a nuestro destino y estamos a su merced.

—Son traidoras, Thomas —exclama de nuevo la mujer con el garrote—. ¡Debemos matarlas!

La princesa de Tarente suelta un grito ahogado y Lenormand puede oír a Pauline sollozando detrás de ella, pero Caterina permanece a su lado, inmóvil como una estatua y con la mirada fija en el hombre, que parece hipnotizado por ella.

—Monsieur —presiona Lenormand—. Le ruego...

—No peleamos contra mujeres; márchense, todas, si así lo desean —concede él de repente, mientras aparta la atención de Caterina y se dirige a Lenormand.

La mujer del garrote protesta, pero el hombre no le presta atención.

—Yo mismo las acompañaré —añade. Se coloca la gorra roja sobre el cabello rubio y da un paso adelante—. Señoras, si son tan amables. —Les indica con el brazo que lo sigan y, de manera milagrosa, las personas se apartan para dejarlos pasar. Debe de ser alguien importante para inspirar tanto respeto.

Cuando camina entre la turba aplacada, Lenormand se sorprende al ver rostros de personas como ella. Incluso cree reconocer algunos. Un hombre se parece mucho al cazador de ratas de la rue de Tournon y la mujer que hay junto a él también le resulta familiar. Sí, es idéntica a una de las vendedoras de ostras de Les Halles. Y a pesar de que se codea con ellos a diario, estos parisinos, sus vecinos y comerciantes parecen una jauría rabiosa, y el hombre alto los mantiene a raya.

Al llegar a la escalera principal, se topan con una escena atroz. Ernestina y Renée Suzanne se resbalan en la sangre y gritan horrorizadas. Lenormand y Caterina las toman de la mano mientras pasan por encima de los cuerpos de la Guardia Suiza; la sangre ha oscurecido aún más sus chaquetas rojas.

Siguen al líder de la horda fuera del palacio y al patio humeante, cubierto de cadáveres. Pasan junto a los cuerpos todavía tibios y los destrozos del palacio tomado y, aunque Lenormand se enorgullece de no llorar con facilidad, las emociones reprimidas le comprimen el pecho. ¿Volverá a ver a María Antonieta y a la princesa Lamballe?

Cruzan los jardines y, por fin, están a salvo. El Sena se

extiende en el horizonte. Las mujeres se separan y las damas nobles se apresuran a regresar a pie a sus hogares, seguidas de sus doncellas. Renée Suzanne se lleva a Ernestina; asegura que conoce un lugar seguro donde esconderse. La niña llora con desconsuelo por el trauma de lo que ha presenciado. Tienen suerte de que no las hayan detenido; nadie las ha cuestionado, pues se hallaban bajo la protección del hombre rubio.

—Gracias —dice Lenormand con brusquedad.

Él asiente y esboza una sonrisa leve. ¿Cómo puede sonreír en un día tan trágico? Eso la enfurece.

—Es un gran placer conocerla, mademoiselle Lenormand —responde con gallardía.

De modo que sabe quién es ella. Le gustaría mirar sus cartas y borrarle la sonrisa de la cara.

—Sería un honor leerle el tarot algún día —sugiere—, como una forma de devolverle el favor, aunque sea en parte.

La sonrisa del hombre se ensancha todavía más.

—No creo en esas tonterías —replica, y guiña un ojo, no a ella, sino a Caterina, que al instante se pone tan roja como su cabello.

Lenormand los observa a ambos y entonces lo ve: un hilo tan fino y plateado como una telaraña, pero igual de resistente. No hay duda de que se conocen bien. El acento... Eso es. ¡El hombre es irlandés! ¿Cómo es que Caterina conoce a este revolucionario irlandés? No puede ser el mismo hombre que la abandonó cuando ella llegó a París, ya que partió a Norteamérica hace dos años.

Una sensación de inquietud se apodera de Lenormand y le provoca un escalofrío. Sin decir más, se da la vuelta y camina hacia el Pont Royal, sin siquiera esperar a que Caterina la siga.

A sus espaldas, el humo se eleva desde el palacio en llamas y el olor acre de la decadencia impregna el aire.

SOY UNA ESPÍA PATRIOTA

10 de agosto de 1792, continuación

THOMAS REILLY ES LA RAZÓN POR LA QUE NO HE PODIDO escribir en mi diario durante todo este tiempo.

Mi amante sabe a mi tierra natal; quizá por eso lo deseo tanto. Cada vez que visito a Reilly en la pensión de la rue de l'École-de-Médecine, en el barrio de los Cordeleros, me prometo que será la última vez y que no acabaré bajo las sábanas. Pero en cuanto me besa en los labios, rompo la promesa y el torbellino de antiguo deseo doblega toda razón.

En sus brazos, mis sentidos se agudizan y nos olvidamos de París, de los gritos de los vendedores callejeros y del hedor repugnante que se cuela por la ventana. En cambio, nos acurrucamos al resguardo de los árboles de Kerry, lejos de toda mirada indiscreta. Lo único que oigo son los graznidos de los cuervos de Roughty y lo único que huelo es la tierra mojada por la lluvia, fértil y firme. Miro a Reilly a los ojos y el marrón se funde con el púrpura de los brezos de finales de verano, y reanima mi anhelo de volver a Irlanda con nuestro amor intacto. Pero vivimos en tiempos extraordinarios y nuestra relación se ha desarrollado con las vicisitudes de la Revolución francesa como telón de fondo.

Después de todo lo que pasó hoy en el Palacio de las Tullerías, debería haberme ido a casa con El. Pero cuando ella se marchó y me dejó con Reilly, no me pude contener. Por supuesto, terminamos en la pensión. Una vez más, me obligué a no pensar en la tía Eimile y su indefectible desaprobación mientras nos dejábamos caer en la cama y nos arrancábamos la ropa.

Reilly no ha vuelto a mencionar el matrimonio desde el día en que se marchó de Roughty House y su estancia de un año en Norteamérica sin dar señales de vida ha quedado en el olvido. Lo guie dentro mío. Los dos exhalamos fuerte cuando comenzamos a movernos al unísono. Bajó la mano y me acarició en el lugar más sensible, y perdí la noción de todo. Soy una mala mujer, una mentirosa y una perra, y todas estas partes de mí avivaron mi deseo mientras nos llevábamos mutuamente al límite del placer.

Hoy estuve a punto de morir junto con El y las otras mujeres abandonadas en los aposentos de la reina en el Palacio de las Tullerías. Habríamos muerto de no haber sido por la oportuna aparición de Reilly. Su camisa manchada de sangre yacía en el suelo y su cabello olía al humo de la pólvora. Hundí las manos en él y tiré de las puntas. El éxtasis estremeció mi cuerpo entero y recordé los gritos de los moribundos y los cuerpos que habíamos tenido que sortear en la escalera del palacio. Pero estábamos vivos, y sucumbí al anhelo de mi cuerpo. Hasta donde sabía, podía ser nuestro último encuentro. Así son los tiempos en los que vivimos.

Reilly gimió y me tomó el rostro entre las manos antes de empujar aún más profundo dentro de mí; su lengua separó mis labios y eché la cabeza hacia atrás.

—Cait, Cait —susurró con voz ronca, como si yo fuera el deseo más profundo de su corazón.

Pero no lo soy. La pasión de Reilly es la revolución.

Hace catorce meses, cuando lo vi entre la multitud el día del intento de fuga fallido de la familia real, me enfadé mucho. Di media vuelta y me abrí paso entre el gentío para alejarme de él, pero me alcanzó con facilidad y me sujetó del codo.

—Suéltame —grité, y me aparté.

—Caitlin, por favor, te lo ruego, mírame.

Me volví con renuencia y me encaré con él.

Los ojos de Reilly estaban llenos de lágrimas y su rostro se iluminó con una sonrisa tímida.

—Te he echado mucho de menos.

—¿Cómo te atreves a mentirme así? Si tanto me echaste de menos, ¿por qué no me escribiste? Es más, ¿por qué no me llevaste contigo a Norteamérica?

—Porque necesitaba que te quedaras en París, justo donde estás, con mademoiselle Lenormand, la tarotista de la reina de Francia —explicó, con un brillo en los ojos—. ¿No leíste la carta que te dejé en la pensión?

—No. No volví allí después de que Toby Oswald me dijera que te habías marchado —mentí, porque no quería que supiera que la emoción no me había permitido entrar en su habitación.

Reilly frunció el ceño al oír el nombre de Toby Oswald.

—Te lo explicaba todo en mi carta: mis planes de volver, mis planes para nosotros.

—Tuviste todo un año en Norteamérica para volver a escribirme.

—No podía; temía que interceptasen las cartas. Te había pedido que destruyeras la otra carta. —Pareció un poco preocupado—. Espero que la carta no haya caído en las manos equivocadas.

Tanta charla sobre cartas me estaba irritando.

—Ya nada de eso importa, es demasiado tarde. No quiero tener nada más que ver contigo.

Empecé a alejarme, pero él me tiró hacia atrás con tanta

fuerza que di una vuelta en sus brazos y me quedé de cara a él. Reilly me miró a los ojos y me maldije por seguir deseándolo.

—Por favor, ven conmigo y déjame que te lo explique.

En el momento en que acepté ir a la pensión en el distrito de los Cordeleros, supe que estaba perdida. Por cierto, tan pronto como nos quedamos solos, en una habitación con una cama, el deseo se volvió incontrolable y nos abalanzamos el uno sobre el otro. Era distinto de lo que me pasaba con El: más peligroso, embriagador, pecaminoso.

Más tarde, yací en sus brazos, consumida por la culpa. Había traicionado a mi querida El.

No estaba preparada para lo que Reilly dijo a continuación.

—Caitlin, queremos asignarte una tarea vital para la creación de una república en Francia.

—«¿Queremos?» ¿Quiénes? —pregunté con recelo.

—Mis aliados políticos, los jacobinos…, los que nos ayudarán a derrotar a los británicos en Irlanda una vez que asuman el poder en Francia.

Me envaré en sus brazos, porque temía lo que vendría a continuación.

—Tú y tu amiga la tarotista visitáis a la reina con frecuencia y los aposentos reales son un hervidero de intrigas contrarrevolucionarias. Utiliza tus juegos supersticiosos para hacer algo real y valioso. Espía para mí.

Salté de la cama, horrorizada de que me pidiera que traicionara a El de una manera tan espantosa.

—Ya te lo dije en su momento: no voy a hacer eso.

—Pero, Caitlin, piensa en Irlanda, en lo mucho que tú y solo tú puedes contribuir a la lucha por la independencia.

—El me acogió en su casa, me dio de comer y me vistió; me ha dado un trabajo con el que puedo ganarme la vida —protesté—. La quiero mucho. No puedo traicionarla.

Reilly entrecerró los ojos.

—¿Ahora la llamas El?

—Es la abreviatura de Adelaide.

—Qué tierno —comentó con voz sarcástica—. Pero Irlanda debe estar por encima de todo, Caitlin. Nuestra nación, nuestra libertad.

—No puedo engañar a la única persona que me ha sido leal desde que llegué a París —zanjé mientras me ponía la ropa interior.

Reilly hizo caso omiso de la indirecta, pero sus ojos buscaron los míos y luché para no rendirme a sus encantos.

—No vas a hacerle daño a tu amiga, solo tendrás que estar atenta a los susurros de los traidores de Francia en los salones de la reina.

—No pienso hacerlo —repetí indignada, con las mejillas encendidas.

—Pero Cait, ¿no lo entiendes? Si lo haces, estarás protegiendo a la tarotista de Versalles.

Paré de vestirme, con las manos en las caderas, y lo miré con furia.

—¿A qué te refieres?

—Si haces este trabajo tan importante para los verdaderos patriotas de Francia, me aseguraré de que mademoiselle Lenormand y tú estéis a salvo. De lo contrario, no me será posible garantizar su seguridad. Es una monárquica confesa. —Suspiró y se pasó la mano por el cabello mientras me observaba con deseo—. Dios, pero qué hermosa eres, Caitlin. No hay otra mujer como tú.

—Pero ¿y si me atrapan los espías de la reina?

—Tendremos cuidado, amor mío. Eso sí, cuando vengas aquí, tendrá que ser de incógnito. —Se levantó de la cama y contemplé la altura y la fuerza de su cuerpo desnudo. Me tendió la mano—. Créeme, la monarquía caerá, es solo cuestión de tiempo, y querrás estar en el bando correcto, querida mía. Puedo cuidar de ti y de tu tarotista.

Empezó a desvestirme de nuevo y no me resistí, porque

la Morrigan que había en mí estaba encandilada. Mi irlandés y yo somos iguales: hallamos placer en la fatalidad.

Así comenzó mi traición y, desde entonces, he estado agonizando, incapaz de escribir una sola palabra en estas páginas durante catorce meses.

Pero ahora, algo ha cambiado. Hoy, mientras descansábamos después de hacer el amor, con mis piernas entrelazadas con las de Reilly, las sábanas desordenadas y olor a sexo, me di cuenta de que ya no me sentía tan comprometida con la revolución como antes. Hoy, en las Tullerías, todo ha cambiado. He creído, al igual que mi amante irlandés, que algunas muertes son necesarias en aras del bien común. Ahora, no estoy tan segura de querer que la familia real de Francia muera.

La imagen del pequeño Luis Carlos me vino a la mente y el miedo oprimió mi pecho.

—¡Pensar que has estado con el rey y la reina mientras caían las Tullerías! Mi querida Caitlin, cuéntame todo lo que oíste —pidió Reilly mientras deslizaba los dedos por mis brazos, provocándome un escalofrío en la espalda.

—Estaban asustados. Todos lo estábamos. ¿Era necesario, Reilly?

—Así lo quiso el pueblo de París —respondió—. Yo no podía hacer nada al respecto. Si el rey y la reina invitan enemigos extranjeros a Francia, ¿cómo esperan que reaccione la nación? Han abusado de su tolerancia.

—¿Y ahora qué pasará? —pregunté.

—La monarquía caerá para siempre. El rey y la reina son traidores y lo más probable es que sean trasladados de la Asamblea Nacional y encarcelados.

Recordé el rostro bañado en lágrimas de María Antonieta mientras aferraba la mano de su hijo y me sorprendió sentir compasión. Por supuesto, no se lo confesé a Reilly.

—Han pasado tres años y tus amigos aún no han dicho nada sobre ayudar a Irlanda —aventuré en su lugar.

—Robespierre me ha prometido que habrá tropas, pero primero hay que domar los ejércitos y eliminar a los contrarrevolucionarios.

—¡Yo no soy francesa! —protesté con frustración—. Este no es mi país y esta no es mi lucha...

—Ah, pero ahí te equivocas, amor mío. Nuestro objetivo es crear una república unificada de Francia en la que todos los hombres sean iguales ante la ley y defender los principios de la democracia. Francia imitará a Norteamérica y luego le llegará el turno a Irlanda. Y nosotros iremos todavía más lejos, porque hay que abolir la esclavitud en todas las colonias. Ten fe, querida mía.

Quise replicarle, pero he renunciado a hacerle entender que la verdadera igualdad no existe si no incluye a todas las personas, tanto hombres como mujeres. Por otra parte, tengo secretos que no comparto con Reilly. Hace tiempo que decidí guardármelos, por temor a que él intente usar su retórica para convencerme de que renuncie a mis creencias.

—Pero ¿cuándo, Reilly? —presioné—. No quiero seguir espiando para ti. Quiero volver a Irlanda.

—¿No echarías entonces de menos a tu tarotista de Versalles? —Ladeó la cabeza—. Se nota que son muy compañeras. No tenía idea de que fuerais tan allegadas; ella te estaba protegiendo hoy...

—A mí y a todos los demás.

—Ibais de la mano, Caitlin.

Giré la cabeza, no quería que me mirase a los ojos y viera el conflicto que me provoca El y el hecho de que me genera más culpa traicionar su amor que el de Reilly. Pero ¿cómo puedo explicarles a ambos que los amo a los dos y de maneras tan diferentes? El es parte de mí y Reilly es mi lado desconocido y salvaje. Mientras que El ve el futuro, yo veo el pasado, pero ¿de qué sirve mi talento? Es como caminar hacia delante mirando de reojo. Tarde o temprano, daré un paso en falso y caeré en el abismo.

Reilly me obligó a mirarlo.

—¿Y bien? —preguntó, mientras me acariciaba el cabello—. ¿Quieres más a la tarotista de Versalles que a mí?

—Por supuesto que no. Te amo, Reilly, con todo mi corazón —declaré—, y amo a Irlanda.

—Tú eres un pedacito de Irlanda para mí —respondió y sus manos bajaron por mi vientre hacia el interior de mis muslos—. Cada vez que estoy dentro de ti, me siento en casa. Estoy en paz.

En contra de mi voluntad, sentí que se me aflojaban las piernas y le creí mientras me perdía en sus caricias. Imaginé que éramos una nueva Irlanda, rebosante de espíritu y promesas. Entrelacé mis piernas con las de él y me penetró de nuevo; cuando abrí los ojos, vi al cuervo en el alféizar de la ventana. El pájaro parpadeó hacia mí con sus ojos negros, y luego verdes.

Mi amor por Reilly es antiguo y tan primitivo como las leyendas sangrientas de la Morrigan. Mientras hacíamos el amor, imaginé que la diosa fantasma me conducía bailando hasta el borde del acantilado y recordé sus palabras la noche en que cayó la Bastilla: "Él es tu destino".

EL COLGADO

Suelta

18 de agosto de 1792
París

LENORMAND BEBE SU CAFÉ CON LECHE MATUTINO Y ESTU-
dia a Caterina. Se ha acostumbrado tanto a sus rasgos atrac-
tivos, la curva de sus labios, las largas pestañas negras, el
brillo en sus ojos color verde esmeralda vibrante, que le
cuesta un poco reajustar el foco. Trata de ver más allá de
su belleza, de detectar cualquier indicio de doblez. Caterina
mordisquea un panecillo que logró comprar ese mismo día

a uno de los pocos panaderos del barrio. Lenormand se levanta tarde, ya que rara vez se acuesta antes de las dos de la madrugada. La mayoría prefiere visitar a la tarotista al amparo de la oscuridad y la noche, y, desde el asalto a las Tullerías, se ha visto desbordada de individuos aterrorizados y ansiosos por averiguar qué les depara el futuro. Ella es tan directa y franca como siempre, lo que ha generado algunos estallidos, pero basta con que Gilbert gruña o el cuervo ceniciento extienda sus alas para que quien la amenace retroceda y abandone el local.

¿Cómo es posible que prediga con tanta claridad el destino de desconocidos y, a la hora de mirar el futuro de Caterina, solo vea sombras? En cualquier caso, su intuición se ha agudizado después de tres horas de observar y escuchar a otros, de develar sus deseos y temores, y sabe que lo que percibió entre Caterina y el hombre que los condujo a través de la turba en las Tullerías no fue producto de su imaginación. Una corriente invisible fluía entre ellos con tanta certeza como el río Sena. Pero ¿cómo podía Caterina conocer al joven revolucionario?

La respuesta que se le ocurre la llena de pavor. No puede ni pensar en que Caterina la traicionaría..., a ella y a la reina..., después de todas las veces que han visitado en privado el salón de la princesa Lamballe y leído las cartas. Además, Lenormand le abrió las puertas de su casa y la salvó de morir de hambre en las calles de París. Han vivido juntas tres años. No. Debe de haber imaginado lo que vio.

Por supuesto, podría preguntárselo sin rodeos. Normalmente lo haría, pero ahora se contiene. Si fuera cierto, Caterina podría negarlo y se pondría en guardia.

Caterina recoge las migas en la palma de una mano, se agacha y le da a Gilbert los restos de su pan. Una cortina de cabello rojo le cae sobre el rostro y Lenormand no puede evitar admirar su brillo.

—No le des comida de la mesa, Caterina —la regaña.

—Ay, son apenas unas migas —responde Caterina y se endereza—. ¿Nunca me llamarás Cait, como yo te llamo El?

—Es más fácil si nos ceñimos a tu nombre del tarot —alega Lenormand, y le da otro sorbo al café.

—¿Qué te pasa hoy? —pregunta Caterina—. Te has levantado con cara de vieja gruñona.

—Bueno, muchas gracias —replica Lenormand con enfado—. Me alegra saber que a los veinte años parezco una vieja gruñona.

—Ay, no seas tan dramática, querida, sabes que te considero la mujer más bonita del mundo.

—¡No te burles de mí, Caterina!

—No me estoy burlando —asegura con los ojos muy abiertos—. Para mí, eres la mejor de todas. Pero ¿por qué me miras con el ceño fruncido? ¿Qué te pasa?

Lenormand se recompone y esboza una leve sonrisa. No puede dejar traslucir su recelo.

—Lo siento. Ha sido una noche larga y exigente, con muchos clientes difíciles.

—Sí, claro. —Caterina suspira—. París vuelve a ser un caos. ¿Has sabido algo más de la reina desde que los trasladaron al Temple?

Lenormand hace una pausa para limpiarse la boca mientras Caterina la observa con expresión inocente.

—Es una crueldad que los hayan confinado así.

—Pero ¿acaso el Temple no es otro gran palacio? —objeta Caterina y, por primera vez, Lenormand nota algo en el tono de sus palabras, una ligera burla.

—Oh, sí, era el palacio del conde de Artois, cuyo interior suntuoso el rey y la reina conocen bien. Pero no están alojados en el palacio. Los han encerrado en la antigua torre.

—El pueblo está iracundo con ellos, El; cree que son traidores a Francia.

—¿Y tú crees eso? —espeta Lenormand.

—Yo no soy francesa; no importa lo que yo piense. Pero la invasión extranjera es inminente, ¿o no? Sabemos que tu reina ha estado en contacto con los enemigos de Francia todo este tiempo...

—Calla —la interrumpe—. Giselle podría oírnos.

—¡Giselle no dirá nada!

Lenormand sabe que Caterina tiene razón. Giselle ha sido su fiel criada desde la noche en que se apareció en la librería con una carta de madame Renard, la tía de Lenormand, poco después del intento fallido de huida de la familia real. Habían saqueado la tienda y acusado a su tía de ser una prostituta de la aristocracia. Esto la asustó tanto que abandonó Francia y se restableció en Bélgica.

A las *marchandes* de moda se las considera símbolos del antiguo régimen y sus depravaciones. Lenormand piensa que es una pena que muchas tiendas de moda se hayan visto obligadas a cerrar, porque, sin importar el bando en el que se esté, la ropa buena es universal.

—Algunos creen que el rey y la reina se lo han buscado.

—¡Estuviste ahí, Caterina! ¿No viste el terror reflejado en sus rostros? ¿Acaso todos los soldados de la Guardia Suiza que los defendieron merecían que los asesinaran?

—Nunca lo olvidaré —admite Caterina y baja la mirada, pero no responde la pregunta de Lenormand.

Lenormand respira hondo y junta las manos.

—Por ahora, parece que la monarquía ha sido derrocada. Pero mientras la turba derriba la estatua de Luis XIV en la Plaza Vendôme y se regocija en la caída de los tiranos, su violencia engendra nuevos tiranos.

—¿Te parece? —inquiere Caterina, con voz apenas audible y el rostro pálido.

—Lo he visto en las cartas, noche tras noche durante la última semana. —Lenormand sacude la cabeza.

Sus miradas se cruzan y, una vez más, Lenormand cree percibir secretos en los profundos ojos verdes. Le gustaría pedirle a Caterina que los comparta, pero no es su estilo mostrar debilidad y sería una debilidad preguntar. Hay otra manera de descubrir lo que su compañera más cercana le oculta.

Lenormand avanza por las calles bulliciosas de París con la gorra revolucionaria roja y la escarapela prendida en la chaqueta. La ira impera por todas partes, pero no teme por su seguridad. Se ha camuflado bien, vestida como cualquier mujer parisina después de la caída de la monarquía. Caterina, por su parte, se hace notar, alta y pelirroja, y con la gorra revolucionaria ladeada sobre la cabeza. Para gran disgusto de Lenormand, lleva puesto el traje de montar verde, igual que esa loca de Théroigne de Méricourt.

Caterina se detiene a comprar un vaso de limonada en un puesto callejero y Lenormand se esconde en una callejuela lateral. Al asomarse por la esquina, ve que su amiga se seca la boca con la manga, como si fuera un hombre, y luego retoma la marcha con determinación. Lenormand se apresura a seguirla, pues desea saber adónde va.

Para su sorpresa, toma la rue de Lille, un distrito burgués.

Lenormand vacila, ya que las calles de esta zona más próspera son menos concurridas. Nunca ha traído a Caterina aquí, de modo que ¿por qué su amiga camina con tanta decisión por la rue de Lille, como si hubiera estado aquí cientos de veces? La observa acercarse a una casa y llamar a la puerta.

Lenormand aprieta el paso, pero es demasiado tarde: la puerta se cierra a espaldas de Caterina antes de que tenga oportunidad de ver quién la ha abierto. ¿Qué debería hacer ahora? No puede quedarse esperando fuera, pues los habitantes de la casa, incluso Caterina, podrían verla si miraran por la ventana.

Hay una cafetería pequeña al otro lado de la calle y Lenormand cruza. Se sienta en una mesa en la esquina y pide una taza de chocolate y una copa de coñac.

—¿Quién vive en la casa de enfrente? —pregunta al camarero mientras este le sirve las bebidas.

—El marqués y la marquesa de Condorcet —responde—. He visto entrar a mujeres de todas las edades y clases sociales con gorros frigios durante toda la mañana, incluida Olympe de Gouges, la cuestionada dramaturga.

—¿Por qué se reúnen todas esas mujeres sin hombres?

—Madame de Condorcet celebra reuniones exclusivas para mujeres del Círculo social —explica el camarero y enarca las cejas hacia ella—. Estas mujeres con pretensiones políticas carecen de todo atractivo, por muy bonitas que sean. —Sacude la cabeza y luego se interrumpe, al reparar en la mirada gélida de Lenormand.

De modo que la intuición no le ha fallado: Caterina le ocultaba sus creencias. No hay sensación de victoria mientras alterna sorbos de chocolate amargo y de coñac dulce. La revolución en Santo Domingo ha provocado una escasez de azúcar y el camarero se olvidó de poner vainilla o canela en su chocolate, pero lo bebe de todos modos, porque necesita algo que acompañe el ardor del coñac.

El sentimiento de traición la atraviesa. Pero ¿por qué? Caterina es libre de ver a quien quiera. Lenormand no es su dueña. Y, sin embargo, mientras que ella lo ha compartido todo con ella, hasta el acceso a la reina y a la princesa Lamballe, Caterina se escabullía al círculo de mujeres revolucionarias de madame de Condorcet. Lenormand ha oído hablar de Olympe de Gouges y, de hecho, admiraba su obra *L'Esclavage des Noirs* y sus escritos abolicionistas. Incluso ha leído su *Declaración de los derechos de la mujer y de la ciudadana*, publicada el año pasado, y no puede negar que la ha conmovido.

Pero la mujer es demasiado idealista, y sus escritos, demasiado directos. ¡Qué estúpidas son estas mujeres! ¿Acaso creen que los hombres de la revolución les darán algún tipo de poder? Por supuesto que no. Ha conocido a suficientes hombres necios en su mesa de tarot para saber que, aunque claman por los derechos de los hombres, no luchan por las mujeres y rara vez por sus hermanos negros.

Lenormand ha logrado forjarse una vida independiente, al margen de cualquier hombre, y no necesita proclamar sus derechos a los cuatro vientos. Estos hombres arrogantes le tienen miedo y ahí reside su poder.

En los tiempos que corren, afiliarse a cualquier grupo político es peligroso. La noticia de la detención de los partidarios de la monarquía constitucional, afiliados a los Amigos de la Constitución, no hace más que confirmar esto. Las mujeres como madame Roland, que siguen al belicista Jacques-Pierre Brissot, forman parte de una fractura creciente dentro de los jacobinos. Lenormand tiene poca idea de política, pero sabe que prevalecerá la facción que defienda los intereses del pueblo, con líderes como Danton y Marat. Personas como Sophie de Condorcet y Olympe de Gouges son demasiado cultas, y sus sueños de igualdad son poco realistas. Debe hacerle entender esto a Caterina, que no solo se pone en peligro a sí misma, sino, por asociación, también a Lenormand.

Apura el coñac y bebe un último sorbo de chocolate. La bebida le da fuerzas y, tal vez por eso, vuelve a pensar en su situación.

Quizá Caterina tenga razón en cuanto a que Lenormand ya no puede dar la espalda por más tiempo a los acontecimientos que suceden a diario en París. Leer las cartas del tarot la ha entrenado para controlar la empatía, porque, de lo contrario, se ahogaría en las penas de los demás. De pronto piensa en la reina y en la princesa Lamballe y en lo que deben estar sufriendo, encarceladas en la torre del Temple. Saber eso y estar sentada aquí, en libertad, es difícil de soportar. Debe hacer algo para ayudarlas, pero necesitará la ayuda de Caterina.

¿Puede confiar en ella? No ha olvidado al revolucionario de melena blanca que les salvó la vida en las Tullerías. Ni tampoco la forma en que miró a su querida Caterina, como si fuera de su propiedad.

ME JUNTO CON LAS MUJERES REVOLUCIONARIAS

18 de agosto de 1792

Mi apoyo a la causa revolucionaria no se limita al trabajo que realizo para Reilly. He asistido al salón de madame de Condorcet desde octubre pasado, cuando, al pasar por los Jardines de Luxemburgo, me encontré con Alice Dillon y otra dama, que más tarde supe que era Germaine de Staël. En lugar de reprocharme la huida de hace tres años, Alice me saludó con calidez y me invitó a dar una vuelta con ella y madame de Staël.

Durante el paseo, Alice manifestó su entusiasmo por el panfleto *Declaración de los derechos de la mujer y de la ciudadana,* de Olympe de Gouges, aunque Germaine expresó sus dudas de que llegara a implementarse y lamentó la falta de liderazgo visionario desde la revolución.

—¿Y tú qué opinas, Caitlin Molloy? ¿Es posible que las mujeres también tengamos voz en el gobierno de nuestros países? —me preguntó Alice.

Me sorprendió que estas damas cultas se dignaran siquiera a hablar conmigo, teniendo en cuenta que había sido sirvienta de Alice Dillon, aunque de manera momentánea. La mera idea de que lady Oswald me tomara del brazo como lo hizo Alice ese día es inconcebible.

—Creo que sí —respondí con fervor—. Aquí en Francia es solo cuestión de tiempo, ya que los derechos de las mujeres se basan en la misma razón y lógica que la revolución. No nos los pueden negar.

No añadí que tenía mis reservas en lo relativo a Irlanda. La tarea más urgente es acabar con el dominio protestante y, una vez que todos los hombres tengan voz, espero que nos permitan a las mujeres tener la nuestra.

Como esposa de un agregado sueco, Germaine me invitó a participar de sus salones políticos en la embajada sueca y, en uno de esos eventos, conocí a mujeres como madame Roland y madame de Condorcet. Al principio, madame de Condorcet organizaba sus salones políticos en el Hôtel des Monnaies, pero ahora se ha mudado a la rue de Lille. Prefiero asistir a sus reuniones, debido a que son exclusivas para las mujeres. No se lo he contado ni a Reilly ni a El. Con estas mujeres girondinas, puedo ser Caitlin Molloy, una chica irlandesa que cree en los derechos de todas las personas, sin importar su género o raza. El sueño de esta igualdad llena mis días y mis noches y devoro tantos panfletos y escritos como puedo, pues deseo tener el don de la palabra de Olympe de Gouges.

Hoy, cuando entré en la casa de la rue de Lille, el salón estaba repleto de mujeres que hablaban. Me detuve a observar desde el vano de la puerta.

Olympe fue la primera mujer que vi. Sus ojos brillaron ni bien advirtió mi presencia y me hizo señas para que me acercara.

Acepté la copa de vino que me ofrecieron y me abrí paso entre el grupo de mujeres para reunirme con Olympe. No vi a Alice ni a Germaine por ninguna parte, pero Olympe conversaba con Sophie, nuestra anfitriona, y con Cécile, una joven negra que solía acompañar a Olympe.

—Bienvenida, *citoyenne*. Me alegro de verte —me saludó Olympe.

—¿Cómo estás, Caitlin? —inquirió Sophie.

—Muy bien. ¿Cómo anda tu pequeña Eliza?

—¡Tan inquieta como siempre! —contestó Sophie, y señaló a su hija de dos años, que rebotaba en el regazo de una de las invitadas mientras reía a carcajadas.

—¿Qué opinas de la caída de la monarquía? —me preguntó Olympe con mirada penetrante.

Me pregunté si alguna de las mujeres sabría que yo había estado en el Palacio de las Tullerías durante el asalto de ocho días antes. No quería hablar del asunto, porque todavía me persigue la imagen de los cadáveres de los soldados de la Guardia Suiza en la escalera.

—¿Creéis que la declaración de la República nos ayudará a obtener los derechos que hemos deseado durante tanto tiempo? —pregunté en su lugar.

Olympe sacudió la cabeza.

—Me temo que no es tan sencillo; hay muchos desacuerdos entre los jacobinos, y la división entre facciones es cada vez más grande. Nosotros somos los girondinos y luego están los montañeses, el ala más extrema.

—Y otros como Barnave y los fuldenses, que defendían la monarquía constitucional, ahora son tan traidores como la reina —interpuso Sophie—. Muchos han huido o han sido arrestados, como Barnave mismo.

Me sorprendió enterarme de que a Barnave, que en su día fue el niño mimado de la revolución, lo condenaran ahora como traidor.

—Mi esposo cree que los montañeses más radicales se harán con el control del gobierno —continuó Sophie— y que se excluirá a nuestro líder Brissot y a otros como él...

—Pero ¿por qué? ¿Acaso Brissot no solicitó la proclamación de la República? ¿Sobre todo, después de la masacre de los que firmaron la petición el año pasado en los Campos de Marte? —aventuré.

—Fue impactante ver cómo las fuerzas del gobierno fuldense atacaron a mujeres y niños desarmados —se lamentó Cécile, con un estremecimiento—. Barnave era el favorito de la reina, se merece su destino.

Las palabras de Cécile eran duras, pero nadie la contradijo. Estaba claro que, a pesar de haber aceptado una monarquía constitucional, el rey había mentido. Desde el asalto al Palacio de las Tullerías, se habían encontrado cajas de correspondencia con emigrados, incluidos sus hermanos y el emperador austríaco, en las que se esbozaban planes concretos para una invasión extranjera de Francia y el exterminio de todos los revolucionarios. O bien Barnave había sido un tonto al creer en la promesa del rey, o había sido cómplice en la traición de la familia real.

—Un hombre como Danton, del grupo de los montañeses, es más popular que Brissot. Tiene poder para movilizar a la gente —precisó Sophie.

—Y ahora creo que Brissot aboga por la defensa de la Constitución y está en contra de la destitución del rey —comentó Sophie.

—Pero ¿por qué? —pregunté, sorprendida por el cambio en las creencias del líder de nuestra facción—. En una república, todos somos iguales, sin reyes ni reinas por encima de nadie. Seremos todos iguales, todos ciudadanos —manifesté, repitiendo uno de los discursos apasionados de Reilly.

—Pero un final tan violento para la monarquía engendrará tiranos, no igualdad —advirtió Olympe.

—Aun así, es nuestra oportunidad para conseguir la liberación —aseguró Cécile, haciéndose eco de mis propios sentimientos—. Por fin se reconoce a las mujeres. ¿Os habéis enterado de lo de Claire Lacombe en las Tullerías? Luchó junto a los hombres y recibió un disparo en el brazo. ¡Ahora la llaman heroína!

—¿Y te parece que este es el camino que debemos seguir, Cécile? —replicó Olympe—. ¿Actuar con la misma violencia que los hombres? El lenguaje debe ser nuestra arma, y la razón...

—Pero necesitamos que nos vean de una manera diferente —protestó Cécile, con los ojos iluminados por la convicción, y estuve de acuerdo con ella.

La puerta del salón se abrió; la figura alta y elegante de la señora Grace Dalrymple Elliott se abrió paso, abanicándose, entre las presentes.

—Aquí viene nuestra espía inglesa, la señora Elliott.

Cécile le guiñó un ojo a Olympe, quien hizo un gesto de exasperación y comentó:

—No es nada sutil, pero nos divierte.

—Ah, la espía inglesa —susurré.

Olympe sonrió dentro de la copa.

—Recordad que no tenemos la certeza —nos amonestó Sophie—. Es una de las amantes de Philippe Égalité, que apoyó la revolución.

—El mismo hombre que en tiempos fue el duque de Orléans, primo del rey. Como sea, se sabe que hace tiempo que Agnès de Buffon es su favorita. La señora Elliott es una monárquica reconocida, aunque en nuestros salones finja lo contrario —se burló Cécile—. ¿Qué puede saber ella lo que significan la libertad y la igualdad para el pueblo de París? Estoy segura de que nunca ha tenido que pasar una noche en la calle, hambrienta y sin techo —concluyó Cécile con resentimiento.

Crucé la mirada con ella y sentí que nos entendíamos.

—Bueno, yo tampoco —admitió Sophie. En ese instante, la señora Elliott se acercó a nuestro pequeño grupo.

—Buenas tardes, *citoyennes* —saludó, y le dio un sorbo a su copa de vino—. No interrumpáis la conversación por mi culpa, ya he visto que estabais muy compenetradas al llegar yo. ¿De qué hablabais?

—De los derechos de las mujeres —respondió Olympe.

La señora Elliott soltó una risita y echó la cabeza hacia atrás. Reparé en su cuello largo y pálido, y en su piel tersa adornada con joyas relucientes. Me pregunté cuántas hogazas de pan se podrían comprar con esas joyas para los niños hambrientos de París.

—Es un sueño ambicioso, ¿verdad? Gobernar un país es una tarea agotadora y no me gustaría que se me fuera la vida en eso.

—Algunas estamos destinadas a cosas más grandes —objetó Cécile con tono cortante.

—Eres joven y pronto aprenderás, querida —contestó la señora Elliott, y enarcó las cejas—. Además de guapa. La forma de obtener el poder es unirte a un joven revolucionario apasionado. Entonces sí podrás marcar la diferencia. ¿De dónde eres?

—De París.

—Pero ¿dónde naciste?

—En Martinica —puntualizó Cécile, fulminándola con la mirada—. Pero mi padre, que es francés, me trajo aquí cuando era pequeña.

—¿Y cómo se toma Philippe Égalité la caída de su primo? —interrumpió Sophie, consciente de la irritación creciente de Cécile hacia la señora Elliott—. ¿Apoya la nueva república?

—Por supuesto —afirmó la señora Elliott—. Cualquier otra cosa sería antipatriota de su parte. —A continuación, bajó la voz hasta convertirla en un susurro—. Está convencido de que solo queda un camino que seguir.

—¿Y cuál sería ese camino? —inquirió Sophie.

—Juzgar al rey por traición. De hecho, ya no es el rey, sino el ciudadano Capeto.

—Y se podría forzar el exilio de la familia real —aventuró Olympe.

Un escalofrío de pavor me recorrió la espalda. Había visto las predicciones del tarot de Él y había escuchado la aterradora retórica de Reilly sobre el destino de la familia real.

—Dígame, señora Elliott, ¿le preocupa cuál podría ser su destino si juzgaran al rey? —preguntó Sophie.

—¿Por qué iba a preocuparme? Siempre he apoyado la revolución. ¿Acaso no estoy aquí ahora, entre vosotras, buenas mujeres girondinas?

—Pero habrá que extremar las precauciones —advirtió Olympe—, porque todos nos encontraremos bajo un mayor escrutinio.

—¿Y tú vas a extremar precauciones, Olympe? —espetó la señora Elliott, con las mejillas sonrojadas—. ¿Vas a desistir de tus escritos políticos para complacer al nuevo gobierno?

—Pero yo soy una revolucionaria de verdad... —comenzó a decir Olympe.

—Calmémonos, *citoyennes* —intervino Sophie—. Estamos aquí para discutir ideas y recopilar opiniones sobre cómo nosotras, como mujeres, podemos avanzar hacia una Francia más justa.

—Los hombres que ejercen el poder nunca nos concederán oficialmente los mismos derechos que ellos —declaró la señora Elliott, y levantó los brazos—. La mejor solución es aprender el arte sutil de la manipulación.

—Pero eso implicaría traicionar nuestra integridad —replicó Olympe—, y me niego a creer que no hay esperanza para nuestra causa.

—¿Qué le dicen las cartas del tarot a tu compañera, mademoiselle Lenormand, sobre el futuro de Francia? —me preguntó Sophie.

Todas estas mujeres saben que vivo con la tarotista de Versalles, pero nunca me han pedido que les tire las cartas o les lea las manos. Viven en el presente, sin necesidad de mi consejo, y se apoyan en sus creencias.

Sin embargo, ante la mención de El, la señora Elliott se volvió hacia mí, con el cuello largo como un cisne, y me clavó la mirada de sus ojos grises y fríos.

—Si ha visto el futuro, no lo ha compartido conmigo —le respondí al grupo.

—Pero ¿acaso no leéis las cartas juntas? ¿Has visto algo? —insistió Cécile con curiosidad.

—Sé leer el tarot, pero solo puedo hablar sobre el presente y el pasado. No tengo la capacidad de adivinar el futuro que es propia de mademoiselle Lenormand.

No me explayé sobre mi habilidad para leer las palmas de las manos. He tocado las manos de todas estas mujeres sin que ellas sepan que soy yo quien les trae recuerdos de su pasado: la larga historia de Olympe de Gouges por alcanzar la verdad y la justicia a través de la palabra escrita y cómo empuña esta verdad como una espada que nunca depone; el corazón bondadoso de Sophie de Condorcet y el amor profundo que siente por su esposo, un hombre excepcional e ilustrado; los privilegios de Grace Elliott y su soledad en las relaciones con hombres que la ven como un juguete y sus encuentros clandestinos con ingleses desconocidos —no hay duda de que es una espía—, y he visto también el sufrimiento de Cécile y la crueldad que ha padecido a manos de hombres blancos. He tenido que parpadear con fuerza para borrar esas imágenes, aunque Cécile lleva el dolor de esos recuerdos grabado en su rostro.

—La pequeña madame Lenormand... es toda una sibila —señaló la señora Elliott—. Y, por cierto, una defensora de la corona.

—Como dije antes, mademoiselle Lenormand es una de

las nuestras —aseveré—. Como mujer independiente, desea lo mismo para todas las mujeres.

—La única persona que le importa a Adelaide Lenormand es ella misma. Y lo sabes, Cait —precisó Olympe.

—Te hemos dicho que es peligroso que andes con ella —añadió Cécile.

—Ven a vivir a mi casa, como ha hecho Cécile, serás bienvenida —ofreció Olympe.

—Qué amabilidad la suya, madame de Gouges, acoger a todas las extraviadas —interpuso la señora Elliott.

Cécile entrecerró los ojos hacia la mujer escocesa, pero guardó silencio. En su lugar, inclinó la cabeza hacia la mía y me susurró al oído:

—Es peligroso. Déjala.

Cécile tiene razón. Pero no puedo abandonar a El, porque ella es mi hogar. La he engañado, aunque por una buena causa, pero no puedo abandonarla.

Si me quedo, la mantendré a salvo. Esas mujeres no saben nada de mi relación con Reilly y su promesa de proteger a la tarotista de Versalles.

LA MUERTE

Empezar de nuevo

18 de agosto de 1792
París

Los espíritus están regresando. Primero, su madre. Lenormand se encuentra con ella por las noches. Es la única que la llama por su nombre completo: *Marie Anne Adelaide*. Las palabras van y vienen como una ola en su mente y siente que no le pertenecen. Son las palabras de una niña pequeña antes de que su madre se convirtiera en la tierra bajo sus pies. En sus sueños, su madre está de pie debajo del tejo majestuoso del cementerio donde vive. Todavía lleva el camisón blanco manchado de sangre con el que murió y su cabello cae en mechones húmedos alrededor de su rostro, tan oscuro como el de Lenormand.

"Marie Anne Adelaide, ¿qué significa La Luna?"

Su madre le arroja una carta del tarot, que cae a los pies de la niña. Lenormand se agacha y la recoge.

Es La Luna, de la baraja del tarot de Marsella: dos perros enfrentados, uno negro y otro marrón, aúllan a la luna. Pero la luna, con semblante abatido, está contenida dentro del sol, cuyos rayos se extienden más allá de la circunferencia. ¿Los perros aúllan juntos o están a punto de atacarse el uno al otro? ¿Y por qué el sol se traga la luna? Detrás de cada perro se alza una torre, como definiendo dos bandos opuestos y, delante de ellos, un cangrejo de río con pinzas gigantes emerge de un lago. Lenormand lo asocia con el escarabajo egipcio, que representa la muerte y el renacimiento, y así como el sol muere cada noche y renace cada día, la luna muere cada día y renace cada noche. Sabe que esta carta habla de ella y de Caterina: ella es el sol y Caterina la luna, como sugiere su apellido, de Luna. Pero su madre le ha preguntado el significado de la carta y, aunque Lenormand lo conoce muy bien, se resiste a decírselo.

"Dime lo que sabes en tu corazón", le susurra su madre.

"Significa secretos y mentiras; significa traición."

Su madre abre los brazos y, en el sueño, Lenormand, la niña, corre hacia ella. Solo un abrazo más antes de que la tierra reclame sus huesos… pero es demasiado lenta. Mientras corre hacia su madre, las nubes estallan y su madre queda oculta detrás de una cortina de lluvia. Un relámpago ilumina el cielo y el camisón blanco de su madre se eleva en el aire mientras su madre se transforma en un gran búho blanco. El pájaro se abalanza sobre Lenormand, chillando, y ella grita con miedo y frustración. ¿Adónde ha ido su madre?

Lenormand se despierta sobresaltada y se sienta en la cama. Tiene el cuerpo pegajoso por el sudor y el corazón acelerado.

Para su sorpresa, Caterina está de pie en el umbral de la puerta, con una vela en la mano.

—Gritaste —le murmura con suavidad mientras entra en la habitación.

Apenas han hablado desde que Lenormand siguió a Caterina a la casa de madame de Condorcet en la rue de Lille esta tarde. Y el flujo constante de clientes durante toda la noche no les ha dejado tiempo para conversar.

—¿Has vuelto a tener una pesadilla sobre tu madre? —pregunta y se sienta en el borde de la cama.

En la penumbra de la habitación, los ojos de Caterina son del color de un follaje perenne. Toca la mano caliente de Lenormand con sus dedos fríos.

Se miran en silencio; conscientes, una vez más, de la sincronicidad de sus vidas: ambas, mujeres marginadas; ambas, instigadoras de la fatalidad. ¿Cómo puede Lenormand ocultarle algo a Caterina?

—Hoy te seguí.

Caterina deja de acariciarle el brazo. Baja la vista a las manos de Lenormand y entrelaza sus dedos con los de ella hasta formar un nudo apretado. Es un poco doloroso, pero a Lenormand le gusta la sensación.

—¿Tienes idea de lo peligroso que es involucrarse con mujeres como Sophie de Condorcet y Olympe de Gouges, Caterina?

—Son mujeres cultas que luchan por nuestros derechos, El. ¿No quieres estar en igualdad de condiciones con los hombres? —La mira a los ojos, la barbilla levantada en actitud desafiante.

—La nueva república no se interesará en los derechos de las mujeres. Recuerda mis palabras: querrán mantenernos tan oprimidas como el antiguo régimen. De hecho, tal vez sea peor —responde.

—¿Cómo podría ser peor? —se burla Caterina—. Con la monarquía, la gente se moría de hambre en las calles.

—María Antonieta y Luisa también son mujeres cultas; desean cambios para las mujeres —comienza a decir Lenormand.

—No les importan los pobres.

—No creo que eso sea cierto. La reina tiene un corazón muy bondadoso. Mira cuántos huérfanos ha adoptado y, a pesar de estar presa, los sigue manteniendo.

—Una gota en el océano de la pobreza. Y Él, ahora es madame Capeto.

Lenormand aparta la mano y se frota los dedos doloridos.

—Mi querida amiga —continúa Caterina—, me junto con estas mujeres para protegerte a ti y a tu lealtad persistente a una monarquía muerta. Además, ellas no deseaban la caída total del rey. Defienden la continuidad de la monarquía constitucional.

—Pero otras mujeres revolucionarias reclaman la república —retruca Lenormand.

—Yo no tengo ninguna relación con los Indignados —aclara Caterina—. No olvides que Olympe le dedicó su *Declaración de los derechos de la mujer* a María Antonieta, porque sabe que ella también es víctima de la calumnia.

Esto es cierto, Lenormand no puede negarlo, pero le molesta que Caterina se relacione con otras mujeres y se lo oculte. ¿No podría haberla invitado también? Se habría negado desde el principio, porque seguro que la habrían acosado para que leyera las cartas del tarot, como le ocurre siempre dondequiera que vaya; aun así, le hubiera gustado que Caterina se lo pidiera.

Suspira y hace un esfuerzo por contener su dolor, porque ama a Caterina y no podría soportar perderla.

—Vamos, no discutamos. Es medianoche. Tendríamos que estar durmiendo.

—Y qué noche tan oscura. —Caterina se pone de pie y abre las cortinas—. No se ven ni la luna ni las estrellas.

—Ayer fue luna nueva —señala Lenormand.

—¿Y tú por qué apoyas a la realeza, El? —Caterina se gira, con la cabeza ladeada—. ¿No sería más lógico que una mujer como tú, independiente y con su propio negocio, se aliara con las mujeres girondinas? ¿Que apoyaras a quienes defienden tu derecho a tener voz en el gobierno de tu país?

—No son buenos tiempos para esos argumentos —replica Lenormand—. Estos jóvenes airados que hoy gobiernan Francia no cederán ningún control a las mujeres, no les conviene, porque muy pronto desearán esposas y madres para sus hijos y querrán tenerlas. Es peligroso formar parte de un movimiento así, porque está destinado a ser eliminado.

—Pero es más peligroso apoyar a la ciudadana Capeto, Lenormand...

—No se llama ciudadana Capeto; ¡es la reina!

—Tu sola forma de llamarla delata tu lealtad.

—No es una mujer común, Caterina.

—Todas somos mujeres comunes, El.

—No lo creo. Yo no soy común y tú tampoco. Por eso la gente viene a vernos. Quieren comprender los misterios de sus vidas y nosotros podemos aportarles un poco de luz.

Caterina vuelve a la cama, se sube a ella y se tiende junto a Lenormand, aunque por encima de las mantas. La joven irlandesa está tan cerca que Lenormand puede distinguir las pecas en su nariz y mejillas, y la ligera superposición de su labio superior.

—Me preocupa tu seguridad, El. Prométeme que no intentarás comunicarte con la ciudadana Capeto ahora que está encarcelada.

—Si tú me prometes que dejarás de asistir a esos clubes.

Se miran en silencio. Los profundos ojos verdes de Caterina brillan con convicción y Él comprende que no hay manera de persuadirla. Esas tontas mujeres revolucionarias le han llenado la cabeza de esperanza.

—Lo que hacemos tú y yo ya es de por sí contrario a la ley —murmura Caterina—. Te ruego que renuncies a tu lealtad a María Antonieta y a la princesa Lamballe. Están arrestando a los realistas...

—Tengo cuidado.

Caterina menea la cabeza y gira para quedar boca arriba. Lenormand le toma la mano y vuelve a entrelazar sus dedos con los de ella.

—¿Quién era ese hombre, Caterina?

Percibe que Caterina contiene la respiración y se produce una pausa larga antes de que responda.

—¿Qué hombre?

—El hombre alto y rubio que nos sacó del Palacio de las Tullerías y nos llevó a un lugar seguro. Era evidente que se conocen.

Caterina no habla durante un momento y, cuando lo hace, su voz es tan baja que Lenormand apenas la oye.

—Ay, qué lista eres, El. Es cierto que conozco a ese hombre, pero no es mi amigo.

—¿Quién es? Me pareció que tenían una conexión íntima.

—Es detestable —afirma Caterina con vehemencia—. Has confundido el odio con la intimidad. Se llama Thomas Reilly.

—¿El hombre que te abandonó cuando llegaste a París? Creía que se había ido a Norteamérica.

—Es él, ha regresado —concede Caterina—. Lo desprecio, pero no se lo podía demostrar. Necesitábamos su ayuda.

Lenormand experimenta un gran alivio. Su instinto no la había engañado; Caterina conoce a ese hombre, pero no siente afecto por él. Una cosa es tolerar las diferencias políticas entre ellas, pero enterarse de que Caterina sentía algo por un hombre y se lo había ocultado haría trizas todo lo que habían creado.

En mitad de la noche, se bañan juntas como lo han hecho tantas veces. La chica irlandesa toma a Lenormand entre sus brazos y esta se gira contra ella, de modo que los pequeños pechos desnudos de Caterina presionan contra la piel de su espalda. Sus cuerpos se confunden, unidos por la violencia de lo que presenciaron hace diez días. Tantos muertos en la escalera del Palacio de las Tullerías, pero ellas están vivas, sus cuerpos sedosos y mojados en el agua caliente.

Con el aliento en la nuca de Lenormand y las piernas alrededor de su cintura, Caterina sumerge una mano en el agua y la acaricia entre las piernas. Cuánto amor le ha mostrado Caterina durante los tres años que llevan juntas. Y, sin embargo, estos momentos de éxtasis se han vuelto cada vez menos frecuentes. Lenormand se da la vuelta y la chica irlandesa la besa con suavidad en los labios, sin dejar de girar su dedo dentro de ella, llevándola a un instante de goce profundo, un fragmento de tiempo perdido en sensación pura.

Más tarde, se secan la una a la otra y, todavía húmedas, regresan a la cama. Lenormand yace sobre Caterina y contempla sus ojos entrecerrados y brillantes. Le recorre el cuerpo con su boca, desde los labios hasta la punta de la barbilla, la parte superior del esternón y a lo largo del torso hasta el vientre para alcanzar, por fin, el lugar que más le gusta. Su lengua acaricia la flor delicada y hermosa de Caterina y se demora allí con ternura, disfrutando mientras Caterina se estremece y suspira.

Se duermen abrazadas. Lenormand jamás se ha sentido tan amada.

Al amanecer, Caterina gira hacia ella y juntas contemplan

una bola de fuego ámbar que se eleva por encima de los techos de París. Las campanas de la iglesia marcan la hora. Caterina le apoya la barbilla en el hombro y le rodea la cintura con los brazos. Lenormand se relaja y se deja abrazar. Los primeros gritos de los vendedores ambulantes se cuelan en esa transición entre el sueño y la vigilia, y Lenormand siente el aliento de Caterina en su nuca.

Pero estos momentos de tranquilidad y bienestar no duran mucho, ya que Caterina se aparta con brusquedad.

—¿Has oído eso? —susurra.

Lenormand sacude la cabeza y se muerde el labio para reprimir la sensación de pérdida que la embarga.

Caterina se levanta de la cama y Lenormand la observa mientras cruza la habitación, con el camisón que se le ha caído de un hombro y deja al descubierto una porción de piel en forma de luna. Todavía puede oler el aroma especiado de la canela que Caterina le echa a cada taza de café.

Caterina abre la ventana y el sol naciente tiñe su rostro de color rosado. Las voces de los vendedores ambulantes llegan ahora con más precisión. Además de promocionar los productos que venden, han adoptado la costumbre de anunciar las noticias de la nación en estos tiempos cambiantes.

—Escucha —la insta Caterina con otro susurro y se vuelve hacia ella con los ojos muy abiertos.

Lenormand se levanta y se acerca a la ventana. El día ya está pegajoso, sin una pizca de brisa, y ahora puede oír y ver al vendedor ambulante abajo que grita con claridad.

Es como si el mensaje fuera exclusivamente para ella.

—Madame de Tourzel, Pauline de Tourzel y la princesa Lamballe han sido arrestadas. ¡A la amante lesbiana de la ciudadana Capeto la han encarcelado en La Force!

Lenormand escucha con espanto mientras una pequeña multitud se congrega abajo y otros abren sus ventanas. El pueblo de París comienza a vitorear.

SOY TESTIGO DE LAS
MASACRES DE SEPTIEMBRE

2 de septiembre de 1792

NUNCA OLVIDARÉ LO QUE HE VISTO HOY. PRIMERO SE OYE-
ron los tambores. Era de mañana todavía y estábamos en
la librería después del desayuno. No había ningún cliente,
pero eso no era nada raro. El estaba anotando los ingresos
de la noche anterior en el libro de contabilidad y yo estaba
subida a una escalera, leyendo un panfleto contra la esclavitud que me había dado Cécile. Hace tiempo que he renunciado al azúcar en favor de los alzamientos en las colonias
francesas, y lo que revelaba el panfleto era muy impactante.

Pero entonces comenzaron a oírse los tambores y me
acordé de la marcha de las mujeres sobre Versalles. El levantó la vista y, cuando nuestras miradas se cruzaron, se
puso pálida. Sin decir ni una palabra, bajé de la escalera y
fuimos a ver qué pasaba fuera. La gente corría por la rue de
Tournon. Cada vez había más gente en la calle y El tomó del
brazo a uno de los chicos de la panadería.

—¿Qué está pasando, Jacques?

—Los aristócratas se han sublevado, es la contrarrevolución. —Su voz estaba cargada de terror—. Han venido a matarnos a todos.

—Pero ¿y adónde van?

—A las prisiones. Mi padre nos dijo que debíamos ir allí, a deshacernos de los traidores.

El soltó un grito ahogado y se volvió hacia mí.

—Luisa, madame de Tourzel y su hija Pauline todavía están en La Force. ¿Qué les harán estas personas, Caterina?

Pero no esperó mi respuesta. Volvió corriendo a la librería y se puso su chaqueta, con la escarapela azul, blanca y roja colgando de ella.

—Debo ir a La Force y tratar de ayudarlas —declaró. Corrió una de las estanterías y tomó una caja con monedas—. Sobornaré a los guardias para que las liberen.

—No creo que los guardias puedan controlar a la gente, El —aventuré—. Recuerda lo que pasó en las Tullerías. Además, las cartas de la princesa Lamballe ya te revelaron que esto le iba a pasar.

—¿Acaso no te he enseñado nada? —espetó—. Las cartas predicen el futuro sobre la base de las acciones que se toman en ese mismo momento, pero el futuro puede cambiar. Cuando hay voluntad, podemos cambiar nuestro destino. Puedo querer un destino diferente para Luisa… —Su voz se quebró mientras se llevaba la mano al pecho—. Tengo que ayudarla. Se lo debo todo.

—Es demasiado peligroso que salgas de la librería. Algunos creen que simpatizas con los contrarrevolucionarios —le advertí, con pánico creciente.

—Pero no puedo quedarme aquí sentada sin hacer nada.

—Buscaré a Thomas Reilly y le pediré ayuda. —No tenía ganas de arriesgar mi vida por la consentida princesa Lamballe, pero lo haría por la dulce Pauline de Tourzel y su madre.

El frunció el ceño.

—Pero si lo odias.

—Sí, es cierto. —Me alejé para que no pudiera detectar mi mentira—. Pero es muy amigo de los miembros de la nueva Convención Nacional y tiene influencia.

—Pero ¿cómo...?

—No tengo tiempo para dar explicaciones; debo irme ya. No hay tiempo que perder —afirmé y me puse el gorro frigio rojo.

El se quedó mirándome, pero no dijo nada más. El cuervo ceniciento voló en círculos alrededor de la librería y se posó en mi hombro.

—Me llevaré al cuervo, me protegerá desde arriba.

—¿Y Gilbert?

—Es mejor que se quede contigo; te mantendrá a salvo —respondí—. Cierra la puerta con llave y echa el cerrojo; no atiendas a nadie hoy. Cuando vuelva, golpearé tres veces. Prométeme que no saldrás de la librería.

Corrí entre la multitud enfurecida que vociferaba por encima del estruendo de los tambores.

—¡Abajo los tiranos! ¡Muerte a los enemigos de Francia!

Pude reconocer algunas caras: el chocolatero de la rue Saint-Honoré, un camarero de Le Procope, el dueño de la tienda que siempre me guarda un trozo de queso gruyer, el vendedor ambulante de limonada... y, sin embargo, todos parecían diferentes, con los rostros desfigurados por el miedo y la ira. Creían que sus vidas corrían peligro y tal vez fuera cierto De un momento a otro podían aparecer ejércitos extranjeros a las puertas de París, dispuestos a masacrar al pueblo y rescatar al rey y a la reina destronados.

Confundida y desconcertada, corrí hacia la pensión de Reilly. La culpa me oprimía el corazón. No podía evitar pensar que mi espionaje en el salón de la princesa Lamballe durante el invierno y la primavera había contribuido a su encarcelamiento.

Reilly salía de la pensión cuando lo llamé.

Me miró con gesto preocupado.

—¿Qué haces aquí, Caitlin?

Había corrido tan rápido que me costaba articular palabra.

—Necesitamos…, necesito tu ayuda —logré decir.

Me apartó de la gente que nos empujaba.

—Deberías haberte quedado dentro. Hoy es un día peligroso. Mira, toda esta gente va armada.

Hizo un gesto con la mano para señalar las picas, garrotes, anzuelos y todo tipo de armas rudimentarias que portaba la turba en su camino a la prisión. Vi que él también iba armado; llevaba una pistola enfundada en la cintura.

—¿Las tropas del emperador austríaco han invadido Francia? —pregunté.

—No, pero hemos sufrido algunas derrotas serias. He oído que nos estamos replegando al sur de Lorena y debo acudir a la Convención Nacional para ayudar a Robespierre. Tenemos que coordinar con los generales del ejército revolucionario para lanzar una contraofensiva. El asunto de la Guardia Suiza ya ha sido resuelto; los han arrastrado fuera de las prisiones y los han ejecutado por traición.

La frialdad de su voz me espantó.

—Mademoiselle Lenormand teme por sus amigas De Tourzel y la princesa Lamballe. Están encarceladas en La Force. ¿Puedes ayudarlas?

La multitud crecía y nos empujaba como una gran ola. Reilly me rodeó con el brazo de forma protectora y me atrajo más hacia él; el deseo se trenzó con el miedo en mi interior.

—Pero defienden a la monarquía. ¿Por qué habría de ayudarlas?

—Por mí, Thomas. Son mujeres inofensivas.

—Pero no significan nada para nosotros, Caitlin. ¿Por qué habría de arriesgarme por esas mujeres? Estaría traicionando a Robespierre y a todos mis compañeros que desean ayudarnos en Irlanda.

—Son importantes para El y El es importante para mí.

—Eso está claro —replicó con ojos interrogantes.

—Si no vas a ayudarme, lo haré yo sola —declaré. Me alejé y me encaminé con paso firme hacia el Sena, ya que La Force se encontraba al otro lado de la isla de la Cité, en el corazón del Marais.

Reilly me alcanzó a la altura de la catedral de Notre-Dame y, sin decir ni una palabra, me tomó de la mano. El gentío se hacía más denso a medida que nos acercábamos a la prisión de La Force y el miedo y la aprensión me cortaban la respiración. Un olor terrible impregnaba el aire y los gritos y el clamor escalofriante ahogaban el ruido de los tambores.

—Por favor, Caitlin, no sigas. Vuelve a casa —me suplicó Reilly.

Sacudí la cabeza y observé los pequeños ríos de sangre roja que fluían por los adoquines.

—Te prometo que haré todo lo que pueda. Al menos tendrán un juicio —agregó con desesperación—, pero debes irte de aquí. Es demasiado brutal para tus ojos.

—No puedo volver —protesté, molesta porque él no confiara en mis fuerzas—. Tengo que asegurarme de que estén a salvo.

—Amo tu fortaleza —precisó Reilly—, pero si alzas la voz en nombre de ellas, pondrás en peligro tu vida.

—Pero tengo que ayudarlas —insistí con voz titubeante, porque, aunque me frustraba que él no quisiera tenerme a su lado, temía que tuviera razón.

—No puedo permitir que corras peligro. —Reilly se interpuso en mi camino—. Debes dejarme a mí.

Asentí con renuencia y me dio un beso en la frente.

—Vete a casa y no te entretengas en el camino —me ordenó.

Pero me quedé ahí mientras él se abría paso entre la muchedumbre.

—¡Abran paso al *citoyen* Reilly! —gritó la gente.

Pegajosa por el sudor y el miedo, emprendí la vuelta, pero entonces vi a Claire Lacombe, con el brazo roto en un cabestrillo, y a Pauline Léon, vestida con pantalones anchos y un gorro frigio. No son el tipo de mujeres que visitan la casa de Sophie de Condorcet para debatir sobre política, pero las había visto en el Club de los Cordeleros cuando había acompañado a Reilly. Agaché la cabeza, sin querer llamar la atención, pero ya era demasiado tarde.

—Eh, irlandesa, ¿adónde vas? ¡Vas en la dirección equivocada! —gritó Claire.

—¿Estás armada? —preguntó Pauline Léon y blandió un cuchillo de cocina grande.

—No. —Sacudí la cabeza—. Y no quiero estarlo.

—¿De qué me hablas? Todo buen patriota debe ir armado para defender nuestra ciudad de los invasores extranjeros que se acercan —señaló Claire—. Toma, tengo un cuchillo extra.

Me entregó una pequeña daga, que acepté. Estas dos mujeres tienen una reputación feroz y, según Reilly, son fuera de lo común. Una parte de mí admira esa convicción de tener el mismo derecho a participar que sus camaradas masculinos, pero en ese momento, temí que me llamaran traidora.

Las dos mujeres se colocaron a ambos lados de mí y me vi obligada a volver sobre mis pasos con ellas mientras le cantaban a Marianne, su diosa de la libertad. De pronto levanté la vista; el cuervo ceniciento sobrevolaba en círculos y graznaba en el aire mientras la Morrigan me llamaba.

Apreté la empuñadura de la daga y el contacto con el metal me reanimó.

¿Acaso me parezco más a Claire Lacombe y a Pauline Léon que a El? Ellas han arriesgado sus vidas por la libertad. Yo he querido hacer lo mismo por Irlanda.

La turba comenzó a cerrarse a mi alrededor y el cielo se achicó. Ya no podía ver al cuervo, pero en tanto marchaba junto a las otras dos mujeres, mis miedos se disiparon y me sentí parte de una hermandad de guerra. Eran tan libres, ajenas a lo que los hombres pensaran de ellas mientras cantaban a todo volumen y agitaban sus armas en el aire.

Más adelante, rodeada de hombres y mujeres con gorros frigios rojos, estaba la Morrigan. No se me había aparecido desde la mañana en que las mujeres del mercado irrumpieron en el Palacio de Versalles y volver a verla me llenó de furia. Se elevaba por encima de hombres y mujeres, con la cabeza descubierta y el cabello rojo que se arremolinaba a su alrededor como cuerdas ensangrentadas. Levantó el brazo hacia el cielo; en su mano nervuda, un cuchillo de carnicero goteaba sangre fresca. Quedé atrapada por sus ojos, pozos ardientes de ira, y entonces su rostro se frunció en una mueca. Tenía los dientes ennegrecidos y rotos, y la lengua tan roja como su cabello. Me llamó, graznando como un cuervo, y corrí hacia ella. Con el corazón acelerado, extendí la mano hacia su mano ensangrentada, impelida por un deseo perverso y furioso de tocarla. "Mata a quienes nos matarían. Venga a Eimile." Tuve una visión de mi tía bajo la nieve, con la piel azulada y tosiendo sangre. Un hilo rojo bajaba por su barbilla y salpicaba el manto blanco a sus pies. Los privilegiados eran responsables de su muerte y la sed de venganza me estremeció. Claire y Pauline aullaban como hadas de la muerte y me sumé a sus gritos. Ya estábamos extramuros de La Force, en un patio pequeño, y oí los alaridos de terror de los prisioneros monárquicos que eran arrojados a la multitud. La Morrigan se abalanzó sobre un sacerdote tembloroso y lo traspasó con su cuchillo. Claire me alentó a que avanzara mientras ella atacaba a otro monárquico con su brazo sano; le clavó el cuchillo en la cara, la sangre brotó a borbotones y el hombre soltó un chillido. Levanté la mano en la que aferraba la daga, incitada por el anhelo de hacer justicia y de unirme a la matanza, cuando oí un ruido sobre mi cabeza. Un cisne blanco surcaba el cielo, batiendo las alas con tanta fuerza que ahogó el zumbido en mis oídos. Retrocedí y me quedé mirando con incredulidad la daga que brillaba en la luz.

—¡Vamos! —me animó Claire, con la cara manchada de sangre.

Sacudí la cabeza y volví a retroceder. Mi ira se desvaneció tan rápido como había surgido.

—Debes actuar —añadió, a los gritos—. Si no los destruimos, se levantarán de nuevo y nos matarán a todos.

La turba a mis espaldas me empujaba hacia delante, acorralándome. Vi con horror cómo sacaban a prisioneros aterrorizados de La Force y los mataban a golpes. La Morrigan ya no estaba a la vista, pero otros cometían atrocidades todavía peores.

Desesperada por alejarme de la masacre, me volví y me topé con un hombre gordo con un cuchillo de carnicero en la mano que me bloqueaba el paso. Pero su atención estaba en otra parte.

—¡Es Lamballe, la zorra lesbiana! —gritó, y me salpicó la cara con saliva.

Me giré de nuevo mientras la multitud se precipitaba hacia delante y, entre los hombros anchos de dos hombres ensangrentados, con cuchillos que chorreaban sangre, vislumbré la diminuta figura de Luisa Lamballe, temblando junto al muro de la prisión.

La princesa se volvió hacia la puerta por la que la habían

sacado, pero se la cerraron en las narices. Giró entonces hacia la ira desbordante de la horda y juntó las manos a modo de plegaria. Su vestido blanco estaba sucio y rasgado, había perdido la cofia y su cabello gris caía en mechones grasientos. Su expresión era de terror absoluto.

—Creo en la libertad, la igualdad y la fraternidad de la República francesa —musitó con voz trémula.

—Pero ¿renuncias a tu maldita reina? ¿La reconoces como traidora al pueblo? —gritó Claire.

La muchedumbre hizo silencio durante un momento. Deseé que Luisa Lamballe renegara de la reina y salvara su propia vida.

—No. —La princesa cerró los ojos y se tambaleó, esperando su destino.

Un aullido se elevó entre la gente y arremetieron contra ella. Un hombre la empujó por las escaleras, ella tropezó y otro le clavó un cuchillo en el pecho. En ese instante, Luisa Lamballe me vio. Sus ojos revelaron confusión, luego dolor, cuando se dio cuenta de mi traición. Entonces la apuñalaron de nuevo y cayó por las escaleras. La turba se lanzó sobre ella como una jauría diabólica mientras Pauline y Claire sumaban sus voces de aprobación.

Fue indescriptible; incluso ahora me resulta doloroso ponerlo por escrito. Pero mi testimonio debe quedar registrado para que todos sepan los horrores que pueden desatarse en tiempos de revolución.

Tenía que alejarme de aquella escena de pesadilla y, cuando me volví otra vez, empujé al hombre gordo en el estómago. Aun así, no me dejaba pasar, pero el cuervo ceniciento bajó en picada y le picoteó la cabeza. Mientras estaba distraído con el pájaro, logré escabullirme por un costado y abrirme paso entre el resto de la horda salvaje. Corrí por las calles del Marais contra la marea de gente que se dirigía a La Force. Crucé el Sena, atravesé la isla de la Cité, volví a cruzar el río y, por fin, llegué a la rue de Tournon, siempre acompañada del cuervo, que graznaba sobre mi cabeza.

Solo al llegar a la puerta de la librería fui consciente de que había estado sujetando la hoja de la daga de Claire Lacombe todo el tiempo. La dejé caer y rebotó contra los adoquines, seguida de gotas de sangre roja. Una herida profunda me palpitaba en la palma de la mano. La sangre me trajo a la memoria la visión del ataque a la princesa Lamballe y caí desmayada en la calle.

LA TEMPLANZA

Encuentra la paz

2 de septiembre de 1792
París

GILBERT NO PARA DE LADRAR Y LENORMAND NO SABE QUÉ hacer. Hay alguien fuera de la librería, pero no puede ser Caterina, porque ella llamará tres veces a la puerta. Lenormand y Giselle se esconden detrás del mostrador, ya que bastaría una piedra grande para romper las ventanas y los postigos.

Pero entonces oye otro sonido, unos golpes en la puerta: tres golpes. Se levanta de su escondite y abre apenas un postigo. Ahí está el cuervo ceniciento, aleteando y golpeando el cristal con el pico.

Lenormand baja la mirada y repara en la figura tendida.

—¡Caterina! —exclama y abre la puerta. Giselle se une a ella y juntas entran a la chica irlandesa dentro de la librería. Gilbert está frenético y empieza a lamer la mano de Caterina. Lenormand ve sangre y, aunque Giselle grita asustada, ella mantiene la calma.

—Cierra la puerta y trae coñac —le ordena mientras inspecciona la herida—. Es un pequeño corte en la mano; la vendaremos.

Caterina está reclinada contra el mostrador y Lenormand le lleva el coñac a los labios. Caterina parpadea y da un pequeño sorbo. Luego gime antes de abrir los ojos con lentitud.

—¿Qué ha pasado? —susurra Lenormand.

—Perdóname —murmura Caterina con voz trémula y los ojos húmedos.

—Pero ¿qué ha pasado? ¿Luisa?

Caterina sacude la cabeza.

—Ha sido espantoso, El.

—¿No hay esperanza?

—Está muerta.

Lenormand se deja caer sobre el suelo frente a Caterina y Giselle emite un gemido aterrado.

Su predicción se ha cumplido. Su voluntad no ha sido lo bastante fuerte como para cambiarla.

Aun así, abriga una pequeña chispa de esperanza.

—¿Estás segura?

Caterina asiente con gravedad.

—Lo vi con mis propios ojos —afirma, y las lágrimas ruedan por sus mejillas—. Fue una escena horripilante, El.

Lenormand siente cargo de conciencia. ¿Cómo ha podido dejar que Caterina se expusiera a semejante peligro y presenciara tanta violencia?

—Perdóname, querida. —La ayuda a ponerse de pie.

—Te he fallado, te he… —balbucea despacio Caterina entre sollozos.

—Chis… Tenemos que vendarte. —Lenormand la lleva a la escalera en la parte trasera de la tienda y Giselle las sigue con la botella de coñac.

Antes de que llegara este día, Lenormand vertió muchas lágrimas por su mecenas y amiga, pero ahora que su destino se ha cumplido, no siente dolor, sino rabia. Los revolucionarios que atacaron a una mujer indefensa eran una manada de animales salvajes, ya no seres humanos. Caterina no ha brindado detalles de lo que vio y Lenormand no quiere presionarla, pero puede imaginar lo horrible que debió ser.

Acaba de terminar de vendarle la mano cuando oye otro golpe en la puerta.

—Deberíamos ignorarlo —sugiere—. A estas horas no puede ser nada bueno.

Pero los golpes continúan.

—Caitlin, Caitlin —llama la voz de un hombre.

Caterina baja las escaleras con paso inseguro. Lenormand la sigue, y Giselle, acobardada, va detrás de ella. Cuando Caterina abre la puerta, el mismo hombre que las rescató en el Palacio de las Tullerías entra en la librería. Thomas Reilly.

—Hice lo que pude, Caitlin —anuncia. No está solo, a sus espaldas están madame de Tourzel y su hija, Pauline, ambas sucias y asustadas. Entran en la tienda.

—Gracias, mademoiselle Lenormand —dice madame de Tourzel—. Estamos en deuda con usted.

Caterina toma en brazos a la llorosa Pauline y las dos jóvenes sollozan juntas.

—Pensé que nos matarían —gimotea Pauline.

Lenormand le pide a Giselle que lleve a las dos mujeres

arriba y les dé unas copas de brandi y ropa limpia mientras ella y Caterina se quedan abajo con el irlandés.

—Gracias por ayudarnos. —Se siente incómoda dándole las gracias a Thomas Reilly.

—No podía permitir que estas mujeres perecieran por ser meras sirvientas de la monarquía, *citoyenne* —responde él—. No pude salvar a la princesa Lamballe. Era demasiado conocida, y sirvió de ejemplo.

—Fue terrible —susurra Caterina.

—¿Viste lo que le pasó? —Thomas Reilly se vuelve hacia Caterina con inquietud.

Se preocupa por ella, piensa Lenormand. Puede que ella lo odie, pero él la ama, es evidente. De lo contrario, ¿por qué se arriesgaría tanto para rescatar a unas desconocidas?

—No todo —confiesa Caterina—. Hui.

—¿Dónde está su cuerpo? —Lenormand levanta la barbilla, para no mostrarse vulnerable ante este hombre.

Thomas Reilly se pasa la mano por el cabello tupido y Lenormand lo cala enseguida. "Se cree muy importante y que hace lo correcto, y le gusta que estemos en deuda con él."

—La decapitaron —contesta.

Caterina contiene el aliento con horror.

—Exhibieron su cabeza en una pica ante la ventana de la reina fuera del Temple.

—Vaya monstruos —mascula Lenormand, incapaz de contenerse.

—Era un símbolo de todo lo que ha oprimido al pueblo desde hace siglos, *citoyenne* —replica Reilly con voz fría—. ¿Acaso la princesa Lamballe lloró por los niños que murieron de hambre en las calles de París el invierno pasado mientras ella comía hasta saciarse en la mesa de la reina? No lo creo.

Lenormand se indigna. ¡Cómo se atreve este hombre a hablar así de su querida Luisa! Pero se refrena por el bien de Caterina.

—Pero tanta brutalidad... —objeta Caterina.

—Algunos hombres actuaron como verdaderas bestias —prosigue Reilly—. Uno le arrancó el corazón y lo blandió en la espada.

Lenormand se tambalea hacia atrás y se toma de una de las estanterías. Esta muerte fue mil veces peor de lo que ella o Luisa hubieran podido imaginar jamás.

Caterina se acerca y la sujeta del brazo.

—Siéntate, amiga. —La guía hasta un taburete antes de emprenderla contra Reilly—. ¿Tenías que contarle eso?

El tono con él es demasiado familiar.

—Le pido disculpas, mademoiselle —reacciona Thomas Reilly, aunque su expresión no acompaña sus palabras—. Puedo hacer los arreglos necesarios para que a madame de Tourzel y su hija las trasladen al campo mañana por la tarde. Conozco a un hombre en Vincennes que me debe algunos favores. Las ayudará a encontrar un lugar donde puedan ocultarse, pero habrá que pagarle.

—Puedo pagar, pero tengo una pregunta más para usted, *citoyen*, antes de que se marche.

Reilly enarca las cejas al oírla utilizar la palabra *citoyen*, pues ella la escupe como uvas agrias.

—¿Dónde está el cuerpo de la princesa Lamballe y dónde está su cabeza?

Es muy peligroso estar fuera esta noche, la noche más terrible en la ciudad de París; las calles todavía resuenan con los horrores del día y la sangre fresca ha salpicado sus botas. Pero Lenormand está decidida a que el alma de Luisa descanse en paz y con dignidad.

Mientras se apresuran por las calles oscuras, los espíritus de los muertos recientes la atormentan. La paz que ha disfrutado desde que Caterina llegó a su vida hace tres años se ha hecho añicos y ahora está rodeada de una cacofonía de lamentos y gritos. El irlandés las guía hacia el cementerio de los Enfants-Trouvés y el cuervo ceniciento los acompaña en lo alto.

Al llegar a destino, el hedor de los cadáveres frescos las obliga a taparse la nariz y la boca con un pañuelo, pero es imposible no sentir náuseas.

Reilly señala un rincón oscuro.

—Creo que el cuerpo de Lamballe está aquí. Los hombres de su suegro ya han recuperado la cabeza.

Lenormand se siente un poco aliviada de no tener que contemplar la mueca de la muerte de su querida amiga en la punta de una pica. Entrecierra los ojos en dirección al cadáver ensangrentado y se horroriza al descubrir que Luisa está desnuda.

Caterina y ella se apuran a vestir el cuerpo salvajemente mutilado y decapitado de su querida amiga mientras Thomas Reilly se aleja, sacudiendo la cabeza y no sin antes comentar que de todos modos las alimañas de París no tardarán en comerse el cuerpo. Lenormand tiene ganas de tomarlo del cuello y estrangularlo, clavarle las uñas en la piel y hacerlo sangrar, pero se controla. Reilly ha prometido ayudar a las de Tourzel y ella no quiere hacer peligrar ese acuerdo.

Ya hay una fosa para los cadáveres y, a falta de medios para cavar una nueva, se ven obligadas a arrojar a Luisa dentro, encima de otras pobres almas en desgracia. ¡Cómo desearía Lenormand tener los poderes de la diosa egipcia Isis para poder resucitar a esta mujer! ¿Quién la llorará, salvo Lenormand y la reina? No tenía esposo ni hijos. Igual que ella.

Las dos mujeres se toman de la mano junto a la tumba abierta, dejan caer sus pañuelos y susurran palabras mágicas que Lenormand aprendió de Etteilla. Su mentor también ha muerto, en diciembre pasado, a causa de una enfermedad y del láudano, y aunque Lenormand lo echa de menos, se alegra de que su final no haya sido tan brutal como el de la pobre Luisa. Etteilla era un monárquico acérrimo, como Lenormand, y este próximo amanecer traerá peligros nuevos para todos los súbditos fieles a la corona.

El cuervo se posa sobre una lápida y llama a los muertos a abandonar el reino terrenal. Lenormand tiembla de miedo y aprieta la mano de Caterina. Thomas Reilly acecha en las sombras del cementerio y, de nuevo, ella percibe su atención hacia Caterina.

Los ecos de la conmoción y el espanto del día resuenan en torno a las dos mujeres. Las ratas arañan los cadáveres y los murciélagos revolotean entre los árboles. El cuervo alza el vuelo, persiguiendo a un murciélago, y Lenormand lo observa abalanzarse sobre su presa.

LA CAZA DE NEITH

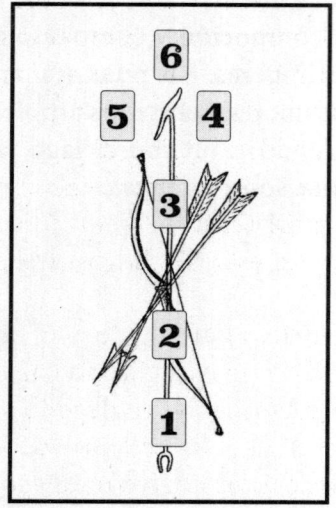

19 de septiembre de 1792

La Caza de Neith es la lectura del tarot para aquellos que van a entrar en batalla o ir de caza, ya sea de manera
física, como en el caso de un soldado, o de manera mental
y emocional, como en el caso de los ciudadanos de nuestro
mundo siempre cambiante. Neith es una diosa feroz, como
refleja el significado de su nombre, "la aterradora", que crea
armas para los soldados. Además, se la conoce como "la
que abre caminos", ya que escolta las almas de los muertos

desde el campo de batalla hasta el reino de los espíritus. Neith es mucho más que una deidad guerrera. Aunque puedes recurrir a su asistencia cuando te enfrentas a tu enemigo, es posible que descubras que el mayor enemigo al que te enfrentas eres tú mismo.

Neith no solo es la madre de los humanos, sino también de los cocodrilos y del dios cocodrilo Sobek. A diferencia de la mayoría de las diosas egipcias, no se la asocia con ningún dios masculino en particular, y se la considera una deidad que posee aspectos tanto masculinos como femeninos. Es la tejedora-creadora de esta tierra, que utiliza su gran telar para crear los patrones de nuestras vidas.

La lectura de La Caza de Neith te guía para descoser estos hilos, de modo que la fortuna te acompañe en la caza. Ten cuidado al leer La Caza de Neith y recuerda la fuerza destructiva que posee esta deidad, ya que, así como crea, también destruye.

Déjame hablarte del gran diluvio. Cuando el pueblo del antiguo reino de Neith no escuchó los consejos de su diosa sobre quién debía gobernar, Neith degolló a mil guerreros y derramó su sangre en el Nilo. Esto provocó una gran inundación y la sangre de estos guerreros anegó las tierras, matando a miles más. Neith tomó la corona del rey guerrero depuesto, la sumergió en las aguas carmesí y se colocó la corona roja sobre la cabeza. Sobek, su hijo cocodrilo, apoyó su mandíbula sobre el regazo de Neith mientras esperaban a que las aguas sangrientas bajasen. Los supervivientes de la gran inundación suplicaron la misericordia de Neith y prometieron que nunca más ignorarían la sabiduría de la diosa. Pero no existe humano alguno que cumpla todas sus promesas y, con el tiempo, el pueblo volvió a la guerra y las aguas sangrientas de la inundación volvieron a subir.

Sé prudente, querido lector, y toma nota de la estación en la que te encuentras.

¿Es tiempo de terror menguante o creciente?

La lectura de La Caza de Neith toma la forma de una de las flechas de Neith. Para esta lectura, puedes optar por utilizar solo los arcanos mayores.

Baraja bien las cartas y, cuando te parezca el momento adecuado, divide el mazo en dos y da la vuelta a una de las mitades.

Vuelve a juntar las cartas y barájalas una vez más.

Cuando estés listo, coloca las cartas como se muestra en la ilustración.

Empieza por la base de la flecha y sube hasta la punta.

Deberías tener siete cartas delante de ti, algunas al derecho y otras invertidas.

La primera carta te representa a ti en tu situación actual.

La segunda carta es tu enemigo o lo que se interpone en tu camino.

La tercera carta describe las circunstancias del conflicto entre ambos.

La cuarta carta son tus puntos fuertes.

La quinta carta son tus puntos débiles.

La sexta carta es lo que debes hacer.

La séptima carta es el resultado.

Esfuérzate por interpretar las cartas guiándote por tu intuición.

Asegúrate de recoger las cartas tan pronto como hayas terminado de interpretarlas, ya que esta información en manos equivocadas podría ser letal.

NACE LA REPÚBLICA FRANCESA

1 de vendimiario del año I (22 de septiembre de 1792)

ME SIENTO MUY CONFUNDIDA; NO SÉ QUÉ HACER. DEBO escribir con calma sobre lo que ha sucedido hoy. Ha quedado abolida la monarquía en Francia y se ha proclamado oficialmente la república. Hace dos días, el ejército francés derrotó a los prusianos. París está a salvo.

Reilly y yo bailamos desnudos en su habitación, ebrios de vino y de amor. Debería haberme sentido feliz, pero esa mañana recibí una carta de Pauline de Tourzel en la que me informaba que ella y su madre estaban ocultas en Vincennes. Las palabras de agradecimiento de Pauline me recordaron los horrores de las Masacres de septiembre, como se las conoce ahora, cuando la turba parisina asesinó a cientos de clérigos y contrarrevolucionarios. No puedo evitar revivir en mis pesadillas lo que le hicieron a la princesa Lamballe en nombre de la libertad. Me siento responsable de su destino. Y, sin embargo, cuando se trata de Reilly, soy como una polilla y él, la llama.

Me sirvió otra copa de vino tinto dulce y me senté en

su regazo. Luego me rodeó la cintura con los brazos y me acarició los pechos.

—Tengo una tarea importante para ti —dijo—. Necesitamos que espíes a mademoiselle Lenormand.

Me negué sin dudarlo.

—No lo has entendido bien, querida mía. —Apretó mis pezones entre sus dedos—. Si te lo pido es porque soy un hombre cortés, pero en realidad, te lo estoy ordenando.

—No voy a hacerlo —respondí. Le aparté las manos y me levanté de su regazo.

—¿Acaso no somos como marido y mujer? —preguntó, y buceó en mis ojos—. ¿No deberías confiar en mí más que en nadie?

—Pero no estamos casados —protesté.

—Una formalidad legal que se puede resolver fácilmente.

Las palabras me sorprendieron, pero también mi reacción. Lo único que he deseado siempre es ser la esposa de Reilly. Lo he soñado desde mis días de asistente de cocina en Roughty House. Pero ahora he cambiado y, en esta nueva Francia, somos más iguales de lo que jamás fuimos en Irlanda.

—No pongas esa cara de sorprendida —rio—. Eres la única mujer de mi vida, Caitlin. ¿Acaso no sabes cuánto te amo?

—Entonces, por favor, si me amas, no me pidas que espíe a Él.

—¿Por qué te pones así? Ya has espiado a la princesa Lamballe y a todos esos conspiradores realistas —le recordó—. Han visto a Lenormand visitar a la ciudadana Capeto en el Temple; al parecer, los guardias son fáciles de sobornar.

—Fue una sola vez, después de la muerte de Luisa Lamballe. Le leyó las cartas, para darle un poco de consuelo.

—Eres muy ingenua, querida mía, si crees que no tiene un motivo ulterior—replicó Reilly—. Es muy probable que esté llevando mensajes entre la reina y los traidores monárquicos, tramando una conspiración para rescatar a la familia real.

—El nunca lo arriesgaría todo de esa manera. No quiere implicarse en ningún drama —aseguré.

—A diferencia de ti y tus amigas girondinas que luchan por el sufragio femenino, ¿verdad, Caitlin? —Esbozó una sonrisa inofensiva. Me molestó que supiera de mis reuniones con las mujeres girondinas—. Hay voces nuevas en la Convención Nacional, jóvenes visionarios como mi amigo Saint-Just. Los viejos moderados que apoyan la monarquía constitucional se han vuelto obsoletos. Es más, están trabajando en contra de la nueva república. Ten cuidado con quién tomas café, amor mío.

—No hace falta que me trates con condescendencia. Puedo decidir por mí misma.

—Claro —Se puso de pie y me acarició la cabeza—. Y por eso mismo te adoro, Caitlin, pero te advierto, se han producido cambios en el equilibrio del poder y la guerra ha impuesto un gobierno de emergencia en Francia. Lo que hace mademoiselle Lenormand representa una amenaza para todos.

—Ya te lo dije, no forma parte de ninguna conspiración; yo lo sabría. Además, prometiste que la protegerías.

Reilly suspiró y me dirigió una mirada larga y severa.

—Eso fue antes de que tuviera conductas contrarrevolucionarias tan evidentes. Es una traidora y algún día te lo demostrará. ¿Por qué eres tan leal a una partidaria de la reina destronada? Recuerda por qué estamos aquí, en Francia.

Sentí una nostalgia profunda por mi tierra. He llegado a detestar París y deseo alejarme lo más que pueda de los temibles *sans-culottes*.[2] Quiero volver a Kerry, subir a lo alto de una montaña y contemplar el mar, sentir el aire dulce

---

2 El término *sans-culotte* hacía referencia a los revolucionarios de clase baja que rechazaban la vestimenta aristocrática. Los hombres de la nobleza solían usar *culottes*, pantalones cortos y ajustados, mientras que los partidarios de la revolución usaban pantalones largos. *(N. de la T.)*

y puro en los labios y la lluvia suave acariciando mi frente bajo un cielo cubierto de nubes grises y azules.

Reilly me abrazó y me besó con pasión.

—Cásate conmigo, Caitlin; te amo con todo mi corazón.

No respondí; aun así lo besé. Él creyó que eso era un sí, pero mi corazón estaba y está muy confundido. Siempre he amado a Reilly, pero también amo a El.

Hicimos el amor otra vez y, horas más tarde, cuando nos despedimos, Reilly estaba convencido de que espiaría para él. Pero haré como que no estoy al corriente de las visitas de El al Temple, porque me siento culpable por mi participación en la muerte de la princesa Lamballe. Lo único que deseo es liberarme de esta lealtad dividida.

2 de brumario del año I (23 de octubre de 1792)

He visto poco a Reilly desde que me propuso matrimonio. Está muy ocupado con sus amigos Robespierre y Saint-Just, trabajando con la Convención Nacional y en la creación del nuevo Tribunal Revolucionario. Las pocas veces que nos hemos visto, le he preguntado cuáles son sus planes con respecto a Irlanda, y siempre me ha respondido preguntándome a quién van dirigidas las cartas que El le entrega a la reina. En cada ocasión, le contesto que no sé nada de ninguna carta. Él frunce el ceño, sacude la cabeza y masculla que estoy haciendo alianzas peligrosas. Cada vez, creo que va a romper conmigo. En cambio, me toma en sus brazos, me susurra palabras de amor y me recuerda que pronto nos casaremos y que no existen secretos entre marido y mujer.

Ya en casa, en la rue de Tournon, comparto la cama de El, con Bastet hecho un ovillo sobre la manta a nuestros pies, Gilbert junto a la puerta y el cuervo ceniciento en la ventana, vigilándonos. Dormimos acurrucadas la una contra la otra, aunque mi descanso es intranquilo y El sufre pesadillas. A veces, por la noche, cuando las dos estamos despiertas, me cuenta historias de las diosas egipcias.

Mi corazón está partido, mi lealtad dividida. Es una tortura. Los quiero a ambos. Me digo a mí misma que estoy con Reilly para proteger a El, pero mi cuerpo lo desea con ansias. Finjo ser solo la compañera de tarot de El, pero anhelo su ternura por las noches. Mi única certeza es que soy una pecadora, con un corazón tan negro como el de la Morrigan, y que esto causará problemas en el futuro.

25 de brumario del año I (15 de noviembre de 1792)

Mientras escribo estas palabras, me tiembla la mano y me cuesta creer que no nos hayan arrestado. Esta noche, en nuestro salón, hemos recibido tres visitas inesperadas y no deseadas. Ha sido nuestra lectura del tarot más peligrosa.

Todo transcurría con normalidad. El y yo estábamos sentadas juntas, a la espera de nuestro próximo consultante. El barajaba las cartas de Etteilla, un regalo de su viuda. Yo estaba muy tranquila; ambas vestidas de tarotistas, con sedas adornadas con estrellas y turbantes en la cabeza.

La puerta del salón se abrió y entraron tres hombres, a quienes Giselle pisaba los talones.

—Monsieurs, por favor, de uno en uno —les pidió ella, pero no le prestaron atención.

Me quedé petrificada; se trataba de los revolucionarios jacobinos Saint-Just y Robespierre, junto con el periodista Marat, cuyos panfletos incitaban a la violencia para librar a Francia de los contrarrevolucionarios. El lo culpaba de la muerte de la princesa Lamballe.

Marat apartó una silla y se sentó frente a nosotras. Era un hombre feo, de tez enrojecida y ampollada y ojos saltones.

—Buenas noches, mademoiselles —dijo con una sonrisa burlona.

Miré al joven y apuesto Saint-Just y a Robespierre, con su atuendo impecable. Me preparé para que apareciera la Guardia Nacional que venía a arrestar a El, pero no lo hizo. La presencia de Robespierre me tranquilizó un poco. Reilly lo admira mucho; todo París lo conoce como "el Incorruptible", y se comenta que es un hombre de grandes virtudes.

Marat sacó un montón de monedas del bolsillo y las depositó sobre la mesa. Podía oler el vino en su aliento y deduje que estaba borracho, igual que los otros dos. Saint-Just se balanceaba como un árbol alto y Robespierre tenía un brillo inquietante en los ojos.

—*Citoyennes*, estoy aquí para ganarle una apuesta al joven Saint-Just —explicó Marat, arrastrando las palabras—. Según él, una adivina como vosotras le predijo que su primer amor lo traicionaría y, aunque él decidió hacer caso omiso del consejo de la vieja bruja, la mujer tenía razón. Estamos aquí para comprobar si la clarividencia que ustedes alegan poseer es cierta.

El no respondió enseguida y temí que expulsara a los hombres y se negara a leerles las cartas, lo que sin duda tendría consecuencias fatales.

Saint-Just tomó asiento a la mesa y se volvió hacia mí.

—¿Y quién es esta belleza?

A pesar de su atractivo físico, su mirada era dura y la idea de que pudiera tocarme me erizó la piel.

—Ella se llama Caterina de Luna y leemos el tarot juntas —contestó El con voz fría.

—La bella y la bestia. Porque eres un pequeño sapo feo, Lenormand, que engaña a los parisinos con sus trucos, los hechiza con falsedades y saquea sus bolsillos para acumular riqueza personal. De hecho, ¿no es un delito predecir el futuro, Maximilien? —inquirió Marat.

Robespierre dio un paso adelante y apartó la última silla.

—Si los parisinos deciden malgastar su dinero en esas tonterías, son unos estúpidos. Nosotros tenemos asuntos más urgentes que tratar que dos tarotistas. ¿No es así, *citoyenne* Lenormand? —Le dirigió una mirada fulminante a El—. ¿No deberíamos eliminar a los contrarrevolucionarios que quieren destruir nuestro país?

La amenaza era evidente. Tomé un sorbo de vino con mano temblorosa y Saint-Just me guiñó un ojo. Más allá de su aspecto elegante, es un sujeto despreciable.

—Muy bien, caballeros, ¿estáis aquí para que os leamos las cartas o no? —El levantó la barbilla, aunque advertí el temblor en su voz—. Giselle, tráeles vino a nuestros invitados, por favor —añadió, y Giselle salió del salón—. ¿Deseáis lecturas por separado y en privado? ¿O preferís quedaros y escuchar las lecturas de los otros?

—Nos quedaremos; somos hermanos y no tenemos nada que ocultarnos, sobre todo porque solo vais a decir mentiras —respondió Marat.

—De acuerdo. Haremos una lectura para los tres. —El recogió el mazo de Etteilla—. Haremos la tirada de La Caza de Neith para abarcar los destinos de todos.

Tragué saliva y me esforcé por serenarme mientras sacaba el mazo del tarot de Marsella de la caja de madera. El movimiento rítmico de barajar las cartas y el contacto con ellas me ayudaron a calmarme.

El preguntó a cada uno de los hombres cuáles eran su animal y color favoritos: el de Marat era el perro, y el color, el de sus gorros frigios, rojo como la sangre de sus enemigos asesinados; el de Saint-Just era el caballo y el color oro del sol y su soberanía, y el de Robespierre era el zorro y el negro, como la toga de su abogado.

Los hombres guardaron silencio después de que Giselle rellenase sus copas de vino, con los ojos puestos en nosotras mientras barajábamos, cortábamos y volvíamos a barajar nuestras cartas para luego entrelazar los dos mazos y, por último, desplegar una gran tirada sobre la mesa.

Creamos tres flechas compuestas por siete cartas, cada una de las cuales representaba a un hombre.

Utilizando el tarot y mirando las primeras cinco cartas de cada flecha, relaté detalles del pasado de cada uno y, como siempre ocurre con los incrédulos, las cartas fueron aún más enfáticas. Las circunstancias actuales, conflictos, fortalezas y debilidades de cada consultante facilitaron el acceso a sus secretos. Le dije a Saint-Just que ante todo era un poeta y un estudiante problemático de una familia aristocrática. Pero su amada se había casado con otro hombre y le había roto el corazón. Esto lo había traído a París.

—Creo que fui yo quien le rompió el corazón a ella; me negué a casarme porque era mercancía dañada —comentó Saint-Just con ligereza, pero había furia en sus ojos. Mis palabras habían dado en el blanco.

Me volví hacia Marat.

—En tiempos, fuiste un hombre de la medicina, pero tus descubrimientos fueron rechazados muchas veces.

—Eso lo sabe todo el mundo —espetó Marat con desdén.

Mis siguientes palabras fueron temerarias.

—Inventas historias para engrandecerte.

—Soy periodista, ¡mi deber es publicar siempre la verdad!

—Tranquilo, amigo —intervino Robespierre—, sabemos que no está del todo equivocada.

—¿A qué te refieres?

—Debes de ser el único habitante de París que vio a los soldados alemanes a quienes ahuyentaste sin ayuda del Pont Neuf el día en que cayó la Bastilla.

Marat se volvió hacia Robespierre con ira.

—¿Y qué secretos tienes tú? —refunfuñó en su lugar.

—Continúa —me indicó Robespierre—. Habla sin tapujos. Te prometo que ni tú ni mademoiselle Lenormand sufriréis ningún daño esta noche.

Estudié la quinta carta de Robespierre, sus debilidades. El cuatro de copas. Vi imágenes de su infancia cuando lo miré a los ojos.

—Tu madre murió cuando eras niño, y tu padre os abandonó a ti y a tus hermanos. Por eso no permites que nadie te quiera.

—Toda Francia lo quiere —exclamó Saint-Just.

Pero Robespierre asintió en mi dirección y permaneció callado.

Ahora era el turno de El. Tomó la séptima carta de la punta de la flecha de cada hombre.

La primera era El Loco, que colocó ante Saint-Just.

—Te encuentras en tu mejor momento, pero te subestiman como si fueras el bufón de la corte. Bromista y alegre, bailas al límite de la razón y estás dispuesto a saltar y correr muchos riesgos.

Saint-Just se rio de nuevo, pero detrás de su actitud fanfarrona sentí que creía a El.

—Te unirás a los ejércitos y engañarás a todo el mundo para ganar la guerra por Francia. Pero ten cuidado: habrás escalado a alturas tan vertiginosas que la caída será inevitable.

Saint-Just bebió un trago de vino, ya olvidada su hilaridad previa, y El recogió el ocho de copas y se volvió hacia Marat.

—Este es también tu mejor momento, ya que estás a la caza y no te detendrás hasta haber destruido a todos aquellos a quienes consideras tus enemigos. Encuentras placer en la venganza. Pero debes estar atento al agua y las mujeres virtuosas.

—¡No conozco a ninguna mujer virtuosa, ni siquiera mi esposa Simone! —soltó Marat con una carcajada.

El hizo caso omiso de la respuesta y procedió a tomar El Mago, de la baraja de Etteilla, para Robespierre.

—El peligro te fascina y, pese a ser abogado y creer que te riges por la razón, te gustan los juegos del azar. Has llegado casi a la cima de tu poder, pero alcanzarás aún mayores alturas. Sin embargo, ten cuidado; tienes amigos peligrosos que algún día te derribarán.

Robespierre observaba a El como un halcón que acecha a su presa.

—Mis dos amigos aquí presentes, ¿son ellos los peligrosos? —preguntó—. Me cuesta creerlo.

—No, te serán leales hasta el final.

Las palabras "hasta el final" resonaron en el salón.

—¿Y qué más nos traerá el futuro, *citoyenne*? —aventuró Saint-Just.

El alzó la barbilla y mi corazón se aceleró otra vez. Las cartas me habían develado un poco de lo que les esperaba a estos hombres, pero solo El conocía con certeza sus destinos. Me pregunté si los espíritus le estarían hablando. Temía que enfureciera a estas personas poderosas.

Pero, sea cual sea la situación, El se atiene a su código como tarotista y siempre comparte lo que ve y oye, pues no le corresponde a ella impedir los susurros del mundo espiritual.

—Hay un espíritu conmigo y desea revelaros lo que os depara el futuro —precisó en voz baja.

Marat escupió al suelo.

—Vámonos, no necesitamos escuchar más tonterías.

—Es divertido —comentó Saint-Just, a quien era evidente que le ganaba la curiosidad—. Cálmate. ¿O acaso les temes a la mujer virtuosa y a un poco de agua?

—¡No creo ni una palabra de lo que dice esta bruja! Estoy pensando en reclamar que me devuelva el dinero. —Marat se puso de pie con dificultad y empujó la silla hacia atrás.

—Espera —le pidió Robespierre. Se volvió hacia El y se inclinó hacia delante—. ¿Quién es este espíritu?

—No puedo decírtelo, porque no desea revelar su identidad, pero dice que pronto pasaréis a mejor vida.

—¿Cuándo? —quiso saber Saint-Just con tono burlón—. Moriría feliz por la revolución, pero me gustaría disfrutar de unos veranos más. Quizá tener uno o dos herederos. —Me guiñó el ojo de nuevo y bajé la vista. Ya había visto antes esa mirada en los ojos depredadores de los hombres.

—Morirás joven y de manera violenta, pero con dignidad —le vaticinó El.

Saint-Just se rio, pero percibí el miedo en su risa.

El se volvió hacia Marat.

—Pero tú hallarás la muerte que mereces, desnudo y vulnerable, pues el orgullo te tornará insensible al peligro mortal. Sin embargo, te convertirás en un mártir, casi un santo para muchos.

—Ahora sé que mientes, porque ¿quién podría confundirme con un santo? Hace años que no piso una iglesia —replicó Marat con desprecio.

—¿Y qué hay de mi fin, *citoyenne*? —inquirió Robespierre en voz baja y con gesto impenetrable.

—Será tan violento como el de Saint-Just. Estaréis juntos al final, pero también separados. —Se llevó una mano al mentón—. Veo un vendaje aquí; sí, intentarás tomar una salida cobarde, pero fracasarás y correrás la misma suerte que tus víctimas. Sí, así será. —Entrelazó los dedos y alcancé a ver un destello de satisfacción en sus ojos. Yo estaba aterrorizada. El había hablado con demasiada libertad.

En vez de responder, Robespierre se puso de pie, seguido por Saint-Just.

Sin prestarnos atención, Saint-Just se dirigió a Marat.

—Creo que has ganado la apuesta y debo pagar, porque nada de esto puede ser cierto.

—Ten por seguro, *citoyen* Robespierre, que tu nombre perdurará durante mucho mucho tiempo. Nadie lo olvidará —gritó El mientras los hombres se disponían a marcharse del salón de tarot, sorteando a la temblorosa Giselle.

Robespierre se volteó junto a las estanterías.

—Se me recordará por salvar a Francia de la tiranía de los déspotas, *citoyenne*.

—No, se te recordará por las muertes —replicó El—. Habrá miles y miles de muertes, y la sangre de los inocentes empapará la tierra de Francia. Vosotros tres seréis los artífices del gran sufrimiento de nuestra nación.

—A veces es necesario tomar medidas de emergencia por el bien común a fin de garantizar nuestra república y la igualdad para todos —sentenció Robespierre con frialdad. Sus palabras me hicieron estremecer: había oído a Reilly hablar de Irlanda en idénticos términos. Él también cree que la única forma de derrocar a los británicos y recuperar nuestra nación es a través de una insurrección violenta.

Para mi alivio, los hombres abandonaron el salón antes de que El pudiera responderle a Robespierre.

—Al final, fracasaréis todos —musitó El a la sala vacía, con los ojos brillantes—, porque algún día la monarquía volverá a Francia.

—¿Quién te habla? —pregunté.

—Luisa —contestó en voz baja.

La mención de la princesa Lamballe me llenó de culpa.

—¿Qué te ha dicho?

—Un nuevo soberano está surgiendo en Francia y su nombre es Terror.

CUARTA PARTE

LAS ESPADAS

Afilar la hoja

15 DE FRUCTIDOR DEL AÑO VI
(1 DE SEPTIEMBRE DE 1798)

Costa sudoeste de Irlanda

LA LLUVIA TORRENCIAL AZOTA EL MAR Y GOLPEA LOS COStados del carruaje, pero Lenormand no se desanima al contemplar el paisaje. Esta es una tierra de gran belleza. El mar la hechiza como no lo había hecho cuando estaba en el barco de Humbert. El carruaje traquetea por el camino de la península mientras el mar se levanta y se agita entre dos puntos de tierra. Al pasar por una media luna de playa dorada, siente un impulso irrefrenable de detener el carruaje, quitarse las botas y descubrir qué se siente al hundir los pies descalzos en la arena. Lo haría, a pesar de la lluvia. Más allá de la bahía embravecida, la niebla envuelve unos picos azules y escarpados. Cree que Roughty House está al otro lado de esas montañas.

Lenormand pasó una sola noche en casa de los Philips en Galway antes de continuar el viaje. El tío de Susan Philips insistió en que utilizara su carruaje y se alojara con unos primos de la familia cerca de Limerick. A su vez, estas personas amables la enviaron a otros parientes en su viaje hacia el sur; de hecho, ha recibido asilo y alimento durante todo el trayecto. Todos creen que es una institutriz de personas como ellos; sus anfitriones pertenecen al Dominio Protestante, al igual que los Oswald de Roughty House.

Las conversaciones en la mesa han girado en torno a la ocupación de Connaught por parte de las fuerzas de Humbert, y ayer mismo se enteró de que su compatriota ha proclamado la República Provisional de Connaught después de tomar con éxito las ciudades de Ballina y Castlebar. No le interesan las luchas de los hombres, ni la política de los países. Los años que sobrevivió en París durante la Revolución francesa le han enseñado que las alianzas se rompen con facilidad y que los ideales empapados en la sangre de otros no le infunden respeto. Pero sus anfitriones están reuniendo una milicia local para luchar contra los invasores franceses y los rebeldes irlandeses.

—Espere unas semanas antes de retomar el viaje al sur, hasta que las fuerzas del gobierno recuperen Connaught —le aconsejó Roger Philips, su anfitrión en Limerick—. Hubo una matanza espantosa hace dos semanas en Castleisland, en Kerry, cuando los rebeldes atacaron a tres hacendados pequeños.

—Pero nadie me molestará, estoy segura —insistió Lenormand—. Mi viaje ya ha durado demasiado y me necesitan en Roughty House.

Al día siguiente, a pesar de las preocupaciones de Roger Philips, Lenormand prosiguió el viaje. Lleva con ella el cuervo ceniciento y el arma debajo de la capa para protegerse, así como una carta de Humbert en la que ordena a los rebeldes que la dejen pasar si la detienen. Además, el espíritu de María Antonieta la impulsa a seguir adelante. Se siente honrada de que la reina de Francia la haya elegido para una tarea tan importante. Recuperará a su hijo y lo llevará a Prusia para que se reúna con su tío. Con el tiempo, habrá otro rey de Francia y ella vivirá para verlo. Su lealtad será recompensada con aún más riquezas de las que le conceden Josefina y el general Bonaparte. Será tan rica que nadie podrá volver a hacerle daño y no permitirá que unos rebeldes irlandeses matones se interpongan en su camino.

Mientras se desplaza hacia el sur por la costa occidental húmeda de Irlanda, se pregunta si Caterina estará implicada en la rebelión irlandesa. ¿Acaso no era su sueño desde el principio? Este país era más importante para Caterina que el amor entre ellas.

Desliza la mano debajo de la capa y la cierra sobre la empuñadura de la pistola de Humbert. Puede sentir el sabor de la venganza en sus labios, y será dulce.

El carruaje vira tierra adentro; el mar desaparece y es reemplazado por montañas y lagos bordeados por bosques. La lluvia amaina y, cuando levanta la vista al cielo, ve el cuervo que vuela sobre su cabeza.

Pasa la noche en una taberna de la ciudad de Killarney para que descansen los caballos. Después de tomar un caldo de carne grasiento, acompañado de un vaso de cerveza, sale a dar un paseo corto, con el cuerpo entumecido por las horas de travesía. El aire puro huele a madreselva y le recuerda a Normandía. Todo está en calma mientras contempla un gran lago rodeado de bosques. Al fin ha dejado de llover, las nubes se han despejado y el sol se pone sobre el lago. El dorado, el naranja y el rojo convergen en reflejos que se propagan por la superficie del agua tranquila y se proyectan en el cielo. Una liebre pace hierba, sentada sobre sus patas traseras. Para de comer, mueve las orejas largas y sale disparada hacia los árboles sombríos.

Esta tierra es hermosa, pero está plagada de espíritus desconocidos y salvajes que susurran entre los árboles, debajo de las raíces y el suelo. Es un sitio peligroso. Lenormand prefiere vivir en la ciudad de París, donde puede cerrar las puertas con llave y construir una ciudadela con su riqueza. El campo no ofrece refugio, la deja expuesta y la convierte en una presa fácil.

Tiembla y ciñe la capa a su alrededor. Robar la libertad de otra persona es propio de la naturaleza humana, una verdad amarga que la vida se ha encargado de enseñarle.

EL REY ES EJECUTADO

2 de pluvioso del año I (21 de enero de 1793)

LUIS XVI DE FRANCIA HA MUERTO. ESTA MAÑANA, LO EJE-
cutaron en la guillotina, un nuevo dispositivo que, según le
ha dicho Robespierre a Reilly, es la forma más humana de
ejecución.

Le he preguntado a Reilly qué ha sido del Robespierre
abogado que se oponía a la pena de muerte, y él siempre
defiende a su amigo.

—Durante una revolución, el Terror es una herramienta
necesaria para purgar a los enemigos internos. Según Robespierre, es una justicia rápida, severa e inflexible, y una
consecuencia de la virtud.

Debo admitir que Reilly tenía razón hasta cierto punto.
El rey era un traidor. Traicionó a su propio pueblo al conspirar con ejércitos extranjeros. Habría hecho matar a todos
los parisinos. De modo que él mismo se labró su destino.
Tenía que morir.

No asistí a la ejecución, aunque oí los tambores y las
trompetas mientras el carruaje se dirigía a la Plaza de la
Revolución y los disparos de artillería y vítores posteriores
a la decapitación. La gente en las calles bailaba y cantaba la

carmañola, y los gritos de "¡Viva la República!" y "Viva la libertad!" se colaban por las ventanas.

El no podía tragar la cena.

—Este es un día oscuro —dijo y se puso de pie—. Hemos asesinado a nuestro rey.

—Pero traicionó a su pueblo...

—¿Cómo puedes justificar semejante brutalidad, Caterina? —exclamó—. Ahora que el Terror ha comenzado, no tendrá fin.

No respondí, porque su expresión era feroz. Me di cuenta de lo opuestas que son nuestras opiniones sobre la revolución y de lo poco que El me conoce de verdad.

—Me duele la cabeza —añadió—. Por favor, Caterina, no me molestes.

Ayudé a Giselle a recoger lo que había quedado de la comida antes de que ella se retirara temprano.

Estoy acostada en mi antigua habitación, mientras escribo y oigo los sonidos de la celebración por todo París.

No puedo quitarme de la cabeza la premonición de El. El cuervo ceniciento se ha posado en el marco de mi cama y espera.

26 de mesidor del año I (14 de julio de 1793)

La ciudad está conmocionada. Marat ha muerto a manos de una joven llamada Charlotte Corday, que lo asesinó mientras se bañaba. La predicción de El la noche en que él, Robespierre y Saint-Just nos visitaron se ha cumplido: ¡cuidado con una mujer y el agua!

No lamento su muerte. Solo lo vi una vez. Marat se burló de nosotras; era un individuo desagradable y feo. Sin embargo, tenía mucho poder como periodista y sus periódicos incitaban a la violencia y reclamaban la ejecución de toda la familia real. Pero el pueblo de París lo ha amado profundamente. Vivo o muerto, es su héroe revolucionario.

Reilly también admiraba a Marat y no puedo hablar mal de él en su presencia. Nunca le he hablado a Reilly de las lecturas del tarot, ni tampoco le he confiado que espero que los girondinos puedan recuperar el poder de los montañeses más radicales, encabezados por Robespierre. La devoción de Reilly por Robespierre crece con los días, y eso me inquieta.

Esta mañana fui a casa de Olympe de Gouges. Era demasiado peligroso visitar a Sophie de Condorcet, porque el Tribunal Revolucionario busca a su esposo y él ha pasado a la clandestinidad. Todos estamos intranquilos desde la insurrección de hace seis semanas, cuando el Tribunal Revolucionario detuvo a veintidós diputados girondinos.

Cuando llegué, Cécile estaba con Olympe, tomando café. Estaban solas en la casa.

—¿Por qué razón creéis que lo hizo Charlotte Corday? —pregunté.

—Culpaba a Marat de las detenciones de los diputados girondinos —explicó Olympe—. Supongo que cree, igual que yo, que su periódico incita el Terror de manera descarada.

—Ha demostrado al mundo que las mujeres pueden tener iniciativa y actuar —objetó Cécile, y levantó la barbilla—. Marat era un monstruo.

—Pero me temo que los derechos de las mujeres en Francia sufrirán las consecuencias —se lamentó Olympe, mientras sacudía la cabeza.

—Deberíamos ir al juicio y apoyarla —sugirió Cécile.

—Lo que deberíamos hacer es mantenernos al margen, querida; es mejor que usemos el papel para expresar nuestras opiniones.

—Pero necesitamos saber qué se dice —insistió Cécile.

—Yo iré —me ofrecí—. Puedo ir allí vestida como un sans-culotte.

—Bueno, yo también —se sumó Cécile.

—No es seguro para ti, Cécile. Eres una girondina notoria; te reconocerán. Caitlin, en cambio, puede pasar inadvertida —señaló Olympe.

Acordamos que yo iría al juicio y les informaría de cada palabra que dijera Charlotte Corday.

Sé cómo acabará eso, pero deseo ser testigo de su suerte y brindarle mi apoyo silencioso.

EL FUNERAL DE MARAT

28 de mesidor del año I (16 de julio de 1793)

FUI CON REILLY AL FUNERAL DE MARAT. A TAN SOLO TRES días de su muerte, ese hombre detestable ya ha sido encumbrado a santo republicano. Una multitud acompañó el cortejo fúnebre y los cañonazos resonaron en todo París.

Caminamos en un silencio sepulcral apenas roto por la melodía lastimera que interpretaba una banda de músicos. No podía ser más diferente del día en que enterraron al rey en la antigua iglesia de la Madeleine, cuando arrojaron su cadáver decapitado a una fosa, colocaron la cabeza a sus pies y lo cubrieron con cal viva. Algunos corrieron por las calles después, agitando pañuelos y puntas de picas empapadas en su sangre y gritando de alegría.

Pero el cortejo fúnebre de Marat avanzó hacia el distrito de los Cordeleros en un ambiente de seriedad y admiración. Los más pobres salieron de sus casas en señal de respeto. Algunas mujeres de Les Halles lloraban sin tapujos.

Marat era su salvador, pero yo vi la ambición de poder en sus ojos la noche en que le leímos las cartas. Las mentiras, la autocomplacencia, la sed de terror.

Dudo que sus semejantes le importaran lo más mínimo.

EL JUICIO
DE CHARLOTTE CORDAY

29 de mesidor del año I (17 de julio de 1793)

HOY ASISTÍ AL JUICIO DE CHARLOTTE CORDAY ANTE EL Tribunal Revolucionario que tuvo lugar en la Sala de la Libertad del Palacio de Justicia. Me vestí como un *sans-culotte*, como suelo hacer para estar más segura en las calles de París. El odia los pantalones holgados, pero yo disfruto de la libertad que me dan. La gorra roja obligatoria con la escarapela republicana me permite ocultar el cabello y, gracias a mi altura y mi delgadez, puedo pasar fácilmente por un muchacho.

La sala del tribunal estaba abarrotada y me apretujé entre el gentío de espectadores. La multitud estaba exaltada y llena de furia. El hecho de que Charlotte Corday, una forastera de Normandía, hubiera viajado a París para asesinar a su héroe Marat provocaba una indignación generalizada.

La acusada entró en la sala, escoltada por dos guardias, para enfrentarse al Tribunal Revolucionario y el público se abalanzó hacia delante, profiriendo insultos. Me había enterado de que Corday se había salvado de milagro de que la linchasen fuera de la casa de Marat en el momento del asesinato y, si los guardias nacionales no nos hubieran contenido, estoy segura de que la muchedumbre se habría arrojado sobre ella. A mi lado, un guardia dibujaba un retrato de la imputada, la única persona, aparte de mí, que parecía tranquila.

El juicio comenzó con la lectura por parte de la fiscalía de una carta que Charlotte Corday le había enviado a su padre desde la prisión el día anterior y que había sido interceptada. Se presentó como prueba de premeditación y culpabilidad plena.

Examiné el rostro de Charlotte. Su gesto era impasible y sostenía la barbilla en alto. A pesar de sus veinticuatro años, apenas unos pocos más que yo, se comportaba con la dignidad de una persona más madura. Llevaba puesto un vestido blanco sencillo, sucio debido a su paso por la celda de la prisión, y una capota blanca sobre el cabello castaño.

Después de leer la carta, la fiscalía expuso las pruebas: Charlotte Corday viajó de Normandía a París el 9 de julio y se alojó en el Hôtel de Providence. El conserje la vio llegar sin equipaje, excepto por un ejemplar de *Vidas paralelas* de Plutarco en la mano. Otro testigo, un comerciante de una calle contigua, relató que la mujer le compró un cuchillo de cocina con una hoja de quince centímetros. Al parecer, Charlotte no salió de su habitación durante varios días y, en ese tiempo, escribió un documento titulado *Discurso a los franceses, amigos de la ley y la paz* para explicar por qué iba a asesinar a Marat. Como dijo Olympe, culpaba al periodista de incitar al Terror.

A continuación, la fiscalía detalló cómo, al enterarse de que Marat ya no asistía a la Convención Nacional debido a su enfermedad de la piel, la mujer se encaminó a su domicilio el 13 de julio al mediodía. Después de que se le negara el acceso una primera vez, Corday regresó, alegando que tenía los nombres de quienes planeaban un levantamiento girondino en Caen. La hicieron pasar a los aposentos privados de Marat, donde el periodista estaba sumergido en una bañera. Corday sacó un cuchillo y lo apuñaló en el corazón. Marat gritó el nombre de su esposa y luego murió.

Cuando el Tribunal concluyó la presentación de pruebas, una cacofonía de insultos se elevó a mi alrededor.

Aunque estaba claro que la acusada era culpable, el juicio se prolongó. Charlotte fue sometida a repreguntas tres veces, tanto por el fiscal inicial como por el fiscal jefe y el presidente del Tribunal Revolucionario.

Acusada de ser monárquica, se defendió.

—Creo en los valores republicanos de la Antigua Roma.

—Es difícil creer que una mujer joven e inexperta como usted actuara sola —adujo el fiscal jefe—. ¿Quién participó de la conspiración?

—Concebí el plan y lo ejecuté por mí misma —admitió ella con calma—. Marat era un acaparador y un monstruo, ensalzado solo en París. Utilizaba su periódico para incitar al pueblo a actuar con violencia y destruyó los valores originales de la revolución...

Al oír estas palabras, el público estalló en más agravios y un hombre que tenía a mis espaldas gritó contra la puta Corday con tanta furia que sus salivazos me salpicaron la nuca. Me la limpié con asco.

El juicio continuó durante cinco horas y, durante todo ese tiempo, mantuve la mirada fija en la heroica Corday mientras el hombre de la Guardia Nacional que tenía a mi lado dibujaba un boceto tras otro de la protagonista trágica.

—Pero ¿cómo pudo matar a Marat de una sola puñalada? ¿Dónde aprendió esa habilidad? ¿Quién se la enseñó?

—Fue suerte —replicó Charlotte—. He matado a un hombre para salvar a cien mil.

A las tres de la tarde, el Tribunal Revolucionario condenó

a Charlotte Corday a ser ejecutada en la guillotina a las ocho de la noche. Los gritos de aprobación estremecieron la sala, pero la condenada permaneció serena, sin sorprenderse por la sentencia.

—¿Tiene algo que decir sobre su destino, Charlotte Corday? —le preguntó el presidente del Tribunal Revolucionario.

—Dado que aún me quedan unos momentos de vida, ¿sería posible, *citoyens*, que permitieran que alguien haga un retrato de mi persona? —inquirió—. Veo que un guardia nacional presente en la galería está dibujando mientras hablo. ¿Sería posible que hiciera un retrato de mí antes de que se apague mi vida?

Charlotte se volvió hacia la galería y, por un instante, nuestras miradas se cruzaron. Sus ojos marrones intensos no alcanzaban a ocultar el espíritu honesto y ardiente disimulado detrás de su apariencia impávida. Me picaba el pelo debajo de la gorra roja y deseé quitármela, sacudir la cabeza y gritarle: "Te apoyo, *citoyenne*".

La Morrigan se abría paso entre los ciudadanos sedientos de sangre; se detuvo a mi lado y me susurró al oído: "Hazlo. Actúa con determinación, porque tienes el poder destructivo de lo femenino. La que crea vida también puede traer la muerte".

Apreté los puños, con el corazón a punto de explotar, rebosante de admiración por Charlotte Corday. Pero no. No me moví; me quedé quieta donde estaba.

Francia no es mi lucha; Irlanda lo es. Habrá que derramar sangre para liberar a mi pueblo.

Después del juicio, informé a Olympe y a Cécile todo lo que había visto y oído. Juntas, levantamos una copa de vino con pesar en honor a Charlotte Corday.

No asistí a su ejecución, no tenía estómago para hacerlo. Además, he estado toda la noche ocupada leyendo el tarot con Él. Desde la muerte del rey, Él se ha distanciado un poco de mí: prefiere dormir sola y se escabulle para visitar a la reina en el Temple.

No le he contado esto a Reilly, aunque él sigue presionándome para que espíe. No puedo hacerlo.

Estoy muy cansada. Debo parar de escribir y dormir.

30 de mesidor del año I (18 de julio de 1793)

Anoche, mientras yacía en mi cama en la rue de Tournon, no podía dejar de pensar en Charlotte Corday y sus últimos minutos. ¿Cómo se sintió mientras caminaba hacia el cadalso, se arrodillaba y ponía la cabeza debajo de la cuchilla reluciente de la guillotina? Pensar en el miedo que debió haber sentido en esos últimos instantes me quitó el sueño.

Al final, me levanté, me vestí con la ropa de los *sans-culottes*, me puse la gorra y bajé de puntillas las escaleras a la librería. Salí por la puerta principal y me encaminé hacia el barrio de los Cordeleros.

Cuando estaba a punto de llegar a la pensión de Reilly, se desató una lluvia de verano repentina y me empapé. Las calles estaban oscuras, pero me sabía el camino de memoria.

Sin preguntarme por qué estaba allí, Reilly me hizo pasar a su habitación. Nos besamos y, cuando me eché hacia atrás, me di cuenta de que estaba alterado. Sus ojos todavía reflejaban lo que había presenciado esa noche.

—¿Fuiste a la ejecución de Charlotte Corday? —pregunté, aunque ya sabía la respuesta.

—Sí. Robespierre me pidió que asistiera, como miembro del Tribunal Revolucionario. —Sacudió la cabeza—. No entiendo cómo una muchacha pudo asesinar a alguien tan importante.

—¿Cómo estaba ella... al final? —inquirí con voz trémula y clavé la mirada en los botones y la trama de su camisa mientras presionaba mis manos contra ella.

—Mantuvo la calma y la dignidad, aunque no puedo decir lo mismo de otros.

—¿A qué te refieres? —pregunté, alarmada.

—El ayudante del verdugo recogió la cabeza y le dio tres bofetadas en la mejilla. Recibirá un castigo por eso.

—Pero ¿por qué hizo algo así?

—Dicen que era una prostituta y que compartía la cama del hotel con un conspirador —explicó él—. Pero no era cierto, porque la examinaron después y todavía era virgen.

—¡Qué cosa más despreciable! —exclamé con profunda indignación.

—Fue necesario para descartar la posibilidad de un cómplice —aclaró Reilly, a la defensiva—. Es difícil creer que fuera capaz de planear y ejecutar el asesinato sin la ayuda de un hombre.

Me alejé, desbordada por la emoción. La profanación del cuerpo de Charlotte Corday me parecía vergonzosa. ¡Jamás le habrían hecho algo así a un hombre! Y además me inquietaba que Reilly lo tomara como si fuera algo aceptable.

"Robespierre me informó que la Sociedad de Mujeres Revolucionarias y Republicanas ha sido prohibida y que Claire Lacombe y Pauline Léon serán vigiladas de cerca —añadió mientras servía dos copas de vino—. Estás mojada, amor mío. Quítate la ropa...

—Pero esas mujeres adoraban a Marat. Son más radicales que Robespierre.

—La Convención Nacional cree que el lugar de las mujeres es apoyar a sus hombres y hacer del hogar un refugio seguro donde criar a los nuevos ciudadanos de la república. Es un papel importante. —Me ofreció una copa y me acarició la mejilla con la mano libre.

—¿Y tú qué crees? —pregunté con voz fría y bebí un sorbo de vino.

—Yo te considero mi igual —aseveró, y me besó de nuevo—. Pero de ahora en adelante, trata de evitar a las girondinas; las vigilan a todas. Es peligroso, querida. Ahora, desvístete, amor mío, te vas a resfriar con la ropa mojada.

Me tomó el rostro entre las manos y me besó de lleno en los labios. Me rendí a sus caricias y me quité la ropa mientras nos dirigíamos a la cama. Reilly me hacía sentir especial; necesitaba sentirlo dentro de mí, que me hiciera delirar de placer.

Después de hacer el amor, apoyé la cabeza en su hombro y nos quedamos contemplando la llama de la vela que parpadeaba sobre la mesa.

—¡Volvamos a Irlanda ahora mismo! —declaré—. Esta ciudad ya ha perdido su luz. Cada día es más oscura. Me preocupa…

—Nos iremos, de eso no te quepa duda, pero todavía no, amor mío. Saint-Just ha dado un giro a la guerra y pronto contaremos con la ayuda de tropas francesas para la insurrección irlandesa.

—Quiero irme ahora —supliqué, recordando las profecías de El acerca de que el Terror iba a ir a más. El cuervo ceniciento estaba posado en el alféizar de la ventana de Reilly, iluminado por la luz de la luna, y oí el murmullo de la Morrigan: "Quédate y sé testigo del horror que tu corazón violento puede crear".

—Debemos quedarnos en París, pero no por mucho tiempo, te lo prometo. Me sorprende que estés dispuesta a abandonar tan rápido a tu tarotista de Versalles. —Cada vez que el nombre de El surgía entre nosotros, su voz adquiría un tono cortante.

—A El lo único que le preocupa es la seguridad. Y temo que mi presencia en París la ponga en peligro.

—Tu amiga ya se ha puesto en peligro por sí sola. Ya te lo dije. La han visto sobornando a los guardias del Temple y visitando a la viuda Capeto. —Reilly se enderezó y se apoyó en los codos—. Ya te he hecho esta pregunta antes y tú finges no saber en qué intrigas está involucrada mademoiselle Lenormand, pero, Caitlin, es importante que hagas lo que te digo, por nuestra seguridad, pero también por Irlanda.

Mi corazón se aceleró al oír sus palabras y la Morrigan graznó dentro de mi cabeza. "Traición, traición."

—Si encuentras alguna prueba de conspiraciones monárquicas para rescatar a la viuda Capeto, Robespierre me ha prometido que Francia enviará miles de soldados para ayudarnos a liberar Irlanda.

—Pero ya te he dicho que no sé nada de ninguna conspiración. El no es una conspiradora.

—Lleva unas cartas escondidas en su cuerpo; debes encontrarlas.

—No puedo arriesgar su vida, Reilly. Por favor, no me lo pidas más.

Me acarició la cara otra vez.

—La protegeré; te lo prometí. Solo queremos demostrar la culpabilidad de la viuda Capeto. —Me miró a los ojos—. Pero debes decidir: ¿de qué lado está tu lealtad? ¿Acaso te importa más María Antonieta que Irlanda?

Se movió encima mío, con los ojos encendidos de pasión.

—Imagínate: podríamos volver a casa acompañados de miles de soldados franceses y liberar a nuestra tierra de sus opresores. —Me besó y deslizó una mano entre mis piernas—. Yo sería para los irlandeses lo que Robespierre para los franceses. Nos convertiríamos en los nuevos líderes republicanos de una Irlanda donde todos sean iguales. Qué orgullosa estaría tu tía Eimile. No vaciles, mi amor, porque nuestro deber es con Irlanda.

Las palabras me llegaron al corazón, pero estoy dividida.

Anhelo todo lo que Reilly dice y daría mi vida por conseguirlo. Lo amo, Reilly es Irlanda, pero también amo a El. Y hay un abismo entre ellos. No sé a qué lado pertenezco. Sin embargo, asentí con la cabeza y acepté espiar para él, convencida de que así protegería a El.

EL DIABLO

Enfréntate a tu lado oscuro

2 de termidor del año I (20 de julio de 1793)
El Temple, París

LENORMAND SE ABRE PASO POR LAS CALLES RUIDOSAS DEL Marais en dirección al Temple; está intranquila, su instinto le dice que alguien la está siguiendo. Sin embargo, cuando se gira, no ve a nadie que parezca hacerlo, aunque hay tantas personas que sería fácil ocultarse entre ellas. Todos llevan gorras rojas, una marea carmesí que se extiende por las calles de París.

No puede parar de pensar en el revolucionario irlandés Thomas Reilly. Les ha preguntado a las cartas una docena de veces si existe un vínculo entre él y Caterina. Pero las cartas se niegan a darle información sobre el futuro de Caterina. Reilly aparece en su propia tirada como El Diablo, pero Lenormand no necesita que el tarot le advierta sobre él.

Se vuelve de nuevo, con miedo a que alguien observe sus movimientos y la intercepten y registren. Los bordes de un papel doblado que lleva escondido en la manga se le clavan en la muñeca. No sería tan difícil de encontrar. Reza para que el aterrador Comité de Salvación Pública no haya reparado en sus visitas frecuentes a la reina, aunque Caterina suele rogarle que no sea tan imprudente.

—Te tacharán de monárquica —le advirtió Caterina esta mañana mientras El se aprestaba a salir de la librería.

—La reina ha sido abandonada y está destrozada desde que le arrebataron a su hijo Luis Carlos. Mis visitas la animan.

—Espero que lo único que hagas sea darle ánimo, El —replicó Caterina, muy preocupada—. Por favor, no cometas ninguna tontería.

—Sabes que nunca he tomado partido en esta revolución. Nuestra seguridad está por encima de todo —respondió Lenormand, incómoda por estar mintiendo.

—Sí, mi amor, lo sé. —Caterina le tomó la mano y se la besó como un caballero galante—. Echo mucho de menos tu sonrisa.

Lenormand hizo caso omiso del comentario, pues el afecto de Caterina es como una daga en su corazón. Desde luego que la ama, pero dejó de confiar en ella cuando descubrió sus reuniones secretas con las mujeres girondinas.

Ahora recorre las pesadas puertas que dan acceso al recinto amurallado del Temple y pasa por delante del palacio confiscado al príncipe de Conti. El guardia que la precede sabe del mazo de cartas que lleva oculto debajo de los bollos de pan en su cesta, pero no de la misiva que hay en su manga. Tendrá que leerle el tarot antes de marcharse, y también al guardia que vigila a la reina. Este es el arreglo que le permite acceder a María Antonieta.

Nunca ha tenido tantos consultantes, ya que el tarot ofrece una perspectiva del futuro más certera, aun cuando madame Guillotina le ponga fin de forma abrupta.

Después de la muerte de Luisa, Lenormand se negaba a salir de su casa. Pero entonces su antigua mecenas regresó en forma de espíritu y le rogó que visitara a su querida Antonia.

Camina hacia la silueta lóbrega de la vieja torre, donde la familia real ha estado alojada desde la caída de la monarquía y desde donde se trasladó al rey Luis en enero para su ejecución. Todavía le cuesta creer que sus compatriotas parisinos asesinaran al rey, aunque las lecturas siempre se lo anticiparon.

El guardia abre la puerta de la torre y ella lo sigue por las escaleras. Cuando llegan a la celda de la reina, el hombre abre la puerta y Lenormand entra.

María Antonieta, vestida de luto, está sentada junto a la ventana, mirando hacia afuera. Las cartas y los susurros de Luisa han develado a Lenormand que la reina no está bien de salud; padece menstruaciones abundantes y continuas. Necesita un médico. Pero cada vez que Lenormand pide a los guardias que envíen uno a la torre, estos se niegan y afirman que la viuda Capeto se encuentra bien.

En el extremo alejado de la habitación, Isabel, la cuñada de María Antonieta, está leyendo en voz baja a la princesa real. Madame Isabel se vuelve hacia Lenormand con desaprobación, pero no dice nada.

En la primera visita de Lenormand, madame Isabel le pidió a la reina que desistiera de consultar el tarot, alegando que era "obra del diablo", pero hace unas semanas dejó de protestar.

Hoy, como en cada visita de Lenormand, madame Isabel aprieta el crucifijo que lleva alrededor del cuello y se santigua como si Lenormand estuviera a punto de lanzarle un hechizo. La princesa María Teresa se pone incómoda y se vuelve hacia Lenormand con los ojos muy abiertos y curiosos.

Hay un guardia revolucionario en la celda, apoyado contra la pared, con la pipa en la boca y el arma colgada del hombro.

—Vaya, vaya, ¿acaso no es la profetisa de mala vida que viene a leerle el futuro a la viuda Capeto? —le pregunta a su compatriota—. No necesito las cartas para adivinarlo. —Hace el gesto de cortar el cuello y le lanza una mirada furibunda a María Antonieta.

—¿Te parece necesario, Edouard? —le reprocha el otro guardia, que entró con Lenormand—. Estas mujeres ya están de por sí bastante asustadas.

—Y con razón —replica Edouard y abandona la celda con paso desgarbado.

—Mesdames, mis disculpas —dice el otro guardia mientras toma el puesto de su compañero.

—Apartaos de la ventana, Antonia, querida —le indica Isabel a su cuñada—. Ha llegado vuestra mademoiselle Lenormand.

—Estoy esperando a que saquen a mi hijo a dar una vuelta —contesta la reina—. Verlo, aunque sea un instante, me alegra el día.

María Antonieta tiene sombras oscuras debajo de los ojos, su piel es del color de la tiza blanca y el vestido negro le queda holgado.

—Por favor, venga a sentarse conmigo junto a la ventana, mademoiselle Lenormand.

El guardia levanta una silla y la coloca junto a la reina. Es más compasivo que Edouard.

—¿Cómo está la querida Luisa? —susurra María Antonieta a continuación—. ¿Está con usted ahora?

Lenormand tantea el espacio a su alrededor, pero no percibe el espíritu de la princesa.

—Todavía no, pero vendrá, Vuestra Majestad.

—No debe dirigirse a mí de esa manera. Ahora soy la viuda Capeto. —Se alisa el vestido negro—. ¿Estaba usted mademoiselle Lenormand, cuando el pueblo mató a su rey?

Lenormand sacude la cabeza. La reina le hace la misma pregunta cada vez que la visita.

—¿Qué será de nosotros? —añade, y se retuerce las manos—. Nunca he querido hacerle daño a nadie, ¿por qué me odian tanto?

—Aún hay esperanza —musita Lenormand y levanta la vista hacia el guardia que las vigila de cerca—. Sed fuerte, mi reina.

Pero María Antonieta sacude la cabeza.

—Ya no me importa mi vida, solo la de mis hijos. He perdido demasiados. Primero a mi bebé, Sofía, luego a Luis José y, el año pasado, a Armand, que con apenas diecinueve años murió luchando para el ejército revolucionario. Era un chico rebelde y apoyaba la revolución, pero lo perdono. Lo amaba. Él no querría que su madre estuviera cautiva. —Una lágrima resbaló por su mejilla—. Lo único que quiero es vivir con mis hijos en libertad. Temo que Jean acabe en la calle ahora que ya no puedo seguir pagando su educación y las niñas... ¿Y qué será de Ernestina? ¿Y de Zoe?

Lenormand la tranquiliza. Jean ha sido acogido por su tutor de la escuela y Ernestina permanece oculta con la familia de madame de Soucy.

—Dios los bendiga. —La reina suspira con alivio—. Pero ¿y Zoe y sus hermanas? ¿Siguen en el convento o las han echado?

—No estoy segura. Los revolucionarios han cerrado todos los conventos y monasterios. —Hace una pausa—. El clero ha sido atacado por ser contrarrevolucionario.

—Dios mío —exclama María Antonieta, horrorizada—. Estos revolucionarios son unos matones sin corazón.

Lenormand levanta la cabeza y observa al guardia que está escuchando todo lo que dicen, pero el hombre permanece impasible.

Acto seguido, recoge la cesta y le ofrece un panecillo a la reina, que lo toma con delicadeza entre los dedos. Luego ofrece uno al guardia y los otros dos a madame Isabel y la princesa real. Ha pagado muchos asignados para comprarlos y ella, Caterina y Giselle tendrán que conformarse con raciones más escasas, pero vale la pena, aunque sea para ser testigo de la felicidad de la joven princesa al hincarle el diente a la masa dulce.

—Leamos las cartas ahora. —Se reclina en la silla y saca el mazo de cartas de tarot de Etteilla. Las empieza a barajar y cierra los ojos. Siente el aliento de alguien sobre sus párpados y su cuerpo se estremece. Luisa Lamballe ha llegado.

Abre los ojos. María Antonieta se ha quedado mirándola, con sus ojos azules como ópalos de tristeza en su rostro pálido.

—¿Está ella con usted ahora?

Lenormand asiente.

"Siempre estaré contigo."

Luisa susurra a través de Lenormand y es como si le hablara directamente a su consultante, porque el rostro de la reina derrocada se ilumina por un momento.

Lenormand saca tres cartas para María Antonieta: El Loco, El Niño Moreno y Extremo o as de espadas. Frunce el entrecejo; hay algo en estas cartas que no entiende. Sabe muy bien qué significa la última carta: la violencia poderosa de la hoja de la espada brilla ante ellas cuando María Antonieta extiende la mano y la toca, sin necesidad de ninguna interpretación. Pero las cartas le dicen a Lenormand que el propio hijo de la reina la llevará a la guillotina. Es imposible de imaginar y no se atreve a decir lo que piensa, aunque Luisa murmura a su alrededor: "Es cierto, el niño será su ruina definitiva".

En la baraja de Etteilla, El Loco se tapa los ojos con las manos. ¿Acaso se refiere a la incapacidad de María Antonieta de ver la verdadera naturaleza de sus hijos? No ha hecho ni un solo comentario negativo sobre Armand, su hijo adoptivo, desde el día en que él le volvió la espalda y se unió a las fuerzas revolucionarias. Ahora que está muerto, lo llora como a uno más de sus hijos perdidos.

—¿Qué puedes decirme, querida Adelaide?

Lenormand mira a la reina a los ojos y recurre al otro significado de El Loco.

—Tenéis una opción —susurra—. Podéis libraos de todas vuestras responsabilidades y arriesgaros a escapar mientras aún hay esperanza o... —Hace una pausa y respira hondo—. O correréis la misma suerte que vuestro esposo.

—Ah —suspira María Antonieta mientras se enjuga los ojos con un pañuelo de encaje—. No me sorprende. Pero ¿y El Niño Moreno? ¿Es Luis Carlos? —Se inclina hacia delante y agarra las manos de Lenormand—. No lo ejecutarán, ¿verdad?

—No —contesta Lenormand nerviosa, sin querer revelar lo que Luisa le ha dicho. Intuye que eso le causaría a María Antonieta más dolor que saber de su propia muerte.

—Creo que las cartas dicen que deberéis elegir entre él o vuestra libertad.

—Pero esa es una elección imposible —exclama la reina.

No es la respuesta que Lenormand esperaba, porque de verdad cree que hasta las personas sanguinarias como Robespierre trazarían un límite a la hora de guillotinar a un niño.

María Antonieta, sin embargo, es otro asunto. Las cartas han pronosticado su destino, pero aún hay tiempo para cambiarlo. Necesita convencerla de que escape mientras pueda.

Lenormand se gira hacia el guardia, que está encendiendo su pipa. Mientras el hombre está ocupado, desliza la nota fuera de su manga y se la entrega a la reina.

María Antonieta la guarda con rapidez en su propia manga y su expresión se anima un poco.

—No todo está perdido —le asegura Lenormand.

PARTICIPO EN UNA CONSPIRACIÓN

5 de termidor del año I (23 de julio de 1793)

TENGO MUCHO MIEDO POR MIS AMIGAS. ESTÁN ENVIANDO a muchas personas a las prisiones abarrotadas de París y de allí a la guillotina. Cada vez que visito a Olympe, me entero de que han detenido por traición a otra amiga girondina.

Temo por la libertad de Olympe y Cécile, porque Olympe ha escrito una crítica al gobierno y ha impreso docenas de carteles que ella y Cécile están esparciendo por París. *Las tres urnas o la salvación de la patria por un viajero aéreo* suena extravagante, pero Olympe me ha leído una parte del texto. Las palabras aún resuenan en mi cabeza:

"Ahora es el momento de establecer un gobierno decente cuya energía provenga de la fuerza de sus leyes. Ahora es el momento de poner fin a los asesinatos y al sufrimiento que causan, por el simple hecho de tener opiniones contrarias".

Olympe propone elegir entre tres formas de gobierno: una república unitaria, en la que las diferentes facciones políticas dejen de atacarse unas a otras; un gobierno federalista, o, por último, una monarquía constitucional.

La audacia de sus acciones me preocupa.

—Publicar un libro o un panfleto que proponga restablecer la monarquía es un delito capital. No puedes divulgarlo —le advertí hoy.

Cécile sacudió la cabeza.

—Es demasiado tarde. Hecho está.

—Lo siento, querida mía, pero no puedo quedarme callada —explicó Olympe—. He tenido una vida privilegiada y estoy dispuesta a correr el riesgo.

—Pero eres una defensora valiosa —argumenté.

Olympe me sonrió con amabilidad antes de volver a llenar mi copa de vino rosado.

—Debo aprovechar la oportunidad para defender lo que es justo. Quizá mis palabras cambien algunos corazones y mentes. Pero vosotras dos, pase lo que pase conmigo, debéis guardar silencio. Porque vosotras debéis ser el futuro. —Bebió un sorbo de vino.

—Ojalá no te expusieras a tanto peligro —insistí, aunque era consciente de que ya había tomado una decisión y no iba a cambiar de opinión.

Después de una despedida afectuosa de mis dos amigas, que siempre temo que sea la última, me apuré a volver a casa. En el camino, me inquietó cruzarme con uno de los carteles.

No pasará mucho tiempo antes de que el Comité de Salvación Pública deduzca quién es el "viajero aéreo".

Estos días, corro en tres direcciones diferentes. Con Olympe y Cécile, soy una mujer girondina que apoya nuestra campaña por la igualdad para todas las mujeres. Con Reilly, soy la amante de un revolucionario radical que está alineado con los hombres que reprimen a mis amigas girondinas. Con El, mi vida es del todo diferente: comparto las noches con una tarotista monárquica, leyendo el futuro y acumulando monedas, y me despierto cada mañana con la angustia de que la detengan por traidora.

No puedo alejarme de ninguno de ellos y, sin embargo, todos se contradicen entre sí. He tejido una red de mentiras precaria y un único hilo suelto bastaría para convertir mi vida en hilachas.

Era casi de noche cuando tomé la rue de Tournon, con la librería a la vista, y oí un silbido. Miré de reojo y vi a un hombre que me hacía señas desde el otro extremo de la calle desierta. Dudé, pero volvió a silbar y, cuando dio un paso adelante, lo reconocí.

Vestido como un *sans-culotte*, con la gorra roja y la escarapela revolucionaria, Toby Oswald caminaba hacia mí. No lo veía desde la noche en el salón de la princesa Lamballe en 1790, cuando me contó que Reilly se había ido a Norteamérica.

—Caitlin Molloy, ¡qué alegría haberte encontrado por fin! —exclamó al alcanzarme—. Llevo horas esperando que aparecieras.

—Pero ¿qué estás haciendo aquí? —Después de años como criada de cocina de su padre, la palabra "señor" estaba en la punta de mi lengua, pero me contuve. Las reglas viejas ya no se aplican en el nuevo París—. ¿Quieres que te lleve a ver a Reilly? ¿Estás con el señor Wolfe Tone?

—No, no, para nada —respondió Toby. Un mechón de cabello castaño se escapó de su gorra y formó un rizo sobre su frente húmeda—. Ya no pertenezco a los Irlandeses Unidos.

—¿Ya no deseas la independencia de Irlanda? —espeté, y me resultó inevitable sentir un ligero resentimiento hacia el acaudalado Toby Oswald.

—Más que nada en el mundo, pero no estoy de acuerdo con los planes de insurrección violenta ni con la idea de convencer a los franceses de que invadan en nuestro nombre.

—Para ti es fácil decir eso, pues perteneces al Dominio Protestante. No tienes ninguna urgencia por rebelarte, ya que heredarás la casa y las tierras de tu padre. —El discurso brotó sin freno de mi boca. He cambiado mucho desde mi época de servidumbre callada en Roughty House.

—Ya he heredado Roughty House, pues mi padre murió el año pasado —precisó él—. Pero tienes toda la razón. Es cierto que soy un privilegiado y que mis antepasados son ingleses, pero mi familia vive en Irlanda desde hace generaciones. Y me gustaría que los católicos tuvieran los mismos derechos que los terratenientes protestantes. Pero se puede lograr por medios pacíficos y legales.

La noticia de la muerte de sir William Oswald me desconcertó. He deseado vengarme de él por la muerte de Eimile durante mucho tiempo, y ya no lo conseguiré. Toby dio un paso adelante y echó un vistazo rápido hacia atrás.

—No puedo seguir aquí hablando contigo, podrían vernos. Necesito tu ayuda. ¿Puedes entregarle esta nota a mademoiselle Lenormand, por favor? —Sacó un pedazo de papel doblado de su bolsillo—. He intentado hacerlo en persona, pero los dos últimos días la han vigilado y seguido en todo momento.

Quedé paralizada por el miedo. Había creído que Reilly podría evitar que espiaran a El. ¿En qué intriga mortal se había implicado mi amiga, ni más ni menos que con Toby Oswald?

Le arrebaté el trozo de papel y lo abrí sin su permiso.

—Esto es una locura —declaré, cuando terminé de leer.

—Pero funcionará; hace semanas que lo planeamos. Mademoiselle Lenormand ha estado llevándole cartas a la reina. —Bajó la voz hasta hacerla apenas audible—. Se ha sobornado a los guardias del Temple. Hemos conseguido pasaportes para viajar. Hay un carruaje listo para sacar a la reina de París y caballos de relevo veloces para trasladarla hasta Nantes, donde un barco la llevará a Dingle.

—¿A Dingle, en Kerry? —Que Toby Oswald tuviera la

osadía de pretender llevar a la reina depuesta desde Francia hasta Irlanda me dejó perpleja.

—Hemos dispuesto una habitación para ella en casa de un colaborador.

—¿Y quién es esa persona?

—No puedo decírtelo. Ni siquiera quería que te entregara esta nota debido a tu relación con Reilly. No confía en ti.

Me sonrojé al darme cuenta de que Toby sabía de mi intimidad con Reilly.

—Pero le aseguré que no nos traicionarías, porque también eres leal a la tarotista de Versalles. Lo supe ya en 1790, cuando os vi en el salón de la princesa Lamballe, y aún sigues a su lado.

—Si te atrapan, te decapitarán sin vacilar.

—Somos muy cuidadosos, por eso te entrego esta nota a ti y no directamente a mademoiselle Lenormand. Debe ocuparse de que la reina esté lista para actuar con rapidez.

—Pero estás poniendo en peligro la vida de mi amiga…, ¿y por quién? ¿Por la reina traicionera de Francia? ¿Por qué te importa tanto?

Toby pareció sorprendido.

—El sobrino de María Antonieta, el emperador de Austria, me pidió que me encargara del rescate. Estoy en deuda con él. Lo único que hago es tratar de salvar la vida de una mujer y sus hijos. —Frunció el ceño—. No intentarías impedirlo, ¿verdad, Cait?

—Hay quienes consideran que uno de esos niños es el rey de Francia y, algún día, ese mismo niño podría destruir todos los logros de la revolución —repliqué con frialdad, aunque, a fuer de ser sincera, se me encogió el corazón al recordar al pequeño de mejillas regordetas a quien le había cantado la noche en que cayó la monarquía. Llevaba casi un año cautivo, separado de toda su familia, y con apenas ocho años. Me temo que ya no sea tan alegre y despreocupado.

¿No se merece una infancia sin sufrimiento ni dolor, como cualquier otro niño?

Toby me miró a los ojos y detectó mi aprobación.

—*Adieu*, querida Caitlin. —Por la forma en que pronunció mi nombre, casi me convenció de que mi bienestar le importaba.

Toby se volvió, caminó por la rue de Tournon y desapareció al doblar la esquina. Apreté en mi mano el trozo de papel con la fecha y la hora de la llegada del carruaje para rescatar a María Antonieta. Debí haberle llevado el papel a Reilly enseguida. Pero, por supuesto, no podía hacerlo, porque eso conduciría a la detención de El.

Maldije por lo bajo y con la misma virulencia que una pescadera de Les Halles. Qué tonta se ha vuelto El.

Ver a Toby Oswald de nuevo me trajo recuerdos de Roughty House y de la tía Eimile. El dolor nunca ha desaparecido. Mientras me dirigía a la librería, se me ocurrió que, aun con sir William muerto, podía hacerle daño a lady Oswald. Sería fácil traicionar a Toby con Reilly. El cuervo ceniciento se zambulló desde el cielo nocturno y aterrizó sobre los adoquines sucios. Dio unos saltos delante de mí antes de hacerse más grande. Observé cómo su cabeza, su pecho, sus alas y su cola negros se transformaban en la imponente figura de la Morrigan. Llevaba un gorro rojo sobre el cabello escarlata, los pantalones anchos de los *sans-culottes y* una chaqueta cubierta de escarapelas azules, blancas y rojas. Brincó en la suciedad de las alcantarillas, chapoteó en el agua mugrienta y aplaudió.

"Traiciónalo", cantó la diosa, "y deja que corra la sangre. Busca tu venganza ahora."

—Déjame en paz. —La empujé fuera de mi camino—. No me convertiré en ti.

—Cra, cra, cra —gritó a mis espaldas, otra vez en forma de pájaro.

Hice caso omiso de los graznidos burlones y me negué a mirar al cuervo, que sobrevolaba encima de mi cabeza como si me estuviera cazando.

Esta criatura no es mi aliada, como creí en otros tiempos. La Morrigan desea destruir a todos los hombres que la menosprecian. Pero Toby Oswald es un buen hombre. Y aunque es tentador castigar a lady Oswald enviando a su hijo a la guillotina, no me parece bien. La presencia de Toby es familiar y tranquilizadora, a diferencia de la agitación que genera Reilly, que me consume con un deseo insaciable.

Pensé en las palabras de Toby y en sus razones para ayudar a María Antonieta, y una imagen de Luis Carlos surgió en mi mente. El niño me llamó.

Cuando llegué a la librería, los consultantes ya se estaban juntando fuera. Al ver que yo me acercaba, susurraron entre ellos y apartaron la mirada, como si tuvieran miedo de que les leyera las mentes.

La gente cree que soy una bruja, y tal vez sea cierto.

El sol se ponía con rapidez y la luna estaba asomando: ese intervalo crepuscular cuando el velo es más fino y es posible ver tanto al sol como a la luna en el cielo. Abrí la puerta y entré en la librería; los ladridos de Gilbert y el olor de los libros antiguos me calmaron.

Abrí la mano y alisé el pedazo de papel que me había dado Toby Oswald. Antes de cambiar de parecer, llamé a Él.

LA CASA DE DIOS

Derrúmbate

11 de termidor del año I (29 de julio de 1793)
El Temple, París

LENORMAND SE BAJA DEL CARRUAJE. LOS CABALLOS PONEN los ojos en blanco y patean el suelo mientras ella pasa de prisa junto a ellos, atraviesa los portones pesados del Temple y prosigue hacia la vieja torre. Dos guardias a ambos lados de la puerta desvían la mirada cuando ella tira de la manija y la puerta se abre, sin necesidad de una llave. Lenormand corre por las escaleras, con la respiración entrecortada.

Le cuesta creer que haya tomado una decisión tan peligrosa, pero tan pronto como Caterina le entregó la nota del irlandés, Luisa apareció a su lado y la alentó a ser valiente. Es demasiado tarde para dudar; debe llegar hasta el final. Los hombres que custodian al joven rey Luis Carlos exigieron una suma de dinero abultada y tuvo que vender el anillo de rubíes de Luisa para pagarla. Han prometido bajar al niño a la habitación de su madre cuando las campanas den la medianoche.

La puerta de la celda de la reina no tiene llave y Lenormand entra corriendo, sin aliento.

—El carruaje está listo —anuncia.

María Antonieta está de pie, retorciéndose las manos, y madame Isabel sostiene de la mano a la princesa real. Todas visten de negro, incluso la niña pequeña. No llevan equipaje, pues ¿qué hay más importante que sus propias vidas?

El silencio es absoluto mientras la campana repica doce veces, pero el pequeño Luis Carlos no aparece.

—¿Dónde está mi hijo? —pregunta la reina con ansiedad.

Solo es cuestión de unos minutos que las descubran. Uno de los guardias podría cambiar de idea, o podría llegar un guardia nuevo.

—Bajad hasta el carruaje y yo iré a buscarlo —sugiere Lenormand.

—No, lo esperaremos aquí. Es más seguro —responde María Antonieta con determinación.

Lenormand corre escaleras arriba, pero se detiene para recuperar el aliento. Desearía haberse puesto los pantalones anchos que le ofreció Caterina, después de que ella rechazara su ofrecimiento de ayuda con la fuga.

—Cuantas menos personas estemos en peligro, mejor. —Se mostró inflexible en cuanto a que Caterina debía mantenerse a salvo—. Además, una de las dos tiene que leer el tarot esta noche.

En lo alto de la escalera, se topa con Edouard, el más desagradable de los guardias. Le pagó una buena suma hace un par de días. Sin embargo, el hombre le bloquea el paso.

—No puedes llevarte al niño.

—Pero te pagué…

Edouard esboza una sonrisa cruel.

—Eres tonta. Tienes suerte de que no te arreste aquí y ahora. Vete y no me daré por enterado de la huida de la perra austríaca.

—Por favor. El niño solo tiene ocho años. Déjalo venir conmigo.

La mirada del guardia se endurece.

—El niño es una amenaza para la seguridad de nuestra nación. No puede abandonar esta prisión.

Está claro que Edouard no cambiará de parecer, y ella no puede perder más tiempo. Corre escaleras abajo, y casi se tropieza con la falda.

—El guardia se niega a entregar al pequeño rey —exclama al irrumpir en la habitación de María Antonieta—. Debemos irnos sin él.

La reina parece horrorizada.

—¿No podemos sobornarlo más? —pregunta—. Isabel, ¿te queda alguna joya?

—No nos queda nada, hermana. No tenemos nada.

—Adelaide, ¿no puedes hacer nada para convencerlo? —María Antonieta se vuelve hacia ella con gesto desesperado.

—No cederá. —Con cada minuto que transcurre, el pánico amenaza con invadirla—. Debemos irnos; descubrirán el carruaje.

—No puedo —insiste la reina, con lágrimas en los ojos—. Llévate a Isabel y a María Teresa, no puedo dejar a mi hijo.

—En ese caso, yo tampoco os dejaré, hermana —pretexta Isabel, y la reina apoya la cabeza en el hombro de la otra mujer.

—Llévate a la princesa real, te lo ruego —solloza María Antonieta.

—Ven conmigo. —Lenormand tiende la mano, pero María Teresa retrocede.

—No te dejaré, mamá, nunca —grita la niña, aferrada a la falda de su madre.

—Somos las mujeres más infelices de Francia —se lamenta la reina. Alza la cabeza hacia Lenormand con ojos llorosos—. Mi hijo, mi hijo… ¿Volveré a verlo alguna vez?

—Os lo ruego, mi reina, huid ahora. Es vuestra única oportunidad. El destino no os dará otra —la urge.

—Pero no abandonaré a mi hijo. —María Antonieta levanta la barbilla y se seca las lágrimas de las mejillas.

Lenormand debe contarle a la reina lo que vio en las cartas. Es la única manera de que acepte escapar. Percibe el espíritu de Luisa con ella, instándola a revelarle la verdad a su amada.

—Vuestros enemigos convencerán a vuestro hijo de que os traicione. Dirá mentiras….

—¡Detente, ya mismo! ¡No hables mal del rey Luis XVII! —María Antonieta hace un gesto despectivo—. Ahora lo veo claro: tus predicciones no me han traído alivio, sino que me han roto el corazón una y otra vez. Vete de aquí ya mismo.

—Pero estoy aquí para ayudaros…

"Mi amor, mi amor", se lamenta Luisa en su interior.

—Vete, profetisa, ya has hecho suficiente daño. —Los ojos de Isabel revelan un sentimiento de protección feroz hacia su cuñada.

Lenormand retrocede, desconsolada. Ha arriesgado su vida por María Antonieta y, sin embargo, la reina ahora la expulsa, ¡como si aún tuviera algún poder!

Baja corriendo las escaleras, con el cuerpo empapado en sudor, abrumada por el fracaso y con el espíritu de Luisa que se cierne oscuro sobre sus hombros.

"Sálvala, Adelaide."

—No puedo —contesta en voz alta.

Deja atrás la vieja torre en ruinas y corre hasta los portones del Temple. El irlandés se sorprende al verla sola y ella le cuenta lo que ha sucedido. No hay tiempo que perder: amanecerá pronto. El hombre se marcha en una dirección y ella lo hace en la dirección contraria.

Se gira una vez para contemplar la fortaleza medieval que se recorta contra el cielo cada vez más claro; los cuervos negros describen círculos alrededor de la torreta. La prisión está al borde de la ruina y la monarquía se ha desmoronado con ella. A pesar de la ira y el dolor por la forma en que María Antonieta la ha tratado, la promesa que le hizo a la reina es más fuerte. Lenormand siempre cumple su palabra. No la abandonará, aunque teme que el destino de la reina esté sellado.

NACE UNA SEGUNDA CONSPIRACIÓN

28 de termidor del año I (15 de agosto de 1793)

LA CONSPIRACIÓN DE TOBY OSWALD HA FALLADO. NO HE vuelto a verlo ni a saber nada de él desde entonces.

Deseo de todo corazón que El renuncie a su plan de rescatar a la reina destronada de Francia, pero ni siquiera el fracaso de la conspiración de Toby la ha disuadido. Hace dos semanas, separaron a la reina de su hija y de madame Isabel y la trasladaron a una celda en la Conciergerie, también conocida como la antesala de la muerte. Los preparativos del juicio ya están en marcha. Sospecho que será una mera formalidad. Los revolucionarios ya han decidido que debe morir.

Pero El no ha perdido la esperanza.

—Hay una última oportunidad —me comentó ayer—. Estoy en contacto con un viejo caballero de la reina que está organizando una fuga. El guardián de la reina en la Conciergerie, Michonis, se ha compadecido de ella y me permitirá hacerle llegar un mensaje.

Me horrorizó descubrir que El se planteaba otro plan

temerario. Hay demasiados efectivos de la Guardia Nacional dentro y alrededor de la Conciergerie como para liberar a María Antonieta. Y tampoco confío en Michonis, después de lo que El me ha contado sobre el guardia del pequeño Luis Carlos en el Temple.

—Te lo ruego, El, no te impliques en una intriga tan peligrosa —le advertí—. Además, ¿cómo harás para verla si la mantienen aislada?

—He oído que permiten que la gente la mire en la celda. —Respira hondo—. Llevaré las cartas y se las leeré a los guardias para convencerlos de que me dejen leérselas a ella.

—Me dijiste que María Antonieta ya no encuentra consuelo en tus lecturas.

—Le aconsejé que abandonara a su hijo y se angustió. Por eso me echó. Pero me comprometí a ayudarla, así que no intentes disuadirme —aseveró con expresión decidida.

—Toby Oswald me contó que te están vigilando. Tuviste suerte de que nadie te viera en tu primera misión. No tientes al destino otra vez.

—Tendré cuidado.

—Eres una monárquica reconocida; los guardias no te quitarán los ojos de encima. —Me sonrojé de vergüenza, porque yo soy una de las personas que vigilan a El. La única forma en que puedo protegerla es actuando como espía. Por lo tanto, acepté ser agente del Comité de Salvación Pública, aunque no he informado nada a Reilly sobre lo que El ha hecho o planea hacer.

Temo que el día en que nos descubran a las dos, Reilly no podrá protegerme, y mucho menos a El.

—Iré en tu lugar —me ofrecí, muy a mi pesar—. A mí no me vigilan.

—¿Harías eso por mí? —Los ojos de El brillaban con gratitud y me sentí tremendamente culpable por mi hipocresía.

Más tarde esa noche, corrí a los brazos de Reilly. He

intentado convencerme de que el único motivo por el que sigo con mi amante radical es proteger a El, pero la verdad es que mi cuerpo lo desea tanto o más que siempre. Mi corazón está partido en dos y mis emociones son un caos. En la cama de Reilly, me olvido de todo y me sumerjo en esa paz momentánea. Pero cada vez que nos vemos, su admiración por sus amigos Robespierre y Saint-Just va en aumento. El miedo y la sospecha imperan en París; nadie está a salvo, ni revolucionarios ni monárquicos. ¿A quién denunciarán la próxima vez?

29 de termidor del año I (16 de agosto de 1793)

Hoy he cumplido mi promesa a El.

Seguí al guardia Michonis por el estrecho pasillo de la Conciergerie, recordándome a mí misma que siempre quise que la Revolución francesa condujera a este desenlace. Desde mi llegada a París, desbordada de fervor por la justicia y la igualdad, había deseado la caída de la monarquía francesa. Hoy, el pueblo francés posee la libertad que yo anhelo para mi Irlanda natal. ¿Por qué entonces me he implicado en conjuras para salvar a la reina derrocada de Francia?

Todo es culpa de El.

La celda de la viuda Capeto es pequeña y húmeda. Un biombo es lo único que le permite asearse en privado y libre de las miradas de los guardias. Hay tres camas: una para la antigua reina, otra para la mujer que la atiende y otra para los dos gendarmes que la vigilan día y noche. La cama está compuesta por un colchón de paja, uno de lana y una manta vieja y sucia, llena de agujeros. El lugar dista mucho de la alcoba real de la reina en el Palacio de Versalles.

Fuera hacía una tarde cálida de agosto y el hedor

corporal del gendarme se mezclaba con el de desechos humanos y sangre vieja.

Pero la imagen de María Antonieta fue lo más impactante. Apenas reconocí a la mujer frágil ante mí, la loba austríaca, como la llama Reilly. Ya no tenía nada de depredadora. Pese a sus treinta y siete años, parece casi del doble de edad. Le han cortado el cabello blanco a la altura de la nuca y en la frente de forma brutal y torpe, lo que deja al descubierto sus rasgos demacrados y envejecidos. Esta noche, vestía una chaqueta negra abotonada por delante que le daba el aspecto de un mirlo pequeño.

Cuando entramos, se levantó de la silla con lentitud, tan débil que apenas podía caminar.

—Buenos días, monsieur Michonis, ¿tiene noticias de mis hijos? —inquirió con voz trémula.

—Creo que todos gozan de buena salud, madame —respondió el guardia con tono cortés—. Tenéis una visita.

María Antonieta suspiró y apartó la vista.

—Otro desconocido que viene a deleitarse con el ocaso de los poderosos —soltó, con la voz teñida de amargura.

—No; de hecho, esta joven os conoce.

La reina echó la cabeza hacia atrás y se llevó la mano a la cara al reconocerme.

—Mademoiselle de Luna, no esperaba verla aquí. —Se tambaleó y volvió a tomar asiento, ruborizada. Su cuerpo comenzó a temblar y las lágrimas brotaron de sus ojos.

Me sorprendió verla tan afectada, ya que nunca habíamos sido íntimas.

—Ver un rostro amigo me emociona. —María Antonieta intentó recomponerse; sacó un pañuelo de la manga y se enjugó los ojos—. Por favor, dígale a Adelaide que lamento mucho haberle hablado como lo hice la última vez...

Se interrumpió y echó un vistazo furtivo a los gendarmes, pero Michonis había entablado una conversación con ellos, tal como habíamos planeado; mi plan, en cambio, era leerle las cartas a la reina mientras le pasaba información.

—La tarotista de Versalles dice que pronto os rescatarán —le susurré en tanto barajaba las cartas—. El mensaje está en las cartas.

—No puedo hablar ni escribir y me vigilan todo el tiempo —murmuró ella en respuesta; sus ojos azul pálido se iluminaron con esperanza—. Pero confío en Adelaide y, si ella confía en usted, yo también.

Bajé la vista hacia las cartas en mis manos, abatida por su situación. El plan entrañaba riesgos. No podía creer que fuera a salir bien.

Sin embargo, hice lo que le había prometido a El y saqué las cinco cartas del tarot de Etteilla que elegí para transmitir el mensaje de Lenormand:

El caballero de espadas, Las Plantas, el seis de oros, El Disenso y El Viaje.

—Un caballero vendrá con un mensaje en una flor roja —comencé, y coloqué mi dedo sobre las flores en la imagen de Las Plantas—. Se ofrecerá dinero para sobornar a los guardias, habrá un carruaje con caballos a la espera y escaparéis hacia la libertad en una tierra extranjera.

—Pero ¿qué pasará con mis hijos? —La reina se inclinó hacia delante y me tomó las manos—. María Teresa está a salvo con madame Isabel; una niña no es una amenaza tan grande, pero prométame que rescatará a mi hijo, porque temo que lo ejecuten también.

—¡Es un niño!

—Pero no lo será siempre; lo destruirán. Mademoiselle de Luna, júreme que salvará a Luis Carlos de semejante destino. No aceptaré este plan si no lo hace.

Su rostro reflejaba una emoción intensa. Estaba claro que la maternidad primaba por encima de cualquier otra consideración, incluso de la monarquía.

—Os lo prometo —musité, aunque no tenía ni idea de cómo podría cumplir esa promesa.

María Antonieta se reclinó en la silla, asintió despacio y yo guardé las cartas. Pero no me levanté del taburete.

—Tomad mis manos; puedo llevaros ahora mismo con vuestros hijos —añadí en voz baja.

La reina frunció el ceño.

—¿A qué se refiere?

—Confiad en mí.

Noté las manos de María Antonieta flácidas y suaves entre las mías.

Cerré los ojos y ya no estábamos en la celda austera de la Conciergerie, sino que nos encontrábamos de pie a ambos lados de la roca gigantesca que servía de altar en el círculo de piedras de Neidín, en Irlanda. Unas nubes oscuras surcaban el cielo; anochecía. Los murciélagos revoloteaban entre los tejos altos y el viento susurraba entre las ramas. El cuervo ceniciento nos observaba desde lo alto de un tejo. La reina tenía la cabeza descubierta y estaba envuelta en mantones de lana raídos. Ambas apoyamos nuestras manos en la roca recalentada por el sol.

No estábamos solas; la princesa Lamballe se acercaba al círculo de piedras. Llevaba el vestido blanco manchado de sangre con el que había sido asesinada y gotas de sangre color rubí formaban un collar alrededor de su cuello.

—Luisa —susurró la reina, y tomó la mano de su amada.

Había tres cartas del tarot sobre la gran piedra: el cuatro de bastos, La Templanza y el diez de copas. El cuatro de bastos desplegaba una escena de celebración, con guirnaldas de flores que colgaban entre los arcos de un jardín difuminado en el pasado; La Templanza traía agua que corría debajo de un puente arqueado y, en el diez de copas, el sol ya había salido, pleno, dorado y redondo en el cielo, llevando calor a las mujeres temblorosas.

—Estamos en Versalles —murmuró la fantasmal Luisa.

—El Pequeño Trianón, mi santuario —precisó María Antonieta con la voz quebrada.

—Dirigid vuestra mirada hacia dentro —le indiqué—. Ahí está vuestro jardín, en los confines internos de vuestra sabiduría más profunda. Buscad un recuerdo y entrad en él. ¿Podéis oler las flores, oír el agua que fluye? Estáis juntas en vuestro jardín de paz. ¿Cómo os sentís?

Miré las cartas del tarot y vi a Luisa y a María Antonieta en ellas: dos mujeres pequeñas y tomadas de la mano que caminaban hacia el pasado, a un tiempo en el que sus mayores placeres provenían de la naturaleza. Conectar a esas dos mujeres, una muerta y otra apenas viva, con el pasado no era difícil, pues el velo que las separaba era muy delgado. La reina veía a Luisa con todo su corazón, ya que era la única forma de escapar de su presente aterrador.

Luisa y María Antonieta entraron en el diez de copas. De la mano, observaron a todos los hijos de la reina, adoptados o no, vivos o muertos, reunidos ante ellas. El rebelde adolescente Armand cargaba al frágil delfín Luis José sobre sus hombros mientras Ernestina y María Teresa giraban describiendo un círculo, las gemelas de melena dorada con sus faldas ondeando en el aire. Luis Carlos se encontraba con su compañera de la infancia, Zoe, y juntos perseguían a las hermanas de Zoe; los cuatro gritaban divertidos en tanto que Jean, el hijo senegalés de doce años, sentado en un taburete, acunaba a la pequeña Sofía. Había tristeza en sus ojos, aunque los demás jugaban con alegría.

"Mis hijos, los amores de mi vida", declaró la reina con voz entrecortada, y el dolor de su corazón me desgarró.

La escena se desvaneció y me encontré sola dentro del círculo de piedras. Recorrí su circunferencia; la tierra blanda se escurría entre mis pies descalzos y podía sentir el llamado de la patria. Empezó a llover y olí el aroma suave del brezo y la turba. La niebla se arremolinaba entre las piedras y, cuando se disipó, vi a la tía Eimile. Llevaba su vestido de lana de cocinera y la cofia blanca; unos mechones rojos se escapaban por el borde. Tenía la cara mojada, no podía saber si por la lluvia o por las lágrimas. La culpa y el dolor me atravesaron el corazón.

"Perdóname", le supliqué.

Pero la expresión de Eimile era indescifrable cuando se quitó la cofia de la cabeza y se soltó la melena roja. El cuervo se abalanzó desde el tejo y Eimile desapareció.

En su lugar estaba la Morrigan, con su cabello rojo fuego, feroz y ardiente, y las fosas nasales dilatadas. Me puso un espejo roto delante de la cara. Pero no quise mirar mi reflejo, porque era el de una embaucadora.

Una serpiente se enroscó alrededor del mango del espejo y la Morrigan me advirtió:

"Ten cuidado con la serpiente".

Era de noche cuando abandoné la Conciergerie y, al pisar la calle, me agaché con alivio. No esperaba lograrlo. Era un milagro que los gendarmes me hubieran permitido pasar tanto tiempo a solas con la viuda Capeto. Sin duda, había sido mérito de Michonis, el guardia comprensivo. La reina pareció reconfortada por su visión de un pasado más feliz con la princesa Lamballe y sus hijos y, cuando me marché, la dejé dormitando en su estrecho camastro.

Esa noche, el aire era cálido, pero yo temblaba como si hubiera traído conmigo una parte de la turbera irlandesa húmeda e invernal. Mi visión dentro de la prisión y las palabras de la Morrigan me inquietaban. ¿Quién era la serpiente? Yo misma, seguro.

Estaba agotada y quería volver a la rue de Tournon, aun cuando tuviéramos que leer el tarot hasta la madrugada. Pero cuando llegué a la esquina, divisé la silueta de Reilly.

—Mi querida Caitlin. —Me rodeó la cintura con el brazo y me plantó un beso en la mejilla—. ¿Cómo está la viuda Capeto? —Su tono era despreocupado, pero intuí la pregunta subyacente.

Si alguien encontrara este diario y lo leyera, supongo que se preguntaría cómo sabía Reilly que yo había visitado a la reina depuesta de Francia. Lo cierto es que se lo había contado, ya que los ojos del Comité de Salvación Pública están en todas partes. De haberlo engañado, habría perdido su confianza. Y la necesitaba para mantener a salvo a El.

Así que respondí:

—Como es de esperar, teme por su vida.

Reilly arqueó las cejas.

—¿Acaso percibo compasión por la mujer que si pudiera volver a celebrar un banquete y divertirse en el palacio libertino de Versalles bailaría sobre tu cadáver sin importarle lo más mínimo?

Antes de mi encuentro con ella, habría estado de acuerdo con Reilly. Ahora, no estaba tan segura. La viuda Capeto me había agradecido con sinceridad, porque yo le había dado algo que ha deseado durante su cautiverio: el pasado.

Reilly me atrajo hacia él. Levanté la vista y me quedé mirando su rostro; seguía siendo tan guapo como el primer día que lo había visto, aunque ahora tenía unas arrugas pequeñas alrededor de los ojos. Pero eso contribuía a su atractivo, al igual que su mandíbula más angulosa.

Me miró a los ojos con intensidad.

—¿Dónde está mi pequeña rebelde irlandesa?

Sentí que me ruborizaba y bajé la mirada.

—¿Qué noticias hay, entonces? —insistió—. ¿Te ha dado la reina alguna misiva? ¿O algún mensaje para quienes podrían rescatarla? —Extendió la mano—. La misiva, por favor, querida.

La mano de mi amante es larga, con dedos elegantes.

—La reina no tiene medios para escribir en su celda; no me dio ninguna carta para entregar a nadie.

Reilly hizo una mueca.

—¿Me estás diciendo que la viuda Capeto no te pidió que le llevaras un mensaje a la monárquica Lenormand?

—El no es monárquica. La única finalidad de la visita fue leer el tarot y llevarle alivio a la reina.

Reilly ladeó la cabeza; era difícil saber si creía mi mentira.

Una criatura blanca y alada surgió del cielo oscuro y se abalanzó furibunda y con rapidez, batiendo sus alas con tanto estruendo que grité alarmada.

—Es solo un cisne —me tranquilizó Reilly—. Aunque qué hace en medio de París es un misterio. —Me empujó más hacia él, pero yo no podía parar de temblar—. No tengas miedo. Estoy aquí, querida mía; la criatura se ha ido. Estás a salvo conmigo.

Pero yo no temblaba por el cisne. Sabía que era una señal de Luisa Lamballe, porque El me había contado que el pájaro era su familiar. Temblaba porque pronto tendría que darle la noticia a Reilly.

Estoy esperando un hijo suyo.

EJECUCIÓN
DE LA REINA DE FRANCIA

Con sincero pesar, confirmamos la noticia que se propagó ayer sobre el destino de la desafortunada PRINCESA, que murió en la guillotina el pasado miércoles 16 del mes en curso tras haber sido condenada el día anterior por la Convención Nacional como *culpable de haber sido cómplice y haber cooperado en diferentes maniobras contra la libertad de Francia; haber mantenido correspondencia con los enemigos de la República y haber participado en una conspiración destinada a provocar una guerra civil en la República, armando a los ciudadanos unos contra otros.*

The Times, Londres, octubre de 1793

REY DE COPAS

Abre tu corazón

25 de vendimiario del año II (16 de octubre de 1793)
Plaza de la Revolución, París

LA PLAZA DE LA REVOLUCIÓN SE HA VACIADO, PERO LE-
normand sigue allí, incapaz de moverse. La estatua llamada
La Libertad, con su gorro frigio rojo y su lanza, se cierne
sobre ella. El cielo gris vasto parece un lago muerto que
la atrae hacia sus profundidades sofocantes. Desde el momento en que el verdugo recogió la cabeza ensangrentada
de María Antonieta y la gente a su alrededor gritó "¡Viva

la República!", se ha quedado paralizada por el espanto. Es una pesadilla y, sin embargo, los acontecimientos de las últimas horas han sido tan viscerales que aún puede oler la sangre en el metal.

Desde que la reina fue trasladada del Temple a las torres lúgubres de La Conciergerie, Caterina le ha repetido que el fin está cerca. Pero pese a las advertencias de Caterina y las predicciones de su propia baraja del tarot, Lenormand intentó burlar al destino. La Conspiración del Clavel con el viejo caballero fue un desastre y la noticia solo sirvió para incitar aún más el odio hacia la reina. En medio del temor constante a la invasión y la escasez de alimentos durante los dos últimos meses, París se ha visto sacudida por protestas turbulentas y generalizadas que exigen la ejecución de "la perra austríaca" por sus numerosos crímenes contra la nación.

El juicio, que tuvo lugar anteayer, duró apenas dos días y fue una farsa.

Una vez más, Caterina le previno que no asistiera.

—Tu presencia no hará más que confirmar que eres una simpatizante de la monarquía. Te han visto visitarla demasiadas veces en el Temple.

—Y, sin embargo, tú visitas todos los días en la cárcel a la girondina Olympe de Gouges —replicó Lenormand—. ¿No te parece que tu conducta es todavía más insensata?

—Olympe siempre ha sido una revolucionaria. Defiende su causa y necesita a sus amigas para sacar sus escritos de la cárcel en forma clandestina.

—Creo que ambas corremos riesgos por aquellos a quienes amamos y en quienes creemos —aseveró Lenormand.

Caterina guardó silencio y apartó su escuálida ración de salchicha a un lado del plato. Lenormand había notado que su apetito no era el mismo que antes de que a la gran Olympe de Gouges, a quien tanto admiraba, la hubieran detenido, dos meses antes. Por un instante, intuyó que Caterina quería decirle algo, sobre todo cuando su amiga levantó la vista y le sostuvo la mirada, con los ojos verdes oscurecidos. Tenía secretos. Lenormand deseaba poder adivinarlos, pero hacía tiempo que había renunciado a desentrañar los misterios de su profetisa irlandesa.

—Tienes razón, El; debes ir si tu corazón te lo dicta —convino—. Pero déjame ayudarte.

Junto con Giselle, la vistieron como una pescadera de Les Halles y, si el propósito no hubiera sido tan trágico, Lenormand se habría divertido con su transformación. Era imposible reconocer a la famosa tarotista de Versalles.

Durante los dos días que duró el juicio ante el Tribunal Revolucionario, se apiñó en la galería pública con otras mujeres vestidas como ella que reclamaban la ejecución de la reina. No se presentaron pruebas contundentes, apenas una letanía de personas al azar que a duras penas conocían a María Antonieta y la incriminaban con todo tipo de argumentos. Lo más infame de todo fue el momento en que Hébert, editor del difamatorio periódico *Le Père Duchesne*, acusó a María Antonieta de tener una relación incestuosa con su hijo para ejercer poder sobre él. El ofensivo periodista alegó que el propio niño lo había confesado y Lenormand le deseó a Hébert el mismo final del detestable Marat, quien también había mancillado la noble profesión del periodismo con mentiras y falsedades. La reina no respondió a las acusaciones, aunque Lenormand sintió como si un cuchillo le hubiera atravesado el corazón. Había acertado al vaticinar la traición del niño, pero no por eso dolía menos.

Cuando uno de los miembros del jurado, un hombre corpulento con una gran nariz roja, le exigió a María Antonieta una respuesta, ella declaró: "¿Cómo puedo responder a una acusación tan antinatural contra una madre? Apelo a todas las madres presentes en esta sala".

Para sorpresa de Lenormand, las mujeres que la rodeaban expresaron a voces su apoyo a la madre ultrajada, aun cuando apenas unos minutos antes habían llamado a la viuda Capeto la perra más malvada que Francia había conocido jamás. Los funcionarios del tribunal les ordenaron que guardaran silencio, pero las mujeres gritaron más fuerte todavía, despotricando contra los hombres que insultaban a una madre de esa manera y agitando los puños. Esas mujeres radicales de los barrios más peligrosos de París podían detestar a María Antonieta por su nacionalidad, por sus privilegios y por ser realista, pero no toleraban que se la atacara como madre.

Después de diez minutos durante los cuales los gendarmes advirtieron a las mujeres bulliciosas que se callaran o serían expulsadas de la sala, el juicio se reanudó, pero en un clima más incierto. La indignación de las mujeres influiría en la decisión del jurado, ya que, por supuesto, estaba compuesto únicamente por hombres.

El segundo día del juicio, después de apenas una hora de deliberación, el fiscal Fouquier-Tinville dictaminó que a la acusada se la condenaba a muerte por el delito de alta traición. Un profundo silencio embargó la sala y Lenormand se volvió hacia María Antonieta para observar su reacción a la sentencia, pero la reina no mostró indicio alguno de miedo ni ira.

Pálida como la muerte, como si ya fuera un fantasma, cruzó la sala junto a los guardias y se detuvo en la balaustrada frente al público apretujado.

Levantó la cabeza despacio y vio a Lenormand. Vaciló y aferró el brazo de uno de los gendarmes.

—No veo el camino —le dijo a la tarotista.

Han pasado menos de veinticuatro horas y su reina está muerta. Trasladaron su cuerpo decapitado en un carro como si fuera el de un delincuente cualquiera y luego lo arrojaron a una fosa común; de ese modo, siguió el mismo destino que su esposo menos de nueve meses atrás.

Después del juicio, Lenormand no pudo dormir. No cejó en el intento de ponerse en contacto con Luisa, pero la princesa italiana la había abandonado, o tal vez estaba con María Antonieta, tratando de consolarla en sus últimas horas.

Anoche se negó a recibir clientes y dejó a Caterina al mando del salón. Todo París estaba en vilo, a la espera del día siguiente y la ejecución de quien muchos consideraban la artífice de sus desgracias: *L'Autrichienne*, la perra austríaca.

Hoy se ha levantado a primera hora de la mañana para evitar que Caterina la disuadiera de ir y se dirigió a las puertas de la prisión, donde esperó hasta el mediodía junto a cientos de personas. Miles de soldados acompañarían a la reina a su ejecución; de camino a la prisión, Lenormand había visto los cañones alineados en todas las plazas, pero ningún ejército extranjero irrumpió en la ciudad para rescatar a la reina. Lenormand sabía que todo estaba perdido, aunque deseaba ser capaz de cambiar lo que ocurriría.

La mañana era gélida, y para mantenerse caliente bebió unas tazas de caldo que le había comprado a un vendedor ambulante. Al sonar las once campanadas, se abrieron las puertas de la Cour du Mai y se horrorizó al ver a María Antonieta conducida por el verdugo, con las manos atadas al extremo de una cuerda como si fuera un animal. Ya no vestía de luto como el día anterior; era evidente que la habían obligado a ponerse un vestido blanco exiguo y una pequeña capa. Le habían cortado lo que le quedaba de cabello, dejando al descubierto los contornos delicados del cuello. La pobre mujer temblaba de frío, apenas podía caminar y Lenormand vislumbró una mancha de sangre roja en la espalda del vestido. Sofocó un sollozo de angustia, pues debía tener cuidado de no mostrar sus verdaderos sentimientos.

"Sé fuerte, Adelaide."

Luisa estaba de nuevo con ella, de modo que no podía huir, por mucho que quisiera. Estaba allí para apoyar a la reina, aunque seguramente María Antonieta no la vería entre semejante multitud.

La reina subió al carro viejo y desvencijado y se sentó; un sacerdote constitucional se sentó a su lado y comenzó a hablarle. María Antonieta giró el rostro hacia el otro lado; no lo consideraba un sacerdote digno de su confesión. En contraste con su aparición solemne ante el Tribunal Revolucionario el día anterior, hoy tenía los ojos y las mejillas enrojecidas por la fiebre; aun así, mantuvo la vista al frente con determinación cuando el carro empezó a avanzar, como si no oyera que toda la gente a su alrededor vociferaba: "¡Viva la República!" y "¡Abajo la tiranía!".

Lenormand escuchó la voz de Luisa en su cabeza: "¿Acaso mi reina de copas no es la más hermosa de todas?".

Lenormand caminó detrás del carro, abriéndose paso entre la muchedumbre que gritaba y abucheaba, eufórica como si fuera un día de fiesta, mientras Luisa la guiaba para que su lealtad no flaqueara, para que no le fallara a la reina ahora que se acercaba el momento. El trayecto se le hizo penoso y lento y, a la vez, demasiado corto. Cruzaron el Pont Neuf, con el viento helado que le cortaba la cara, y continuaron por la rue Saint-Honoré.

En la plaza de la Revolución, tenía que ponerse de puntillas para poder ver la guillotina sobre el cadalso y la enorme cuchilla que brillaba con malicia en la luz otoñal. Los revolucionarios estaban allí alineados, listos para presenciar el destino cruel de su reina, entre ellos Robespierre y Saint-Just. Se habían burlado de las predicciones de Lenormand; sin embargo, en este día terrible, al menos le aliviaba pensar que ambos hombres correrían el mismo destino que María Antonieta.

Lenormand siguió cada pequeño movimiento de los últimos instantes de la reina: cuando dejó caer su capa y permitió que la colocaran en la guillotina y cuando pisó el pie del verdugo y le dijo algo que no se alcanzó a oír.

En el momento en que la campana dio las doce y cuarto del mediodía, la cuchilla cayó. Lenormand se sobresaltó: no había esperado que la ejecución fuera tan limpia.

En ese mismo instante, Luisa se apartó de ella. "Voy por vos, mi amor."

Dos personas de entre el gentío corrieron hacia delante con la intención de mojar sus pañuelos en la sangre de la reina, pero las detuvieron de inmediato. Otros aclamaban: "¡Viva la República!".

"Pero no vivirá mucho tiempo", pensó Lenormand con amargura. "Tanta sangre derramada, ¿y para qué?"

Mientras las personas la empujaban para ir a brindar por la muerte de la reina, las oyó susurrar las últimas palabras de María Antonieta, lo que le había dicho al verdugo: "Lo siento, señor, no fue mi intención".

¿Era una confesión de culpabilidad? Muchos de los que pasaban junto a Lenormand opinaban que, en sus últimos minutos, la reina había confesado su traición de manera involuntaria. Pero ella sabía que no era así, que esas palabras eran una prueba irrefutable de quién era realmente María Antonieta: una dama por naturaleza, cortés hasta el último segundo, que se disculpaba de camino al cadalso por haberle pisado el pie al hombre que la iba a ejecutar.

Una ráfaga de viento la atraviesa, y Lenormand se ciñe el mantón alrededor de la chaqueta. Un periódico vuela sobre los adoquines frente a ella y lo recoge. Es la edición de hoy de *Le Père Duchesne*. Un informe escrito por el despreciable Hébert ocupa la portada; se trata de un ataque punzante contra los abogados que defendieron a la reina.

Vi con mis propios ojos cómo esos dos abogados del diablo no solo hacían malabares para intentar demostrar la inocencia de la ramera, sino que además se atrevían a llorar por la muerte del traidor Capeto y decir a los jueces que ya era suficiente con haber castigado al cerdo gordo, que debían tener piedad de su mujerzuela.

El lenguaje repulsivo le da náuseas, pero hace una bola con el periódico para llevárselo a su casa. Más tarde, lo arrojará al fuego y maldecirá a Hébert por su participación en la muerte de su amada reina.

En pocos meses, disfrutará viendo cómo le cortan la cabeza a él también. Y no sentirá compasión, así como él no la sintió por la mujer que era su reina.

VISITO VERSALLES DE NUEVO

10 de brumario del año II (31 de octubre de 1793)

Hoy he vuelto al Palacio de Versalles, pero en circunstancias muy diferentes. He seguido a Reilly por las salas espectrales del palacio, que ha sido despojado de la mayor parte de muebles y cuadros. Solo quedan algunos objetos sueltos que no se vendieron en las subastas del verano. Las flores de lis y las imágenes de coronas, cetros y el monograma de Luis XVI con dos eles han sido eliminados en su totalidad. El vasto edificio se está desocupando mientras Reilly me cuenta que los contrarrevolucionarios de la región de Vendée están hacinados en los establos del palacio, desde donde los trasladarán a las prisiones de París. Pero no estábamos allí para verlos. La Convención Nacional le ha encargado a Reilly el inventario final de todo lo que queda en el palacio y la decisión de si se debe llevar al nuevo Museo del Louvre. El plan es que Versalles, símbolo de la depravación de los últimos tiranos de Francia, se convierta en un museo nacional que el pueblo pueda disfrutar.

Reilly me esperaba en el umbral de la alcoba de la reina muerta, que Él y yo habíamos visitado por primera vez hacía más de cuatro años para leerle el tarot a María Antonieta.

Su figura era deslumbrante, con un abrigo de cuello alto y corbata blanca, pantalones cortos y botas hasta las rodillas. Sostenía la cabeza bien alta, lleno de orgullo por la importancia de su misión.

El palacio saqueado era un lugar desolador y, cuando entré en los aposentos de María Antonieta, sentí una tristeza y compasión profundas por su destino. Siempre sería la reina déspota, pero yo había conocido otra faceta de ella.

Reilly se acercó a las paredes, ya despojadas de sus ornamentos lujosos, y corrió una parte del revestimiento de madera. Introdujo la mano y sacó un espejo de mano con incrustaciones de joyas. La luz otoñal que se colaba por las ventanas cubiertas de polvo iluminó el mango y el marco de oro del espejo, creando pequeños arcoíris.

—Para ti. Mira lo hermosa que eres, Caitlin. Antaño perteneció a la reina de Francia y ahora pertenece a la reina de mi corazón.

—¿Lo compraste en una subasta? —pregunté, ruborizada por su halago exagerado.

Esbozó una sonrisa pícara.

—No exactamente. Lo considero una remuneración por mi trabajo aquí para la Convención Nacional. Quédatelo, Caitlin; es tuyo ahora.

Tomé el espejo por el mango de oro. Tenía grabado el monograma MA de María Antonieta seguido de una flor de lis pequeña.

—¿No habría que destruirlo por ser un símbolo de la monarquía? —aventuré con tono vacilante.

Reilly se encogió de hombros.

—Será nuestro secreto. Anda, mírate.

Levanté el espejo y contemplé a la desconocida que me devolvía la mirada. En lugar de la clásica gorra roja revolucionaria, llevaba una capa de seda verde, cuyos bordes enmarcaban mi rostro en el reflejo. Había incertidumbre en mis ojos, como cabía esperar en la esposa de un hombre que se movía en los círculos internos de la Convención Nacional.

Me he casado.

En cuanto le conté a Reilly que estaba embarazada, insistió en que nos casáramos. La boda fue un contrato civil sin un sacerdote católico que bendijera la unión. Imaginé que la tía Eimile no lo habría aprobado, pero, a los ojos de la ley francesa, somos marido y mujer.

Tengo derecho a divorciarme de mi marido, pero, por lo demás, la sociedad no ha cambiado tanto como para que mi esposo no espere que yo me ocupe de la casa. He argumentado motivos económicos para no hacerlo. Las lecturas con El me dan tanto dinero que puedo ahorrar mucho y pienso que deberíamos buscar un lugar donde vivir juntos, algo más adecuado que su austero alojamiento actual. Debemos hacerlo antes de que el embarazo empiece a notarse, lo cual sucederá pronto. Reilly no está conforme con este arreglo, pero lo ha aceptado porque sus ingresos son mínimos.

Mientras me miraba en el espejo de María Antonieta, Reilly se colocó detrás de mí y me rodeó la cintura con los brazos. Apoyé la cabeza en su hombro y nos quedamos contemplando el retrato fugaz de los dos. Los ojos de Reilly estaban clavados en los míos y, a pesar de mis preocupaciones sobre sus creencias políticas, no podía negar que mi cuerpo lo deseaba.

—He decidido que debes marcharte de la rue de Tournon cuando regresemos a París, Caitlin. Me pagarán bien por el inventario y podríamos alojarnos en la ciudad de Versalles durante unos meses, lejos del caos de la ciudad.

Yo la llamo la ciudad atormentada, porque eso es París desde que ejecutaron a María Antonieta. Cada mañana, durante el desayuno, Giselle nos informa a El y a mí de otras personas a quienes han detenido por la noche y enviado a la guillotina después de un juicio rápido, sin importar su clase o procedencia: cualquiera que critique al Comité de Salvación Pública, ya sea contrarrevolucionario o radical. Mi amiga girondina Olympe se pudre en la cárcel, acusada de sedición, cuando todos los escritos que Cécile y yo sacamos a escondidas son revolucionarios. No le he revelado a mi esposo que estoy implicada en este ardid.

Sin responder a la propuesta, bajé el espejo y me acerqué a la ventana. Imaginé a la otrora reina de pie en este mismo lugar, admirando los jardines formales, las esculturas, los estanques y el ancho canal que se desplegaba en la distancia y se perdía en el horizonte. Ninguna de las fuentes funcionaba ya, el gran canal se había secado hacía mucho tiempo y se habían talado muchos árboles; aun así, Versalles era precioso. Las hojas doradas caían de los árboles todavía en pie y me imaginé paseando cada día por los alrededores tranquilos, aunque devastados, del Palacio de Versalles mientras el bebé crece dentro de mí.

Apreté el espejo en mi mano y sentí cómo la flor de lis repujada se me clavaba en la piel. No podía abandonar a Olympe, no ahora.

—Si liberasen a Olympe de Gouges, me lo plantearía —contesté, y me volví.

Reilly enarcó las cejas.

—Esas no son maneras de hablarle a tu esposo, Caitlin.

—Pero no somos un matrimonio cualquiera, somos revolucionarios, igual que Olympe. Su encarcelamiento es injusto. Por favor, habla con Robespierre. Es tu amigo.

—Olympe de Gouges ha sellado su destino con sus escritos constantes contra la Convención Nacional y sus diatribas monárquicas. Se le advirtió.

—Sus escritos no son monárquicos.

—¡Escribía una pieza de teatro en la que se restauraba a la reina!

—¡Es una parodia! En ella, reprende a la reina…

—Caitlin, debes desentenderte de Olympe. Solo puedo protegerte hasta cierto punto.

Reilly me hablaba como si yo fuera una niña. Su indiferencia hacia Olympe me enfurecía.

—¿Estás diciendo que mi libertad corre peligro?

Reilly hizo una pausa.

—Sé de tu participación en la conspiración realista con mademoiselle Lenormand.

Contuve el aliento y me llevé las manos al vientre, presa del pánico.

—No hubo ninguna conspiración.

Los ojos de Reilly echaban chispas.

—Me duele que me ocultes secretos. Pero te vi hablando con el traidor de Toby Oswald. De tal palo, tal astilla —señaló con amargura.

—¡Me espiabas, y desde hace meses! —estallé, furiosa.

—No a ti. A mademoiselle Lenormand, que te ha puesto en peligro con sus conjuras...

—El trataba de salvar la vida de su amiga, María Antonieta, nada más que eso —expliqué, con un instinto protector feroz hacia El.

—Es más complicado que eso, Caitlin. La tarotista de Versalles estaba confabulada con la perra austríaca. —Tomó mi mano temblorosa en la suya y se la llevó al pecho. Mis dedos se aferraron a la lana de su chaqueta—. No le he contado a nadie lo que vi, por tu bien, no el de ella. Pero debes dejarla y ocupar el lugar que te corresponde a mi lado, como mi esposa y la madre de mi hijo.

Sentí un dolor en el pecho, como si Reilly me hubiera apuñalado.

—No puedo abandonarla —protesté—. Está completamente sola.

—Siempre estará sola. ¿Qué hombre querría a una mujer como ella? No me gusta la influencia que ejerce sobre ti ni que imagine que tienes poderes que no posees. Es una embaucadora.

—Acertó en su predicción sobre el asesinato de Marat.

—Su predicción fue una casualidad. —Reilly suavizó el gesto—. No discutamos. Entiendo que te sientas en deuda con la mujer que te salvó de la indigencia en las calles de París, pero esa deuda ya está saldada. Le salvamos la vida la noche de la toma de la Bastilla.

—Fuiste tú quien me animó a quedarme con ella todos estos años —me quejé—. Mi único deseo siempre ha sido volver a Irlanda. Pero hoy parece aún menos probable que hace cuatro años.

—¡Eso no es cierto, mi amor! Robespierre ha prometido que, en cuanto disponga de tropas revolucionarias, invadiremos Irlanda. —Me acarició el cabello—. Y sí, has contribuido a la revolución como asistente de madame Lenormand, compartiendo información valiosa sobre los traidores que se reunían en el apartamento de la princesa Lamballe en las Tullerías.

—Nunca le deseé la muerte a la princesa Lamballe. —Apreté el espejo contra mi pecho—. Ni a la reina.

—Ay, mi querida Caitlin, eres demasiado sensible. Si estas mujeres hubieran sabido de tu verdadera lealtad, te habrían mandado ejecutar sin pensárselo dos veces. En la guerra, si quieres alcanzar tus objetivos, tienes que ser implacable.

—Pero no quiero que le hagan daño a El. La quiero, Reilly.

Mi esposo frunció el entrecejo.

—No entiendo por qué, es una mujer muy cuestionable, pero supongo que habéis pasado mucho tiempo juntas. Te prometo que no le harán daño, siempre y cuando ocupes tu lugar a mi lado, como mi esposa. ¡Quiero presumir de ti! —Me sonrió.

—Dame unas semanas más con ella….

—Pero ¿por qué? ¿Crees que te seguirá queriendo cuando

descubra la verdad? —espetó—. Ya basta, Caitlin. Eres mi esposa y debes vivir conmigo. Embalarás tus cosas en cuanto lleguemos a París. Es hora de que dejes atrás este turbio mundo de lo oculto y sus trampas malsanas.

Una vez fuera, evitamos los establos, pues nos negábamos a ver, oír u oler a los prisioneros. Dimos la espalda al palacio y paseamos por los jardines abandonados de Versalles. Las hojas formaban una alfombra dorada y el aire se sentía puro en comparación con la suciedad de París. Hacía frío, pero lo agradecí, porque desde mi conversación con Reilly ardía por dentro.

Todo lo que dijo es cierto, por supuesto. En tal caso, ¿por qué me enfadé tanto? ¿Por qué sigo enfadada? Estoy atrapada, casada y embarazada, y sin embargo lo amo. Lo único que quiere es protegerme. Mi Reilly no es un mal hombre.

Y, sin embargo, cuando bajé la vista al espejo que aún sostenía en la mano, me sorprendió ver que el reflejo ya no era el mío, sino el de la Morrigan, con su cabello rojo en espiral y sus ojos de color verde esmeralda. Me sonrió con aire burlón. "Él es tu destino." Sus palabras se arrastraron en mi mente como serpientes.

Giré el espejo hacia la otra dirección y el sol de la tarde iluminó el recubrimiento dorado, como si yo llevara un sol en miniatura en la mano. La visión me hizo llorar, porque una vez pensé que Él y yo éramos la pareja perfecta: ella es el sol y yo la luna. Pero cuando el sol se pone, sale la luna, y cuando la luna se pone, sale el sol, siempre al unísono, pero apenas juntos unos instantes.

Reilly entrelazó su brazo con el mío y caminamos en silencio. Está convencido de que el asunto está resuelto, que su esposa lo obedecerá. Aunque ha clamado por los derechos de todos los hombres, la abolición de la esclavitud y la emancipación de los católicos en Irlanda, cuando se trata de las mujeres, es como cualquier otro hombre revolucionario y sigue sin vernos como iguales. Ha habido algunos, como el esposo de Sophie de Condorcet, el marqués de Condorcet, todavía en la clandestinidad, que solían hablar con respeto a las mujeres reunidas en el salón de su esposa y escuchaban nuestras opiniones, pero la facción de Robespierre, que ahora tiene todas las cartas en la mano, quiere limitar otra vez la presencia de las mujeres. Ya han cerrado la Sociedad de Mujeres Revolucionarias y Republicanas de Claire Lacombe y Pauline Léon, que duró menos de un año, aunque cientos de mujeres acudían a las reuniones. Olympe está en prisión porque es una mujer que no se anda con rodeos y cuestiona los prejuicios más antiguos y arraigados. Y aquí estoy yo, doblegándome y formando parte de la institución que Él y yo rechazamos tantas veces al declararnos mujeres con independencia económica. Pero el embarazo cambia las cosas. Ya no puedo pensar solo en mí y arriesgar mi libertad.

Al pasar por el zoológico desierto, recordé las historias sobre las criaturas exóticas que habían estado allí en cautiverio. Se decía que había un elefante gigante que lloraba lágrimas humanas y un casuario furioso que había matado a tres de sus cuidadores. Ahora, esos animales estaban muertos o los habían transferido al Museo Nacional de Historia Natural y el silencio era ensordecedor. Ni siquiera se oía el canto de los pájaros entre los árboles. Desde que la eliminación de los privilegios de caza había puesto fin a los derechos de caza exclusivos de los terratenientes parecería que no ha quedado ni un solo pájaro vivo en Francia.

—Mira —susurró Reilly.

Un ciervo joven asomaba de entre una arboleda. Sus cuernos eran como ramas tiernas que empezaban a brotar y se movía con poca elegancia, como si aún tuviera que aprender a acarrear su peso sobre sus poderosas patas traseras. Una cierva y su cervatillo brincaban delante de él.

—Ojalá tuviera mi fusil —añadió Reilly en voz baja—. Nunca he cazado un ciervo.

Me pareció un deseo horrible, porque el ciervo no era ni majestuoso ni amenazador. De hecho, se veía dócil e inseguro. Su vida acababa de empezar y sería una crueldad acabar con un animal tan joven.

El ciervo siguió su camino y nosotros continuamos nuestra exploración de Versalles. Reilly quería ver los huertos y jardines frutales nuevos del Pequeño Trianón. Al acercarnos al antiguo santuario de María Antonieta, unas sombras se movieron entre los árboles. Oí risas de niños. Vi un niño y una niña que corrían por un sendero sinuoso que ascendía una colina y cruzaba el bosque. Sus cabellos rubios y ropa elegante me hicieron pensar en la visión que había tenido a través de Luis Carlos en las Tullerías: él y su hermana adoptiva Zoe corrían por estos mismos jardines. El niño era torpe y se cayó, y su hermana lo ayudó a levantarse. Estaba a punto de llamarlos, pero desaparecieron entre los árboles. Me pregunté qué hacían esos niños jugando en los terrenos abandonados del Palacio de Versalles.

Oscurecía y, a medida que las sombras se alargaban, la luna se elevó, pálida y fantasmal. Algo brillaba en la hierba y me agaché. Recogí una daga pequeña.

—Mira lo que he encontrado.

Reilly tomó la daga y examinó la hoja pequeña pero letal y el mango con un rubí rojo incrustado.

—Debió de caerse durante las subastas de este verano. Era de la viuda Capeto. —Me la devolvió, señalando el monograma de María Antonieta en el mango—. Ahora es tuya.

La guardé en el bolsillo, junto con el espejo. El sonido de música me llegó desde el Pequeño Trianón y oí a dos mujeres que cantaban, aunque no reconocí la canción.

—¿Qué cantan? —pregunté.

—No oigo nada —respondió Reilly.

Sus palabras me inquietaron. Temblorosa, levanté la vista hacia el Pequeño Trianón y, en una ventana del segundo piso, divisé a dos mujeres de pie, tomadas del brazo. Ambas llevaban los vestidos blancos de las condenadas, el cabello corto y cintas rojas alrededor del cuello. Me miraban.

Nunca había visto fantasmas ni oído espíritus como hace El, pero sabía quiénes eran esas mujeres y que estaban muertas. Las voces que cantaban descendieron hasta posarse en mi corazón torturado.

Recordé la larga noche del asalto a las Tullerías, la voz suave de la princesa Lamballe que cantaba para calmar a María Antonieta mientras yo mecía a su hijo Luis Carlos. El ciervo joven y manso. Y entonces recordé la promesa que le había hecho a María Antonieta en la Conciergerie y lo entendí. No sé cómo lo lograré, pero debo salvar a su hijo de los jacobinos depredadores.

LA ESTRELLA

Busca una señal

13 de brumario del año II (3 de noviembre de 1793)
París

LENORMAND BARAJA LAS CARTAS DEL TAROT MIENTRAS los espíritus inquietos se pelean por ser escuchados. Los muertos la acosan sin descanso. Los espíritus la despiertan por la noche y le susurran su dolor y sufrimiento mientras ella intenta comer; su añoranza de la vida es como una navaja que se retuerce en su vientre. Intenta ayudarlos a pasar al otro lado, pero no es una sacerdotisa, su misión es escuchar para adquirir conocimientos que la ayuden en sus adivinaciones. Cada noche, las almas de los guillotinados llenan su salón privado y lloran por la injusticia de su destino; algunas todavía buscan sus cabezas o sus cuerpos. Desesperadas, intentan establecer contacto con los consultantes, sus seres queridos, porque temen que sean los siguientes y rezan para que el tarot mienta. Pero cada noche, El Diablo, La Torre, el diez de espadas, El Colgado y La Muerte aparecen sobre el terciopelo verde de la mesa de cartas de Lenormand y los consultantes, horrorizados, se quedan sin aliento. Es terrible. De verdad aterrador.

Lenormand pide orientación para ayudar a sus atemorizados clientes, pero parece que están atrapados en la nueva Francia, un régimen monstruoso creado por ellos mismos. Sabe que el Comité de Salvación Pública se destruirá a sí mismo y anhela el día en que Robespierre y Saint-Just mueran bajo la guillotina a la que han enviado a tantos otros, aunque nunca es demasiado pronto para quienes recurren a ella en busca de consuelo. La línea que separa a los vivos de los muertos se ha vuelto borrosa y la presencia de los vivos se disipa entre el olor de la sangre de los guillotinados.

Y entre todas estas almas torturadas, ha perdido a Luisa Lamballe. Sabe por qué, por supuesto; la princesa está con su amada Antonia, pero Lenormand llora por ella.

Se siente sola. Ha estado muy ocupada con las lecturas del tarot; Caterina y ella rara vez pasan tiempo juntas salvo cuando trabajan en el salón. Y para cuando terminan, están tan agotadas que apenas pueden hablar, con la boca seca, aturdidas después de horas de adivinación y de dar, dar y dar para aliviar el agobio de sus clientes.

Lenormand duerme casi todo el día y, a veces, cuando se despierta, Caterina no está en el apartamento ni en la librería. Cuando le pregunta por ella a Giselle, la criada le responde que puede que esté visitando a su amiga encarcelada, la girondina Olympe de Gouges. Hace tiempo que Lenormand dejó de advertir a Caterina sobre su relación con esa mujer desafortunada, pues ¿acaso no visitó ella a María Antonieta una y otra vez en el Temple? Al final, a la reina no le sirvió de nada, pero Lenormand valoró la colaboración de Caterina en el plan para rescatarla.

Ya nada de eso importa: María Antonieta está muerta. Lenormand perdió la razón durante un tiempo y arriesgó demasiado por su sentido del deber. Aunque los espíritus la acosan día y noche, está decidida a sobrevivir a la revolución. Ve ante sí un futuro de abundancia y reconocimiento; después de tantos años de lucha, se merece las recompensas.

Consulta su reloj de bolsillo. Son las seis en punto de la tarde y pronto llegarán los primeros clientes. Pero ¿dónde está Caterina?

Guarda las cartas del tarot en la caja, se pone de pie, abre la puerta del salón, desliza la estantería y sale a la librería. Giselle aguarda junto a la puerta delantera.

—¿Dónde está Caterina?

—Creo que sigue arriba, preparándose.

Lenormand sube las escaleras en la parte trasera de la librería y entra en el apartamento. La puerta de la habitación de Caterina está cerrada. Llama, pero no espera a que le abran.

Ya en el interior, se detiene, incapaz de asimilar lo que está viendo. Los cajones del armario están abiertos y vacíos, y Caterina, de espaldas a ella, llena el bolso con sus cosas.

—¿Qué haces?

Caterina se vuelve, con el rostro enrojecido.

—No deberías haber entrado en mi habitación sin mi permiso.

—Siempre lo he hecho, igual que tú en la mía. Pero ¿por qué no te has cambiado y qué haces con un bolso?

—Debo marcharme, mi querida El —responde con voz ronca—. Quería decírtelo antes, pero no encontraba el momento adecuado. Siempre estás muy ocupada.

Lenormand siente una mezcla de ira y dolor.

—He estado ensimismada, lo admito, ¡pero no es una excusa!

—Perdóname. —Caterina se retuerce las manos y sus labios tiemblan con nerviosismo.

—¿Vas a volver a Irlanda? —El corazón le da un vuelco. Aunque nunca ha podido predecir el futuro de Caterina, la conoce lo suficiente para saber que es bastante probable que algún día regrese a su tierra. Habla mucho de Irlanda, y siempre con esa mirada soñadora que la irrita. Lenormand no siente lo mismo por Normandía. Su lugar está en París, donde ocurren las cosas importantes, por muy sombrías que sean.

—No. Me quedaré en Francia.

—Pero ¿adónde vas? —insiste, desconcertada—. ¿Te vas a mudar con una de tus amigas girondinas? No creo que sea buena idea, Caterina.

—No me llamo Caterina, mi nombre es Caitlin —espeta Caterina.

Lenormand se queda mirándola.

—Creía que te gustaba que te llamara Caterina, así como tú me llamas El en vez de Adelaide.

—Supongo que eso ya no importa, porque mis días como mademoiselle Caterina de Luna han terminado. —Caterina se encoge de hombros, como si no le importara, pero sus ojos dicen otra cosa.

—Siento que nos hayamos distanciado desde que murió la reina —se disculpa Lenormand despacio y con voz temblorosa—. Me ha costado mucho aceptar la pérdida. Pero somos socias y no puedes marcharte de un día para el otro.

—Lo siento, de veras, pero tiene que ser así.

Caterina no quiere dejarla. Es evidente por el tono torturado de su voz y la postura encorvada de sus hombros.

—No sé qué es lo que te asusta, pero lo enfrentaremos juntas —susurra—. Tenemos mucho dinero para sobornos. Yo te protegeré.

—¡Oh, El! ¡No puedes! —exclama Caterina, con los ojos llorosos.

Toma el bolso, pasa junto a Lenormand y abandona la habitación.

Lenormand la sigue, con una abrumadora sensación de pánico. Caterina baja corriendo las escaleras y Lenormand casi tropieza con su vestido largo de adivina en su intento por alcanzarla.

—No puedes irte ahora, es muy tarde —grita mientras la chica irlandesa cruza la librería dando zancadas.

—¿Adónde va, mademoiselle? —pregunta Giselle desde su posición privilegiada en la parte superior de la tienda. Gilbert duerme a sus pies y Bastet está acurrucado sobre el mostrador.

—Me voy, Giselle —responde Caterina—. Gracias por ser tan amable conmigo.

Consternada, Giselle pega un grito y se lleva el pañuelo a la cara.

—¡Es peligroso que salgas ahora sola a la calle! —grita Lenormand con angustia—. He tenido una visión y, si sales por esa puerta, te ocurrirá algo terrible.

Caterina se gira con la mano en el pomo.

—Por favor, no caigas tan bajo como para pronunciar profecías falsas sobre mí.

Lenormand reprime su vergüenza y se deja sobrecoger por la indignación.

—Estás en deuda conmigo. Te saqué de las calles y te hice ganar mucho dinero. ¿Así es como me lo agradeces?

—¡Tú eres la que está en deuda conmigo por haberte

salvado la vida! —replica Caterina—. No lo hagas todo más difícil. Debemos separarnos. —Su voz se torna más suave—. ¿No entiendes, querida mía, que una unión como la nuestra nunca será tolerada?

—Somos especiales, Caterina. Por favor, te lo ruego...

Pero, para sorpresa de las tres, unos golpes a la puerta interrumpen a Lenormand.

—¿Es hora de que venga el primer cliente?

Giselle consulta la agenda.

—No, monsieur Eugene llegará dentro de media hora.

—Echa un vistazo, Giselle.

Giselle abre el postigo y espía lo que hay fuera.

—Creo que es una mujer joven, no se ve bien.

—Ábrele. —El hace un gesto con la mano, confiando en que la aparición de esta mujer retrase la marcha de Caterina.

Giselle abre la puerta y una joven negra entra tambaleándose. Gilbert se pone en guardia, pero no ladra. La mujer lleva un traje de montar negro de hombre y una escarapela republicana prendida en el pecho. Está claro que Caterina y ella se conocen, ya que se echan la una en brazos de la otra.

—¿Qué ha pasado Cécile?

—Hemos perdido a Olympe —exclama la mujer, con el rostro bañado en lágrimas—. Está muerta.

—¡No, oh, no! —gime Caterina, y deja caer el bolso.

—La llevaron al cadalso esta tarde. Te busqué entre la multitud, pero no estabas allí. ¿Dónde estabas?

—¡No lo sabía! Oh, de haberlo sabido... Qué pérdida tan terrible —se lamenta Caterina mientras abraza con fuerza a la joven, que solloza en sus brazos.

—¿Han ejecutado a Olympe de Gouges? —pregunta Lenormand. No llegó a conocerla, pero se siente embargada por la tristeza. Aunque no le sorprende. Lenormand coincidía plenamente con la creencia de Olympe en cuanto a que el matrimonio era la tumba de la confianza y el amor y, a pesar de que le preocupaba la relación entre Caterina y ella, admiraba a la mujer girondina. Olympe no se callaba, se negaba a callarse, por lo que el Comité de Salvación Pública la ha silenciado para siempre.

—Tengo sus últimos escritos —precisa Cécile y los extrae del bolsillo de la chaqueta—. Fui a su casa, pero la estaban registrando. No entré, porque temía que me detuvieran.

—Te ocultaremos aquí, ¿verdad, El? —Caterina se gira hacia Lenormand.

Aunque se compadece de Cécile, Lenormand no quiere arriesgar su negocio por ocultarla. Pero, si lo hace, Caterina tendrá que quedarse.

Asiente.

—Nuestro primer cliente llegará pronto. Tenemos que darnos prisa. Sígueme.

Giselle y Gilbert se quedan en la librería para montar guardia y Lenormand corre la estantería para revelar la entrada oculta. Hace pasar a Cécile al salón de tarot.

Caterina no ha soltado la mano de la joven y Lenormand siente una punzada de celos dada la evidente intimidad que hay entre ellas. Caterina no le había mencionado a Cécile. ¿Acaso estaba a punto de fugarse con ella?

Cécile mira a su alrededor con los ojos muy abiertos mientras Lenormand retira otra estantería del salón para exponer un pequeño recinto.

—La princesa Lamballe creía que algún día podría necesitar esconderse en este lugar —explica y suspira—. Aquí estarás a salvo hasta que decidas adónde ir.

—Tenemos que sacaros de Francia a ti y a los escritos de Olympe —dice Caterina.

—Gracias —contesta Cécile antes de entrar en la habitación. Es poco más que una cueva sin ventanas, pero hay una vela y un pedernal para encenderla, libros y un catre pequeño con mantas limpias, aunque cubiertas de polvo.

—Te traeremos algo de comer y de beber —promete Lenormand. Cierra la puerta y corre la estantería.

¿Por qué ha actuado con tanta precipitación? El escondite no es muy bueno y los guardias revolucionarios no tardarán mucho en descubrirlo, pero parece que el deseo de que Caterina se quede es más fuerte que la necesidad de preservar su integridad física.

Se miran entre sí, sin decir nada. Caterina todavía tiene el bolso en la mano.

—¿Y bien? —aventura Lenormand y levanta la barbilla.

Caterina tiene las mejillas sonrojadas y sus ojos verdes aún brillan con lágrimas.

—Será mejor que me cambie —murmura.

Media hora más tarde, después de que Giselle hubo llevado vino, queso y pan a Cécile, Caterina y Lenormand están sentadas una al lado de la otra en la mesa de tarot y monsieur Eugene, un joven jacobino rubio con una escarapela republicana en la solapa, espera expectante sus sabios consejos. El tarot no distingue entre ricos o pobres, revolucionarios o realistas.

Lenormand está a punto de apoyar la primera carta de tarot sobre la mesa cuando oye un alboroto que procede de la librería: gritos y ladridos de Gilbert. Se pone tensa, pues presagia lo que va a ocurrir. Su mirada se cruza con la de Caterina, quien le susurra: "Por favor, no la delates". En ese instante, se abre la puerta y tres guardias revolucionarios irrumpen en el salón.

Monsieur Eugene se pone de pie de un salto, asustado, pero uno de los guardias le hace un gesto para que se marche y el joven se escabulle fuera de la sala.

No será bueno para el negocio, piensa Lenormand, cuando se corra la voz de que el Comité de Salvación Pública ha allanado su salón de tarot.

—Mademoiselle Marie Anne Adelaide Lenormand, queda usted detenida.

A fin de cuentas, no han venido por Cécile. Lenormand suspira ofuscada. En lo que va del año, ya es la tercera vez que la detienen por leer las cartas del tarot. Y siempre pasa una noche en una celda sórdida y al día siguiente la echan a la calle. Pero al menos no están buscando a Cécile, porque, si la encontraran, la situación sería mucho más grave.

—Levántese, mademoiselle.

Lenormand no obedece. "Que me obliguen", piensa con fastidio.

Uno de los guardias revolucionarios la levanta del brazo con brusquedad.

—Quíteme las manos de encima, monsieur. —Empuja al hombre y luego se acomoda la falda y levanta la barbilla. Es más rica que todos estos hombres juntos y tiene suficiente dinero para pagar los sobornos necesarios para comprar su libertad. Giselle sabe qué hacer y a quién acudir. Aun así, Lenormand no desea pasar la noche en un sitio tan incómodo y menos después de todo lo que ha sucedido esta noche. Necesita hablar con Caterina, averiguar adónde planeaba ir. Necesita poner a salvo a Cécile.

Mientras tanto, Caterina se ha incorporado y está mirando con fijeza a alguien detrás de Lenormand. Se ha puesto pálida y está inmóvil, como un animal cegado por la luz.

Lenormand se gira y allí está el irlandés Thomas Reilly, a quien Caterina alega odiar.

—*Citoyenne* Lenormand, en virtud de los poderes que me ha otorgado el Comité de Salvación Pública, estoy aquí para detenerla por el delito de alta traición.

Lenormand da un paso atrás, estremecida por las palabras.

—Se la acusa de haber participado en una conjura realista para rescatar a la difunta tirana, la viuda Capeto.

—¡No, Thomas, no! —grita Caterina.

—¿Detenemos a la otra mujer? —le pregunta uno de los guardias a Reilly.

—Por supuesto que no, es mi esposa y se encuentra aquí por orden del Comité.

Este espanto sofocante e inconcebible debe de ser lo que experimentan sus consultantes cuando escuchan sus predicciones dramáticas. El suelo se hunde bajo los pies de Lenormand y se le aflojan las piernas. Se toma del brazo de la silla, sin aliento, incapaz de hablar.

—Por favor, Thomas, no puedes detenerla, yo...

Pero Caterina no llega a terminar la frase porque Reilly la interrumpe.

—Piensa en el bebé y cállate, Caitlin.

Lenormand suelta un grito ahogado, horrorizada. ¡Un bebé! ¿Quién es esta mujer con la que ha compartido lecho, con quien ha hecho el amor con tanto afecto?

Pero Caterina, Caitlin, es una desconocida, siempre lo ha sido, y lo que es peor: es una traidora.

Dos guardias flanquean a Lenormand y la escoltan fuera del salón mientras el tercero va destrozando sus artefactos al pasar. Giselle se encoge en un rincón, con ojos llorosos y aferrada a Gilbert, que sigue ladrando.

—No te preocupes —la tranquiliza Lenormand. No quiere que Giselle se asuste tanto—. Estoy destinada a tener una vida larga. Cuida de Gilbert y Bastet. Volveré.

—No nos interesa escuchar su proselitismo, madeimoselle; mi esposa me ha hablado de la crueldad con la que engaña usted a los crédulos dispuestos a llenar sus bolsillos de dinero. —Reilly la empuja hacia delante—. Todo un ardid para ocultar sus intenciones contrarrevolucionarias. Caitlin me ha hablado de las reuniones de cartas sediciosas organizadas en el apartamento de la traidora Lamballe para los tiranos muertos, Capeto y su esposa. Sabemos todo sobre su participación en las conspiraciones monárquicas.

La traición de Caterina es pasmosa. Lenormand siente que se desintegra por dentro, como el polvo sobre el suelo de la librería. ¿Cómo es posible que no haya podido ver la traición de Caterina, justo ella, que es capaz de adivinar detalles en las vidas de desconocidos?

Se vuelve y mira más allá de la expresión triunfante de Reilly, a Caterina, que parece paralizada por el miedo, con las manos sobre el vientre.

Dentro de ella está el hijo de ese hombre horripilante. Caterina nunca ha sido realmente suya.

—No sé de qué me habla usted —responde con frialdad y vuelve su atención a Reilly. Todo su ser bulle de odio—. No he participado en ninguna conspiración realista.

—Puede decirle eso al Tribunal Revolucionario cuando comparezca ante ellos.

—Thomas, te lo ruego, deja ir a mademoiselle Lenormand. —Caterina se balancea como si fuera a desmayarse.

Reilly se vuelve hacia su esposa, ¡su esposa! Parece casi imposible.

—Yo solo cumplo órdenes. Lenormand es una traidora y debe responder por eso. —Toma a Caterina del codo y la sienta en el taburete junto al mostrador—. Anda, debes tener cuidado.

Alterado por el irlandés, Bastet le da un zarpazo en la mano. Reilly grita y se lleva la mano ensangrentada a los labios mientras con el otro brazo barre al gato del mostrador.

Bastet se escabulle entre las piernas de los guardias y corre hacia la calle.

—¿Te ha hecho daño? —Caterina le toma la mano para examinar el corte.

—No es nada, apenas un rasguño —responde él.

Lenormand es testigo del amor entre la pareja, que termina de destruir lo que quedaba de su corazón roto.

Los guardias la sacan a rastras de la librería a las oscuras calles de París, donde el frío cortante le pega en las mejillas. El cuervo ceniciento de Caterina observa desde el techo del edificio de enfrente, con Bastet a su lado.

El corazón de Lenormand se endurece. No ha derramado ni una lágrima ni lo hará jamás por la traidora de Luna. Y en el tiempo que tarda la campana en tocar las siete de la tarde, su amor por Caterina se ha convertido en odio puro.

LA OSCURIDAD DE NEFTIS

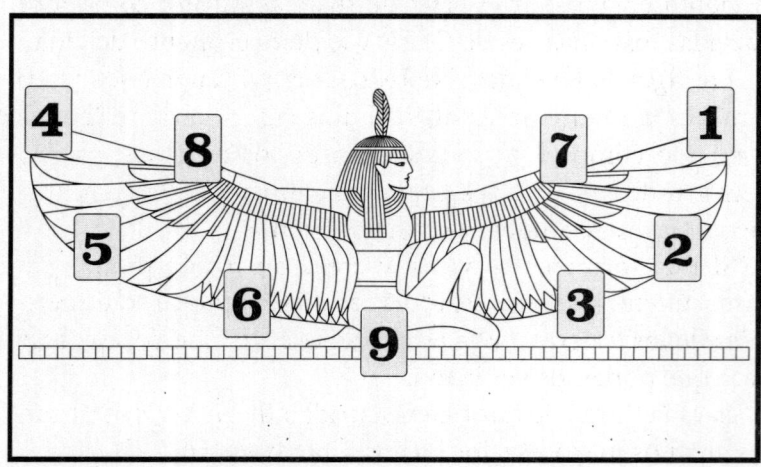

13 de brumario del año II (3 de noviembre de 1793)

LA OSCURIDAD DE NEFTIS ES UNA LECTURA SOLO APTA para tiempos de pérdida. Debe llevarse a cabo con un corazón sincero y abierto, libre de resentimiento o enojo. Si lo que has perdido te llena de ira y buscas venganza, no intentes hacer esta lectura bajo ningún concepto. Sin embargo, si deseas cruzar el velo y resolver asuntos con seres queridos que has perdido o incluso si deseas tocar el corazón de alguien a quien has perdido pero no está muerto sino separado de ti para siempre, entonces La Oscuridad de Neftis es una lectura que ilumina el corazón y la mente del ser querido que has perdido. Para algunos, traerá consuelo, pero otros pueden toparse con verdades difíciles.

Neftis es un reflejo de su hermana gemela Isis y se la conoce como "La Señora de la Casa". Es menos conocida y venerada que Isis, pero creo que su presencia es igual de poderosa. Juntas, transformadas en milanos, las dos hermanas resucitaron a su hermano Osiris. Para ello, permitieron que el viento creado por el batir de sus alas fluyera como aire hacia las fosas nasales de Osiris y le diera el aliento de vida.

En algunas leyendas, Neftis decide no tener hijos y, en otras, es la madre de Anubis, el dios con cabeza de chacal, conocido como el perro guardián de los cementerios. De hecho, todos los perros pertenecen al mismo árbol genealógico a través de Anubis y su madre Neftis.

Si una tormenta te visita y crees oír a una mujer que llama mientras el viento ulula, es Neftis que te trae mensajes de los muertos. Ella es el lado oscuro, que debe existir para que podamos ver la luz.

Para la tirada de tarot La Oscuridad de Neftis, se utilizan los arcanos mayores y los arcanos menores.

Antes de empezar, enciende una vela para cuando se cierna la oscuridad de Neftis. Baraja el mazo de cartas y, cuando estés listo, divide el mazo en dos pilas y da la vuelta a una de las pilas antes de volver a juntarlas.

Coloca las cartas en la configuración que muestra la ilustración de arriba.

La forma que has creado representa las alas extendidas de Neftis, transformada en halcón.

Lee primero las cartas del ala derecha, ya que estas te representan a ti.

La primera carta es cómo te ve el mundo o representa tu cuerpo y tus circunstancias en la actualidad.

La segunda carta es lo que le escondes al mundo o, de lo contrario, el lado oscuro que acecha en tu mente.

La tercera carta es quién eres en realidad y lo que habita en tu corazón.

En el ala izquierda, la cuarta carta representa a aquellos que desean comunicarse contigo desde el más allá.

La quinta carta es lo que desean decirte.

La sexta carta es lo que te piden que hagas. Las últimas tres cartas representan el cuerpo del halcón y el consejo que Neftis desea darte.

En la séptima carta, Neftis te revela cualquier secreto que la persona que has perdido te haya ocultado; no tiene por qué ser algo desagradable y puedes descubrir cuánto le importabas de verdad.

La octava carta es el consejo de Neftis sobre lo que puedes resucitar de la persona que has perdido.

La novena carta es su consejo sobre lo que debes dejar ir.

Como ya he advertido, esta lectura no debe hacerse a la ligera, sino con mucha precaución. La disposición de las cartas puede atormentarte durante meses si no encuentras la resolución que buscas.

14 de brumario del año II (4 de noviembre de 1793)

Tengo el corazón roto. Estoy sangrando.

QUINTA PARTE

EL CAOS

Cae en el abismo

16 DE FRUCTIDOR DEL AÑO VI
(2 DE SEPTIEMBRE DE 1798)

Condado de Kerry, Irlanda

LENORMAND SE DESPIERTA TEMPRANO, ANSIOSA POR LLEgar a destino. Por fin, después de tantos años, este episodio doloroso de su vida llegará a su fin. El espíritu de la reina está alegre hoy y canta mientras Lenormand se lava en la palangana. La voz le infunde valor. A través de la ventana de la posada, contempla el sol naciente, cuya luz dorada enriquece el paisaje con majestuosidad: intensifica los verdes de los campos y hace que las montañas parezcan más altas.

Después de un desayuno rápido a base de avena y suero de mantequilla, el carruaje ya está listo para volver a emprender la marcha. Lenormand es incapaz de apartar la mirada de las extensiones de colinas ondulantes y valles, con lagos transparentes que reflejan el cielo azul y las nubes blancas.

Es el segundo día de septiembre y percibe la transición al otoño de una manera que nunca notaría en París. Las hojas comienzan a desprenderse de los árboles; brezos púrpuras engalanan las colinas salpicadas de ovejas y el aire que entra en el carruaje mientras avanzan por los caminos pantanosos es fresco y dulce. El cuervo ceniciento vuela junto al carruaje. María Antonieta se ha callado, expectante, y su respiración resuena como un latido constante en el corazón de Lenormand mientras se prepara para lo que ha de venir.

Por fin, el carruaje gira a través de dos grandes portones y toma por un sendero sinuoso. El sol ha desaparecido y una llovizna suave y lenta comienza a caer. El esplendor del día otoñal se ha desvanecido y su primera visión de Roughty House está bañada en tonos grises. Una casa de piedra de tres pisos con una puerta principal con pórtico y ventanas oscurecidas por el cielo nublado se yergue al final del sendero, con el contorno impresionante de las montañas de Kerry como telón de fondo.

Al bajar del carruaje, oye ladridos de perros. Tres sabuesos grandes aparecen por la esquina del patio de las caballerizas y, aunque el cochero se alarma, Lenormand se da cuenta de que solo se trata de animales jóvenes y bulliciosos. Los palmea con su mano enguantada y los calma con facilidad. Otro perro ladra dentro de la casa.

Respira hondo y se aprieta las manos. Le cuesta creer que, después de tanto tiempo, volverá a ver a Caterina. Ni siquiera es seguro que viva aquí, pero entonces siente la presencia de la reina a su lado.

"Él está aquí", susurra.

Lenormand sube por los escalones de piedra y recobra la compostura mientras se apresta a levantar el anillo de la aldaba con forma de cabeza de ciervo. ¿Será Caterina la criada que abra la puerta o será otro sirviente? Vacila, se vuelve y ve que el cochero está llevando los caballos al patio de las caballerizas. Un niño sale corriendo a su encuentro.

Ya es demasiado tarde; no puede volver atrás.

"No me abandones esta vez, Adelaide", le murmura la reina, que la anima con su presencia. En ese instante, el cuervo se posa en su hombro y le clava las garras en la piel debajo de la capa de su madre.

Respira hondo y comprueba una vez más que la pistola esté bien escondida debajo de su ropa. Levanta el anillo de la aldaba y lo deja caer. El tono de los ladridos aumenta y, sí, los reconoce. Su corazón se acelera con esperanza. La puerta se abre de golpe, el cuervo alza el vuelo y Gilbert se abalanza sobre ella, dando brincos de contento, y le lame las mejillas con torpeza.

—¡El! Oh, El, ¿eres tú de verdad?

Es ella.

A diferencia de lo que había imaginado, Caterina no es una sirvienta. Lleva puesto un traje de montar verde oscuro, una camisa blanca impecable y una corbata anudada, tal como se vestía durante los años revolucionarios que compartieron juntas. Las lágrimas brillan en sus ojos verdes y una ancha sonrisa se dibuja en su rostro. Corre hacia Lenormand y la abraza.

Su olor es el mismo, la sensación del contacto con ella también; los rizos suaves de la cabellera roja acarician el rostro de Lenormand. La nostalgia la invade y eso la enfurece. El metal frío de la pistola hace presión contra su cuerpo, instándola a que la empuñe…, y lo hará.

LA LUNA

Mira en las sombras

2 de floreal del año II (21 de abril de 1794)
Prisión de Carmes, París

Todos los días en Carmes, les dicen que es el último, que pronto se reunirán con sus amigos en el cementerio de la Magdalena, el único lugar válido para las perras realistas. Lenormand duerme en una celda con otras dieciocho personas, la mayoría mujeres, aunque a algunas se les permite estar con sus esposos hasta que los llevan en carros a la guillotina. Lenormand prefiere estar con las mujeres solas, ya que los días en que una de ellas pierde a su esposo o a su amante, las escenas son desgarradoras, plagadas de llanto y gemidos.

La primera noche en la prisión, la llevaron a la sala de guardias, donde casi todos los soldados se hallaban en estado de embriaguez, fumando y maldiciendo. La hicieron sentarse en un banco y le ofrecieron vino y, alrededor de las seis de la mañana, Giselle apareció con una bandeja con té y pan, en la que había escondido el mazo de cartas en miniatura de Lenormand. Y aunque apreció la valentía de Giselle al ir a verla, Lenormand no pudo evitar la profunda decepción que le causó el que Caterina no la hubiera acompañado. Pero por supuesto, su compañera más íntima era una traidora y probablemente estaría en la cama tibia de su esposo, el taimado irlandés, riéndose de ella.

Esa fue la última vez que vio a Giselle; desde entonces, no le han permitido recibir visitas.

Todos los reclusos de la prisión de Carmes viven aterrorizados por la posibilidad de que la turba asalte la antigua abadía y se repitan las atrocidades de las Matanzas de septiembre de 1792, que le costaron la vida a Luisa. De hecho, en el refectorio, Lenormand aún puede ver la sangre en las paredes y las sillas de madera salpicadas con la sangre y los sesos de los sacerdotes asesinados. Los prisioneros apenas se dan cuenta; tampoco prestan atención a los ratones y las ratas que corretean bajo sus pies mientras consumen tazones de sopa grasienta y pan sucio de cebada o guiso de carne de caballo, que a algunos les sienta mal.

Durante los primeros meses de encarcelamiento, se mantuvo apartada del resto, aún dolida por la traición de Caterina. ¿Qué sentido tiene entablar relaciones en un lugar donde la muerte impera día tras día?

Las demás reclusas viven un frenesí sexual. Aunque

oficialmente no se permite el ingreso de hombres solteros en las celdas de mujeres, muchos las visitan con el pretexto de ver a un familiar y los guardias hacen la vista gorda. En realidad, estos jóvenes torturados vienen a aliviar la carga de su destino entre las piernas de una mujer dispuesta que compartirá la misma suerte.

Lenormand no juzga a estos nobles en celo. Hay algo verdadero detrás del desenfreno sexual en Carmes y la entrega abierta y frecuente de cuerpos y corazones. La emoción es palpable a su alrededor y ella se esfuerza por guardarse sus opiniones.

Ningún hombre se le acerca, aunque es una mujer joven y, como solía decirle Caterina, bonita. Todos saben que es la tarotista de Versalles y estos jóvenes temen relacionarse con una bruja cuando sus almas están a punto de enfrentarse al día del juicio final.

El invierno frío y largo ha quedado atrás, y aunque ha visto a otros ir y venir, Lenormand permanece siempre en la misma celda. Sigue viva, mientras que a muchos de los que detuvieron después de ella ya los han guillotinado. No la han llevado ante el Tribunal Revolucionario, que puede enviar a una persona a la guillotina en dos horas si así lo desea. Aunque su situación parece desalentadora, se aferra a lo que le han transmitido las cartas: sobrevivirá.

Hace dos meses, a Grace Dalrymple Elliott la trasladaron a la prisión desde los establos de la reina en Versalles, donde había estado encarcelada desde el otoño anterior. Lenormand la recordaba como la amante del fallecido duque de Orléans, o Philippe Égalité, como se hacía llamar, a quien habían ejecutado en la guillotina pocos días después de la detención de Lenormand en noviembre.

La mujer escocesa se hallaba en un estado lamentable, sucia después del largo viaje desde Versalles en un carro con paja junto a otros pobres contrarrevolucionarios desafortunados a quienes habían capturado en la guerra contra la República francesa en la región de Vendée. La señora Elliott describió cómo, en el camino de Versalles a París, a ella y sus compañeros cautivos los apedrearon con barro, gatos muertos y zapatos viejos. No obstante, a pesar de su aspecto deplorable, entró pavoneándose a la celda como si fuera el salón de la princesa Lamballe en el Palacio de las Tullerías.

—Su insolencia no le servirá de mucho cuando presenciemos su fin, madame. ¡Será un espectáculo digno de ver! —se burló uno de los guardias.

La mujer hizo caso omiso de aquel comentario tan desagradable y estudió la celda llena de prisioneras desamparadas. Posó la mirada en Lenormand y el rostro mugriento se le iluminó con una sonrisa.

—Mademoiselle Lenormand, me alegro de verla, aun cuando usted no pueda decir lo mismo. ¿Me permite ocupar el catre que hay a su lado? Parece estar vacío.

—Sería un gusto, señora Elliott —respondió Lenormand con amabilidad, pues el miedo en los ojos de la otra mujer era evidente, a pesar de su porte digno. No añadió que la cama todavía estaba tibia porque a su ocupante la habían mandado a la guillotina apenas unas horas antes.

—Puedes llamarme Grace; no hay necesidad de formalidades en las circunstancias actuales.

—Llámame Adelaide.

Compartieron relatos de sus infortunios y Lenormand se enteró de lo mucho que el duque de Orléans lamentó haber votado a favor de la ejecución del rey.

—Se vio obligado a hacerlo —explicó Grace.

Mientras intercambiaban historias de sus días en la cárcel, Lenormand descubrió que la señora Elliott también había sido interrogada por miembros del Comité Revolucionario de su misma sección, cuyo presidente era un barbero y participante activo en las Matanzas de septiembre. Acusaban a la señora Elliott de ser espía británica, y a Lenormand de conspirar a favor de los realistas.

—Conocí a Sanson, el verdugo que le cortó la cabeza a la reina —relató Grace, y juntaron los catres con ruedas para estar más cómodas—. Es un joven apuesto y agradable y, a primera vista, parece bien vestido y educado, pero, ay, cuando lo miras a los ojos... —El recuerdo la hizo estremecerse—. Nunca había visto una mirada tan malvada. ¿Sabes lo que me hizo? —continuó con expresión altiva—. Me tomó del cuello y me dijo: "Pronto te la cortarán: es tan larga y delgada... Si me toca ejecutarte, no me costará nada". Casi me desmayo, Adelaide.

Durante la noche oscura, larga y gélida, las dos mujeres recordaron el momento en que se habían conocido y participado de la ceremonia mágica de Isis con la reina, la princesa Lamballe y Etteilla. Todos ellos estaban muertos ahora. La señora Elliott susurró que pronto los seguirían. Pero Lenormand le aseguró que no, que ellas no correrían esa suerte, aunque, en ocasiones, las penosas condiciones del encarcelamiento al que estaban sometidas ponían a prueba esa convicción.

La primavera se despliega al otro lado de los muros de la prisión. Lo percibe en el canto lejano de los pájaros en los antiguos jardines del monasterio, en la celda húmeda y lúgubre que está un poco menos gélida y en la luz que se alarga a través de la ventana de barrotes estrechos.

Llegan prisioneras nuevas: Rose, la esposa abandonada del marqués de Beauharnais; una chica española llamada Thérésa de Fontenay, amante del jacobino Tallien, y una joven pareja, monsieur Armand y madame Delphine de Custine, que han traído con ellos un pequeño *spaniel* que no para de lloriquear.

A la mañana siguiente, los guardias se llevan a monsieur de Custine. Delphine cae en la desesperación, en especial cuando oye sonar la campana y sabe que su esposo ha sido ejecutado. Lenormand, Rose y Grace se reúnen alrededor de ella para tratar de calmarla mientras el perrito lanza gemidos lastimeros. Juntas, friegan el suelo y hacen las camas, por sugerencia de Grace, para mantener a Delphine ocupada. Cuando terminan estas tareas, la animan a que coma su ración asquerosa de judías hervidas, mantequilla rancia y arenques crudos en escabeche, alimentos que los holandeses habían entregado como pago por una deuda.

Las mujeres mayores, Rose y Grace, revolotean alrededor de las más jóvenes Lenormand, Thérésa y Delphine, que se acurrucan sobre uno de los catres en un rincón. Lenormand no se ha sentido parte de una comunidad de mujeres hermanadas por una desgracia común desde los días en el convento. Estas mujeres le profesan un afecto sincero y se reprocha haberse engañado a sí misma al creer que Caterina sentía cariño por ella.

Saca de su bolsillo las cartas de tarot en miniatura y la bolsita de hierbas aromáticas dulces que le había enviado Giselle con el té verde y el azúcar que ya compartió en su momento con las demás.

—Estamos todas condenadas a la guillotina, Adelaide —comenta Grace—. ¿No sería mejor que le rezáramos a Dios para que nos conceda un final misericordioso?

—Yo no temo a la muerte —objeta Rose—, sino a la chusma que deberemos pasar camino a la guillotina.

—¡Me dan asco! —exclama Thérésa con vehemencia.

—No creo que lleguemos a eso, ninguna de nosotras —aduce Lenormand, ya que a medida que los días se vuelven más cálidos en el exterior, ha recuperado la certeza absoluta de que todas las mujeres que la acompañan sobrevivirán al horror que las rodea.

—No nos des falsas esperanzas, Adelaide —la reprende Grace mientras Delphine masculla entre sollozos que preferiría estar con su esposo.

—Él está conmigo ahora —murmura Lenormand, y toma las manos de Delphine. Es una verdadera belleza, con esos ojos llorosos grandes e inocentes y los rizos delicados que enmarcan su rostro en forma de corazón.

Delphine le devuelve la mirada en silencio y Grace sacude la cabeza en dirección a Lenormand. Thérésa abraza a Delphine, pero es Rose, con sus ojos marrones intensos, quien observa a Lenormand con atención y curiosidad. De todas las mujeres, es quien más le intriga. Hay una sensación de reconocimiento entre ambas, aunque nunca se habían visto antes, y Lenormand está ansiosa por saber más sobre ella.

Deja de barajar el mazo de cartas diminutas del tarot de Marsella y dispone la configuración de La Oscuridad de Neftis. Las mujeres guardan silencio mientras ella examina las cartas durante unos minutos, atenta también a que el espíritu de Armand le transmita palabras de consuelo para su esposa.

—Delphine, vivirás una vida larga y plena —le predice a la joven, que se seca las lágrimas con el dorso de las manos sucias—. Y tienes un don para compartir con el mundo —agrega—. Serás una pintora famosa.

—¿Cómo sabes que a mí me gusta pintar? —pregunta la muchacha.

—Me lo ha dicho Armand.

Delphine solloza.

—¿Volveré a estar con él?

—No durante mucho tiempo, y amarás a otros mientras tanto.

La respuesta sume a Delphine en una desesperación mayor y Thérésa intenta tranquilizarla. Rose se inclina adelante y le toca la mano a Lenormand. Un estremecimiento le recorre la espalda; por primera vez desde que la encarcelaron, el deseo le cala los huesos.

—¿Me lees el tarot, Adelaide? —le pide Rose, con sus penetrantes ojos oscuros.

Para Rose, elige la tirada de La Soberanía de Isis. Lenormand se sorprende por la luz que emana de la lectura. Es difícil conciliarla con las circunstancias actuales.

—Vivirás —anticipa a Rose—. ¡Y qué vida llevarás!

—¿Qué quieres decir? —inquiere Rose.

—Veo un futuro de gran abundancia y fama. Te casarás con el hombre más poderoso de Francia y él te amará profundamente.

—¿Cómo puede ser, si ya estoy casada?

Sobreviene un silencio prolongado. Todas saben que al esposo de Rose, el marqués de Beauharnais, lo detuvieron unos días antes que a ella y que llevan mucho tiempo separados. No saben en qué prisión se encuentra, ya que Rose no ha tenido noticias suyas.

—Ah, entonces mi actual esposo tiene un destino trágico —concluye Rose en voz baja.

—No puedo asegurarlo; podría ser el hombre del que hablo.

—No lo creo —musita Rose.

Lenormand pasa a leer las cartas de Grace. Una vez más, le predice que sobrevivirá a Carmes y disfrutará de una vida feliz en el campo, en Francia, con una hija adoptiva.

Grace no puede evitar las lágrimas y regaña a Lenormand por torturarla con esperanza.

Por último, lee las cartas de Thérésa. La joven española está muy nerviosa.

Sin embargo, una vez más, Lenormand le predice que tendrá un futuro brillante y que no le queda mucho tiempo en esta prisión.

Levanta dos cartas, la reina de espadas y La Estrella.

Las evalúa y luego mira a la joven Thérésa con cara de sorpresa, ya que le cuesta creer la trascendencia de las cartas que tiene en la mano. Sin embargo, es su deber decirle a la joven española lo que significan.

—Eres tú quien nos salvará a todas, Thérésa —declara.

Ella se ruboriza.

—¿Cómo lo sabes? —pregunta.

—No sé decirte cómo, pero tus palabras nos liberarán.

—¿Cuándo será eso? —Rose acerca su cuerpo al de Lenormand, quien siente un deseo repentino de tocar la piel desnuda debajo del mantón raído.

Traga saliva.

—Creo que a final del verano —precisa.

Intuye que el Terror está caldeándose hasta tales extremos que, en última instancia, no le queda sino extinguirse. ¿Quién reducirá a cenizas esta gran fogata de persecución radical? Por ahora está arrasando con todos los que la rodean, separando cabezas y cuerpos que alimentan a ratas y gusanos en los cementerios abarrotados. Esposos arrancados de los brazos de sus esposas, hijos separados de sus madres mientras los gritos en todas las celdas resuenan, día y noche, en los jardines monásticos abandonados. A veces, hasta se oye maldecir a los guardias cuando descubren que otro condenado se ha rebanado el cuello antes de enfrentarse a la guillotina.

—El Terror terminará —asegura a las mujeres asustadas que están sentadas en un círculo apretado sobre las mantas sucias de su catre—. He visto el fin de Robespierre y de Saint-Just en las cartas y, cuando ellos caigan, nosotras resurgiremos.

—Pero ¿y si es demasiado tarde? —susurra Rose, dando voz a los pensamientos de todas las mujeres—. ¿Y si tus cartas se equivocan, Adelaide, y no es Armand quien te aconseja, sino un espíritu perverso atrapado en los muros de esta prisión que nos está engañando a todas?

—Si nuestro destino es la guillotina, subamos juntas al cadalso, señoras —afirma Grace— y, como la valiente madame Isabel, démonos un último abrazo antes de partir hacia el otro mundo.

—No llegará a eso, lo prometo —insiste Lenormand.

Las miradas suplicantes y esperanzadoras de las otras cuatro mujeres se posan en ella y le llegan al corazón, sanando la agonía del gran engaño de Caterina. Lenormand salvará a sus nuevas amigas, porque las ama más que a su propia vida y porque ellas le han dado un propósito.

ASISTO AL FESTIVAL
DEL SER SUPREMO

20 de pradial del año II (8 de junio de 1794)

HAY COLINAS POR TODAS PARTES. PEQUEÑAS MONTAÑAS con árboles de la libertad diminutos plantados en sus cimas han aparecido en los parques y las calles de París. Hoy he subido a la más grande de todas, en el Campo de Marte. Esta montaña inmensa en la ciudad de París ha sido creada por manos humanas a solicitud de Robespierre para celebrar el Festival del Ser Supremo. Pero los seres humanos no pueden crear montañas reales.

Imágenes de las cumbres de mi amado Kerry me vinieron a la mente mientras permanecía de pie entre las filas de mujeres revolucionarias. Con nuestros vestidos blancos virginales y escarapelas prendidas en el pecho, participábamos del desfile para beneplácito de los hombres radicales que gobiernan Francia con manos ensangrentadas. Los clubes revolucionarios de mujeres han desaparecido y aquellas como Olympe o madame Roland han sido silenciadas por la guillotina. Madame de Staël vive ahora en el exilio, mientras las que siguen en París, como Sophie de Condorcet y

Cécile, temen por sus vidas. Las mujeres de Francia han perdido toda esperanza de libertad e igualdad; algunas, incluso, han perdido la razón: a Théroigne de Méricourt la enviaron hace poco al hospital psiquiátrico de Faubourg Marceau. A pesar de contarse entre los Indignados más radicales, a Claire Lacombe también la denunciaron por declaraciones contrarrevolucionarias y la detuvieron a principios de año, junto con Pauline Léon.

Toda la autonomía que las mujeres habían adquirido ha sido restringida y nuestro propósito republicano es ahora realzar las vidas de nuestros esposos, hermanos y padres adoptando la apariencia de vírgenes vestales de la Antigua Roma sobre una montaña falsa.

El sol me daba en la cabeza desnuda y en la piel, que por supuesto se me llenó de pecas. El sudor se deslizaba entre mis pechos y bajaba por mi vientre. Hice un esfuerzo por no pensar en el cuerpo y el malestar que me causaba. Al pie de la montaña, una multitud se arremolinaba alrededor de un carro decorado con cintas de seda roja y tirado por seis bueyes. En lo alto del carro se erguía una joven con un vestido rojo y los pechos que le asomaban por el corpiño. Era Marianne, la diosa de la libertad, rodeada por gavillas de trigo que representaban su abundancia y con otro árbol pequeño adornado con guirnaldas a sus espaldas. La muchedumbre entonaba canciones dedicadas al Ser Supremo.

En mi opinión, apenas hay diferencias entre este ritual y los de la Iglesia católica, que los revolucionarios han denunciado como una superstición dañina.

Anoche le pregunté a Reilly: "¿En qué se diferencian este Ser Supremo y el Dios católico al que nos educaron para adorar y que la revolución ha rechazado al punto de perseguir a los sacerdotes?". Mi esposo me explicó que a Robespierre le preocupaba la falta de unión entre los ciudadanos y creía que una religión cívica unificaría a la gente.

Es una fe ciega, pero, por otra parte, quizá la propia revolución ha estado siempre guiada por una fe ciega centrada en eliminar a todos los que se interponen en su camino y en matar a unos pocos por el bien de muchos. Pero ya no son tan pocos. Miles de personas han pasado por la guillotina, y vivo con el miedo constante de que El tenga el mismo destino. Le he rogado a Reilly que la libere de prisión, pero dice que no está en su poder hacerlo. Sin embargo, ha recurrido a una serie de sobornos, para los cuales Cécile y yo debimos vender casi todos los libros y tesoros de El en la librería y su apartamento, para asegurarnos de que no la juzguen. Mientras no la lleven ante el Tribunal Revolucionario, no será guillotinada. Las cárceles están abarrotadas de almas desdichadas a las que les llegará el turno antes que ella. Espero y rezo para que estos días aciagos de purga terminen. Estimo que, a estas alturas, ya habrán rodado las cabezas de todos los enemigos de Francia.

Todavía me persigue la imagen de aquella terrible noche de noviembre en que arrestaron a El. El recuerdo y el trauma que me generó no me han permitido escribir con facilidad en mi diario; incluso ahora, tantos meses después, me cuesta hacerlo. No puedo olvidar la mirada que me lanzó El cuando los guardias se la llevaron a rastras. Se sentía traicionada.

Quise seguirla a la cárcel, entregarme al Comité de Salvación Pública con ella, pero Reilly no me dejó por el bebé.

Nuestro hijo.

Me invade una tristeza profunda y me tiembla la mano mientras escribo. La noche después de que detuvieran a El, me desperté con dolores muy fuertes y las sábanas empapadas de sangre. Reilly corrió a buscar un médico. De no haber sido por la determinación de mi esposo, habría muerto. Nuestro hijo, sin embargo, una masa irreconocible de sangre y piel, fue expulsado esa noche.

En ese momento, el terror que sentía por Él me abrumaba tanto que perder a nuestro bebé me pareció algo de menor importancia. Sin embargo, no puedo evitar pensar que, si el bebé hubiera sobrevivido, ahora estaría en casa, amamantándolo. Estoy segura de que habría sido una niña; me habría gustado llamarla Olympe, en honor a esa gran mujer, aunque dudo de que Reilly lo hubiera permitido.

De pie en la montaña artificial durante el Festival del Ser Supremo, el calor era intenso y me dolía la espalda. Moví los pies y una avispa zumbó a mi alrededor.

Una larga fila de diputados ascendió por el sendero sinuoso y pasó junto a mí y a otras mujeres, en el camino hacia la cima, donde se desplegaba el árbol de la libertad, adornado con guirnaldas rojas, blancas y azules y coronado con banderas revolucionarias. Reilly estaba entre ellos, la personificación misma del partidario de Robespierre, con su traje azul, la faja roja y el sombrero de ala ancha con dos plumas, una roja y otra azul. Al pasar a mi lado, nuestras miradas se cruzaron. Se siente tan atrapado como yo en esta nueva Francia de pesadilla.

Se produjo un cambio en él después de la ejecución de madame Isabel, la hermana del rey fallecido, una mujer tan devota que el pueblo la conocía como santa Genoveva.

—¿Por qué Robespierre tiene que enviar a esa mujer tan buena a la guillotina? —inquirí después de que se difundiera la noticia de que habían condenado a la dama junto con otras veinticinco personas, la mayoría de ellas también mujeres.

—Maximilien no tuvo nada que ver—lo defendió Reilly—. Su intención era enviarla al exilio, pero el miserable de Collot d'Herbois se le adelantó.

La ejecución de madame Isabel tuvo lugar hace menos de

un mes y me negué a asistir. De hecho, hacía tiempo que no iba a las ejecuciones, pese a que Reilly me advertía de que eso llamaría la atención sobre nosotros como pareja. Pero no soportaba ver a esas pobres personas aterrorizadas, entre ellas madame Isabel, subir al cadalso. Ese momento tan extraño en que la cabeza rodaba dentro de la cesta debajo de la guillotina mientras el cuerpo, atado al cepo, seguía retorciéndose era demasiado atroz como para presenciarlo.

Reilly volvió de la ejecución con gesto serio. Caminó en círculos alrededor de la mesa en el centro de la pequeña sala de nuestra vivienda nueva en el Marais.

—Madame Isabel actuó con gran dignidad —relató—, y consoló a los demás condenados. Los abrazó a todos y fue la última en ser atada al cepo. —Suspiró—. Cuando el hecho se consumó, la multitud se quedó callada. Nadie gritó "Viva la República". —Sacudió la cabeza—. Creo que es hora de que nos vayamos de Francia, amor mío.

Me quedé atónita. Durante todos estos años, he sido yo quien ha rogado que regresemos a casa.

—Pero ¿qué hay de las promesas de Robespierre de enviar tropas para colaborar en una insurrección en Irlanda? —pregunté.

—Me temo que ya no tendrá la autoridad para cumplir esas promesas —replicó—. La desconfianza crece entre los diputados. Algunos desean acabar con Robespierre antes de que se vuelva contra ellos. —Me tomó de las manos—. Vámonos ya, Caitlin. Robespierre parece no confiar en nadie más que en Saint-Just y ese hermano suyo es tan sanguinario como él. —Me miró a los ojos y pude ver lo perturbado que estaba—. Wolfe Tone me ha escrito y no hay buenas noticias de Irlanda.

—¿Por qué? ¿Qué ha pasado?

—El gobierno británico ha descubierto nuestra confabulación con los franceses y ha mandado a arrestar a muchos de los líderes de los Irlandeses Unidos en Irlanda. Wolfe Tone se ha visto obligado a marcharse a Norteamérica. Está en Belfast preparando su partida y quiere que me reúna con él allí para que podamos reorganizarnos.

—¡Otra vez Norteamérica! —exclamé, alarmada—. Creí que te referías a regresar a Irlanda.

—¿Qué nos espera en Irlanda salvo la sumisión? —se lamentó—. No puedo volver a vivir así a menos que forme parte de su liberación.

Estuve a punto de decirle que él no conocía la verdadera servidumbre, ya que provenía de un contexto más acomodado que el mío. Era cierto que había trabajado de tutor, un empleo remunerado, pero había tenido la oportunidad de acceder a una educación y había gozado de los privilegios de un caballero en casa de sir William, donde había recibido un trato igualitario y compartido la mesa familiar.

—¿Y Toby Oswald? —pregunté sobre su viejo amigo.

El rostro de Reilly se ensombreció.

—Es un traidor; ahora afirma que no participará en ninguna agresión. Pero ¿de qué otra manera podemos reclamar lo que nos corresponde por derecho?

—Podría no estar equivocado —sugerí, con un extraño sentimiento de lealtad hacia Toby Oswald, porque ¿qué pasaría si una Irlanda liberada recurriera a la misma brutalidad que la República francesa?

—Nunca le perdonaré que te haya puesto en peligro —masculló Reilly—. Te engatusó para implicarte en su conspiración monárquica. Si yo no hubiera intervenido, te habrían detenido junto con Lenormand el año pasado.

Reilly me ha repetido esto cada vez que le he reprochado la detención de mi querida amiga. Pero la verdad es que se enteró de los planes para detenerme a través de sus contactos en el Comité de Salvación Pública y se ofreció a dirigirlo para protegerme y asegurarse de que no me detuvieran a mí.

—Cait, tendremos que vender el espejo que te regalé para juntar el dinero para los pasajes a Norteamérica. Tengo familia en Boston con la que podríamos quedarnos.

—¡No puedo ir a Norteamérica! —exclamé.

—¿No lo entiendes? El día menos pensado, Robespierre podría volverse en mi contra y sería nuestro fin. Los franceses no pueden ayudarnos contra los británicos ahora, pero podrían hacerlo en el futuro. Mientras tanto, lo mejor es que nos retiremos y hagamos planes nuevos con Wolfe Tone.

—No dejaré a El —declaré—. Si no seguimos pagando los sobornos, la llevarán a juicio. Reilly, por favor, ¿no podemos pagarle a un carcelero para que la ayude a escapar?

—Esos días se han terminado, amor mío —respondió—. Además, ¿no te dijo ella misma que vivirá hasta ser una anciana?

Me ruboricé al recordar que había compartido las confidencias de El con Reilly en los primeros tiempos de nuestra relación, antes de que mi afecto por ella se profundizara, cuando juzgaba con tanta dureza a todos los aristócratas para los que trabajaba. Ninguno de ellos vivía ya en París: o bien estaban muertos y los habían arrojado a una fosa común, o bien se habían exiliado y vivían en el extranjero.

—Ve tú solo.

—No puedo hacer eso —protestó—. Eres mi esposa. —Reilly se paseaba de un lado a otro de la habitación—. Tengo que proponerte algo —añadió, al cabo de un momento—. Si pudiéramos rescatar al niño, Luis Carlos Capeto, ¿vendrías conmigo?

Me quedé sin palabras. Reilly jamás había expresado interés alguno en Luis Carlos y me sorprendió que sacara el tema del niño en ese momento.

—Ayer me dijeron que el niño está condenado a morir. He oído rumores horribles sobre el trato que recibe. Creo que Robespierre está decidido a darle una muerte cruel lo antes posible. —Reilly me observaba con atención mientras hablaba.

—Pero si ya no podemos sobornar a los guardias, ¿cómo vamos a rescatarlo?

—Tiene un carcelero nuevo que no es muy cuidadoso. Cree que mantener al niño dentro de una jaula es suficiente mientras él se emborracha hasta perder el conocimiento. Me han contado que cuando se despierta le da unas palizas terribles.

El corazón me dio un vuelco. No podía explicar por qué sentía ese vínculo con Luis Carlos, pero solía tener pesadillas sobre el niño cautivo en el Temple y despertaba llorando a mares. Reilly me consolaba, pensando que estaba soñando con el bebé que habíamos perdido.

—Los guardias del Temple se compadecen de él y me avisarán cuando el carcelero esté inconsciente. Pero... —Hizo una pausa—. Debes prometerme que criaremos al niño como si fuera nuestro, lejos de sus parientes en Europa. Renunciará a sus lazos con Francia y creo que será más feliz así.

Lo miré estupefacta.

—¿Harías eso? ¿Arriesgarías tu vida por este niño de sangre real francesa?

—Arriesgaría mi vida por tu felicidad y tu paz, amor mío.

—¿Y qué pasará con El?

—Ya te lo he dicho, no puedo hacer más por ella. Pero creo que sobrevivirá a estos tiempos oscuros. No estoy tan seguro del niño; sin nuestra ayuda, no podrá escapar de su destino.

Acepté el plan sorprendente de Reilly, que nos ha llevado casi todo el mes pasado organizar.

Hoy miré cómo ascendía la montaña revolucionaria hasta el altar de la libertad, donde ardían dos grandes braseros dorados y el humo se elevaba en espiral hacia el cielo azul. Era una visión digna de la Antigua Roma: Robespierre, orgulloso como si fuera el mismísimo César, recibió a mi esposo y lo besó en ambas mejillas. Incluso desde la distancia, detecté una cierta desconfianza entre ellos. Reilly ha amado a su Robespierre como yo amo a El y está dispuesto a abandonarlo por mí, ¿o es por Wolfe Tone y por Irlanda? Nunca estoy segura con Reilly.

Pero ha cumplido su palabra y todo está listo para llevar a cabo nuestro intento de rescate esta noche, cuando los guardias estén ebrios de vino y adormilados por las festividades del día. Y no solo eso, sino que ha aceptado que Cécile venga con nosotros. Cécile se ha estado escondiendo en la librería de El desde la noche de la detención. Es solo cuestión de tiempo antes de que la descubran y la destinen a sufrir la misma suerte que Olympe.

Cuando fui a la librería esta mañana temprano a buscar a Cécile, Giselle rechazó mi propuesta de viajar a Norteamérica.

—Esperaré a que regrese mademoiselle Lenormand —contestó, con mirada acusadora.

Sentí que tenía que defenderme.

—He evitado que El sea llevada a comparecer ante el Tribunal Revolucionario y he ido a la prisión, pero no le permiten recibir visitas.

Me moría de ganas de contarle nuestros planes. Cuando El se entere de que hemos rescatado al hijo de su querida reina, todo quedará atrás. Pero no me atreví. La discreción es imprescindible y solo Reilly, Cécile y yo sabemos lo que tenemos intención de hacer.

En la puerta de la librería, Gilbert ladraba y me saltaba encima.

—Atrás, Gilbert —lo regañó Giselle.

Reparé en el cuervo ceniciento; estaba posado sobre las estanterías y parpadeó en mi dirección: ojos negros, ojos verdes. Quería sacarlo de mi vida.

—Me llevaré a Gilbert. Bastet y el cuervo se quedarán para protegerte.

—¡No quiero ese pajarraco! —soltó Giselle, horrorizada.

—Es para El, debes quedártelo —insistí—. Es parte del salón de tarot.

Giselle accedió y Bastet se escabulló entre sus piernas y ronroneó como si supiera que era su único compañero, aparte del cuervo. Gilbert salió trotando por la puerta delante de Cécile y de mí.

Cécile esperará nuestro regreso del Festival del Ser Supremo en nuestra casa del Marais, más cerca del Temple, desde donde iremos a rescatar a Luis Carlos. Si fracasamos, mañana volveré a ver a El, ya que seremos compañeras de celda, aunque no por mucho tiempo.

Apreté la mano de Cécile mientras caminábamos con paso enérgico por las calles.

—¿Estás segura de que quieres venir con nosotros?

—No puedo seguir dejándome vencer por el miedo. Además, le prometí a Olympe que sacaría sus escritos de Francia para la posteridad.

Reilly y los demás revolucionarios bajaron de la montaña y la ceremonia tediosa concluyó. Seguí a las otras mujeres, ansiosa por volver a casa, aunque estoy nerviosa por lo que pueda pasar esta noche.

No puedo olvidar la devoción con que Reilly me miró hoy. La verdad es que nunca lo he amado con la misma intensidad. Esta noche, arriesgará su vida por un niño inocente solo porque yo lo deseo. Lo perdono por traicionarme con El. Lo perdono por odiarla. Lo hace porque me ama. Debo elegir entre mi amor a los dos.

Por el bien del pequeño Luis Carlos, elijo a mi esposo.

En un cuarto de hora partiremos a ejecutar nuestro plan. No sé si volveré a escribir en este diario.

INTENTAMOS EL RESCATE

21 de pradial del año II (9 de junio de 1794)

HAN PASADO TANTAS COSAS EN LAS ÚLTIMAS VEINTICUA-
tro horas que no sé por dónde empezar. Debo hacerlo por
el Temple.

De pie en el umbral de la celda del pequeño Luis Carlos,
me tapé la boca con la mano para protegerme del hedor que
impregnaba el lugar. La oscuridad era total y cuando llamé
al niño en voz baja, no hubo respuesta.

Reilly estaba a mi lado y se alcanzaba a oír el tintineo de
las llaves y los ronquidos del guardia borracho en la antesala detrás de nosotros. La luz del fuego que se colaba desde
allí, parpadeaba en los rincones de la celda oscura.

—¡Oh, Reilly! —grité con espanto cuando divisé el contorno de una jaula grande y, en un rincón, un bulto pequeño
de harapos, piel y huesos.

Reilly me tomó de la mano y avanzamos juntos. Espié a
través de los barrotes y, entre el cabello revuelto y el rostro
demacrado, unos ojos azules grandes me miraron con fijeza; eran del mismo color que los de su madre.

—Luis Carlos. ¿Me recuerdas? Soy Caterina de Luna.
—Dije mi nombre de tarotista, por el que él me conocía.

El niño se quedó mirándome; no se movió ni habló.

—Hemos venido a sacarte de este lugar horrible. —Se me quebró la voz mientras mis ojos se acomodaban a la oscuridad.

Tenía marcas y moretones en sus brazos desnudos y las uñas amarillentas y en forma de garras. Estaba rodeado de suciedad, una mezcla de excrementos, orina y restos de comida. En una esquina había un cuenco sucio con agua. Era un milagro que no hubiera muerto de alguna enfermedad.

La jaula estaba cerrada con candado y Reilly probó las llaves que le había quitado al carcelero malvado mientras dormitaba. Por mi parte, jamás había tenido ganas de matar a otro ser humano con tanta violencia, ni siquiera a sir William. Deseé poder cortarle el cuello a ese hombre despreciable mientras dormía. Pero no teníamos tiempo. Debíamos actuar con rapidez y en silencio y llevarnos a Luis Carlos de allí.

—Date prisa —susurré.

Por fin, Reilly abrió la jaula y volví a llamar a Luis Carlos, pero no se acercó. Reilly se agachó para meterse en la jaula, pero el pequeño parecía aterrorizado y se acurrucó aún más en un rincón.

—Yo lo sacaré —dije.

—Pero el olor ahí dentro es repugnante...

—No me importa, Reilly.

—No puedo creer que Robespierre permita que maltraten así a un niño —musitó él, acongojado.

Me metí a gatas en la jaula. El suelo estaba cubierto de una sustancia viscosa que solo Dios sabe qué era. Me acerqué a Luis Carlos.

—No tengas miedo; soy yo, Caterina. —Le hablé con suavidad y traté de que mi voz no delatara mis emociones. Extendí la mano—. Anda, toma mi mano, hemos venido a rescatarte.

Pero el niño seguía asustado y sin decir palabra.

—Debemos irnos, Caitlin…, o nos descubrirán pronto —me urgió Reilly.

Contemplé los ojos apagados del niño en la jaula y recordé la noche, menos de dos años atrás, en que había apoyado su melena dorada en mi regazo. Con voz temblorosa, comencé a entonar la canción de cuna que le había cantado la noche antes del asalto a las Tullerías. Los ojos azules se encendieron y Luis Carlos extendió las manos.

Lo tomé en mis brazos, sin importarme su estado. Era tan pequeño y delgado como un pajarito. Un profundo sollozo me estremeció y Reilly me acalló.

Salí de la jaula despacio, cargando el niño, y Reilly nos rodeó con sus brazos y me ayudó a incorporarme.

—Rápido, querida —murmuró. Nos apresuramos por la puerta y nos dispusimos a cruzar la sala del guardia.

El hombre seguía durmiendo profundamente y pisamos los tablones de madera con el mayor cuidado posible. Estábamos a punto de salir por la puerta cuando algo cayó al suelo con estrépito. Sobresaltada, bajé la vista y vi que un hueso pequeño que Luis Carlos debía haber sostenido en la mano había caído al suelo.

—¡Guardias!

El carcelero se había despertado y ahora se reincorporaba. Con la mano libre, saqué la daga de María Antonieta de mi cinturón y apuñalé al monstruo en el corazón. El hombre se tambaleó hacia delante y lo apuñalé de nuevo en el cuello. La sangre brotó de su boca y se deslizó por su cuello mientras se desplomaba en el suelo.

Reilly me miraba con incredulidad.

—¡Corre! —gritó.

Limpié la daga en mis pantalones y lo seguí por las escaleras de la torre. Aunque habíamos sobornado a los guardias de la entrada, no sabíamos cuántos de los que patrullaban el techo habrían oído el grito del carcelero. Si aparecían, los que habíamos sobornado se verían obligados a arrestarnos.

Reilly corrió escaleras abajo y yo me apuré tanto como pude, con cuidado de no dejar caer a Luis Carlos, que ahora se aferraba a mí como una enredadera a un árbol. Por el rabillo del ojo, un destello rojo llamó mi atención. Miré por encima del hombro; la Morrigan pisoteaba el cuerpo del carcelero muerto y le gritaba obscenidades.

"No mires atrás, corre", me alentó una voz dentro de mi cabeza y, por un momento, imaginé que El estaba a mi lado y que habíamos ideado juntas este escape valiente.

Me acercaba al final de la escalera, cerca de la puerta de entrada, y no había ningún guardia a la vista. Reilly se adelantó hacia donde esperaba Cécile, vestida con ropa de hombre y sentada en el pescante de un carruaje, lista para huir de inmediato hacia la costa de Normandía.

Cuando llegué al último escalón, alguien me tomó de la chaqueta y me tiró hacia atrás. Perdí el equilibrio y traté desesperadamente de enderezarme y no soltar al niño, pero caí de rodillas. Con los ojos cerrados y la boquita apretada, Luis Carlos se sujetó a mí con fuerza mientras las manos ásperas de un guardia me empujaban hacia atrás de nuevo y otro guardia intentaba arrebatarme al niño.

—¡No lo toque! —le grité al hombre a la cara y, para mi sorpresa, retrocedió un instante.

La Morrigan estaba a mi lado, con el cabello rojo peinado en dos trenzas largas y su armadura y capa carmesí. Su presencia me infundió una furia justiciera. "Nunca soltaré a mi niño." El otro guardia se dispuso a atacarme, pero Reilly había regresado y le clavó la espada en la espalda. El guardia gritó y cayó a un lado mientras el segundo guardia se volvía hacia Reilly y desenfundaba su pistola. La Morrigan se la quitó de un puntapié, pero el hombre no se desanimó, desenvainó su espada y se abalanzó hacia delante.

Me puse de pie y me acerqué a la puerta de entrada.

—¡Vete! —me ordenó Reilly, y su espada chocó con la de su oponente. Levanté la vista; más guardias bajaban las escaleras deprisa. No teníamos ninguna posibilidad de derrotarlos a todos, a pesar de que la Morrigan les asestaba patadas y puñetazos, les mordía la cara y les tiraba del pelo. Los guardias hacían caso omiso de sus agresiones, la mirada fija en mí y en el niño que llevaba en brazos.

—Caitlin, mi amor, debes irte —insistió Reilly.

Tenía razón. Debía hacerlo, por el niño que llevaba en brazos.

Miré a mi esposo por última vez. En plena lucha con el guardia, su cuerpo se mantenía tenso, los brazos musculosos cortaban el aire frente a él y su cabello rubio enmarcaba la expresión decidida en su rostro.

Salí corriendo de la torre. Cécile esperaba en el asiento del cochero del carruaje, con los caballos impacientes y todo preparado para partir. Me arrojé al interior con Luis Carlos, donde Gilbert nos esperaba ansioso.

Echamos a andar con la puerta abierta y estuve a punto de caer sobre los adoquines, pero Gilbert me sujetó del cuello de la chaqueta con los dientes.

Cerré la puerta de una patada y me deslicé hacia el suelo del carruaje con el pequeño Luis Carlos que aún temblaba en mis brazos, aunque sin emitir sonido alguno. Le acaricié la cabeza sucia y le susurré: "Todo va a ir bien, estás a salvo ahora" mientras Gilbert nos lamía sin parar.

Tragué saliva y apreté los ojos con fuerza para no llorar. Tenía que mantener la calma, porque el niño ya estaba lo suficientemente asustado, pero, en mi fuero interno, se me rompía el corazón al evocar la última imagen de Reilly, luchando por salvarme la vida, sacrificándose por mí y por Luis Carlos Capeto. Me recliné en el carruaje. Frente a mí, la Morrigan me observaba con sus ojos verdes serenos.

En ese instante, supe que no tomaríamos el barco que Reilly había arreglado para que nos llevara a Norteamérica. No, tenía que encontrar la manera de volver a Irlanda. Había matado a un hombre. La ira de la Morrigan todavía habitaba en mí, un pozo de furia inagotable.

Mi historia comenzó en Irlanda y allí debía terminar.

EL SOL

Sal a la luz

15 de mesidor del año II (3 de julio de 1794)
Prisión de Carmes, París

LENORMAND MALDICE EL DÍA EN QUE EL MARQUÉS DE
Beauharnais entra en la celda buscando a su esposa y la separa de Rose. Aunque se sorprende al verlo, Rose abandona
el catre al otro lado del de Lenormand y no protesta por
tener que dormir con su esposo en un espacio pequeño que
las otras mujeres han improvisado juntando dos camas.

—Pero ¿por qué te vas con él? —le pregunta Lenormand

mientras friegan el suelo del refectorio al día siguiente—. Me dijiste que lo odiabas y que llevaban años separados.

—Me da pena. Está destinado a la guillotina y es mi deber darle algo de consuelo en sus últimos días.

—¡Pero estás en la cárcel por culpa de él, Rose!

Su nueva amiga no quiere entrar en razón y Lenormand se ve forzada a oírla complacer al marido condenado noche tras noche, al igual que todas las demás mujeres presentes en la celda.

Beauharnais le resulta insoportable. Es un hombre vanidoso y superficial, y sus coqueteos no surten efecto con ella. No tarda mucho en comenzar a prestar especial atención a la afligida Delphine; hace dibujos de ella y la besa en las mejillas con tono juguetón mientras le acaricia el cabello. Verlo manipular a esta chica joven y vulnerable delante de su esposa es un espectáculo deplorable. Por supuesto, la relación entre los dos progresa, y aunque esto hace muy infeliz a Rose, Lenormand no puede culpar a Delphine, que ya está poco menos que enloquecida de dolor por la muerte de su esposo. Grace intenta convencer a Beauharnais de que le sea fiel a Rose; Thérésa, por su parte, cree que la ética no debería tener cabida en un lugar donde la justicia ha desaparecido. Se ha producido una grieta en el pequeño grupo de mujeres y, por supuesto, siempre se reduce a un hombre.

Es verano al otro lado de los muros y, muy de vez en cuando, Lenormand percibe un aroma a rosas proveniente de los jardines desatendidos del monasterio, aunque tal vez sea su imaginación y lo ha soñado. El interior aún está oscuro y frío: podría ser cualquier mes del año.

Un día, pocas semanas después de la llegada de Beauharnais, Thérésa y ella esconden una carta en el collar del perro carlino de Rose. Los guardias permiten que el pequeño animal vaya y venga entre Rose y sus hijos y lleve mensajes todos los días a cambio de los diamantes que Delphine ha ocultado en la enagua. Animada por la predicción de Lenormand de que sus palabras las salvarán, Thérésa le ha escrito a su amante, Tallien, un diputado de la Convención.

—¿Qué le pusiste en la carta? —le pregunta Lenormand.

—Lo regañé por dejar que alguien que lo ama tanto se pudra en esta prisión sórdida. Y le ordené que se deshaga del sanguinario Robespierre —responde Thérésa.

—¿Crees que tu amante te obedecerá? —Lenormand se pregunta si su predicción será incorrecta.

—Por supuesto que lo hará —asegura Thérésa, con los enormes ojos marrones rebosantes de confianza—. Me adora.

—Esperemos que tengas razón.

Unos minutos después de que el valiente perrito saliera trotando de la celda, reciben la orden de reunirse en el refectorio. No es hora de la escasa ración nocturna, pero todos entran en fila. Algunos tiemblan de miedo, ya que cualquier cambio en la rutina nunca es bueno.

El despreciable Saint-Just está de pie sobre una de las mesas largas; alto y apuesto, observa con desdén a los nobles mugrientos apiñados frente a él. Y, sin embargo, él también es un aristócrata, piensa Lenormand con amargura.

—Se ha descubierto un plan para incendiar la prisión —anuncia—. Y ahora que habéis fracasado, escoria realista, pagaréis el precio de la traición. Cincuenta hombres serán llevados al cadalso por la mañana.

Un gran lamento se eleva entre el grupo de prisioneros y Grace le toma la mano. Lenormand se vuelve a su alrededor; Rose y Delphine, a ambos lados de Beauharnais, se miran con espanto.

Los guardias los empujan fuera del refectorio y de regreso a las celdas. En el proceso, Lenormand choca con un hombre. Se queda atónita al descubrir que es Thomas Reilly, el irlandés de Caterina. Pero no hay tiempo para hablar, ya que después de un instante de reconocimiento la empujan hacia delante de nuevo.

Esa noche, acostada en el catre, ni siquiera consigue conciliar el poco sueño del que logra disfrutar de tanto en tanto. No hay forma de escapar de los sonidos de mujeres que lloran y de hombres desesperados que hacen el amor a sus esposas por última vez. Rose y Delphine, unidas por un dolor común, atienden a Beauharnais. Pero nada de esto la asusta ni la afecta, ya que solo piensa en Caterina.

Si Thomas Reilly está prisionero en Carmes, ¿dónde está la chica irlandesa? Se odia a sí misma por preocuparse, pero una parte de ella espera que Caterina no sufra en algún otro lugar de esta miserable prisión.

En algún momento, se sume en un sueño ligero y se despierta con Thérésa abrazada a ella. Con un gesto tierno, le aparta el cabello oscuro de los ojos y le da un beso en la frente. Thérésa se mueve. Su amiga la acaricia con suavidad y Lenormand le toca la espalda; las dos mujeres se alivian la una a la otra. Nadie les presta atención, ya que todas las normas de decoro han dejado de existir en la antesala de la muerte.

Después de que Thérésa se haya vuelto a dormir, Lenormand se levanta para hacer sus necesidades en un cubo al otro lado de la celda. Mientras cruza la habitación, se detiene en seco; Reilly está sentado en un taburete debajo de la pequeña ventana con barrotes. Salta a la vista que la está esperando.

—¿Qué está haciendo aquí? —le espeta, y se pregunta cuánto tiempo llevará allí y si la habrá visto con Thérésa.

—¿Eso es lo que le hacía a mi esposa, mademoiselle? —pregunta él—. ¿Así es como la mantuvo bajo su control durante tanto tiempo?

—Mi relación con Caterina es asunto mío —replica ella

con expresión tensa. Necesita usar el cubo y desea que él la deje en paz—. No quiero hablar con usted —añade con brusquedad—. Dese la vuelta, si es usted un caballero.

Se acerca al cubo, se levanta la falda sucia y se agacha sobre él. Cuando termina, descubre con fastidio que el irlandés sigue sentado en el taburete, mirándola con disgusto.

—Caitlin nunca la amó —le dice a Lenormand—. Solo soportaba su compañía para poder ayudarme.

—No quiero saber nada sobre Caterina, o Caitlin, o como sea que usted la llame. No me interesa.

—Creo que miente, mademoiselle Lenormand. Caitlin me lo contó todo sobre los coqueteos con ella. Eso la incomodaba, porque no tiene las mismas inclinaciones antinaturales que usted.

La ira de Lenormand es tan profunda que le gustaría convertirse en verdugo de este hombre, pero la cuchilla de la revolución caerá pronto sobre él.

—¿Qué hace usted aquí? —repite, esforzándose por mantener la calma—. Creí que Robespierre y usted eran amigos íntimos y, sin embargo, aquí está, languideciendo en prisión...

—Me traicionaron.

—¿Caterina? —aventura ella, esperanzada.

—No, no Caitlin; ella ha sido una esposa fiel y devota y nos queremos mucho —aclara Reilly. Lenormand advierte que los ojos de él se llenan de lágrimas y, por un momento, siente una punzada de lástima—. No, han sido Robespierre y todos sus hermanos republicanos quienes me han traicionado.

—No puedo decir que lamento lo que le ha pasado —responde ella con crueldad mientras reprime su compasión. Este hombre formó parte del Terror, la razón por la que asesinaron a Luisa y a María Antonieta.

—Caterina era una espía de la revolución —continúa

Reilly—. Cada vez que iban a los salones de la tirana Lamballe en las Tullerías, ella observaba y escuchaba. Me decía quiénes eran los contrarrevolucionarios y qué tramaban. Fue ella quien aportó las pruebas de las reuniones secretas de Luisa Lamballe y madame Capeto con los enemigos de Francia.

Las palabras se clavan en el corazón de Lenormand como dardos envenenados; la traición de Caterina es aún peor de lo que había imaginado.

—También me habló de su participación en la conjura para rescatar a madame Capeto. Quiero que sepa que, si lo hubiera llevado a cabo, habría terminado en un fracaso, porque estábamos listos para capturarlos a todos —prosigue Reilly con saña—. Caitlin siempre ha defendido la república y aborrecido a los monárquicos. La despreciaba y no veía la hora de poder librarse de sus adivinaciones mentirosas. No creía en ninguna de sus profecías y predicciones falsas; Caitlin es mía y siempre lo será.

—Los espíritus me dicen ahora que mañana le cortarán la cabeza —contesta Lenormand con voz ronca—. ¿Qué le parece esa falsa predicción?

Reilly suelta una carcajada estruendosa. Ella observa su nuez y su garganta pálida y se obliga a imaginarse el momento en que la cuchilla las atraviesa y su cabeza cae en la cesta. ¿Será una muerte instantánea? ¿O su corazón seguirá latiendo de amor por su Caitlin? ¿Acaso los sueños vanos de un futuro con su esposa y su bebé rodarán con su cabeza?

Reilly se levanta del taburete y se yergue sobre ella.

—Me da usted lástima —masculla—. Porque al menos yo me iré a la tumba sabiendo que me amaron. Pero ¿usted? Nadie la ama, mademoiselle, porque es usted un esperpento de mujer. —Señala a Thérésa—. ¿Cree que ella la ama? Pues no... La he visto toqueteándose con su amante Tallien y, si pudiera estar con él, se olvidaría de usted en un segundo.

No es usted nada, mademoiselle Lenormand, apenas un saco de ilusiones de tan poco valor como sus preciadas cartas del tarot.

Antes de que ella tenga oportunidad de responder, Reilly se aleja. Lenormand patea con furia el taburete donde estaba sentado. Quiere negar sus palabras, pero los espíritus de los muertos no se lo permiten.

Se agolpan a su alrededor y la empujan contra la pared de la prisión. "Eres nuestra y de nadie más", canturrean.

Lenormand ha sido un canal para los muertos, siempre lo ha sido, desde que dejó morir a su madre. ¿Cómo se atreve a albergar la esperanza de que hallará amor entre los vivos?

VUELVO A CASA

29 de mesidor del año II (17 de julio de 1794)

HEMOS LLEGADO A DERRYNANE HOUSE, EN KERRY. AUN-
que mis pies pisan la tierra que me vio nacer, mi mente
está perdida en Francia. No puedo quitarme de la cabeza
las imágenes y los sonidos de la última y terrible noche en
París. Mi corazón anhela a Reilly sin cesar. Supongo que ha
muerto, asesinado en combate momentos después de que
yo lo abandonara, o en la guillotina. A cada paso que doy,
porteando a Luis Carlos a mis espaldas, la culpa me agobia.
El implacable baño de sangre de Robespierre ha arrasado a
las dos personas que más amo, y yo las abandoné a ambas.

—No es culpa tuya, Caitlin —me repetía Cécile durante
todo el viaje cada vez que yo hundía la cabeza entre las manos y sollozaba.

Tenía el corazón tan roto que no sabía si era por Reilly
o por El. La sensación de pérdida me devoraba como una
ola gigante; si Cécile y Luis Carlos no hubieran estado conmigo, me habría arrojado al mar.

Estoy agradecida por la presencia inquebrantable de mi
compañera de viaje; no habríamos llegado a Irlanda de no
haber sido por Cécile.

La noche de nuestra huida, Cécile condujo el carruaje con gran habilidad por las calles traicioneras de París mientras yo vestía a Luis Carlos como una niña para ocultar su identidad. Yo llevaba puestos una casaca vieja y unos pantalones cortos de Reilly que había ajustado a mi talla la noche anterior.

En el puesto de control, Cécile entregó los pasaportes que Reilly había conseguido y, después de unos minutos de angustia, nos dejaron pasar. Recorrimos la campiña francesa a toda velocidad y nos detuvimos en tabernas remotas para dar de beber y comer a los caballos.

Cuando llegamos a Le Havre, la suerte nos sonrió, ya que ese mismo día descubrí que el tío de Daniel O'Connell, el Cazador, aún se dedicaba al contrabando de vino de Francia a Irlanda. Uno de sus barcos se disponía a zarpar hacia Kerry en apenas unos días. Wolfe Tone y los Irlandeses Unidos nos habían pagado el carruaje y los caballos, pero yo no tenía ninguna intención de devolverlos, de modo que los vendí para sobornar al capitán del barco de O'Connell y que aceptara llevarnos. Aunque confiaba en la integridad de Reilly, sospechaba que Wolfe Tone quería utilizar a Luis Carlos como moneda de cambio para convencer a los franceses de que lo ayudaran en la invasión de Irlanda. Estoy decidida a liberar al niño de la carga de su linaje.

Luis Carlos no ha dicho ni una palabra desde que lo rescatamos. En la primera posada en la que nos alojamos, lo lavé con ternura y le recorté las uñas desagradables de las manos. No pude contener las lágrimas al ver las cicatrices de las palizas en su cuerpo y lo frágil de su condición. Quedaba poco de la criatura alegre y risueña que yo había visto correr por el Palacio de Versalles.

Por las noches, el niño dormía entre Cécile y yo mientras Gilbert montaba guardia a los pies de la cama. Apenas se movía y, algunas mañanas, estaba tan pálido que yo tenía miedo de que hubiera muerto durante la noche. Intenté hacerlo hablar, pero no dijo ni una palabra, y sigue sin hacerlo, aunque sus ojos azules tristes son más que elocuentes. Cécile opina que le llevará tiempo recuperarse del trauma de su cautiverio.

Cécile y yo nos hicimos pasar por hombres: Cécile, en el papel de mi sirviente, y yo, como su amo inglés. Le Havre era un crisol de nacionalidades y nadie hizo ningún comentario sobre la piel oscura de mi compañera hasta el momento en que negociamos con el capitán del barco de O'Connell. El hombre estrechó la mano de Cécile con fuerza y declaró: "Sea usted muy bienvenido a nuestro país, monsieur".

Volvimos a vestir de niño a Luis Carlos y lo presentamos como Charlie, mi hermano menor; también pedimos que Gilbert, nuestro sabueso fiel, viajara con nosotros.

—¿Se le da bien cazar ratas? —inquirió el capitán—. Tengo entendido que los mastines franceses son expertos en eso.

—Sí que se le da bien —respondí, y era cierto; Gilbert había mantenido la librería sin alimañas durante toda la revolución.

—¡Que suba a bordo, entonces! ¡A los O'Connell les encantan los perros!

Mientras contemplábamos Francia por última vez, Cécile y yo nos abrazamos con un alivio inmenso. Luis Carlos se aferraba a la barandilla del barco con sus manitas.

—Aquí comienza tu vida, Charlie —lo animé, pero, como siempre, guardó silencio mientras le lanzaba una mirada solemne a la costa francesa que se perdía en la lejanía.

Ayer desembarcamos en el pequeño puerto escondido de Derrynane; cruzamos la arena dorada y trepamos las dunas hasta llegar a Derrynane House. Daniel O'Connell nos recibió; estaba cursando sus estudios en Londres, pero había regresado a su casa por unos meses. Cécile y yo seguíamos vestidas como hombres y Daniel me reconoció como Jack Molloy, el muchacho a quien había conocido de camino a Francia cinco años atrás.

Pese a ser evidente que a su tío no le gustaba nuestra presencia, sobre todo porque yo abandoné uno de sus barcos, Daniel insistió en que nos recuperáramos de nuestra odisea antes de continuar hacia Roughty House.

Anoche le confesé muchas cosas a Daniel, incluidos mi identidad y mi género. Se sorprendió al enterarse de que Cécile y yo éramos mujeres revolucionarias que habíamos escapado de los horrores del Reinado del Terror. Nos contó que su hermano y él estaban estudiando en Francia cuando comenzó la revolución, pero que huyeron al estallar la violencia.

—Vi cosas espantosas, querida amiga: clérigos inocentes descuartizados, y fui un cobarde por no defenderlos, pero mi hermano y yo sabíamos que correríamos la misma suerte si le confesábamos nuestra fe católica a la turba. Me temo que este momento de liberación para el pueblo francés se ha convertido en una ciénaga de venganza brutal. No es ejemplo para Irlanda.

—Pero ¿hay alguna otra manera de cambiar las cosas sin recurrir a la insurrección o alzarse en armas?

—Creo que es posible por medios pacíficos. Cuando me licencie como abogado en Francia, volveré a Irlanda para siempre. Mi deseo es dedicar la vida a la lucha por la emancipación de nuestro pueblo.

Las ideas apasionadas de Daniel eran inspiradoras, no solo para los irlandeses católicos, sino también para todos los pueblos esclavizados en las colonias americanas. Cécile, por su parte, compartió su historia sobre cómo la habían enviado a Francia de niña por ser hija de un aristócrata francés y una esclava martiniquesa. No tiene ningún recuerdo de su madre, que murió poco después de que la separaran de ella. Desde que la conocí, Cécile me ha relatado fragmentos de su pasado trágico en muchas ocasiones, pero era la primera vez que lo hacía con tanto detalle.

—Suelo pensar en el sufrimiento de mi madre. Era muy pequeñita cuando me enviaron lejos de Martinica, pero llevo la isla y su gente en mi corazón. Mi deseo es volver algún día y ayudar a expulsar a los propietarios de las plantaciones.

Hablamos hasta tan tarde que Luis Carlos se quedó dormido en mis brazos junto al fuego.

—¿Quién es el niño? —preguntó Daniel con curiosidad.

—Un niño de la calle. Es huérfano —respondí.

—Casi lo atropellamos con el carruaje —agregó Cécile—. Así que lo trajimos con nosotras, porque no tiene familia.

—¿Y cómo se llama? —quiso saber Daniel.

—Carlos —contesté, omitiendo el Luis—. Y le decimos Charlie.

LLEGO A ROUGHTY HOUSE

14 de termidor del año II (1 de agosto de 1794)

Hemos llegado al final de nuestro viaje.
Nuestro pequeño grupo zaparrastroso avanzaba con paso vacilante por la avenida arbolada mientras los techos de la mansión comenzaban a surgir en lo alto. Los pájaros cantaban y revoloteaban entre los árboles: herrerillos, pinzones, mirlos y un petirrojo solitario. Sus trinos colmaban el aire, como si me dieran la bienvenida a casa. Las hojas aún estaban cubiertas de gotas de lluvia plateadas y un arcoíris se desplegaba en el cielo. Podía oír el rugido del río al otro lado de los campos.

—Qué tranquilo es esto —comentó Cécile, maravillada por el entorno—. ¡Esta tierra es del color de las esmeraldas!

La avenida describía una curva y, al acercarnos a Roughty House, me asaltaron los recuerdos. Me incliné hacia delante, bajé a Charlie de mi espalda y lo tomé de la mano.

—Ya hemos llegado, Charlie —le dije en inglés.

El niño se volvió hacia mí y parpadeó, pero no dijo nada, aunque yo sabía que entendía inglés. Me apretó la mano con fuerza mientras caminaba a mi lado bajo la luz moteada que se filtraba a través de las hojas de los castaños.

—¿Es aquí donde creciste? —preguntó Cécile.

Pasamos junto a los establos. La parte trasera de Roughty House era una masa de piedra gris con numerosos tejados coronados por hileras de chimeneas que despedían humo hacia el cielo.

—Mi tía Eimile era la cocinera y, cuando murió mi madre, sir William Oswald le permitió que me quedara a vivir aquí con ella.

Una liebre apareció delante de nosotros y se levantó sobre las patas traseras, con sus orejas largas en forma de V a modo de alerta. Nos estudió con parsimonia antes de salir a la carrera por el campo.

—Eso es una liebre, Charlie. —Intenté mantener la voz firme, porque creía que la liebre era una señal de Eimile de que estaba con nosotros.

—Mi tía ha muerto y sir William también —seguí explicándole a Cécile—. No habría vuelto aquí de haber estado él vivo. Pero su hijo Toby es una persona amable. Espero que nos dé trabajo o al menos refugio durante un tiempo. No tengo ningún otro sitio a donde ir.

Dudé entre llamar a la puerta trasera de servicio y pedirle trabajo a la cocinera nueva o darle la vuelta a la puerta principal. La última vez que había visto a Toby Oswald, me había hablado como si fuera mi igual.

—¿Qué crees que Olympe querría que hiciéramos? —le pregunté a Cécile.

—La puerta principal —respondimos las dos al unísono y con una sonrisa triste.

Levanté la aldaba con forma de cabeza de ciervo y la dejé caer sobre la madera. Los tres nos quedamos allí, esperando con nerviosismo, con Charlie agarrado a la cola del abrigo de Cécile. Por fin, la puerta se abrió y apareció el señor Dove, el mayordomo inglés, con la misma expresión altiva de siempre, aunque no pareció reconocerme.

—Venimos a ver a sir Toby Oswald.

—¿Y quiénes son ustedes? —Los ojos del mayordomo nos recorrieron con desdén.

—Soy yo, Caitlin Molloy, la sobrina de Eimile.

La mención de mi nombre pareció ofender al mayordomo.

—¿Cómo te atreves a volver aquí, muchacha descarada, después de haberte marchado sin permiso? —Me escrutó de arriba abajo—. Y encima vestida con ropa de hombre y en compañía de sabe Dios qué rufianes. —Lanzó una mirada furibunda a Cécile y a Charlie.

—Sir Toby me dijo que si alguna vez necesitaba...

—Desapareced de aquí ya mismo antes de que os haga arrestar por vagancia.

Vacilé en el escalón de entrada. Tenía ganas de empujar al mayordomo y golpearlo con fuerza contra la pared. Había tenido una vida tan fácil, sería sencillo hacerle daño. Pero me mordí el labio, sentí el sabor de la sangre y controlé mis impulsos violentos. Era un viejo estúpido y no merecía la pena. Pero ¿y si Toby se había vuelto cruel y arrogante como su padre?

—Volvamos a Derrynane House y recemos para que Daniel convenza a su tío de que nos aloje —sugerí cuando el hombre nos cerró la puerta en las narices.

—¿Hoy? —exclamó Cécile—. El carruaje de Daniel ya se ha ido. Y no creo que Charlie esté en condiciones.

Era cierto; el niño se tambaleaba junto a Cécile. Lo levanté en brazos y lo cargué en el regazo mientras bajábamos los escalones.

—Tienes razón, vayamos a los establos. El mozo de cuadra, el señor Flanagan, es muy amable, y Jack, su asistente... Quizá nos ayuden.

Mientras cruzábamos el patio de las caballerizas, alguien gritó mi nombre. Me volví; Toby Oswald caminaba hacia mí con una levita marrón sobria.

—¡Caitlin Molloy! —llamó. Su cabello castaño brillaba a la luz del mediodía y una sonrisa ancha se dibujaba en su rostro—. Cuánto me alegro de verte —añadió al llegar junto a nosotros—. Me preocupaba tu seguridad desde que nuestro plan para salvar a la reina fracasó. Que Dios la tenga en su gloria.

Tres golondrinas volaron en espiral sobre nosotros mientras pensábamos en la desventurada reina de Francia. No pude menos que tomar conciencia de lo extraño de mi situación. Allí estaba yo, a leguas de París y con el hijo de María Antonieta, a quien ella había designado el siguiente rey de Francia.

Charlie observaba a Toby con el semblante tranquilo y sin alterarse por la mención de su difunta madre.

—Debo disculparme por los malos modales del señor Dove. Me dijo que os había echado. El hombre es de la vieja escuela y supongo que siempre te verá como una criada de cocina —explicó Toby.

Presenté a Cécile como mi amiga y a Charlie como un pequeño granuja de la calle parisina.

—Hemos venido porque nuestras vidas corren peligro...

—¿Y cómo está tu amiga, la valiente mademoiselle Lenormand? —interrumpió Toby.

—Está presa en Carmes, en París. —La voz me tembló de emoción; pensar en eso me causaba un dolor punzante en un costado—. Pero me imagino que ya habrá muerto, igual que Thomas Reilly.

—Oh, Caitlin, lamento mucho lo de Reilly.

—Nadie estaba a salvo de la máquina asesina de Robespierre. Han muerto miles de personas. Hoy hay más muertos que vivos en París.

—Al menos, ahora la purga lo ha alcanzado a él. —Toby me miró—. Supongo que te habrás enterado. ¿O estabais en pleno viaje?

—Nos hemos enterado —convine con un susurro.

La ironía de las últimas noticias es como una puñalada en el estómago: a Robespierre y su compinche Saint-Just los guillotinaron hace cuatro días, menos de dos meses después de que rescatáramos a Luis Carlos. Si hubiéramos esperado, ¿estaría yo ahora viajando con Reilly a Norteamérica? ¿Habría sido más fácil rescatar al niño una vez que los artífices del Terror hubieran muerto?

No, sospecho que igual habría sido demasiado tarde. Robespierre se habría asegurado de que el niño muriera antes que él.

—No puedo creer que hayas vuelto —comentó Toby entonces—. ¡Cuántas veces lo había deseado! Esperaba que vinieras.

Su entusiasmo me desconcertó; al fin y al cabo, apenas nos conocíamos.

—No estoy segura de poder quedarme. No imaginaba que me afectaría tanto.

—¿Lo dices por Eimile?

Asentí. No contaba con que el lugar me trajera tantos recuerdos.

—Lo de tu tía fue una verdadera vergüenza. Si yo hubiera estado aquí, jamás habría permitido que mi padre os tratara de esa forma. Pero mis padres han muerto y mi hermano Alexander vive en Londres. Roughty House es diferente ahora. —Toby se volvió hacia Cécile y Charlie y se ruborizó—. Además, Cait, tengo que hablar contigo en privado.

Parecía avergonzado y me sorprendió que quisiera hablar conmigo a solas.

—¿Queréis pasar a la cocina y que Flo os dé algo de comer? Debéis de estar hambrientos.

Me daba miedo entrar en la cocina; no me parecía bien hacerlo sin la tía Eimile revolviendo las ollas en los fogones.

El sentimiento de culpa me cortaba la respiración; mi insolencia le había costado la vida. Pero no, me recordé, el verdadero responsable había sido sir William Oswald, por habernos obligado a quedarnos allí fuera, bajo la nieve.

La vieja cocina estaba distinta, ahora que Flo había ascendido al puesto de cocinera, pero era más acogedora de lo que yo esperaba. La mujer nos sirvió unos platos abundantes de patatas, tocino y col. Mientras comíamos, se sentó a la mesa toda ella arremangada y llena de preguntas sobre mis aventuras en Francia. Las otras criadas entraron corriendo en la cocina para ver a su antigua compañera de trabajo, ahora tan diferente. Mi corazón se aceleró de emoción al verlas.

Mientras yo comía y hablaba con las demás, Toby me observaba con atención, bebiendo una copa de vino tinto y sin apenas tocar su comida. Parecía estar a gusto, sentado en la cocina con las sirvientas que daban vueltas a su alrededor. La señora Bryant ya no estaba en la casa; la habían enviado de regreso a Inglaterra, donde, según me confió Toby, querría enviar también al viejo señor Dove.

Después de comer, Toby insistió en que descansáramos en las habitaciones de invitados. Nos asignaron una a cada uno, pero Charlie se aferró a mí y se negó a que nos separaran. Para mi sorpresa, Toby nos llevó a la antigua habitación de lady Oswald, donde Charlie duerme en este momento.

Estoy sentada escribiendo esto en el tocador de lady Oswald mientras contemplo los jardines de Roughty House y la vista de los bosques y el lago. El aire del exterior está cargado de insectos y el aroma embriagador de las flores de finales del verano se cuela por la ventana abierta. La calidez de esta habitación es única en la casa y, a pesar de mi pasado en Roughty House, me siento cómoda sentada en la silla de terciopelo que otrora limpié con un cepillo duro. Ni siquiera ha oscurecido, pero la comida y el vino me han dado sueño, así que me acostaré un rato junto a mi joven protegido.

Mientras escribo, lo observo dormir ahora. Tanta inocencia me desgarra el corazón. Ha engordado un poco desde el día en que lo rescatamos. Sus pestañas largas se agitan y me pregunto con qué soñará y si algún día volverá a hablar.

El amor que le tengo a este niño llena el vacío de la pérdida que siento por Reilly y por El y me mantiene viva.

14 de termidor del año II (1 de agosto de 1794), continuación

Anochece. Toby me invitó a dar un paseo por el jardín antes de la cena. Los mirlos se daban un festín en los arbustos de rosa mosqueta mientras él caminaba a mi lado, con los brazos entrelazados en la espalda.

Rompí el silencio.

—No sabía que lady Oswald había fallecido. Lo lamento mucho.

—Gracias; murió el invierno pasado. Durante todos los meses transcurridos desde entonces, tenía la intención de escribirte a París, pero como el Comité de Salvación Pública estaba al tanto de mi participación en el intento de rescate de la reina, no quería que mi carta cayera en las manos equivocadas y se utilizara como prueba en tu contra.

—Me alegro de que no lo hicieras, porque no tengo duda de que la habrían interceptado.

—Sentémonos debajo del espino —sugirió.

Esperó a que yo me sentara en el banco de hierro forjado antes de tomar asiento junto a mí. En el pasado, yo había visto a muchas otras personas sentadas allí, pero jamás me habían invitado a hacerlo. Empecé a sentirme como una impostora de nuevo y me pregunté si el señor Dove me estaría mirando furibundo por la ventana de la sala.

—Tengo algo que decirte, Caitlin, y estoy seguro de que te impresionará.

Por un segundo, se me ocurrió que me iba a confesar que sentía algo por mí. Tenía el rostro como un tomate y, desde mi llegada, se había preocupado en exceso por mi bienestar. Me dio pánico. Mi corazón estaba dividido entre Él y Reilly y, aunque ambos estuvieran muertos, me resultaba inconcebible amar a otra persona.

—Mi padre era un libertino —comenzó Toby— y mi pobre madre sufría por sus aventuras amorosas con otras mujeres de la alta sociedad.

Fruncí el ceño y pensé que los problemas maritales del viejo y horripilante sir William Oswald no eran asunto mío. Pero entonces Toby me demostró lo contrario.

—Lo que mi madre no sabía era que mi padre se había enamorado de otra mujer, alguien a quien él consideraba de una clase social inferior. Lo mantuvo en estricto secreto; sus sentimientos por la otra mujer lo enfurecían porque, aunque no podía negar lo que le dictaba el corazón, tampoco podía evitar sentirse avergonzado.

Guardé silencio, asustada por lo que pudiera llegar a venir a continuación.

—Una vez lo vi con la otra mujer. Cuando se lo reproché, mi padre me envió a un colegio lejos de casa.

Tuve la impresión de que el banco se inclinaba hacia atrás y el cielo azul estaba a punto de desplomarse sobre mí.

—La mujer a quien mi padre amó fue Eimile.

Sacudí la cabeza.

—¡Pero él la mató! —estallé.

—Existe una delgada línea entre el amor y el odio.

Me quedé mirándolo con estupor, pero comprendí que decía la verdad. Recordé la visión que había tenido de mi tía cuando era joven, lanzándole bolas de nieve a un hombre. Me estremecí al ser consciente de que ese hombre debía de ser sir William. Durante toda mi infancia, delante de mis propias narices, Eimile había sido la amante de sir William.

—Pero si el amor de tu padre se convirtió en odio, ¿por qué no nos echó a mi tía y a mí?

—Porque le había hecho una promesa, y mi padre podía ser un libertino, pero no rompía sus promesas. —Toby se levantó del banco y empezó a pasearse frente a mí—. No hay una manera fácil de decírtelo, así que iré al grano. Somos hermanos, Caitlin. Mi padre era tu padre. Eimile era tu madre.

Me sujeté del brazo del banco de hierro y sus contornos duros se clavaron en mi piel; todo mi cuerpo se puso frío.

—Creo que ella lo amenazó con contarle el secreto a mi madre si él se negaba a manteneros.

Toby se detuvo debajo del espino, con sus ramas retorcidas que crecían en todas direcciones y las hojas verdes cargadas de racimos de bayas rojas. Me abrió los brazos y me llamó hermana…, pero yo no podía tolerar tanta verdad.

Salté del banco y eché a correr por la hierba verde. Abrí de un tirón la verja que separaba los jardines de la mansión del pantano salvaje que se extendía más allá. Mis botas se hundieron en la tierra encharcada y el agua turbia me tapó los tobillos. Unas nubes oscuras habían tornado el cielo de un color plomizo. Sentí un cosquilleo en la piel e intuí que se acercaba una tormenta.

Era una locura cruzar la turbera en medio de una tormenta, pero no podía retroceder. Más adelante, se alzaba el acantilado de Thunderstorm, la formación rocosa donde Reilly y yo habíamos compartido tantas horas sagradas. En lo alto, se encontraba la Morrigan, con los mechones de cabello iluminados contra el cielo oscuro y el rostro pálido como un faro de luz blanca y fantasmal.

Había pasado los últimos cinco años tratando de escapar de la Morrigan. Creía haberla dejado con Giselle en París, en forma de cuervo…, pero aquí estaba de nuevo. Su llamada resonaba en mi cabeza mientras subía la turbera elevada, trepando por las rocas mojadas y entre los cardos que me lastimaban las manos cuando intentaba aferrarme al musgo húmedo.

"Ten el valor de tomar lo que es tuyo", me alentó la Morrigan. Tenía los labios oscuros como las moras y cantaba sobre la violencia como medio para alcanzar la justicia. "La daga", musitó.

Saqué la daga que había robado de Versalles el día en que Reilly me dio el espejo. La hoja estaba viva en mi mano, cargada por los relámpagos que atravesaban el cielo.

"Mátalo. No es nuestro hermano."

—¡No! —grité. La lluvia empezó a caer y otro relámpago partió el cielo.

La Morrigan se rio.

Llegué a un lado del acantilado. Al otro lado, la Morrigan giraba en una danza demencial; sus pies desnudos golpeaban contra la piedra húmeda, con la falda hecha jirones y los brazos muy abiertos.

"Baila conmigo, Caitlín Ní Maolmhuaidh, cacique orgullosa de Irlanda."

—¡Aléjate de mí!

Tuve que recurrir a todas mis fuerzas para repelerla, porque una parte de mí deseaba con desesperación tomar sus manos y girar con ella, avivar intenciones oscuras y acciones asesinas. La Morrigan estaba muy enfadada, y con razón. Le habían arrebatado sus tierras. Los británicos se habían quedado con ellas y Toby era uno de ellos.

"Mátalo", repitió.

Por primera vez, vi lo parecidas que éramos. Tenía los

ojos verdes como yo, la nariz larga y delgada, y su boca también era ancha. La lluvia me azotaba cuando salté una grieta entre peñascos y aterricé a los pies de la Morrigan. Me incorporé con dificultad, la sangre resonaba en mis oídos y reprimí el impulso de dejarme convencer.

—Te lo pido, déjame en paz —grité, y le clavé la daga.

Pero la mujer hada que tenía delante no cayó. Fui yo quien perdió el equilibrio y me sujeté el costado con tanto dolor que creí que me había apuñalado a mí misma. Pero la daga estaba limpia cuando la dejé caer sobre la piedra.

Me encorvé, con la respiración entrecortada y el dolor que me retorcía el cuerpo. Sentí una mano que se apoyaba en mi coronilla, un toque firme pero suave; la calma me invadió y el dolor comenzó a desaparecer.

Levanté la vista, la lluvia y las lágrimas resbalaban por mi barbilla. La Morrigan se había ido.

La lluvia azotaba la turbera y unos torrentes de agua caían por la ladera de la montaña, formando una docena de pequeñas cascadas. Cerré los ojos y sentí el beso de la naturaleza salvaje en mis labios, húmedo y con sabor a tierra. Los recuerdos se reprodujeron en mi mente con la velocidad de un castillo de naipes que se derrumba.

Vi el pasado: Eimile, de la misma edad que yo ahora, sentada en el acantilado de Thunderstorm en un día soleado, con la turbera cubierta de flores silvestres y los corderos que seguían a las ovejas de cuernos rizados. El aire estaba impregnado del aroma dulce de la madreselva mientras Eimile acunaba a su bebé. A mí. Entonaba la canción de cuna que me había cantado durante toda mi infancia cada vez que yo me caía y me lastimaba las rodillas o me quemaba los dedos con el fuego o me sentía mal después de comer las sobras de ganso.

Éiníni, éiníni
Codalaígí, codalaígí,
Éiníni, éiníni
Codalaígí, codalaígí.

Yo era su pajarito y ella me arrullaba para que me durmiera. Eimile era mi madre y la había vuelto a perder.

Cuando abrí los ojos, había parado de llover. El cielo se había aclarado y era de un gris pálido; el aguacero había saturado los colores de la turbera. La tierra era del color del cacao, las rocas grises resplandecían como el metal y todo era verde a mi alrededor, desde el liquen más pálido hasta el verde vibrante del roble venenoso. El sol brillaba y templaba mi piel mojada. Pensé en El. El sol de mi luna. El había sido la voz de la razón cuando yo predicaba que el fin justificaba los medios, por muy drásticos que fueran. Y, sin embargo, El había dado su vida para salvar a la reina de Francia.

Me dejé caer sobre la roca, con el cuerpo temblando, y, en ese instante, comprendí lo que El y yo estábamos destinadas a mostrarnos la una a la otra. Si El no tenía la culpa de que su madre hubiera muerto al dar a luz, yo tampoco tenía la culpa de que Eimile hubiera muerto. Giré las piernas sobre la roca y me volví hacia Roughty House, con sus techos mojados y relucientes después de la tormenta. Delante de mí, apareció de nuevo la liebre; corría por el pantano, y me mostraba el camino a casa.

Le recé a santa Brígida y pedí a las hadas que El sobreviviera a la guillotina y que se cumpliera su predicción de una vida larga.

Espero verla de nuevo algún día y confesarle mi amor.

SEXTA PARTE

LOS ASTROS

Día y noche

EL JUICIO

Di la verdad

16 de fructidor del año VI (2 de septiembre de 1798)
Roughty House, Kerry, Irlanda

CATERINA LE RESULTA TAN FAMILIAR COMO SI LENORMAND se hubiera despertado a su lado esta mañana. Descarta esa sensación mientras el espíritu de María Antonieta se cuela en el vestíbulo de la mansión, buscando a su hijo.

—Traidora —murmura Lenormand, y la chica irlandesa da un paso atrás, con expresión dolida—. Dejaste que me pudriera en la prisión de Carmes.

Caterina sacude la cabeza.

—Era imposible liberarte con los cargos que pesaban en tu contra, pero me aseguré de que no te llevaran ante el Tribunal Revolucionario. Eso te salvó la vida.

Las palabras de Caterina solo sirven para enfurecer aún más a Lenormand.

—Jamás iba a morir en la guillotina, pero no gracias a ti ni a tu hombre, Reilly.

Caterina palidece ante la mención del aborrecible Reilly y a Lenormand le duele verla tan afectada.

—Hablé con él el día antes de que lo ejecutaran —prosigue con crueldad y observa la reacción de la chica irlandesa.

Caterina se lleva la mano al pecho.

—¿En serio?

—Disfrutó mucho describiéndome el alcance de tu engaño y cómo nos espiabas a mí, a Luisa y a la reina. —La rabia que ha mantenido sepultada en su interior desde ese día resurge con violencia—. No te importó en lo más mínimo lo que pudiera pasarnos cuando se lo contaste todo a él y, a su vez, él se lo contó a su amigo Robespierre.

Caterina sacude la cabeza.

—Eso no es cierto.

—¿Vas a decirme que no espiabas para él?

Caterina se aleja un mechón de cabello rojo de la frente con mano temblorosa.

—Al principio, sí, porque pensé que nos ayudaría a conseguir aliados para una Irlanda independiente, y también para protegerte a ti, El, pero después del asalto a las Tullerías, ya no...

—Tus manos están manchadas con la sangre de Luisa Lamballe.

—Lo sé —admite Cait, y se le quiebra la voz. A pesar del enfado, Lenormand no puede evitar la tristeza.

—¿Y de qué te sirvió todo eso? —continúa—. ¿Te has

enterado de que los irlandeses se han sublevado? Porque no veo que hayas tomado las armas por tus compatriotas. De hecho, parece que te ha ido muy bien, Caterina de Luna.

—Mi nombre es Caitlín Ní Maolmhuaidh. —Caterina hace un esfuerzo por controlar la voz y se enjuga las lágrimas de los ojos—. Si me odias, ¿por qué has venido hasta aquí?

—Estoy aquí por el rey Luis XVII —responde Lenormand y levanta la barbilla—. No te molestes en mentirme, porque me han informado de que está aquí, contigo, en Irlanda. Te lo llevaste de Francia y ahora debes devolver lo que es nuestro: nuestro soberano legítimo.

—¿Y quién te informó de que el niño está aquí conmigo? —pregunta Caterina, con las cejas enarcadas—. ¿Uno de tus espíritus?

El tono burlón exaspera más a Lenormand. ¡Cómo se atreve a tratarla de una manera tan condescendiente cuando fueron compañeras de tarot! Y cuando fue ella quien la ayudó a llenarse los bolsillos de dinero cuando mucha gente moría de hambre en las calles de París.

—Su madre, la antigua reina de Francia, me habla. Ella me ha guiado hasta aquí y he emprendido un viaje muy peligroso y costoso para llegar a este rincón abyecto de tu pequeña isla de mala muerte.

—¿María Antonieta te habla? —Caterina ya no se ríe.

El brillo en los ojos de la chica irlandesa la delata, y Lenormand comprende que María Antonieta tiene razón. El rey Luis XVII está aquí, en esta casa lúgubre de Irlanda. Será ella, mademoiselle Lenormand, quien lo lleve a Prusia con su tío, el conde de Provenza, para que, desde allí, reclame el trono francés.

—Tu viaje ha sido en vano. En esta casa no hay ningún rey de Francia —añade Caterina.

Lenormand oye pasos en la escalera y, para su sorpresa, ve a Cécile, que baja los escalones. Lleva un vestido de muselina blanca y el cabello oscuro adornado con una sencilla cinta ancha de color azul; luce mucho más serena que la última vez que la vio escondida en su salón de tarot.

—¿Es usted de verdad, mademoiselle Lenormand? ¡Es un milagro que esté aquí! —exclama en francés.

Cécile se apresura en el último tramo, pero antes de que pueda abrazarla, Lenormand saca la pistola de la funda que lleva oculta debajo de su capa.

Cécile se detiene en el último escalón con gesto de desconcierto y Caterina retrocede.

—Traedme al rey y me iré. Nuestros caminos no volverán a cruzarse nunca más.

La pistola le tiembla en la mano. Ha venido hasta aquí para vengarse y ahora tiene el poder de matar a Caterina. Sin duda, su muerte le traerá paz.

—Te lo ruego, El, baja la pistola; no quieres hacernos daño —objeta Caterina con suavidad. La confianza que destilan sus ojos es como una puñalada en el corazón de Lenormand. ¿Cómo se atreve a confiar en ella cuando la propia irlandesa es tan traicionera?

Cécile se aleja de la escalera y se acerca a Caterina, sin quitar sus ojos oscuros de Lenormand, como si estuviera loca. Pero no está loca: está muy cuerda. Llama a María Antonieta y el espíritu le responde que no ha encontrado a su hijo, pero que está aquí; sí, lo percibe como solo una madre puede hacerlo.

Lenormand levanta la pistola y apunta a Caterina.

—Debería haberte dejado morir en la calle —masculla, iracunda, mientras intenta contener las lágrimas.

Cécile se coloca delante de Caterina.

—Si vas a hacerlo, tendrás que dispararnos a las dos, El.

—Apártate —le advierte—. No tengo nada contra ti.

Oye un aleteo sobre su cabeza y Caterina grita cuando el cuervo entra volando en el vestíbulo. Se abre una puerta a su izquierda y, antes de que pueda ver quién es, alguien la embiste de costado.

Deja caer la pistola. El arma se desliza por el suelo y el cuervo la recoge con sus garras. Lenormand trastabilla cuando la figura la empuja hacia atrás, gritándole en un idioma que no entiende. Se trata de un muchacho; delgado, fibroso y fuerte, con un vello incipiente en el labio superior.

—¡No le hagas daño, Charlie! —grita Caterina. La cabeza de Lenormand se estrella contra el suelo y todo se vuelve negro.

EL CÍRCULO
SE HA COMPLETADO

16 de fructidor del año VI (2 de septiembre de 1798)

EL ESTÁ EN ROUGHTY HOUSE Y EL CÍRCULO SE HA COMPLE-
tado. Hace muchos años que no escribo en mi diario, ya que
la maternidad y el cuidado de la casa junto con mi cuñada
me han mantenido muy ocupada. Sin embargo, los hechos
de hoy me han obligado a retomar el diario con tapas de
cuero que Reilly me regaló hace tantos años. Los recuerdos
de mi esposo aún me duelen y no pude evitar una lágrima
cuando lo abrí. Pero he mojado la pluma en la tinta, decidida
a registrar lo que ha ocurrido en nuestra casa esta tarde.

En resumen, El llegó de improviso, desenfundó una pistola
y amenazó con matarme. Sin embargo, Charlie la desarmó y
la tumbó al suelo. Para cuando llegó Toby, Cécile y yo habíamos llevado a El, que estaba inconsciente, al sofá de la sala.
A pesar del golpe fuerte en la cabeza, respiraba con normalidad. La emoción de volver a verla me desbordaba y tuve que
sentarme en un sillón mientras Cécile la atendía.

—¿Qué diablos pasa aquí? —preguntó Toby al entrar en
la sala. Cécile había traído una palangana con agua tibia de

la cocina y estaba limpiando un corte pequeño en la parte posterior de la cabeza de El. De brazos cruzados, Charlie observaba a la extraña con gesto reprobador mientras Gilbert lamía la mano que colgaba flácida del sillón. El cuervo estaba posado sobre el pianoforte.

—¿Qué hace un cuervo dentro de la casa? Dios mío, ¿esa es mademoiselle Lenormand? —exclamó Toby con estupor.

Le conté lo que había sucedido esa mañana y sus ojos se abrieron con sorpresa.

—Sabía que hicimos mal en enviar al señor Dove de vuelta a Inglaterra —se lamentó—. Él os habría protegido ante semejante intrusión.

—Estaba bastante trastornada —comentó Cécile.

—Pero ¿por qué ha venido hasta aquí?

—Dile la verdad. —Cécile se volvió hacia mí—. Toby tiene derecho a saberlo; ya no quiero seguir ocultándole cosas a mi esposo.

—No puedo —susurré, mirando a Charlie.

—Charlie tiene trece años y también debe saber la verdad —insistió.

—¿Quién es esa mujer, madre? —me preguntó Charlie en irlandés y señaló a El, que seguía aletargada en el sofá.

Había llegado el momento de decir la verdad. Tenía miedo, porque me he encariñado mucho con el niño. Charlie se ha convertido en mi hijo. No quiero perderlo. Pero el tiempo de las mentiras había llegado a su fin.

—Charlie no es un niño de la calle de París, Toby. Reilly, Cécile y yo lo rescatamos del Temple. Por eso Robespierre mandó guillotinar a Reilly —expliqué con el corazón encogido.

—¿Del Temple, donde estaban encarcelados la reina y sus hijos? —repitió él, y su expresión cambió al ser consciente de lo que estaba escuchando.

—Sí. —Miré a mi hermano a los ojos.

—¿Me estás diciendo que Charlie es el delfín perdido de Francia? —aventuró con un susurro horrorizado.

Antes de que pudiera contestarle, Charlie dio un paso adelante y puso su mano sobre el brazo de Toby.

—Sí, tío, lo soy —respondió en inglés.

Me quedé boquiabierta. Era la primera vez que hablaba en otro idioma que no fuera el irlandés desde el día en que lo rescatamos. Había pasado meses sin pronunciar palabra, pero yo le había cantado todas las noches la canción de cuna de Eimile, «Éiníni», hasta que, una noche, él me la cantó a mí. Las primeras palabras que aprendió en irlandés fueron los nombres de todos los pájaros en la canción.

A partir de allí, le enseñé más, y pronto el irlandés se convirtió en el único idioma que hablaba. Como ni Toby ni Cécile entienden irlandés, he actuado como intermediaria entre ellos y Charlie. Pero en nuestro hogar han reinado la felicidad y la tranquilidad durante todos estos años, hasta que Él llegó esta tarde.

—¿Qué noticias hay de la rebelión en Connaught, Toby? —preguntó Cécile con ansiedad mientras hacía a un lado la palangana con agua ensangrentada.

—El general francés Humbert ha declarado la República irlandesa. Él, sus tropas y los rebeldes irlandeses derrotaron a la guarnición de Castlebar hace una semana. Sin embargo, me temo que la victoria será efímera y que las tropas británicas los reducirán pronto. Pagaremos las consecuencias de esta rebelión con más limitaciones a los derechos del pueblo irlandés.

A pesar de nuestra simpatía por los rebeldes irlandeses, nuestras experiencias con el Terror nos han desanimado. Aún deseamos la libertad de Irlanda, pero ya no creemos que el camino correcto contemple el derramamiento de sangre y la violencia. Además, el régimen británico en nuestra región de Munster es opresivo. Después del intento de invasión francesa de la bahía de Bantry en 1796, se han acuartelado muchas tropas británicas en nuestra zona y los arrestos y ejecuciones de supuestos Irlandeses Unidos se ha vuelto moneda corriente. Nuestra condición de terratenientes nos protege de la persecución, pero Jack, el mozo de cuadra, que ya es un hombre joven, ha sido detenido y Toby tuvo que emplear a fondo su capacidad de persuasión para salvarlo del linchamiento.

No he perdido mis convicciones políticas, pero espero el momento oportuno y, mientras tanto, he escrito panfletos con Cécile para ayudarla en su campaña para acabar con la esclavitud. Nunca dejaré de luchar por la justicia en mi patria, pero, como me escribió Daniel O'Connell, "el altar de la libertad tambaleará si está cimentado solo en sangre".

Pero volvamos a los dramáticos acontecimientos de hoy. Después de que Toby nos transmitiera las últimas noticias, El se sentó de pronto en el sofá y miró a su alrededor con confusión. Cuando Cécile le ofreció una copa de brandi, la rechazó, y cayó con torpeza de rodillas delante de Charlie.

—Señor, he venido a restituiros a vuestro lugar legítimo —declaró.

—¿Qué dice? —preguntó Charlie en irlandés y con desprecio en los ojos.

—¿En qué idioma habla? —inquirió El y se volvió hacia mí con el ceño fruncido. Cómo he echado de menos los gestos de su rostro, la boca pequeña que una vez besé con tanta ternura y esos ojos oscuros capaces de llegar al alma de las personas.

—Estoy tentado de mandarla a encerrar por atacar a mi esposa y a mi hermana, madame Lenormand —intervino Toby con voz severa—. Y no lo hago solo porque ella me lo ha rogado. Pero le pido que se ponga de pie y se calme.

—¿Cécile es tu esposa? ¿Y tú eres... su hermana? —El me miró con desconcierto.

—Nunca fuiste capaz de leer mi futuro, ¿verdad? —le recordé, sin poder ocultar la satisfacción en mi voz.

—*Seas suas* —le dijo Charlie a El.

—¿Qué está diciendo? —me preguntó El.

—Dice que te pongas de pie —respondí.

El se incorporó y sus ojos recorrieron la habitación, como buscando su pistola. Cécile la había escondido en el baúl del vestíbulo después del incidente con Charlie.

Había soñado muchas veces con nuestro reencuentro. Me había sentido muy contenta cuando me enteré de que El había sobrevivido a la prisión de Carmes. Y no solo eso: se había restablecido como tarotista, afianzándose en los círculos sociales termidorianos con jóvenes glamurosas como Delphine de Custine y Thérésa Tallien. Conocida como la ilustre tarotista de Versalles, se había hecho aún más famosa y los clientes acudían a ella desde todas partes de Europa. Todo el mundo sabía que era la favorita de Josefina, esposa del poderoso general Bonaparte y antigua compañera de celda de Lenormand, cuando Josefina se llamaba Rose. El es ahora una de las mujeres más acaudaladas de Francia.

Sin embargo, arriesgó todas sus riquezas, su fama y su comodidad por devoción a su reina fallecida. Su lealtad hacia María Antonieta, incluso más allá de la muerte, es admirable.

Llena de temor, solté el control de la vida de Charlie. Había llegado a una edad en la que debía poder tomar sus propias decisiones. Me volví hacia el chico francés a quien llamaba mi hijo irlandés.

—Mi querido Charlie, ¿recuerdas algo de tu pasado antes de Irlanda?

Charlie me miró a los ojos; unos mechones de cabello rubio oscuro le caían sobre la frente y, en su rostro, vi los preciosos ojos azules de María Antonieta.

—Sí, lo recuerdo —contestó, hablando en francés por primera vez.

El se estrujó las manos y se sonrojó. Sentí una angustia profunda, porque le había prometido a Reilly que Charlie nunca volvería a Francia a reclamar el trono. Había sido un juramento tan válido como si lo hubiera hecho en su lecho de muerte, y no debía romperse.

Pero Charlie tiene derecho a decidir sobre su propia vida.

—Señor, os llevaré con vuestro tío en Prusia. Desde allí, podréis trazar los planes para restablecer la monarquía en Francia. Regresaréis a Versalles como el rey Luis XVII y yo seré vuestra más leal servidora —expresó El con entusiasmo.

Charlie se volvió hacia ella.

—No iré con usted.

El se quedó atónita y mi corazón se llenó de esperanza.

—No deseo seguir los pasos de mi padre. El pueblo los odiaba, a él y a mi madre. Los mataron a ambos, y a mi tía Isabel, y encarcelaron a mi hermana durante años. No volveré a Francia para correr la misma suerte.

—Pero eso no sucederá. He visto en el tarot que un rey será reinstaurado en Francia… —insistió Lenormand con fervor.

—No seré yo —sentenció Charlie.

—El niño ha hablado —intervino Toby, y se cruzó de brazos—. Le sugiero que desista de su empeño, mademoiselle Lenormand.

—¡No, no! —gritó El con tanta vehemencia que pude sentir su dolor. Era una espina de culpa y pena que llevaba en mi corazón desde la noche en que la habían arrestado.

—Me ha enviado vuestra madre, María Antonieta; su espíritu está aquí ahora y os ruega que vengáis conmigo. Es su deseo más profundo.

—Mi madre francesa está muerta —respondió Charlie con voz apagada—. Si de verdad existe su espíritu, creo que querría que me quede donde estoy, a salvo con mi madre irlandesa. —Se acercó a mí y me tomó de las manos—. Te debo la vida, madre, y a ti también, tía. —Se volvió hacia Cécile, que se había acercado a su esposo; Toby le rodeaba los hombros con el brazo.

—Esto no es lo que va a pasar —protestó El—. He visto otra cosa en las cartas.

—Pero, El, tú misma me has repetido muchas veces que todos poseemos la voluntad para cambiar nuestro destino —le recordé—, y Charlie lo ha hecho.

El nos observó a todos y sacudió la cabeza con gran aflicción.

—Por favor, El —añadí—, siéntate y toma un sorbo de brandi. Te has dado un golpe en la cabeza y no estás bien.

—¡Déjame en paz! —exclamó ella. Pasó junto a nosotros y dejó la sala.

La puerta principal se cerró de un golpe y los cuatro nos miramos.

—Iré a buscarla —ofrecí.

—Déjala, no está en sus cabales —contestó Toby.

—Parecía una loca —coincidió Cécile.

—No, no es locura; tiene el corazón roto. Hablaré con ella a solas. Le debo ese respeto. —Le di un beso en la frente a Charlie antes de abandonar la sala.

Seguí a El fuera de la casa y a través del jardín. Su figura pequeña pero robusta desapareció entre los árboles y aceleré el paso. Mi corazón latía con fuerza, porque, aunque me había apuntado con una pistola, su rostro había delatado lo que sentía por mí.

Todavía la amo. No necesito escribir nada más.

EL MUNDO

Encuentra un final

16 día de fructidor del año VI (2 de septiembre de 1798)
Roughty House

Lenormand se aleja de la mansión con paso decidido. No sabía qué esperar en Roughty House, pero, desde luego, no contaba con encontrar a Caterina como señora de la casa. Parece ser más rica que Lenormand, aunque no ha tenido que trabajar ni renunciar a tantas cosas para conseguir su riqueza. Además, tiene una familia, las personas a quienes eligió por encima de Lenormand. Es injusto y la enfurece.

Caterina la llama, pero ella se adentra en el bosque antiguo. Al principio, lo único que oye es el susurro de los árboles y el crujir de sus botas sobre las primeras hojas caídas, pero, poco después, el sonido del agua llega hasta ella. El camino comienza a estrecharse y a descender a medida que los árboles se vuelven menos densos, sustituidos por enormes rocas de granito cubiertas de musgo rojo y salpicadas de cuarzo blanco brillante. El aire está plagado de moscas pequeñas y grandes libélulas azules y el olor a tierra mojada y a hojas es tan intenso que la embriaga.

La furia la impulsa hacia delante; no, la culpa. Le ha fallado a la reina. El camino se estrecha; está oscureciendo y la luz del día se reduce a un pequeño resquicio en lo alto. Sus botas salpican en los charcos de agua turbia mientras aparta la hierba alta con las manos. El bosque se vuelve más ralo y, de pronto, se topa con un lago pequeño rodeado de dedaleras moribundas y campanillas moradas dispersas. Baja a la orilla fangosa y entra en el agua.

Pronto, el agua le llega a los tobillos. Una piedra grande debajo de la superficie le llama la atención. Es tan negra como el ónix y tiene unas marcas. Lenormand se inclina, sumerge las manos en el agua helada y la saca. Las marcas de la piedra se parecen a una flor de lis dorada. Acaricia la piedra con las manos, abrumada por una tristeza tan profunda como el día en que decapitaron a María Antonieta.

Siente un chapoteo a sus espaldas. Caterina vadea el lago hacia ella, con los colores del sol en su melena roja y sus ojos del mismo verde que las hojas del roble en la orilla. ¿Cómo ha podido querer matar a esta criatura hermosa?

—He dicho que quiero estar sola. —La voz le tiembla de vergüenza por su conducta previa.

Pero Caterina no le hace caso y ahora está frente a ella. Lenormand puede sentir su aliento en las mejillas y distinguir todos los tonos salvajes de verde en sus ojos.

—Le he fallado a la reina de Francia. Me rogó que llevara al rey de regreso a Francia y, una vez más, su deseo ha sido denegado, incluso después de muerta.

—No, El. ¿Recuerdas qué era lo que María Antonieta amaba más que ninguna otra cosa? A sus hijos, a la princesa Lamballe y la naturaleza —precisa Caterina—. Aquí, su hijo crece en un lugar más hermoso que el Pequeño Trianón.

Hay verdad en esas palabras, pero no concuerdan con lo que el espíritu de la reina fallecida le ha pedido durante todas estas semanas.

—Pero ella nombró a Luis Carlos heredero de la corona y quería que sucediera a su padre.

—Me parece que al final ya no quería eso. Hablé con ella en la Conciergerie y me pidió que salvara a su hijo.

—Entonces, ¿por qué su espíritu me dice lo contrario?

Caterina no responde. Las botas de Lenormand se hunden en el lecho barroso del lago; tiene las medias empapadas y la falda le pesa, arrastrada por el agua, pero no se mueve. La luz del sol bendice el rostro de Caterina y el anhelo, antiguo pero no olvidado, se siente como una aguja en el vientre de Lenormand.

—Dime, ¿por qué lees las cartas del tarot? —pregunta la chica irlandesa.

—Porque tengo un don y lo hago bien —responde Lenormand, irritada por una pregunta tan tonta—. Porque me da dinero.

Caterina sonríe y Lenormand hace un esfuerzo para aferrarse a su enfado y no dejarse seducir.

—Esa no es la razón, y lo sabes.

No puede mentirle a Caterina; nunca ha sido capaz de hacerlo, aunque le duele que Caterina le haya mentido tantas veces.

—Supongo que porque deseo ayudar a la gente —concede a regañadientes.

—Sí, y a diferencia de esta piedra, el futuro no es sólido. Tú nos brindas tu consejo y la información necesarios para que podamos elegir nuestro propio destino.

—Pero los espíritus hablan a través de mí —protesta El.

—No son espíritus lo que oyes, mi querida El, sino tu propia intuición y tu voluntad.

Mientras Caterina habla, la luz entre el follaje ilumina las partículas suspendidas en el aire. La niebla se eleva sobre el lago y las sombras revolotean entre los árboles en las orillas. Quizá Caterina tenga razón; quizá los espíritus que le hablan a Lenormand sean producto de su imaginación. Quizá su poder provenga de lo que ella misma hace.

—Perdóname —añade la chica irlandesa en un susurro.

Lenormand siente el peso de la piedra mojada en sus manos; el agua que gotea desaparece bajo la superficie del lago al mismo tiempo que se disipa la amargura en su corazón.

—Perdóname —repite Caterina.

Lenormand contempla la piedra en sus manos y la arroja al lago.

Se siente increíblemente ligera, como si pudiera flotar sobre el agua. ¿Es esto el perdón?

Caterina señala la orilla opuesta.

—Mira.

Dos ciervos pastan debajo de un roble, cuyas ramas se mecen con suavidad en la brisa. El cuervo se ha posado en el hueco del árbol y las observa con atención; los murciélagos aletean en la penumbra. El sol se oculta y la luna llena se dibuja en las aguas serenas. Por un instante, los astros celestes se reflejan uno al lado del otro: el sol y la luna, Lenormand y de Luna.

Lenormand experimenta su primera visión del pasado. A orillas del río Nilo en el Antiguo Egipto, ella, Caterina, María Antonieta y Luisa bailan en un círculo, felices y en comunión, balanceando las caderas al compás del viento que sopla entre los juncos dorados. Han vivido juntas antes y volverán a vivir juntas. La verdadera soberanía reside en la tierra misma.

Y así, tal como lo hizo la última reina de Francia, Lenormand comprende la belleza grandiosa de la naturaleza.

LA SOBERANÍA DE ISIS

16 de fructidor del año VI (2 de septiembre de 1798)

La tirada del tarot La Soberanía de Isis está hecha para momentos en los que te sientes muy deprimido, cuando nada de lo que se te ofrece es suficiente y todo se vuelve amargo. Esta lectura es muy útil para los períodos en los que nos encerramos en torres que nosotros mismos hemos creado, convencidos de que nos han tocado las peores cartas de la vida y que nunca podremos alcanzar los deseos más profundos de nuestro corazón. Pero, así como Isis desafió el orden natural al resucitar a su consorte, el rey Osiris, tú también puedes disipar la decepción y resucitar las esperanzas truncadas.

Isis es la diosa egipcia que integra el amor sanador del sol con la manifestación mágica de la luna.

La mejor manera de abordar esta lectura es hacerlo con claridad mental y un corazón fuerte. Toma una bolsa llena de objetos ceremoniales, una vela, tu baraja de cartas del tarot y algunas piedras preciosas, y busca refugio en la naturaleza. No te entristezcas si vives en el corazón de la ciudad, porque Isis te guiará a un parque soleado o al borde de una fuente, donde podrás deleitarte con la lluvia de agua cristalina. Pero si puedes salir de la ciudad, mucho mejor; Isis te anima a buscar el elemento que resuene con tu alma. Elige entre la solidez de la madera de los árboles, la ligereza del aire de las montañas, la fluidez del agua del mar, los lagos, los ríos y los arroyos, la humedad del suelo de los pantanos o la implacabilidad del sol en el desierto.

La lectura de La Soberanía de Isis te ayudará a adquirir soberanía sobre tu propia vida en tanto te sumerges en la naturaleza que elija tu corazón. Ella es el halcón hembra cuyos gritos suenan como los de las viudas en duelo y cuyo alcance es el poder de la gratitud. Isis extiende sus alas, otorgándote estos dones, y te invita a que subas al estrado de su trono; te permite dar y recibir. Abraza el resplandor de su amor infinito y mi trabajo contigo estará completo.

Una vez que hayas preparado tu espacio sagrado con velas y piedras preciosas, toma tu baraja del tarot de Marsella y asegúrate de que todas las cartas estén en posición vertical, ya que esta lectura no admite interpretaciones de cartas invertidas.

Imagina que envías rayos de sol a través de tu mano derecha y rayos de luna a través de tu mano izquierda para limpiar tu tarot de todas las lecturas anteriores. Cuando estés listo, baraja el mazo ocho veces.

La última vez, divide el mazo en ocho pilas; el tamaño de las pilas no tiene importancia.

Toma la carta superior de cada una de las ocho pilas y colócalas en forma del trono de Isis, tal como muestra la imagen de arriba.

Las tres primeras cartas en la base del trono representan lo que te ata a tu pasado. Pueden representar a quienes te apoyan o a quienes se interponen en tu camino. Pueden ser historias a las que te has apegado en exceso y que te han llevado a percibirte como una víctima, o pueden ser lo que te da fuerza de tu pasado para que puedas avanzar hacia el futuro.

Las dos cartas arriba de esta fila son tus circunstancias actuales y lo que pueden contribuir a tu sanación. Son las cartas del sol de tu lectura.

Las dos cartas arriba de ellas te guiarán sobre cómo manifestar tus deseos. Son las cartas de la luna de tu lectura.

La octava y última carta representa la joya de tu corona y te revela tu mayor bendición.

Sigue esta lectura, querido consultante, y tal vez encuentres un camino para alcanzar tu propósito, tal como yo he alcanzado el mío.

NOTA DE LA AUTORA

LA TAROTISTA DE VERSALLES ESTÁ INSPIRADA EN LA FIGURA histórica real de Marie Anne Adelaide Lenormand, famosa adivina y practicante de la cartomancia de la época napoleónica. Ejerció como tarotista en París por más de cuarenta años y al morir,, en 1843, después de una vida larga y próspera, dejó una fortuna. Nunca se casó ni tuvo hijos. Su sobrino, que heredó su legado, era un católico devoto y destruyó sus tesoros ocultistas. Lenormand era una confidente íntima de la emperatriz Josefina, a quien conoció mientras ambas estaban encarceladas durante el Reinado del Terror. También inició una carrera literaria en 1814 y escribió muchos textos. Tras su muerte, se creó el oráculo *Le Petit Lenormand*, un mazo de treinta y seis cartas llamado así en su honor, aunque no existe evidencia de que ella utilizara esta baraja en concreto. Es más probable que utilizara la baraja de cartas de Etteilla y el tarot de Marsella.

Los inicios de Lenormand y sus primeros años durante la Revolución francesa me atrajeron en particular. ¿Cómo pudo una pobre huérfana salida de un convento aprender a leer las cartas del tarot? Me sorprendió enterarme de lo joven que era cuando fundó su librería. Además, leyó el tarot a revolucionarios como Robespierre, Marat y Saint-Just y aun así sobrevivió, a pesar de ser una monárquica reconocida.

Muchos de los personajes en esta novela fueron personas reales y muchos de los acontecimientos ocurrieron de verdad. Mi intención era centrarme en las mujeres que se vieron envueltas en la Revolución francesa, desde María Antonieta hasta revolucionarias como Olympe de Gouges y radicales como Claire Lacombe. Pero también me intrigaban la participación irlandesa en la Revolución francesa y el crecimiento de los Irlandeses Unidos en París, lo que más adelante llevó a la invasión francesa de Irlanda durante la Gran Rebelión de 1798. Caitlin es un personaje ficticio, al igual que Reilly y Toby, pero expresan los pensamientos y emociones de muchos irlandeses durante este período. Otros personajes, como Wolfe Tone y Daniel O'Connell, son figuras históricas reales y proporcionan contexto para la lucha de los irlandeses contra el dominio británico a finales del siglo XVIII.

Aunque he intentado ser lo más veraz posible, no soy historiadora y pido disculpas por cualquier inexactitud. Investigar sobre la Revolución francesa ha sido fascinante e intimidante y he recurrido a numerosos textos sobre la época. Me han resultado especialmente útiles el libro *María Antonieta: la última reina de Francia,* de Evelyne Lever, y *Diario de mi vida durante la Revolución francesa*, de Grace Dalrymple Elliott, publicado de manera póstuma en 1859.

Admito que cambié un par de detalles históricos en aras de la narración: Zoe fue adoptada por María Antonieta en 1790 y no en 1789, como se describe en la novela, y a la princesa Lamballe la asesinaron el segundo día de las Masacres de Septiembre y no el primero. La casa de Etteilla quedaba también en el Marais y no cerca de la rue de Tournon, pero modifiqué este dato para que Lenormand descubriera la propiedad de la librería cuando regresaba de visitarlo por primera vez. Las descripciones y representaciones de las cartas del Tarot de Etteilla en la novela están adaptadas intencionalmente y se inspiran en diferentes ediciones de las barajas de Etteilla, en lugar de corresponder estrictamente a una única versión histórica.

Si bien mademoiselle Lenormand era conocida comúnmente como Marie-Anne, en lugar de Adélaide, y la princesa de Lamballe era conocida como Maria Teresa (Marie-Thérèse), en lugar de Luisa (Louise), utilicé Adelaide y Luisa para mayor claridad, ya que muchos nombres precedían de Marie o Maria, incluyendo a la reina. ¿Quién sabe si entre amigos se llamaban así?

Puede parecer inverosímil que existiera un plan de rescate para llevar a María Antonieta a Irlanda, pero es cierto. El irlandés James Louis Rice organizó una carrera temeraria desde París hasta un barco que la llevaría a su casa en Dingle, en el condado de Kerry, pero, como en mi novela, María Antonieta no quiso abandonar a su hijo. El plan de escape descrito en la novela está inspirado en este suceso, pero no es el mismo. Está novelado y ambientado un año después, en 1793.

El destino de Luis Carlos XVII ha sido objeto de conjeturas durante siglos. La versión oficial es que murió de algún tipo de tuberculosis el 8 de junio de 1795, a la edad de diez años, mientras aún estaba cautivo en el Temple. Sin embargo, circularon rumores de que para ese entonces ya había escapado y que el niño que murió no era Luis Carlos. La mitología sobre "el delfín perdido" creció y, en 1814, cuando se restauró la monarquía borbónica (tal como había predicho Lenormand), se presentaron al menos cien personas que afirmaron ser el heredero legítimo. Sin embargo, pruebas recientes apuntan a que Luis Carlos murió, de hecho, en 1795. El médico encargado de la autopsia extrajo el corazón del niño, que conservaron unos simpatizantes monárquicos. En el año 2000, una prueba de ADN determinó una compatibilidad de casi el cien por cien y confirmó que el niño muerto era Luis Carlos. Asimismo, se comprobaron el maltrato y las condiciones espantosas a las que fue sometido en el Temple, así como el hecho de que se negó a hablar después de la declaración que hizo contra su madre, María Antonieta. Por mucho que me gustaría que Luis Carlos hubiera llegado a Irlanda y vivido una vida feliz como Charlie Molloy, el desenlace de mi novela es pura imaginación.

Retrato de Marie Anne Lenormand extraído
de *La corte de Napoleón*, de Frank Boott Goodrich

TU GUÍA DEL TAROT

Las cartas del tarot combinan símbolos antiguos, alegorías religiosas, arquetipos clásicos y acontecimientos históricos. Las cartas pueden utilizarse como un medio para la adivinación, la afirmación y el consejo, arrojando luz a través de sus imágenes sobre la complejidad de nuestras vidas modernas, nuestros miedos, esperanzas y sueños. Asimismo, pueden actuar como un mapa de nuestra psique y conectarnos con nuestro subconsciente y nuestra sabiduría interior. Las cartas del tarot pueden ser una herramienta útil para la atención plena y la meditación y contribuir a fortalecer nuestra intuición y la conciencia de nosotros mismos.

Una baraja de tarot está compuesta de setenta y ocho cartas; los arcanos menores, que se dividen en cuatro palos, y el Loco más veintiún triunfos o cartas comodines, conocidos como los arcanos mayores. Los arcanos menores conectan con el reino material y los arcanos mayores lo hacen con el reino espiritual. En esta novela, puedes aprender a leer el tarot a través de mi serie de lecturas de diosas egipcias. Para ello, te proporciono a continuación el significado de las palabras claves de todas las cartas. Siempre te animaré a que confíes primero en tu intuición, sobre todo porque algunas de las cartas tienen significados variables. ¡Puede que sepas más de lo que crees!

Los arcanos mayores

Le Mat / El Loco: corre un riesgo, aventura, libertad.

Le Bateleur / El Mago: muestra tus talentos, comparte tus habilidades, dedicación al oficio.

La Papesse / La Papisa: confía en tu propia sabiduría, introspección, guía femenina.

L'Impératrice / La Emperatriz: nutre las semillas, energía femenina, maternidad, sanación.

L'Empereur / El Emperador: la abundancia es tuya, estabilidad, seguridad.

Le Pape / El Papa: reglas, confinamiento, desafío a la autoridad.

L'Amoureux / Los Enamorados: escucha a tu corazón, es necesario tomar una decisión o hacer una elección.

Le Chariot / El Carro: energía guerrera, muévete rápido.

La Force / La Fuerza: muestra tu fuerza y ruge como un león.

L'Hermite / El Ermitaño: retiro, soledad, estudio.

La Roue de Fortune / La Rueda de la Fortuna: todo cambia, inestabilidad, altibajos.

La Justice / *La Justicia*: encuentra el equilibrio, la verdad y la igualdad.

Le Pendu / El Colgado: limbo, debes soltar.

La Mort / La Muerte: cambio, renacimiento, empieza de nuevo.

Tempérance / La Templanza: encuentra la paz, moderación, sanación en la naturaleza.

Le Diable / El Diablo: manipulación, enojo, adicción, enfréntate a tu lado oscuro.

La Maison Dieu / La Torre: cambio imprevisto, accidentes, destrucción.

L'Étoile / La Estrella: busca una señal, esperanza, mensajes fortuitos.

La Lune / La Luna: mira en las sombras, aspectos psíquicos, traición, fatiga.

Le Soleil / El Sol: éxito, alegría, entra en la luz.

Le Jugement / El Juicio: di la verdad, la verdad saldrá a la luz.

Le Monde / El Mundo: completitud, síntesis, encuentra un final, un ciclo termina para que otro pueda comenzar.

Los arcanos menores

Los arcanos menores son las cartas originales del tarot, anteriores al desarrollo de los arcanos mayores. Su ascendencia es evidente, ya que los cuatro palos son comparables con los cuatro palos de una baraja tradicional: los bastos con los tréboles; las copas con los corazones; los oros o monedas con los diamantes y las espadas con las picas. Cada palo de los arcanos menores corresponde a un elemento diferente, como muestra la tabla a continuación. Profundizar en la naturaleza elemental del arcano menor puede ayudarte a interpretar las cartas. En particular, las cartas de la corte en los arcanos menores corresponden a diferentes signos del zodíaco, como también se ilustra a continuación.

Carta	Les Deniers/Monedas o Pentáculos (Tierra)	Les Épées/Espadas (Aire)	Les Bâtons/Bastos o Varitas (Fuego)	Les Coupes/Copas (Agua)
AS - Renacimiento	Ganancia inesperada	El poder de la palabra	Concepción	Despertar creativo
II - Equilibrio	Malabarismo con el dinero	Tensión	Alianza empresarial	Relación amorosa
III - Crecimiento	Acuerdos financieros	Crecimiento a través del sufrimiento	La empresa se afianza	Celebración con amigos
IV- Armonía	Estabilidad	Es necesario descansar	Reunión familiar	Rechazo del amor
V - Obstáculos pequeños	Pobreza, pérdida de la fe	Alejarse del conflicto	Juegos, coqueteo	Amor que puede recuperarse en tiempos de pérdida
VI - Oportunidades	Patrocinador - regalo de dinero	Deja el estrés atrás	Éxito o ascenso	Regalo de amor del pasado
VII - Obstáculos grandes	Mucho trabajo y poca recompensa	Robo de ideas	Mantén tu postura	No es oro todo lo que reluce
VIII - Recompensas y desafíos	Trabajar mucho para obtener beneficios económicos	Sometimiento, atrapado por el estrés	Horizontes que se expanden con rapidez - viajes	Pérdida y resignación
IX - Autosuficiencia	Autosuficiencia financiera	Noches de insomnio, ansiedad	Autoprotección	Autosuficiencia emocional, escucha a tus guías espirituales
X - Trascendencia	Herencia, familia, dinero	La hora más oscura es antes del amanecer, traición	Sobrecargado, los árboles no te dejan ver el bosque	Amor trascendente
Las cartas de la corte también pueden representar a personas de signos del zodíaco alineados	Tauro, Virgo, Capricornio	Acuario, Géminis, Libra	Aries, Leo, Sagitario	Piscis, Cáncer, Escorpio
PAJE - Niño/estudios, umbrales nuevos	Exploración tentativa de oportunidades materiales nuevas	Se abre una puerta nueva para la mente	Exploración entusiasta de la expresión creativa	Energía soñadora del niño interior
CABALLERO - En una misión, guerrero	Búsqueda material, cauteloso	Estudiante, ideas nuevas	Actúa de forma espontánea, intuitiva pero poco fiable	Llega un amante o se convierte en amante
REINA - Liderazgo y poder femeninos	Con los pies en la tierra, conectado con la naturaleza	Intelecto reflexivo y habilidad para la comunicación	Energías femeninas poderosas y conexión con los animales	Energías femeninas lunares, creativo, espiritual, compasivo
REY – Liderazgo y poder masculinos	Sólido, seguro, consolidado	Poder con las palabras, práctica profesional	Energía de liderazgo carismático, bueno para los negocios	Energías masculinas empáticas, posesividad

NOVELAS HISTÓRICAS EN VIDIS

HISTÓRICAS ROMÁNTICAS
El secreto de París • Natasha Lester
Una novela sobre la resistencia en París que presenta a las primeras pilotos de guerra y el origen de la casa Dior.

Las tres vidas de Alix St. Pierre • Natasha Lester
En la posguerra en París, una exespía debe encontrar al nazi que arruinó su vida, mientras brilla como publicista de la alta costura y resiste a un amor inesperado.

La casa de la Riviera • Natasha Lester
Una mujer que lo arriesgó todo, el amor y la propia vida, para evitar que los nazis destruyeran obras de arte invaluables durante la Segunda Guerra Mundial.

La última rosa de Shanghái • Weina Dai Randel
Un amor apasionado entre una rica heredera china y un joven judío refugiado del nazismo, en el ambiente glamuroso del viejo Shanghái de los 40.

HISTÓRICAS ÉPICAS
Escape de Viena • Weina Dai Randel
Viena, 1938. La conmovedora historia real del cónsul chino Dr. Ho Fengshan, que junto a su esposa salvó del nazismo a miles de judíos.

Las brujas de Vardø • Anya Bergman
En una fortaleza noruega del siglo XVII, se encarcelaba a las mujeres y se las quemaba por brujas.